UNE ENQUÊTE PHILOSOPHIQUE

Né en 1956 à Édimbourg, Philip Kerr a fait ses études de droit à l'université de Birmingham. Il a travaillé dans la publicité et comme journaliste free-lance avant de se lancer dans l'écriture de fictions. Sa série centrée autour du détective Bernie Gunther, unanimement saluée par la critique et couronnée de nombreux prix a fait de lui un auteur internationalement reconnu. Ses romans sont traduits dans une trentaine de langues.

PHILIP KERR

Une enquête philosophique

TRADUIT DE L'ANGLAIS PAR CLAUDE DEMANUELLI

ÉDITIONS DU MASQUE

Titre original :

A PHILOSOPHICAL INVESTIGATION
Publié par Chatto & Windus (Londres).

Pour Jane

« Je compris… que les meilleures choses que je pusse écrire ne resteraient toujours que des remarques philosophiques ; que mes pensées se paralysaient dès que j'essayais de leur imprimer de force une direction déterminée, à l'encontre de leur pente naturelle. – Ce qui tenait sans doute étroitement à la nature de l'investigation même. Elle nous oblige, en effet, à explorer en tous sens un vaste domaine de pensées. »

Ludwig WITTGENSTEIN,
Investigations philosophiques
(traduit de l'allemand
par P. Klossowski, Gallimard, 1961).

« Le temps de mettre à mort et de créer,
Le temps pour tous les travaux-et-jours des mains
Qui soulèvent, puis laissent retomber une question sur ton assiette ; »

T. S. ELIOT,
La Chanson d'amour de J. Alfred Prufrock
(traduit de l'anglais par P. Leyris,
Éditions du Seuil, 1947).

1

« La malheureuse victime, Mary Woolnoth, âgée de vingt-cinq ans, a été retrouvée nue, le visage écrasé à coups de marteau fendu, dans les sous-sols des bureaux de la compagnie maritime Mylae, dans Jermyn Street, où elle travaillait depuis trois ans comme réceptionniste.

« La mâchoire inférieure fracturée en six endroits et les couronnes en porcelaine presque toutes arrachées témoignent de la brutalité des coups. Des fragments de tissu crânien et cérébral ont été retrouvés un peu partout alentour à une distance proportionnelle à l'amplitude des chocs. Dans la mesure où l'arme du crime a été retrouvée, il est possible de mettre en équation l'énergie cinétique des coups : il suffit de multiplier la masse de l'arme par le carré de la vitesse et de diviser le résultat par deux. Avec pour données l'énergie cinétique des coups, la profondeur des fractures et l'angle de dépression, l'ordinateur a pu calculer la taille du meurtrier, 1,82 mètre, et son poids, 85,72 kilos.

« Le porte-jarretelles de soie rouge de la pauvre femme avait été noué autour de son cou, alors que la victime était déjà morte. Un sac en plastique des magasins Simpson, qui dissimulait son visage défiguré, avait été passé sur sa tête, vraisemblablement avant le viol.

« Le meurtrier s'est servi d'un tube de rouge à lèvres Christian Dior, "Laque de Chine", pour couvrir d'insultes ordurières les cuisses et le ventre nus de la victime : "salope", juste au-dessus du pubis, "putain" sur la face interne des cuisses et les fesses, "traînée" sur chacun des seins. Enfin, l'assassin a tracé sur le sac en plastique blanc un visage orné d'un grand sourire. Si je dis "enfin", c'est parce que le rouge à lèvres a laissé des traces d'effritement plus nettes pendant cette opération.

« Le vagin de la malheureuse victime contient des traces d'un spermicide à base de latex, lesquelles corroborent l'utilisation par l'assassin d'un préservatif antérieurement aux rapports. Ce dernier cherchait sans doute à éviter le dépistage ADN. Le type de spermicide susmentionné se retrouve essentiellement dans les préservatifs de la marque RIMFLY, dont se servent fréquemment les homosexuels en raison de leur plus grande résistance. Ces dernières années, nous avons eu l'occasion de constater que c'est également là le préservatif que privilégie le violeur moyen pour les mêmes raisons. »

Avant d'ouvrir le dossier qu'elle avait devant elle pour étudier les photographies, Jake inspira un grand coup tout en faisant de son mieux pour que les quatre hommes, dont trois étaient des enquêteurs, assis autour de la table de conférences, ne s'en aperçoivent pas. Elle aurait pu se dispenser d'une telle précaution : l'un des enquêteurs ne prit même pas la peine de regarder son jeu de photos. Elle se dit que c'était injuste. Tout le monde trouvait parfaitement normal qu'un homme, sous prétexte qu'il était bientôt l'heure de manger, refuse de gâcher son repas avec un tel spectacle. Mais il était hors de question qu'elle-même s'en tire avec une excuse aussi facile. Elle était convaincue que si elle ne regardait pas ces photos maintenant ils trouveraient le moyen de dire que c'était bien d'une femme, tout en sachant pertinemment que c'était elle qui avait découvert le corps. À l'exception du policier qui refusait présentement d'ouvrir son dossier, ce corps, ils l'avaient d'ailleurs déjà tous vu.

Le quatrième homme assis à la table, un officier de scène de crime nommé Dalglish, poursuivit son exposé du même ton curieusement apitoyé.

« Vous remarquerez la jambe droite de la pauvre fille repliée sous sa jambe gauche, le sac soigneusement disposé à proximité du coude droit, et les lunettes placées non loin du corps. »

Jake jeta un bref coup d'œil à chacune des photos numérotées dans l'ordre, qui représentaient une série de corps blancs sur un sol humide. L'étrange disposition des jambes lui rappela une figure du tarot : le pendu.

« Le contenu du sac en plastique était soigneusement distribué sur le sol : une jupe en tissu mélangé, soie-rayonne, et un flacon de parfum synthétique, tous deux achetés chez Simpson, ainsi qu'un exemplaire d'un roman d'Agatha Christie, dans son emballage d'origine, provenant de la Librairie du Polar, de Sackville Street, dans le quartier de Piccadilly. Le livre s'intitule *Le Meurtre de Roger Ackroyd*, ce que nous ne retiendrons cependant pas contre elle.

— Contre qui ? Mary Woolnoth ou Agatha Christie ? »

Dalglish cessa de consulter ses notes et regarda autour de lui pour savoir qui avait parlé. Faute de pouvoir repérer le coupable, il hocha la tête, l'air désapprobateur.

« Puisque c'est ainsi, finit-il par dire, à qui la parole ? »

Au bout de quelques minutes de silence, l'enquêteur assis à la droite de Jake, qui n'était autre que le fauteur de trouble, leva un index crasseux.

« Je crois que celui-ci me revient, dit-il, hésitant. Pour commencer, il y a le *modus operandi* du meurtrier… » Il haussa les épaules, comme si pareille remarque le dispensait de toute explication.

Dalglish commença à taper sur son portable.

« Vous êtes le… ?

— L'Assassin au Marteau de Hackney, dit le propriétaire de l'index crasseux.

— D'accord, acquiesça pensivement Dalglish. Allons-y pour l'Assassin au Marteau. »

Mais un autre enquêteur hochait déjà la tête en signe de dénégation.

« Vous plaisantez, dit-il au premier. Jermyn Street est complètement en dehors du secteur de votre type. À des kilomètres. Non, non, il est à moi, j'en suis sûr. Cette femme était réceptionniste, non ? Bon. Et nous savons tous que le Messager à la Motocyclette a déjà tué plusieurs réceptionnistes. J'ai donc de sérieuses raisons de croire que Mary Woolnoth est sa dernière victime. »

Dalglish se pencha à nouveau sur son ordinateur.

« Si je comprends bien, vous le réclamez vous aussi.

— Et comment ! »

Le premier enquêteur faisait la tête.

« Je ne vois vraiment pas pourquoi elle vous reviendrait. Mais alors pas du tout. Le Messager se sert toujours d'un couteau. Alors pourquoi est-ce que brusquement il se mettrait à utiliser un marteau ? J'aimerais bien le savoir. »

Le deuxième inspecteur haussa les épaules et regarda par la fenêtre. Des bourrasques de vent s'écrasaient sur la vitre. Pour une fois, Jake était ravie d'être retenue à New Scotland Yard par une réunion de travail.

« Ah oui ? Et pourquoi est-ce que l'Assassin au Marteau déciderait brusquement de remonter à l'ouest ? Ça aussi, j'aimerais bien le savoir.

— Parce qu'il sait probablement que tout le quartier de Hackney est surveillé. Il ne pourrait même pas lever le petit doigt sans qu'on le sache. »

Jake décida que le moment était venu de prendre la parole.

« Vous avez tort tous les deux, dit-elle avec fermeté.

— Ce qui veut dire que vous la voulez pour vous, je suppose, dit le deuxième inspecteur.

— Bien entendu, répondit-elle. Même le dernier des imbéciles se rendrait compte que c'est signé l'Homme au Rouge à lèvres. Nous savons qu'il ne s'attaque qu'aux filles qui mettent du rouge à lèvres. Nous savons qu'il utilise leur rouge à lèvres pour les barbouiller d'insultes. Nous savons, sans en connaître la raison, qu'il veille toujours à placer le sac juste à côté du coude droit, et qu'il utilise des préservatifs RIMFLY. Comment, après cela, est-ce que je pourrais ne pas réclamer Mary Woolnoth ? C'est à ne pas croire, poursuivit-elle en prenant un air indigné. À vous entendre vous battre au sujet de cette fille, on dirait qu'il s'agit d'un trophée. Seigneur, je voudrais que vous vous entendiez ! »

Le premier enquêteur, qui s'employait à déloger la saleté incrustée sous l'ongle de son index, la regarda d'un air vindicatif. « Et depuis quand l'Homme au Rouge à lèvres se sert d'un marteau pour tuer ses victimes ? Depuis quand il leur passe la tête dans un sac en plastique ? Non, non. Ça, c'est mon type tout craché.

— Ah vraiment ! Est-ce que l'Assassin au Marteau nous a jamais prouvé qu'il savait seulement écrire – à plus forte raison avec du rouge à lèvres ?

— Il a pu l'apprendre par les journaux.

— Oh, à d'autres ! Vous savez pertinemment que les journaux ne sont jamais informés des caractéristiques du *modus operandi* d'un tueur, précisément pour cette raison. »

Décidée à prévenir une attaque en provenance du deuxième enquêteur, Jake se tourna vers lui et ajouta : « Que cette fille ait été réceptionniste est une pure coïncidence.

— Peut-être que ça vous arrange de voir les choses sous cet angle, inspecteur principal Jakowicz. Mais si vous réfléchissez cinq minutes, vous admettrez le bien-fondé de ce que vous-même ne cessez de nous répéter : les tueurs multiples ont tendance à présélectionner un type précis de victime une fois pour toutes. Alors que la manière d'opérer varie énormément, selon la confiance du tueur, elle-même fonction du nombre de ses victimes.

— Je ne pense pas que l'on puisse jamais définir un type de victime de manière satisfaisante en ne tenant compte que de sa profession, contesta Jake. Son âge et son apparence physique sont bien plus importants. Et puis, que cela vous plaise ou non, je n'ai jamais été autrement convaincue par votre théorie selon laquelle le Messager ne tuerait que des réceptionnistes. Autant que je me souvienne, l'une de ses premières victimes était une femme de ménage. Qui plus est, il n'a jamais essayé de les pénétrer, avec ou sans préservatif. »

Jake était rouge de colère. Elle serra les poings, essayant de se contrôler. Que Mary Woolnoth ait été une belle jeune femme, avec tout son avenir devant elle, semblait avoir complètement échappé à ses collègues. Elle lança un coup d'œil torve au troisième enquêteur – celui qui avait refusé d'étudier les photos du labo et qui, jusqu'ici, avait gardé le silence.

« Et vous, lança-t-elle d'un ton sec, vous en êtes ou pas ? Ou vous vous découvrez maintenant, ou vous passez votre tour. »

Cette histoire avait tout d'une horrible partie de poker.

L'homme leva les mains en signe d'abandon.

« Non merci. Je n'en veux pas », dit-il. Puis, après avoir parcouru la table d'un regard circulaire, il ajouta : « Mais si vous voulez mon avis, je suis d'accord avec l'inspecteur principal. Ça m'a tout l'air d'être signé l'Homme au Rouge à lèvres.

— C'est aussi mon sentiment », dit Dalglish.

Le premier enquêteur faisait à nouveau la tête.

« Allez, George, laissez tomber, fit Dalglish. Je sais bien que vous cherchez désespérément un indice, mais celui-ci n'est pas le bon, j'en suis sûr. Votre Assassin au Marteau n'a jamais fait de victime en dehors de Hackney.

— Réceptionnistes, dactylos, femmes de ménage, peu importe, dit d'un ton boudeur le deuxième enquêteur. Le fait est qu'elles travaillent toutes dans un bureau. Nous savons que c'est de cette manière que le Messager choisit ses victimes. Il les tue au cours d'une livraison. » Il s'interrompit une minute, puis ajouta : « Écoutez, j'aimerais quand même garder une option sur Mary Woolnoth. On ne sait jamais. »

Dalglish jeta un coup d'œil à Jake qui haussa les épaules en guise de réponse.

« Du moment que mon type reste en tête de liste, dit-elle, je n'ai aucune objection. Et soyez sûr que je vous tiendrai au courant des suites, s'il y en a.

— Nous sommes donc d'accord, dit Dalglish revenant à son portable. C'est le numéro…

— Six, dit Jake.

— Numéro six pour l'Homme au Rouge à lèvres. »

À la fin de la réunion, Jake arrêta au passage l'enquêteur qui lui avait apporté son soutien pour le remercier.

« Ce n'est rien, madame.

— Inspecteur Stanley, il me semble ? »

Il acquiesça d'un signe de tête.

« Excusez-moi, mais en tant que chef du département Gynocide, je suis censée être au courant de tous les cas de meurtres multiples ayant des femmes pour victimes…

— Pour ne rien vous cacher, dit Stanley, en baissant la voix et en jetant un coup d'œil par-dessus son épaule, je suis de l'Homicide, madame. Je n'avais rien à faire ici, mais il y a eu une embrouille quelque part. On a cru comprendre chez nous qu'il s'agissait d'un homme et non d'une femme dans votre affaire. Je suis moi-même à la recherche d'un multiple qui a tué sept hommes. Je n'ai rien voulu dire de peur d'avoir l'air idiot. »

Jake opina. Voilà donc pourquoi il ne s'était pas donné la peine d'examiner les photos.

« Remarquez, ajouta Stanley, j'ai trouvé ça fascinant. Vos réunions se déroulent toujours de cette manière ?

— Vous voulez dire : est-ce que nous passons notre temps à nous disputer les cadavres ? Non, c'est assez rare. Habituellement, les choses sont un peu plus tranchées. »

Tout en parlant, Jake pensait aux photos et au scalpel du médecin légiste sur le corps de Mary Woolnoth. En guise de tranchant, on ne faisait pas mieux. L'espace d'un instant, elle sentit une boule lui monter dans la gorge. Aucun meurtre n'avait jamais la brutalité d'une table d'autopsie : une incision depuis le menton jusqu'au pelvis, des organes arrachés à la chair comme le contenu d'une valise que les douaniers viennent de fouiller dans un aéroport. Elle refoula son émotion en posant une autre question :

« Un multiple qui s'attaque aux hommes. C'est plutôt inhabituel, non ? »

L'inspecteur Stanley acquiesça.

« Je suppose qu'il s'agit du tueur Lombroso ? »

Nouveau hochement de tête affirmatif.

« Je croyais que c'était le commissaire principal Challis qui était chargé de l'enquête.

— C'est exact. C'est même lui qui m'a envoyé assister à votre réunion. Pour vérifier qu'il ne s'agissait pas de l'un des nôtres.

— Comment opère-t-il ?

— Qui, le tueur Lombroso ? Oh, rien de bien spécial. Il les abat toujours par-derrière. Six balles dans la tête. Style Mafia. Pourquoi cette question ?

— Aucune raison particulière. Simple curiosité, dit Jake. Bon, il faut que j'y aille, ajouta-t-elle en jetant un coup d'œil à sa montre. J'ai un avion à attraper. En plus de mon multiple ! »

Je leur tire toujours dans la tête. Pas seulement pour être sûr de ne pas les rater. Mais aussi parce que c'est la tête, la leur et la mienne, qui est à l'origine de tous nos ennuis : les leurs et les miens.

Je ne pense pas qu'ils sentent grand-chose. C'est difficile à dire, bien sûr, mais ils meurent sans faire de bruit – j'en suis sûr, parce que mon pistolet est tellement discret que, dans le cas contraire, je les entendrais. Six balles en six secondes : comme une petite quinte de toux, rien de plus. Non, pour être tout à fait exact, il y a le claquement sec et caractéristique de la balle qui se loge dans la tête, très différent du bruit qu'elle fait quand elle traverse une oreille. Je suppose que c'est le genre de détail qui passerait inaperçu avec un pistolet ordinaire, beaucoup plus bruyant.

Quand je travaille, je concentre mon feu sur l'arrière de la tête. Pour qui connaît un tout petit peu le cerveau et sa topographie, les circuits du cortex présentent un tel degré de dispersion qu'à moins d'avoir recours à un rouleau compresseur on ne peut jamais prétendre les avoir tous complètement détruits. Mais la médecine a maintes fois démontré que l'on survit plus facilement à des blessures frontales qu'à des blessures occipitales. Il n'y a qu'à voir le nombre de boxeurs qui meurent non pas d'une droite en plein front mais du coup qui les atteint quand ils se cognent l'arrière de la tête en tombant au tapis. C'est vrai, je vous assure, j'ai lu pas mal de choses à ce sujet, comme on pourrait d'ailleurs s'y attendre étant donné les circonstances. J'en ai vu pas mal aussi.

On peut comparer le cerveau humain à un échiquier, avec les pions sur le devant et les cavaliers, les fous, les tours, le roi et la reine, les pièces, autrement dit, à l'arrière sur la huitième rangée. Pour ce qui me concerne, je laisse les pions plus ou moins de côté et j'essaie d'éliminer un maximum de pièces. Cette stratégie fonctionne à merveille. Il n'empêche qu'une de mes victimes, je crois que c'était la troisième, s'est retrouvée dans le coma pendant plusieurs jours avant de mourir. Les asymétries cérébrales vous réservent parfois bien des surprises !

C'est le plus souvent le soir ou pendant mes heures de loisir que je procède à mes exécutions, qui viennent toujours après une brève filature, destinée à me permettre d'établir l'identité de la victime et ses habitudes de vie. Un véhicule confortable, équipé d'une stéréo et d'un micro-ondes, minimise les inconvénients que pourrait occasionner une telle entreprise.

L'extraordinaire régularité des allées et venues de la plupart des gens est tout à fait surprenante. En règle générale, il me suffit donc de suivre ma cible jusqu'à son domicile et de l'éliminer à l'endroit approprié.

J'évite d'user de mots tels que crime, assassinat ou meurtre pour des raisons évidentes. Les mots peuvent avoir des sens différents. Le langage travestit la pensée, à tel point qu'il devient parfois impossible de déterminer l'acte mental qui l'a inspiré[1]. Je me contenterai donc, à ce stade, de parler d'exécutions. S'il est vrai que celles-ci ne sont pas officiellement cautionnées par la loi, au sens de contrat social, il n'en reste pas moins que le mot « exécution » permet de ne pas entacher de connotations péjoratives ce qui demeure somme toute l'œuvre de ma vie.

En m'approchant de lui, je me suis aperçu qu'il était un peu plus grand que je ne l'avais cru. Il mesurait presque deux mètres. Il avait encore changé de vêtements pour la soirée. En fait, il y avait autre chose. Il semblait capable d'adopter tellement de styles différents en l'espace d'une seule journée qu'on aurait pu croire – erreur tout à fait pardonnable – à l'existence d'un ou deux frères jumeaux. Mais il avait une démarche bien particulière. Trop pour qu'on puisse le confondre avec quelqu'un d'autre. Il marchait sur la pointe des pieds, ce qui lui donnait un air maléfique : on aurait dit qu'il venait de perpétrer quelque action infâme et qu'il s'éloignait des lieux de son crime en toute hâte.

Mieux, à l'époque, je me suis même fait la réflexion qu'il s'apprêtait plutôt à en commettre un. Pour lui comme pour moi, il faut toujours du temps aux neurones pour établir les connexions. Le libre arbitre consiste en ce que des actes futurs ne peuvent être sus maintenant. Mais nous n'étions, ni l'un ni l'autre, véritablement subordonnés à une décision bien arrêtée. Le

1. La traduction des références au *Tractatus logico-philosophicus* et aux *Investigations philosophiques* de L. Wittgenstein est dans la plupart des cas celle de P. Klossowski, Paris, Gallimard, 1961. (Toutes les notes sont du traducteur.)

fait que tout ce que j'ai pu souhaiter se réalise en ce moment relève, pour ainsi dire, du destin. En admettant que j'aie le pouvoir de changer quelque chose, je ne peux que changer les limites du monde.

En l'effaçant, lui, de sa surface.

Il a tourné à l'angle de High Street, et, pendant quelques instants, je l'ai perdu de vue. Qu'aurait-il aperçu, si, à l'instar de Tom O'Shanter [1], il s'était retourné ? Non, voilà qui est bien trop terre à terre. Je n'avais nullement l'intention de lui faire peur ou de l'entraîner en enfer. Ce que j'accomplis doit l'être sans malveillance. Ce n'est qu'une affaire de logique. Même Dieu ne peut rien créer qui soit contraire aux lois logiques. Mais il n'est pas interdit de prendre un certain plaisir à agir avec logique et méthode, seule façon de donner un sens à son action.

Je l'ai rattrapé au moment où il tournait à droite pour emprunter une ruelle pavée qui menait au pub où il avait pour habitude de boire des litres et des litres de sa bière préférée. Cette fois-ci, cependant, la ruelle le menait vers un moment qui ne deviendrait jamais un événement de sa vie, puisqu'il n'en aurait jamais connaissance.

J'ai pleinement senti le poids et la puissance du pistolet à gaz dans ma main quand je l'ai dirigé sur l'arrière de sa tête. Je ne comprends pas grand-chose aux propriétés cinétiques de cette arme, si ce n'est que je les trouve d'autant plus formidables qu'on peut se procurer ce genre de matériel librement dans

---

1. Héros d'une ballade du même nom, du poète Robert Burns (1759-1796). Un soir où, ivre, Tom O'Shanter se rendait chez lui, il vit la queue de sa jument arrachée par un démon.

n'importe quel magasin, sans même avoir besoin de fournir un permis. Rien à voir avec le pistolet à air comprimé de mon enfance.

J'avais déjà tiré deux fois quand il a commencé à plier les genoux. J'ai attendu qu'il touche le sol avant de finir de vider mon chargeur presque à bout portant. Il n'a pas beaucoup saigné, mais j'ai tout de suite compris que l'homme qui était répertorié dans le programme Lombroso sous le nom de Charles Dickens était mort. J'ai remis mon pistolet dans son étui sous mon blouson de cuir et je me suis éloigné rapidement.

Je n'ai jamais beaucoup aimé Dickens. Le vrai, j'entends, le plus grand romancier de langue anglaise. Balzac, Stendhal, Flaubert, à tous les coups, et même tous les jours de la semaine : cent soixante-huit heures d'affilée. Mais, en principe, j'évite les romans, je préfère ce qui a trait à l'essence du monde, à l'insignifiance relative – et aux possibilités néanmoins non négligeables – du cas individuel, de ce qui existe en l'empirique et le formel, et de la nécessité de clarifier certaines propositions. De tout cela, Dickens ne nous entretient guère.

De quoi nous entretient-il d'ailleurs, si ce n'est des morts successives de la petite Nell, de Nancy, de Dora Copperfield et des mères d'Oliver et de Pip ? Il ne fait pas bon être femme chez Dickens. Là, je ne peux plus être d'aucun secours. Mais au moins, maintenant que l'autre Dickens est mort, le monde sera peut-être un peu plus sûr pour les femmes. Il va de soi qu'elles n'en sauront jamais rien, et c'est bien dommage, mais ce dont on ne peut parler, il faut le taire.

2

Troisième symposium de la Communauté européenne sur les techniques de mise en application de la loi et d'enquête criminelle, Centre Herbert-Marcuse, Francfort, Reich de la grande Allemagne, 13 heures, 13 février 2013.
Intervenant : inspecteur principal Isadora Jakowicz, licenciée en psychologie. Police de Londres.
Pays membre : Royaume-Uni.
Intitulé de l'intervention : la recrudescence du meurtre hollywoodien.

L'action se situe un samedi soir, au début de ce millénaire. Votre épouse est dans son lit. Les enfants sont absents. Vous allumez le Nicamvision, chaussez vos lunettes et sélectionnez un DVD. Grâce au repas chinois que vous vous êtes fait livrer et à quelques bouteilles de bière japonaise, vous vous sentez bien. Vos cigarettes dénicotinisées sont juste à côté de vous ; vous êtes sensible au moelleux de vos futons ; vous avez branché le chauffage central et vous vous laissez gagner par la douce chaleur de l'air ambiant agréablement déionisé. Sous d'aussi heureux auspices, quel genre de DVD pourriez-vous bien regarder, sinon une histoire de meurtre ? Mais quel genre de meurtre ?

Il y a soixante ans de cela, George Orwell entreprenait de décrire ce qui deviendrait pour un journal anglais le « crime parfait ». « Le meurtrier, écrivait-il, se devrait d'être un homme banal exerçant une profession libérale. C'est une passion coupable pour sa secrétaire ou la femme d'un collègue rival qui le ferait sortir du droit chemin. Mais il ne se résoudrait au meurtre qu'après un long et terrible débat intérieur. Enfin décidé à tuer, il mettrait son plan à exécution avec une habileté consommée, mais se ferait prendre pour un petit détail tout à fait imprévisible. L'arme retenue serait, bien entendu, le poison. »

Mais ce qui intéresse Orwell, c'est le déclin de cet archétype du meurtre à l'anglaise ; c'est pourquoi il signale le cas de Karl Hulten, déserteur de l'armée américaine, qui, poussé par les fausses valeurs prônées par le cinéma de son pays, tue froidement un chauffeur de taxi pour huit livres sterling – soit environ trois de nos dollars européens.

Que ce meurtre, connu depuis sous le nom de Crime du Menton à Fossette, ait été le plus célèbre des dernières années de la Seconde Guerre mondiale et qu'il ait pu être commis par un Américain furent pour la fibre curieusement patriotique d'Orwell la source d'éternels regrets. Le crime de Hulten n'avait à ses yeux « aucun sens » et ne pouvait prétendre soutenir la comparaison avec son meurtre à lui, typiquement anglais, « produit d'une société stable dans laquelle l'hypocrisie ambiante avait au moins le mérite de garantir que seule une passion violente pouvait être à l'origine d'un acte aussi sérieux que l'homicide ».

Aujourd'hui des crimes comme celui de Hulten, pitoyables, sordides et dénués de toute passion, sont plus ou moins monnaie courante. Les « bons meurtres », comme ceux qui auraient pu faire les délices des lecteurs de *News of the World* à l'époque d'Orwell, il s'en commet encore. Mais ils présentent peu d'intérêt pour le grand public si on les compare au type de meurtre sans mobile apparent qui est devenu la règle.

De nos jours, les gens se font tuer quotidiennement, le plus souvent sans raison particulière. Un demi-siècle après la mort d'Orwell, notre société se trouve exposée à une quasi-épidémie de meurtres à caractère récréatif, qui sont l'œuvre de criminels encore plus dépourvus de mobile que Karl Hulten, en comparaison bien innocent. Pour tout dire, si le cas de Hulten venait à se présenter aujourd'hui, il serait expédié en deux paragraphes dans le journal local. On a peine à croire, en cette année 2013, que le Crime du Menton à Fossette ait pu être, comme le prétend Orwell, « la grande *cause célèbre* [1] des années de guerre ».

Avec tous ces éléments présents à l'esprit, on peut reconstituer, comme le fit Orwell en son temps, ce que serait, selon le lecteur d'un *News of the World* réactualisé, le « bon meurtre » d'aujourd'hui. Ledit lecteur nous renverrait sans doute à son DVD du samedi soir. Le meurtrier serait alors un homme jeune et mal adapté, vivant dans quelque banlieue au milieu de ses victimes potentielles et inconscientes. C'est à une erreur de sa mère que notre meurtrier devrait d'être sorti du droit chemin, la responsabilité originelle du délit se trouvant ainsi commodément reportée sur une femme. Résolu à

---

1. En français dans le texte.

tuer, l'assassin ne se contenterait pas d'un homicide unique, mais multiplierait les victimes. Les moyens retenus seraient extrêmement violents et sadiques et n'excluraient ni le sexe, ni les pratiques rituelles, ni même l'anthropophagie – bien au contraire. Les victimes seraient le plus souvent des jeunes femmes séduisantes qui se feraient tuer au moment où elles se déshabillent, prennent leur douche, se masturbent ou font l'amour. Ce n'est que sur une toile de fond de ce genre, une toile de style hollywoodien, qu'un meurtre peut prétendre au spectaculaire et même au tragique qui en feront un événement marquant de l'actualité.

Ce n'est pas un hasard si une proportion élevée des meurtres commis dans l'Europe d'aujourd'hui participe de cette atmosphère hollywoodienne.

L'un des leitmotive du meurtre hollywoodien – et j'en arrive à l'essentiel de mon exposé – est la nature du lien qui s'établit fréquemment entre le personnel masculin chargé de faire respecter la loi et le gibier qu'il pourchasse. Puisque ce symposium a lieu ici à Francfort, au Centre Herbert-Marcuse, il est utile de rappeler ce que l'École des sciences sociales de Francfort et Marcuse lui-même avaient à dire sur ce type de comportement.

Pour Marcuse, la société patriarcale unidimensionnelle se caractérisait par ce qu'il appelait « l'unification des contraires » : unification qui décourageait le changement social au plan intellectuel en enfermant la conscience selon une démarche toute masculine, et par conséquent unidimensionnelle. La domination historique par des hommes des organismes chargés de faire respecter la loi n'est qu'un aspect parmi d'autres de cette vision monolithique et homogène. Jusqu'à une époque relativement récente, la plupart des enquêtes criminelles n'accordaient que peu de crédit, sinon aucun, aux qualités spécifiquement féminines.

Les béhavioristes et les psychologues nous disent que les hormones jouent sans aucun doute un rôle primordial dans l'organisation des caractéristiques mâles et femelles du cerveau. C'est ainsi que les hommes, par exemple, ont tendance à penser l'espace en termes de distances et de mesures, là où les femmes font la même chose en termes de signes et de repères. Les femmes sont beaucoup plus douées que les hommes quand il s'agit de se concentrer sur leur entourage immédiat, ce qui a toute chance de leur assurer une certaine supériorité dans le domaine de l'observation des détails subtils. L'utilité des femmes dans toute enquête criminelle, surtout quand il y a beaucoup d'éléments de type forensique en jeu, comme c'est le cas dans le meurtre hollywoodien, est manifeste. D'autres qualités féminines telles que la non-violence, la capacité et la réceptivité émotives peuvent aussi se révéler extrêmement précieuses dans la conduite d'une affaire criminelle.

Au début des années 1990, l'analyse informatisée des enquêtes menées tout au long du siècle en Grande-Bretagne sur les meurtres multiples a permis à la criminologie statistique de constater que le taux de réussite en matière d'arrestations était beaucoup plus élevé lorsque les enquêteurs disposaient dans leur équipe d'un cadre supérieur féminin.

C'est en se fondant sur cette étude qu'une commission restreinte du ministère de l'Intérieur a présenté un certain nombre de résolutions au directeur de la police de Londres, sir MacDonald McDuff, visant à augmenter le nombre des officiers de police femmes dans toutes les affaires criminelles de quelque envergure, mais plus encore dans les gynocides de type hollywoodien. Ces résolutions ont été adoptées il y a cinq ans. Depuis, toute enquête qui risque de révéler la présence d'un criminel de type récréatif doit s'assurer les services d'un officier de police femme, de rang égal ou supérieur à celui d'inspecteur, dans le but de mieux orienter les recherches en les rapprochant du modèle bidimensionnel.

Les résultats sont éloquents. Au cours des années 1980, c'est-à-dire à une époque où les consignes de représentativité féminine n'existaient pas encore et où les femmes représentaient moins de 2 % des cadres supérieurs enquêtant sur les gynocides de type hollywoodien, il n'y avait arrestation que dans 46 % des cas. Vers la fin des années 1990 et dans la première décennie du XXIᵉ siècle, à partir du moment où les consignes sont entrées en vigueur, faisant passer le pourcentage des femmes cadres supérieurs à 44 %, celui des arrestations a atteint 73 %.

Il est vrai que ces dix dernières années ont été le témoin d'améliorations conséquentes en matière de technologie, de mise en application de la loi et de détection scientifique, améliorations qui contribuent largement à expliquer l'augmentation spectaculaire des résultats obtenus dans les enquêtes criminelles britanniques. L'adoption, dans tous les pays de la Communauté européenne, d'une carte d'identité dotée de codes-barres et d'empreintes génétiques n'est pas la moindre de ces améliorations. Cependant, même si l'on ne tient pas compte des données statistiques concernant ces récents développements, on peut estimer à au moins 20 % l'augmentation globale du taux de réussite des arrestations grâce à l'insertion de femmes dans les équipes chargées des enquêtes policières.

Je suppose que vous êtes déjà en train de comparer les résultats obtenus avec ce chiffre de 44 % seulement de femmes cadres supérieurs dans la police. Sans doute vous demandez-vous : « Mais alors pourquoi pas 100 % ? » L'adoption de la nouvelle optique bidimensionnelle a été retardée du fait du petit nombre de femmes cadres supérieurs au sein des forces de police. Cependant, je suis heureuse de pouvoir annoncer que les choses sont en train de changer grâce aux campagnes de recrutement menées auprès des femmes britanniques, grâce à la nouvelle échelle des salaires, la création de crèches et l'amélioration des plans de carrière. On peut donc espérer dans un avenir proche voir un policier femme de rang supérieur ou égal à celui d'inspecteur participer à toutes les enquêtes liées de près ou de loin à des gynocides de type hollywoodien.

Tel est le tableau d'ensemble vu d'en haut. Ma propre expérience est davantage celle d'une femme de terrain. À en croire George Orwell, neuf meurtres seulement avaient su, à l'époque, résister à l'épreuve du temps. Par le plus grand des hasards, je me suis moi-même occupée jusqu'ici de neuf enquêtes. Je doute qu'aucune d'entre elles résiste à une épreuve aussi « mythifiante » que celle du temps. Sincèrement, je ne le souhaite pas. Mais je me propose de vous décrire une de ces enquêtes, précisément aux fins d'illustrer l'approche bidimensionnelle que j'évoquais il y a quelques instants.

À première vue, il s'agissait d'un cas de gynocide hollywoodien assez classique. Un fou terrorisait les femmes d'une ville universitaire du sud de l'Angleterre. Il en avait tué huit en huit mois. En règle générale, il frappait sa victime jusqu'à ce qu'elle perde conscience, la traînait dans un endroit tranquille et reculé où il l'étranglait, puis prenait son plaisir en lui éjaculant dans la bouche. Quand il en avait terminé, il insérait deux piles électriques dans le vagin de sa victime : c'était là la particularité la plus singulière de cette affaire, qui la distinguait de l'habituel meurtre à caractère récréatif.

Les collègues masculins qui travaillaient sur l'enquête adoptèrent une attitude typiquement phallocratique face à cette particularité, comme en témoigne le surnom qu'ils ne tardèrent pas à donner au tueur : Toujours Prêt. Habitués qu'ils étaient de ce genre d'écrits pornographiques où les corps étrangers les plus divers sont régulièrement insérés dans le vagin des femmes en lieu et place du pénis, ces officiers ne virent rien de significatif dans cet emploi de deux piles alcalines. Ils enquêtèrent auprès de quelques magasins d'électricité de la ville, mais sans essayer de comprendre ce qu'il pouvait y avoir de singulier dans la façon d'opérer du meurtrier. Pour eux, les piles en question étaient mortes – le non-dit renvoyant ici à l'idée selon laquelle il aurait été ridicule de gaspiller une pile neuve dans le vagin d'une morte.

Ce sont des femmes travaillant sur l'affaire qui, les premières, eurent l'idée de vérifier si les piles étaient ou non en état de marche. De fait, nous eûmes l'occasion par la suite de découvrir qu'elles étaient achetées tout spécialement pour la circonstance. Notre théorie, dont le bien-fondé fut vérifié alors que le meurtrier était en détention préventive, était que l'insertion de piles dans le vagin de cette femme n'avait absolument rien de phallique : après avoir ôté la vie à sa victime pour satisfaire ses besoins sexuels, le tueur cherchait à la faire revivre en lui insufflant une nouvelle source d'énergie, comme s'il s'était agi d'un lecteur CD portable.

L'heure à laquelle les victimes étaient assassinées – toujours entre 22 h 30 et 23 h 30 – constituait une autre caractéristique inhabituelle, qui illustre elle aussi la nécessité d'une approche bidimensionnelle dans le cas de gynocides en série.

Je reviendrai dans quelques instants sur ce phénomène. Mais je voudrais dire d'abord quelques mots sur les débuts de l'enquête. Dans un premier temps, simple affaire de routine, nous fîmes appel à l'ordinateur afin d'obtenir le nom de tous les maniaques sexuels qui avaient opéré dans la région pendant les douze derniers mois. Nos agents les interrogèrent afin de vérifier leurs alibis. (Je précise que l'affaire se situe à une époque où les empreintes génétiques ne figuraient pas encore sur les cartes d'identité.) Un homme de vingt-neuf ans, soupçonné de tentative de viol sur la personne d'une femme dans un parc où l'une des victimes fut retrouvée par la suite, retint plus spécialement l'attention de l'inspecteur qui dirigeait l'enquête. De mon côté, aidée d'un autre officier, je continuai mes recherches auprès des autres délinquants sexuels de la région.

C'est pendant que nous interrogions chez lui un certain David Boysfield, célibataire de quarante-deux ans, pris en flagrant délit d'exhibitionnisme dans un supermarché du coin, que je remarquai la présence du même numéro en plusieurs exemplaires d'un magazine féminin. Fait peut-être significatif : le collègue masculin qui m'accompagnait ne remarqua rien. Non pas que je considère la lecture d'un magazine féminin comme répréhensible pour un homme. Mais disons que ce détail me donna envie d'en savoir un peu plus sur le compte de ce Boysfield. En examinant le dossier, je constatai qu'il avait fait sa séance d'exhibitionnisme au rayon audiovisuel du supermarché en question. Plus intéressant encore était le récit d'un des témoins oculaires selon lequel Boysfield n'avait pas exposé son anatomie devant le personnel féminin de l'établissement, mais devant les postes de télévision en montre dans le rayon.

Lorsque, ma curiosité de plus en plus aiguisée, je décidai de vérifier quelles émissions étaient passées le jour où Boysfield s'était fait arrêter, ce fut pour découvrir qu'à l'heure où il se trouvait dans le magasin une journaliste bien connue du petit écran, Anna Kreisler, présentait une émission dont le but était de rassembler des fonds pour une institution caritative. À un moment donné, Anna Kreisler avait fait un numéro de striptease que les téléspectateurs étaient censés récompenser de leurs dons jusqu'à concurrence d'un million de dollars européens en appelant la chaîne par téléphone. Or, sur les magazines que j'avais remarqués dans l'appartement de Boysfield, c'était la photo d'Anna Kreisler qui était en couverture. Poursuivant mes vérifications, je constatai que c'était également elle qui avait présenté le journal de 22 heures les soirs où le meurtrier avait frappé.

Munie d'un mandat de perquisition, je me rendis chez le suspect où je découvris une série de magazines pornographiques dans lesquels la tête de Mlle Kreisler, préalablement découpée, avait été collée sur le tronc de femmes nues. J'y découvris également un lecteur DVD dont se servait Boysfield pour projeter ses films pornographiques personnalisés entrecoupés de séquences dans lesquelles Mlle Kreisler présentait le journal télévisé, ainsi qu'un mannequin masturbatoire doté de la voix de Mlle Kreisler lisant ses nouvelles et d'un vagin à succion fonctionnant sur piles. Le DVD comme le mannequin étaient équipés de piles de même marque que celles que nous avions retrouvées sur les corps des huit victimes. Il semble que Boysfield ait été… disons, faute de terme plus approprié, un maniaque du gadget. Son appartement était encombré d'appareils électriques en tout genre, depuis un ouvre-boîtes électrique jusqu'à une brosse à habits électrique, en passant par un couteau à découper les filets de poisson. Il est évident que, dans cet univers entièrement dominé par le gadget où vivait Boysfield, la femme était réduite au statut de simple appareil électrique à usage domestique.

Le profil ADN qui fut ensuite établi devait confirmer chez Boysfield la présence de polymorphismes réduits identiques à ceux du meurtrier. Il avoua par la suite avoir tué ses huit victimes après avoir regardé Anna Kreisler présenter son journal à la télévision. Obsédé par l'image de cette femme, il avait longtemps réussi à assouvir ses besoins sexuels et les fantasmes de fellation que lui inspirait la journaliste en se déshabillant devant son poste de télévision haute définition chaque fois qu'elle apparaissait sur l'écran. Mais il fut bientôt incapable de se contenir plus longtemps, et, s'il s'était mis à attaquer des femmes, c'était pour pouvoir éjaculer dans leurs bouches. Boysfield a pu échapper à une peine de coma punitif parce qu'on lui a trouvé une circonstance atténuante : les piles qu'il insérait dans le vagin de ses victimes prouvaient qu'il n'avait pas l'intention de leur ôter la vie de manière définitive. Il est aujourd'hui détenu à perpétuité dans un établissement psychiatrique pour criminels.

Bien sûr, l'approche bidimensionnelle fonctionne dans les deux sens. Au cas où certains d'entre vous auraient l'impression que je n'ai pas une très haute opinion de mes collègues masculins, je voudrais ajouter ceci. Il y a quelques semaines, au cours d'une affaire dans laquelle je m'étais complètement fourvoyée, ce n'est qu'à la présence d'esprit d'un collègue masculin que j'ai dû d'échapper à la mort ou pour le moins à de très graves blessures. Il s'agissait, entre parenthèses, du collègue qui m'avait précisément accompagnée à l'appartement de Boysfield et qui, à l'époque, n'avait pas remarqué les fameux magazines.

Au début de mon intervention, j'ai dit du gynocide hollywoodien qu'il tenait quasiment d'une épidémie. Je n'exagérais rien. Les statistiques de l'Europolice criminelle (EC) montrent que les meurtres en série perpétrés par des obsédés sexuels dans les pays de la Communauté européenne ont augmenté de manière spectaculaire (plus de 700 %) depuis 1950. L'année dernière, on a estimé à 4 000 environ le nombre de ces meurtres, lesquels représentent plus de 20 % de la totalité des homicides comptabilisés dans l'ensemble de l'Europe pour l'année. Qui plus est, les services de l'EC estiment, toujours pour la seule Communauté, à 25 au mieux et à 90 au pire le nombre de meurtriers de ce type en activité à l'heure actuelle.

On parle encore aujourd'hui de Peter Sutcliffe, plus connu sous le nom de l'Éventreur du Yorkshire, qui, dans les années 1970, tua treize femmes, ou de Jack l'Éventreur, qui en tua six. Mais aujourd'hui, il y a des gens en liberté qui font vingt, trente victimes à la suite, parfois même davantage. À l'heure où celles-ci continuent à être surtout des femmes, c'est bien aux femmes qu'il appartient de ne pas laisser aux seuls hommes le soin de s'occuper de ce problème et de tenter de le résoudre.

Parmi les dix-sept autres membres de la Communauté, seuls le Danemark, la Suède, la Hollande et l'Allemagne sont en passe d'adopter le modèle britannique de l'approche bidimensionnelle dans le domaine qui nous occupe. Aux autres pays de la Communauté dont les forces de police conservent un caractère résolument patriarcal, pour ne pas dire machiste, je voudrais dire ceci en guise de conclusion : à moins de vouloir confiner les femmes jusqu'à la fin des temps dans la catégorie des victimes potentielles, il devient impératif de leur permettre d'abandonner le rôle ancillaire que l'histoire leur a assigné jusqu'ici, afin qu'elles puissent devenir elles aussi les gardiennes de la santé retrouvée de notre société. Je vous remercie de votre attention.

Le public applaudit poliment la prestation de Jake, et celle-ci, après avoir attendu juste ce qu'il fallait pour ne pas outrepasser les limites de la décence, descendit de l'estrade et retourna s'asseoir. Le président de séance, un gros bureaucrate allemand affublé d'un complet rose dont l'excellente coupe réussissait à camoufler les rondeurs, s'empara du micro pour remercier l'inspecteur principal en anglais. Certaines auditrices, enthousiasmées par le féminisme de Jake, continuèrent à applaudir, obligeant le président à s'interrompre. Il finit tout de même par ajouter : « Voilà qui était très instructif. »

« En effet, dit Mark Woodford, tandis que Jake reprenait sa place à côté de lui. Un tant soit peu agressif par moments, mais avec un sujet pareil, c'était inévitable, poursuivit-il en jetant un coup d'œil hésitant sur l'assistance et en riant sous cape. Je dirais même : "Voilà qui était bienvenu."

— Pardon ? »

Le visage lisse et typiquement anglais de Woodford prit un air sournois. Il croisa les bras et renversa la tête pour contempler les mosaïques de la voûte, qui n'étaient pas sans rappeler celles des basiliques des premiers chrétiens, mais figuraient une scène résolument moderne évoquant l'histoire de Francfort : Charlemagne, Goethe, les Rothschild et Marcuse, visiblement mal à l'aise, donnaient l'impression d'attendre, sur fond de ciel bleu, que Dieu veuille bien faire son apparition et rendre son jugement.

Jake observa le profil à l'horizontale de Woodford et fut frappée par la ressemblance de ses traits aquilins et aristocratiques avec ceux du roi.

« Cela fait toujours plaisir d'entendre dire que les Français, les Italiens et les Espagnols sont en retard sur nous dans un domaine ou dans un autre, murmura-t-il. "Patriarcal, pour ne pas dire machiste", j'ai bien aimé ce morceau-là. » Il bascula la tête en avant : il venait d'apercevoir sa ministre.

« Ah, c'est au tour de la ministre. Bon titre, non ? dit-il en désignant du doigt le programme qu'il avait sur les genoux. "Justice et châtiment : anciens thèmes pour un siècle nouveau." Voilà qui devrait enthousiasmer les foules. »

Jake acquiesça sans un mot. Elle n'appréciait guère la ministre et ses idées en matière de crime et de châtiment sorties tout droit de l'Ancien Testament. Pas plus qu'elle n'appréciait son secrétaire particulier.

Woodford jeta un coup d'œil au siège vide à côté de lui, tandis que la ministre, une grande et belle Noire vêtue d'un tailleur lilas bien coupé, rejoignait l'Allemand devant le micro. Avec leurs vêtements coûteux et leurs couleurs pastel, ils avaient l'air de deux oiseaux des îles.

« Gilmour va manquer ça s'il ne se dépêche pas », fit remarquer Woodford.

Jake se pencha pour franchir du regard l'obstacle négligeable que représentait l'estomac de Woodford et s'aperçut que le siège de Gilmour était vide.

« Où est-il ? demanda-t-elle.

— Envoyez-lui un message. On arrivera peut-être à savoir ce qui le retient. »

Jake ramassa son sac, dont elle sortit son portable. Elle déplia l'écran, pas plus grand qu'une enveloppe, et tapa le nom et le numéro de Gilmour sur le clavier miniature. Au bout de quelques secondes, « Connexion OK » apparut sur l'écran gris-vert.

« Woodford veut savoir ce qui vous retient, tapa Jake. Intervention de la ministre sur le point de commencer. Pense que vous ne voudriez pas manquer ça.

— Pour rien au monde. » Pour silencieuse que fut la réponse, le sarcasme dont elle était porteuse n'échappa pas à Jake. « Mais nouvel assassinat probable d'un individu fiché dans le programme Lombroso. Dois passer quelques coups de fil de toute urgence. »

Mark Woodford, qui lisait par-dessus l'épaule de Jake, eut un soupir et hocha la tête. « Ça ne va pas du tout lui plaire », dit-il tout bas, pendant que la ministre s'éclaircissait la voix et prenait appui sur le pupitre.

« Préférable de dire à votre préfet adjoint de mettre sur pied une conférence en duplex vidéophone avec le Royaume-Uni. Je veux l'officier chargé de l'enquête sur satellite dès que possible. »

Jake tapa les ordres du secrétaire de la ministre et, motivée uniquement par le désir d'échapper à ce qui l'attendait, proposa son aide. Elle envoya le message et attendit avec impatience que le curseur clignotant commence à se déplacer.

« Non merci, s'inscrivit la réponse de Gilmour. Il vaut mieux que vous restiez là où vous êtes si vous ne voulez pas rater l'exposé de Mme Miles. »

Jake vérifia du coin de l'œil que Woodford ne la surveillait pas, mais celui-ci ne pensait plus désormais qu'à sa ministre, et son visage reflétait la fierté et l'attention d'un père dont l'enfant joue dans la pièce de l'école, et tapa : « Bien ma chance ! » Puis elle remit l'ordinateur portable dans son sac.

Jake avait le sentiment qu'elle ne plaisait guère à Grace Miles. Cette honorable personne, sous-secrétaire d'État à l'Intérieur et membre du Parlement, semblait être de ces femmes qui préfèrent avoir des hommes pour collègues. Dans la mesure où les huit bureaucrates de la direction de la Police qui dépendaient d'elle et contrôlaient les activités des quelque 45 000 employés du Yard dans le domaine de la mise en application de la loi étaient tous des hommes, elle était comblée.

Jake soupçonnait Gilmour de l'avoir choisie pour l'accompagner au symposium au moins autant pour contrarier Mme Miles que pour prouver l'absence de sexisme de la police de Londres. Il avait prévenu Jake que ce ne serait pas facile. Maintenant, elle comprenait pourquoi. Gilmour lui avait dit que Grace Miles elle-même souhaitait voir Jake intervenir juste avant elle. Elle avait sans doute espéré, à tort, que Jake aurait quelque difficulté à s'en sortir et qu'elle-même pourrait alors faire aisément la démonstration de ses talents de conférencière.

Le discours de la ministre sur l'échec de la dissuasion comme base adéquate d'une théorie moderne de la mise en application de la loi ne recueillit pas l'enthousiasme escompté et laissa à tout un chacun la nette impression qu'elle s'était fait souffler la vedette par un simple subordonné. Jake ne fut donc pas surprise par la manière dont Mme Miles la félicita quand elles se retrouvèrent à la conférence convoquée par Gilmour sur les ordres de Woodford.

« Un très bel effort, inspecteur principal, dit Mme Miles en s'asseyant à la table de conférences. On dirait que vous êtes une habituée de ces cours où l'on apprend à parler en public – c'est du moins l'impression que j'ai eue.

— Vous me flattez, madame », dit Jake adroitement, tout en sachant que telle n'avait pas été l'intention de la ministre.

Mme Miles laissa flotter un sourire sur son visage avec l'espoir que Jake finirait par se pénétrer de l'ambiguïté de sa remarque. Mais celle-ci, prenant place à côté du préfet adjoint, fit semblant de n'avoir rien remarqué.

Mark Woodford eut un signe de tête pour Jake et Gilmour, puis présenta l'homme qui l'avait suivi dans la pièce et qui refermait la porte derrière lui.

« Je suis sûr que vous connaissez tous le professeur Waring, dit-il. Si je lui ai demandé de se joindre à nous, c'est parce qu'il s'intéresse de très près au programme Lombroso sous toutes ses formes. »

Bel euphémisme, pensa Jake. Waring était professeur de psychiatrie forensique à l'université de Cambridge et principal conseiller auprès du gouvernement en matière de stratégies de prévention du crime. C'était lui qui avait présidé la commission responsable du rapport préconisant la mise en place du programme Lombroso.

« Vous avez eu tout à fait raison, dit Gilmour. J'aurais dû songer moi-même à inviter le professeur. »

Waring eut un hochement de tête à l'adresse du préfet adjoint comme pour lui signifier que ces petits problèmes d'étiquette étaient sans importance.

Woodford consulta sa montre et désigna l'écran vide et neigeux du vidéophone. « L'appel est programmé pour quelle heure ? demanda-t-il à Gilmour.

— Dans environ deux minutes, répondit le préfet adjoint après avoir lui aussi regardé sa montre. C'est le commissaire Colin Bowles, de la PJ de Birmingham, qui doit présenter le rapport.

— Birmingham ? intervint Mme Miles d'un ton brusque. Vous avez bien dit Birmingham ?

— Absolument, madame.

— Et où a-t-on retrouvé le corps exactement ? demanda-t-elle, visiblement nerveuse.

— Eh bien, tant que je n'aurai pas entendu le rapport de Bowles…

— La circonscription de la ministre est à Birmingham », expliqua Woodford.

Le vidéophone se mit à crachoter violemment. Gilmour, qui tenait la télécommande, appuya sur une touche, et un homme chauve, d'une cinquantaine d'années, occupé à rectifier son nœud de cravate, apparut sur l'écran. Le petit objectif de la caméra fixée au sommet de l'appareil commença à pivoter automatiquement pour balayer la table et ses occupants.

« Nous vous écoutons, commissaire », dit Gilmour.

Les yeux de Bowles allèrent de la feuille de papier qu'il avait dans les mains à l'objectif de la caméra fixée sur son propre vidéophone. Quand il se mit à parler, sa voix était à peine audible.

« L'imbécile ! Il a oublié de débloquer la commande "Confidentiel" », grommela Mme Miles.

Bowles rougit. La ministre ne l'avait peut-être pas entendu, mais lui, en revanche, n'avait rien perdu de ce qu'elle venait de dire. Il saisit sa télécommande et appuya sur une touche. « Désolé », dit-il. Puis il s'éclaircit la voix et reprit sa lecture.

« À environ 22 heures, hier soir, le corps d'un homme de race blanche, âgé de trente-cinq ans, a été découvert dans une ruelle de Selly Oak. »

La ministre étouffa un juron. Jake, qui n'ignorait pas que Selly Oak était précisément la circonscription de la ministre, se réjouit intérieurement. Bowles interrompit sa lecture et regarda la caméra d'un air indécis.

« Tout va bien, lui dit Woodford calmement. Continuez.

— L'homme a été abattu de six balles tirées dans l'occiput entre 21 heures et 21 h 30. Les officiers de scène de crime ont examiné le lieu du crime ainsi que le corps, lequel a ensuite été transporté à l'Institut médico-légal. Le médecin légiste a retrouvé six balles à air de calibre 44 de type conoïdal, pesant chacune environ quarante grammes et tirées à moins de dix mètres par un pistolet à gaz extrêmement puissant. La mort a été pour ainsi dire instantanée.

« L'homme a été identifié : il s'agit d'un certain Sean Andrew Hill, résidant à Selly Oak Road, à Birmingham. Quand on a entré sa fiche signalétique sur l'ordinateur de la police au QG de Kidlington, l'ordinateur Lombroso a immédiatement indiqué qu'il s'agissait d'un NVM-négatif, nom de code Charles Dickens. Cette information, jointe au *modus operandi* du meurtrier, nous amène à penser que Hill est une nouvelle victime de celui qui a déjà tué Henry Lam, Craig Edward Brownlow, Richard Graham Swanson, Joseph Arthur Middlemass…

— Merci, commissaire, l'interrompit Gilmour. Inutile de nous donner la liste *in extenso*.

— Commissaire, dit Woodford, l'équipe du labo a-t-elle trouvé quelque chose ? Des indices, par exemple, ajouta-t-il, avec une moue et un hochement de tête évocateurs, destinés à soutirer une réponse à Bowles.

— Des indices ? reprit Bowles que ce seul mot sembla plonger dans l'abattement. Non, monsieur. Absolument rien de ce genre.

— Des témoins, peut-être ? poursuivit Woodford. Quelqu'un a-t-il vu ou entendu quelque chose ? »

Bowles eut un sourire fébrile, comme s'il se rendait brusquement compte que son interlocuteur n'avait pas la moindre idée de ce qu'il demandait. « Il est plus qu'improbable qu'on ait pu entendre quoi que ce soit, dit-il. Comme je viens de vous le dire, le meurtrier s'est servi d'un pistolet à gaz. Cette arme est totalement silencieuse. Mais l'enquête vient tout juste de commencer, et nous poursuivons les recherches.

— Oui, bien sûr. D'autres questions ? demanda Woodford s'adressant à ses collègues.

— L'inspecteur principal, peut-être ? dit la ministre d'un air encourageant. C'est un domaine que vous connaissez bien, non ? Quelle est cette expression que vous avez utilisée dans votre intervention et qui avait l'air de sortir tout droit d'un journal à sensation ? "Le meurtre hollywoodien", c'est bien cela ?

— Avec tout le respect que je vous dois, dit Jake en se redressant sur sa chaise, ceci ne s'applique qu'aux meurtres à caractère récréatif visant des femmes.

— Mais c'est bien d'un meurtre à caractère récréatif qu'il s'agit en l'occurrence, insista Mme Miles. Peu importe que la victime soit un homme ou une femme. Il existe forcément un dénominateur commun, vous ne croyez pas ?

— Je n'ai pas de question pour le commissaire, dit Jake avec fermeté.

— Nous vous remercions, commissaire. Ce sera tout pour l'instant. »

Gilmour appuya à nouveau sur une touche pour mettre fin à la liaison satellite, et le silence se fit dans la pièce.

Jake prit le temps de regarder autour d'elle. Elle ne connaissait que trop bien ce genre de salle de réunion où le confort avait cédé la place à la couleur, au fonctionnel et aux formes géométriques, et où elle se faisait toujours l'impression d'être une figurine en plastique posée sur une maquette d'architecte. Elle n'aurait guère été surprise de découvrir des arbres en caoutchouc en s'approchant de la fenêtre.

« Nous en sommes à combien, monsieur Gilmour ? demanda Mme Miles.

— C'est le huitième en huit mois.

— Inutile de vous dire, je suppose, qu'une telle affaire pourrait devenir extrêmement délicate.

— En effet, madame le ministre.

— Le programme Lombroso a coûté une fortune, poursuivit-elle. Il est vrai qu'il ne constitue qu'un des aspects du vaste effort financier décidé par notre gouvernement pour améliorer les problèmes de mise en application de la loi et de prévention du crime. Mais ce programme est sans doute le fleuron de notre nouvelle politique, et il serait extrêmement regrettable qu'il soit interrompu, voire abandonné, à cause de cet obsédé.

— Absolument, madame le ministre.

— Je n'ai pas besoin d'insister sur les conséquences fâcheuses que pourrait avoir cette affaire d'un point de vue électoral si jamais la presse venait à l'ébruiter. Je fais allusion au fait que le seul facteur commun de ces huit meurtres, c'est le programme Lombroso. Suis-je assez claire ? »

Gilmour acquiesça.

« Mais nous ne pourrons pas tenir la presse à l'écart très longtemps. Les journalistes ont la sale habitude de s'en prendre au gouvernement dans ce genre de situation. Même quand il s'agit d'une affaire qui tombe sous le coup de la loi sur le secret de l'information. »

Elle jeta un coup d'œil au professeur Waring qui griffonnait un dessin compliqué sur un buvard triangulaire.

« Qu'est-ce que vos taches d'encre ont à nous apprendre aujourd'hui, Norman ? » demanda-t-elle d'un ton cassant.

Waring continua à gribouiller quelques instants.

« Nous avons quelque peu dépassé le stade où nous pourrions utiliser la perception de formes non structurées pour rendre un diagnostic, dit-il d'un ton pointilleux, soulignant sa remarque d'un sourire désabusé.

— J'ai besoin d'idées, Norman, dit-elle. Si ce psychopathe met un terme au programme, il se pourrait bien que votre recherche ne se remette jamais d'un tel choc. Si vous voyez ce que je veux dire.

— Avec tout le respect que je vous dois, madame le ministre, fit-il, contrarié, nous ne savons pas encore s'il s'agit bien d'un psychopathe. » Il eut un regard lourd de sous-entendus pour Gilmour. « Pas plus que la police ne sait comment mettre la main sur lui. J'ai discuté du problème à plusieurs reprises avec le professeur Gleitmann, et il n'a toujours aucune idée de la manière dont une pareille effraction a pu se produire. Pour ma part, je n'imaginais même pas qu'elle soit possible.

— En attendant, elle s'est bel et bien produite », insista la ministre.

Il s'ensuivit un silence gênant. Cette fois-ci, ce fut Jake qui le rompit.

« Si je puis me permettre de faire une suggestion…

— Nous sommes tous là pour ça, inspecteur.

— En l'état actuel des choses, la seule certitude que nous ayons, qu'elle nous plaise ou non, c'est qu'il y a eu atteinte à la sécurité du programme Lombroso. Selon moi, ce qu'il nous faut établir en priorité, c'est si cette atteinte vient de l'intérieur ou de l'extérieur. Ce n'est que quand nous aurons répondu à cette question que nous pourrons entamer une véritable enquête.

— Inspecteur, dit le professeur Waring revenant à son griffonnage, que savez-vous exactement du programme ?

— Ce que j'en ai lu dans les journaux ou vu à la télévision », dit Jake, haussant les épaules.

Waring se mit à biffer rageusement le centre de son dessin. « Est-ce que vous avez seulement une idée de ce qu'implique votre remarque ? Le système informatique Lombroso est hautement sophistiqué. Suggérer, comme vous le faites avec tant de désinvolture, qu'il est possible d'atteindre à sa sécurité me paraît aussi absurde que l'idée selon laquelle l'un des subordonnés de Gleitmann ait quelque chose à voir dans cette épouvantable histoire.

— Absurde ou pas, monsieur, il n'existe, en toute logique, pas d'autre possibilité. »

Waring émit un grognement d'impatience. Son griffonnage prenait de plus en plus l'allure d'une gravure sur bois.

« Que feriez-vous, inspecteur principal Jakowicz, si vous étiez vous-même chargée de l'enquête ? » demanda Mark Woodford.

Jake essaya de rassembler quelques idées.

« Eh bien, monsieur, répondit-elle, je crois que je commencerais par demander au Yard de m'affecter l'homme le plus compétent de son Unité informatique criminelle. Je prierais ensuite celui-ci de se pencher sur l'ordinateur Lombroso pour essayer de voir ce qui a pu se passer. Je ferais également… »

Jake hésita, se demandant quelle était la meilleure façon de présenter la suggestion suivante.

Woodford, qui tapait sur son ordinateur portable les idées qu'elle émettait, leva les yeux, attendant la suite. « Oui ? »

Jake se dit qu'il valait encore mieux aller droit au but. « Je ferais passer tout le personnel impliqué dans le programme Lombroso au détecteur de mensonges. »

Waring envoya rouler son stylo. En rebondissant, celui-ci laissa sur la table en noyer une fine traînée de petites gouttes d'encre. « Je n'en crois pas mes oreilles, gronda-t-il. Sérieusement, inspecteur, vous n'allez pas me faire croire que vous soupçonnez le personnel de Gleitmann de mentir ? »

Jake tenta d'émousser les pointes acérées que lui lançaient les yeux de Waring en le toisant de son regard le plus dur. « Son personnel... ou le professeur Gleitmann lui-même », dit-elle choisissant la provocation.

Waring prit un air parfaitement indigné que la ministre et son secrétaire parurent trouver amusant. Mais Jake n'avait pas fini.

« Sauf votre respect, monsieur, c'est la seule attitude logique, quelle que soit l'enquête, en l'absence de tout... » Elle s'apprêtait à dire un mot qu'elle utilisait rarement et se surprit à sourire. « ... indice. » Le mot évoquait pour elle l'image d'une pelote de fil qu'on enroule pour sortir d'un labyrinthe. « Il nous faut travailler de l'intérieur pour repartir progressivement vers l'extérieur, précisa-t-elle. C'est le programme lui-même qui détient la clé du mystère et c'est lui qui devrait nous fournir le fil conducteur de tous ces meurtres. Si nous nous obstinons à ne traiter que les phénomènes extérieurs pour chaque cas individuel, nous n'avancerons pas. »

Jake découvrit, à sa grande surprise, que la ministre l'approuvait. « C'est bien ce que j'ai entendu de plus sensé jusqu'ici, dit Mme Miles.

— Madame le ministre... »

Elle tourna son beau profil vers Waring et lui imposa le silence d'un geste de sa main chargée de bagues. Jake remarqua que les ongles manucurés de Mme Miles n'avaient rien de ministériel : on aurait dit des pelures d'orange tant par la couleur que par la forme.

« Non, Norman. L'inspecteur principal a raison. C'est peut-être bien ce dont cette enquête a besoin en définitive – un point de vue de femme, exactement comme nous le disait l'inspecteur dans son exposé de ce matin. Après tout, nous n'avons guère progressé, me semble-t-il, avec un homme à la tête des opérations. Vrai ou faux ? » Le professeur Waring tenta de l'interrompre, mais Mme Miles l'ignora. « Peut-être bien que ce qui a fait défaut jusqu'ici, c'est cette attention aux petits détails pour laquelle les femmes sont si douées. Et puis, un peu moins de phallocratisme, poursuivit-elle avec un sourire, ne nous ferait pas de mal. » Elle se tourna vers le préfet adjoint.

« John, dit-elle, vous veillerez à ce que l'inspecteur principal Jakowicz soit chargée de la direction de cette enquête. Est-ce que je me fais bien comprendre ? »

Gilmour acquiesça d'un air gêné. Il avait horreur qu'on lui dicte la conduite à tenir dans une affaire, surtout quand les ordres venaient d'un homme politique, et plus encore quand il s'agissait de son propre ministre. Mais, en même temps, il était convaincu que Jake avait raison et qu'elle était faite pour ce travail.

« Pas d'objections, inspecteur ? » demanda Mme Miles.

Jake, quelque peu effrayée par une décision aussi soudaine et par le ton péremptoire qu'avait adopté la ministre pour la leur communiquer à elle et à Gilmour, eut un mouvement d'hésitation. Elle pensa aux énormes dossiers qui l'attendaient au Yard et à la consternation dans laquelle sa nomination ne manquerait pas de plonger son supérieur, le commissaire Challis. Mais elle pensa aussi au plaisir que lui procurerait la consternation de Challis à l'idée de se voir retirer l'affaire et se surprit à acquiescer. « Aucun problème, pour ce qui me concerne, madame, dit-elle. J'aimerais cependant pouvoir garder un œil sur une autre affaire dont je m'occupe en ce moment. » Jake pensait au corps de Mary Woolnoth, barbouillé de rouge à lèvres, à son visage réduit en bouillie : elle était prête à donner très cher pour mettre la main sur son meurtrier. « Pour tout dire, j'y tiens absolument. »

Mme Miles eut un large sourire, découvrant ainsi une rangée de dents d'une blancheur parfaite. Un de ces sourires qui à eux seuls vous font gagner une élection. Un de ces sourires qui avaient aidé Mme Miles à tirer le meilleur parti de sa carrière d'athlète, couronnée par une médaille d'or aux jeux Olympiques sur 100 et 200 mètres, et à se retrouver à la Chambre des communes dès l'âge de vingt-neuf ans.

« Aucun problème de ce côté-là, dit-elle. Bien. Tout est donc réglé. Mark ?

— Madame le ministre ?

— Je veux que vous appeliez le professeur Gleitmann pour le prier d'apporter à l'inspecteur principal et à son équipe toute la coopération que celle-ci jugera bon de lui réclamer. C'est aussi valable pour vous, Norman. C'est compris ? »

Waring acquiesça de mauvaise grâce.

Mme Miles se leva et se dirigea, avec la puissance d'un grand félin, vers l'immense porte, suivie de son secrétaire. Waring leur emboîta le pas, mais à distance respectable, histoire de marquer sa réprobation. Avant de sortir, la ministre fit une pirouette sur ses talons aiguilles, tirant sur la jupe qui moulait la courbe de ses fesses musclées et sur son collant.

« Oh, j'oubliais, inspecteur…

— Oui ? dit Jake.

— Ne me décevez pas. Je veux des résultats. Et vite. Je n'ai pas besoin de vous dire, j'en suis certaine, que j'arrive toujours à mes fins. Quand par hasard ce n'est pas le cas, je peux être extrêmement désagréable. Vous me suivez ?

— Certainement, madame le ministre », répondit Jake, qui ne doutait pas que Grace Miles saurait veiller à ce que sa carrière soit définitivement bloquée et se termine prématurément par une de ces « mutations dictées par les besoins du service ».

« Eh bien, dit le préfet adjoint quand il se retrouva seul avec Jake, si cela tourne mal, vous ne pourrez vous en prendre qu'à vous-même.

— En effet, monsieur, dit-elle avec un sourire désabusé.

— Oh ! je ne doute pas que vous sachiez où vous allez dans cette affaire et comment la mener. Mais je n'aimerais pas devoir la perte d'un de mes meilleurs éléments au simple caprice d'une sous-secrétaire d'État décidée à se gratter là où ça la démange. Elle ne semble pas vous porter dans son cœur et elle aimerait peut-être bien vous voir vous casser la figure dans cette enquête.

— C'est possible, dit Jake avec indifférence.

— Je peux toujours essayer d'en toucher un mot à sir MacDonald en rentrant à Londres. Lui dire de persuader Mme Miles qu'il préférerait voir quelqu'un d'autre se charger de l'enquête. Mais qu'est-ce que je raconte ?

dit-il en se frottant la nuque. Il y a bel et bien quelqu'un en place pour l'instant.

— Challis.

— Oui.

— J'aimerais faire cette arrestation, monsieur, si c'est possible, dit-elle.

— Elle a bien travaillé, cette salope. Enfin, si vous êtes vraiment décidée, je suis prêt à vous épauler. Mais qu'est-ce que je vais raconter à Challis ?

— Si vous lui disiez que vous voudriez me voir m'occuper de l'enquête sur le terrain ? suggéra Jake. Qu'il faudrait peut-être aborder l'affaire sous un autre angle. Qu'il est bien trop haut placé pour s'impliquer dans les recherches de routine. Il pourrait peut-être continuer à exercer une sorte de contrôle exécutif.

— Pas des plus convaincants, grogna Gilmour. Peu importe, je trouverai bien quelque chose. » Il prit sa serviette sur ses genoux et fourragea à l'intérieur avant d'en retirer une boîte de disquettes. Il en sortit une qu'il tendit à Jake.

« Tenez, dit-il. Vous saurez tout ce qu'il y a à savoir sur le programme Lombroso. »

Ce n'est pas à la suite d'une série de remarques désagréables sur mon physique, que l'on m'aurait faites au cours de mon enfance, que m'est venue la conscience d'être un monstre. Ce n'est pas davantage le résultat d'une glace mal placée, d'une offre d'emploi dans un cirque, de la mine horrifiée d'un chirurgien esthétique ou du cynisme d'une camarade d'école désintéressée. Mais bien plutôt la conclusion d'un test médical aux finalités ésotériques pour lequel je me suis un jour porté volontaire à la suite des assauts répétés de la loi et de ses représentants. Jusque-là, j'étais pratiquement normal. Un quart d'heure plus tard, j'étais pour la médecine un de ces cas tels qu'on n'en trouve que trois sur cent mille.

La série des nombres est ordonnée d'après une relation non pas externe mais interne.

Je dis bien interne. L'essence de ma monstruosité ne peut être perçue par les données sensorielles des autres, pas plus que je ne suis moi-même capable de la percevoir. Elle a bien entendu été établie empiriquement et, par conséquent, d'un point de vue phénoménologique, mon état n'est pas affaire d'a priori même si, sur le plan de l'existence, ces déductions empiriques ont contribué à révéler ma véritable situation dans ce monde.

Il va de soi que j'ai toujours su que j'étais différent. Rien à voir avec le type somatique moyen – pour tout dire, je suis un bel exemple de l'individu ectomorphe. À supposer que vous me voyiez nu, c'est à l'ossature délicate et à la musculature assez peu développée d'un corps d'homme que vous seriez confronté. Il se peut que de telles caractéristiques aient eu leur rôle à jouer. Dans la typologie caractérologique de Sheldon, les paramètres de mon physique ectomorphe feraient de moi un individu cérébrotonique, avec pour signes distinctifs l'égocentrisme, l'hyperactivité et une préférence marquée pour la solitude. Mais j'ai également certains des traits du somatotonique moyen – désir de pouvoir et de domination entre autres – que Sheldon associe au type physique mésomorphe, plus musclé. Alors, ne parlons plus de choses aussi primaires que mes caractéristiques physiques, et disons simplement qu'elles n'ont rien à voir avec ce que je suis. Ce sont là des trucs qui ne marchent jamais que dans le théâtre shakespearien.

Cette conscience de ma différence s'est trouvée tout naturellement atténuée par la conscience de ce qui, pour les philosophes, est simplement la nature solipsiste de toute réflexion sur soi, selon la théorie qui veut que rien n'existe en dehors de moi et de mes états mentaux. Je n'ai donc pas de preuves solides pour étayer la perception selon laquelle j'étais différent parce que j'estimais inhabituels mes états mentaux. Quiconque, en dehors de moi, lirait ce récit, serait sans doute très vite à même de juger si mes processus de pensée font de moi un cas à part ou non. Mais, dans la mesure où la nature même de mes écrits est introspective, une telle approche ne serait pas non plus d'un grand secours. En l'occurrence, je n'ai rien d'autre à quoi me raccrocher sinon la description d'un syndrome psychopathologique tout à fait à part et un roman de Keith Waterhouse.

Dans le syndrome de La Tourette, la pensée atteint un tel degré de désorganisation que l'individu se retrouve en train de hurler des obscénités où qu'il se trouve. Quant au roman, *Billy le menteur, il décrit les aventures d'un jeune homme qui n'est pas à proprement parler un menteur mais qui souffre simplement d'une imagination débridée qui le pousse à construire à tout propos des fantasmes compliqués – à proposer une autre version de la réalité, pour employer l'expression de George Steiner.

Si vous mélangez les deux : syndrome de La Tourette et imaginaire incontrôlé, vous aurez une idée de ce que je suis.

Un simple tour au macromarché et je me déchaîne. Mentalement armé de tout un arsenal, je me fraye un chemin dans la rue à coups d'agressions, de viols et de meurtres. Le chien qui, attaché à un lampadaire, aboie pour appeler son maître devient une cible de choix pour mon Magnum 47. La vieille dame qui tire sa poussette à provisions comme un char miniature et obstrue le passage de ma sacro-sainte personne se retrouve désagrégée sous l'action d'un lance-roquettes portable. Une grenade, lâchée dans l'étui à guitare d'un musicien ambulant, le réduit, lui et son instrument, en bouillie : le manche de la guitare s'envole dans les airs, pulvérise un pare-brise puis la tête du conducteur qui a eu la témérité de me klaxonner. Un ballon d'enfant éclate quand j'en approche ma cigarette. Au macromarché, une femme, moulée dans sa jupe courte, est penchée sur le tapis roulant de la caisse : sa culotte lui est arrachée, ses fesses tremblent, elle est violée par-derrière sans pitié. Un nègre, qui jette des détritus sur le trottoir, se voit arrosé d'une giclée de mon lance-flammes.

Voilà une série de tableaux qu'aurait pu peindre Goya ou qu'aurait pu filmer Michael Winner.

Un tableau est une transposition de la réalité. Le tableau est un fait. Par lui-même, le tableau ne fait rien connaître de ce qu'il y a de vrai ou de faux. Entendu, je le comparerai donc à la réalité. Mais il n'y a point de tableau qui soit vrai a priori. Quelles que puissent être vos pensées du moment.

À me voir, il va de soi qu'on me prendrait pour quelqu'un de bien adapté. Ne confondons pas, voulez-vous : M. Edward Hyde, c'est autre chose. Ce n'est pas moi qui irais piétiner le corps d'une gamine innocente pour l'abandonner ensuite en pleurs au milieu de la rue. Jamais de la vie. Je suis courtois et bien élevé : je ne laisse pas les portes se refermer devant les dames et j'aide les jeunes mères à monter leurs poussettes sur les escalators. La routine, en somme. Et bien que vous n'ayez que ma parole, je ne suis pas mal physiquement, même si j'ai l'air un tant soit peu absent.

À l'époque victorienne, Cesare Lombroso, le criminologue italien, pensait pouvoir expliquer la criminalité par l'anatomie : il pesait et mesurait les crânes à coups d'ésthésiomètre et de crâniomètre. Pas assez de front, ou un tout petit peu trop de mâchoire inférieure, et hop, vous vous retrouviez, ipso facto, dans la *catégorie des affreux. Il fut le premier anthropologue criminel des temps modernes.*

Ridicule, évidemment. Mais si Lombroso faisait fausse route en expliquant la criminalité à partir de la taille d'un nez, d'une bouche ou d'une oreille, la recherche neurologique a prouvé depuis qu'il n'était pas si loin du compte en définitive. Le jour où il a ouvert le crâne d'un homologue italien de Jack l'Éventreur et a découvert sur la crête occipitale postérieure une petite dépression – dépression qui était liée à une anomalie plus grave encore du cervelet (l'hypertrophie du vermis) et dans laquelle il devait voir par la suite le signe d'une propension certaine à la criminalité –, il fit une découverte bien plus intéressante qu'il ne le croyait sans doute lui-même.

Bien entendu, Lombroso n'avait pas encore mis le doigt sur le fait que les tendances criminelles peuvent se lire non pas à la surface du crâne mais à la surface du cerveau. Dommage qu'il se soit laissé égarer par tout ce fatras sur les oreilles trop grandes soi-disant caractéristiques du criminel.

Il se trouve que j'ai de grandes oreilles : Lombroso (le premier, l'Italien) aurait très probablement vu en moi le type même du criminel. Ce n'est peut-être pas plus mal que personne ne puisse dire au juste ce qui se passe dans votre tête. Personne, hormis le second Lombroso. Et voilà qui ressemble fort à une tautologie.

3

L'hôtel où était Jake lui rappelait, du moins de l'extérieur, un centre de détention qu'elle avait visité autrefois à Los Angeles. Seuls un portier et une station de taxis devant l'entrée indiquaient qu'il s'agissait bien d'un hôtel. Elle n'aurait guère été surprise de découvrir une mitraillette nichée au sommet de cet immeuble en forme de nœud papillon.

Elle pénétra dans le bar et s'installa au comptoir où elle demanda un whisky-citron et un paquet de cigarettes dénicotinisées. Puis elle grignota une poignée de pistaches pendant que le barman retirait l'enveloppe de Cellophane du paquet de cigarettes. Il lui en alluma une sans un mot et lui prépara son cocktail.

Jake jeta un coup d'œil sur la salle par-dessus son épaule, évitant soigneusement les regards des hommes d'affaires en transit et en mal d'aventures qui, à la vue d'une jeune et jolie femme non accompagnée, risquaient de se sentir tentés.

Le bar de l'hôtel avait cette modernité impersonnelle, quasiment spartiate, que l'on trouve à l'intérieur des voitures allemandes de luxe. Une moquette gris anthracite recouvrait le sol et les murs jusqu'à hauteur des vitres teintées en verre trempé. Les sièges en cuir noir auraient sans doute fait le bonheur d'un chiropracteur mais n'avaient rien de confortable. Sur le beau comptoir en noyer verni, une multitude de petits écrans permettaient aux clients, en appuyant sur une simple touche, d'obtenir toutes sortes de renseignements, depuis les tarifs des consommations jusqu'aux programmes de télévision par câble.

Jake se retourna face aux rangées de bouteilles alignées comme des pipes dans un stand de tir et prit son verre sur le comptoir, essayant d'ignorer la présence du costume italien impeccable et frétillant d'espoir qui déjà se profilait à ses côtés.

« Ce siège est occupé ? demanda-t-il, butant sur les mots.

— Non, si ce n'est par le Seigneur », répondit-elle dans un allemand beaucoup moins hésitant. Elle gratifia l'homme d'un de ces sourires angéliques et suffisants qu'elle avait vu arborer aux télé-évangélistes les plus cauteleux.

« Dis-moi, mon ami, lui demanda-t-elle d'un ton précipité, te préoccupes-tu de ton salut ? »

L'homme hésita, perdant toute confiance en lui face à cette manifestation de ferveur religieuse.

« Heu, pas vraiment… »

Jake s'amusa un instant à imaginer la teneur des pensées de son vis-à-vis. Quelles sont les chances d'un homme avec une femme que seul le salut de votre âme immortelle semble préoccuper ?

« Une autre fois, peut-être, dit l'homme qui battit en retraite.

— Jésus est une balle qu'il faut prendre au bond », énonça Jake, écarquillant les yeux comme une folle. Mais il était déjà parti.

Jake sirota son verre tout en riant sous cape. Le coup de la folle de Jésus : il ne ratait jamais. Se retrouver obligée de consommer seule dans un bar était une situation qu'elle avait appris à maîtriser depuis long-temps. Devoir repousser les avances masculines (et à ses yeux de telles avances étaient toutes également malvenues) n'était pas plus agaçant pour elle que pour un explorateur aguerri de la forêt amazonienne de devoir repousser les assauts des moustiques : on s'en débarrasse d'une tape et, au bout d'un certain temps, on n'y fait plus guère attention. Elle savait qu'elle aurait pu s'éviter ces petits ennuis en ne fréquentant que des bars pour lesbiennes. Mais les choses n'étaient pas aussi simples.

« Je peux vous offrir un verre ? » Américain, celui-là, et naturellement, en tant que tel, persuadé que le monde entier parlait sa propre langue.

Après un temps de réflexion, Jake, qui parlait bien l'allemand, renonça à faire semblant de ne pas comprendre un mot d'anglais : elle savait pertinem-ment que l'homme qui ne cherche qu'à mettre une fille dans son lit se moque éperdument de ses aptitudes à la conversation.

« Peut-être bien que oui, peut-être bien que non, dit-elle d'un ton morne.

— Quoi ? » fit l'homme avec une grimace.

Jake le regarda bien en face : cheveux courts, visage frais, il semblait avoir l'âge de son encolure. Elle se dit que s'il avait eu l'air un tout petit peu plus intelligent, elle se serait peut-être laissé tenter.

« Oui, il fait chaud.

— C'est quoi, votre problème ? dit le jeune Améri-cain, un sourire amer aux lèvres.

— Pour l'instant, rien que ton after-shave, mon petit vieux, dit Jake en changeant son assise sur le tabouret. Disparais avant que mes lentilles en prennent un coup. »

L'Américain eut un regard mauvais. Ses lèvres se retroussèrent à plusieurs reprises avant d'arriver à former la réplique qu'il mijotait.

« Allumeuse », siffla-t-il en s'éloignant d'un pas raide.

Jake eut un grognement de mépris, tout en sachant que c'était bien ce qu'elle était, et même autre chose en prime. Elle aurait presque pu être lesbienne, si ce n'est que l'expérience qu'elle avait connue autrefois ne l'avait guère impressionnée. S'il fallait en croire Faith, une amie lesbienne du temps de Cambridge, Jake avait une sexualité qui rappelait ce que Jeremy Bentham avait dit de John Stuart Mill : il haïssait la minorité en place plus qu'il n'aimait la majorité opprimée. D'après Faith, ce n'était pas que Jake aimait les femmes, mais plutôt qu'elle haïssait les hommes.

Sa haine des hommes était aussi exacerbée que peut l'être pour d'autres leur aversion de l'altitude, des grands espaces ou des araignées ; et elle l'avait acquise un peu comme un rat se trouve conditionné à appuyer sur un levier pour éviter une décharge électrique.

L'instrument de son propre conditionnement à l'aversion, expression qui lui était devenue familière quand elle avait commencé des études de biologie à Cambridge, n'avait pas l'immédiateté de l'électricité et ne laissait pas de cicatrices visibles ; mais ce stimulus spécifique avait un effet tout aussi douloureux que celui qu'auraient pu provoquer quelques électrodes bien placées ; et, pour invisibles qu'elles aient été, ses blessures étaient permanentes – comme si sa chair avait été marquée au fer rouge.

Un enfant, si ingrat soit-il, n'est pas de taille à affronter le venin de la haine paternelle injecté dans l'axe cérébro-spinal.

Elle finit son verre et en commanda un autre. Le barman le lui prépara à une allure record, comme s'il avait appris son métier dans les stands d'un grand prix de Formule 1. Mais le cocktail était bon, et Jake hocha la tête, en connaisseur, à l'adresse du barman.

Elle jeta un coup d'œil à sa montre. Avant de se mettre au lit, il lui fallait lire le dossier que lui avait passé Gilmour. À quoi bon rester au bar ? Ce n'était pas un mystère s'il y avait autant de foires et de conférences internationales à Francfort, qui faisait partie de ces villes qui n'ont rien à offrir en guise de distraction : pas de vie nocturne, pas de sites dignes de ce nom, pas de bâtiments historiques, pas de théâtres ni de cinémas corrects. Ce qu'il y avait encore de mieux, c'était sans doute l'aéroport. Elle finit son verre, signa sa note et sortit dans le hall.

L'ascenseur arriva sans heurt sur son coussin d'air. Jake donna le numéro de son étage à l'ordinateur et regarda les portes se refermer. Pas tout à fait assez vite, cependant, pour empêcher le jeune Américain qui lui avait adressé la parole au bar de se glisser à l'intérieur à la dernière minute.

« Vous devriez vous montrer plus amicale », dit-il en lui caressant les seins.

Jake lui sourit, histoire de ménager son effet de surprise. Elle lui souriait encore quand elle lui lança sa chaussure dans le tibia. L'homme hurla et se pencha instinctivement pour tâter sa jambe, ce qui le mit juste à la

63

portée du splendide uppercut qui, comme un piston que l'on relâche, était déjà parti et le cueillait à la pointe du menton. En moins de deux secondes, tout était terminé. La porte de l'ascenseur s'ouvrait à l'étage de Jake, et celle-ci se frottait les jointures tout en enjambant le corps de l'Américain étendu pour le compte.

« Rez-de-chaussée », dit-elle à l'ordinateur en sortant sur le palier, tandis que les portes se refermaient silencieusement. Le couloir était long comme une *autobahn*. Elle espérait pouvoir être de retour dans sa chambre avant que l'homme reprenne ses esprits et remonte du hall central. Devant la porte de sa chambre, elle s'arrêta et fouilla dans son sac à la recherche de sa clé. Puis elle se souvint qu'il n'y en avait pas. La voix du client déclinant son identité suffisait à déclencher l'ouverture.

« Jakowicz », dit-elle, et la porte s'ouvrit.

La lumière halogène provenant des quatre énormes parapets en verre qui se trouvaient tout en haut des deux ailes de l'immeuble entrait à flots par la baie vitrée, comme celle qui, dans un cinéma, s'échappe de la salle de projection. Jake alluma une cigarette ; même dénicotinisée, la fumée qui envahit ses poumons lui fit du bien. Elle s'empara de son portable et inséra la disquette de Gilmour.

```
Propriété du bureau des renseignements
de la police de Londres.
Disquette lmp/2000/programme Lombroso/
fichier général.
Menu
1. Qu'est-ce que Lombroso ?
2. Le programme Lombroso : arrière-plan
```

A. *Échec des stratégies de prévention du crime violent*

B. *Arrière-plan social et philosophique*

3. Facteurs somatogènes du crime violent

4. Mise en application

5. Traitement et intégration

Appuyez sur « retour » pour dérouler les rubriques dans l'ordre.

Quand elle eut fini le menu, elle suivit les instructions et appuya sur « Retour ».

1. Qu'est-ce que Lombroso ?

Lombroso signifie « Localisation of Medullar Brain Resonations Obliging Social Orthopraxy[1] ». Un appareil, créé à partir de l'ancien tomographe à émission protonique, et mis au point par le professeur Burgess Phelan de l'Institut des sciences Nuffield à l'université de Cambridge, est désormais capable de déterminer quels sont les hommes dont le cerveau souffre de l'absence d'un Noyau ventriculo-médian (NVM), lequel inhibe le Noyau sexuellement dimorphique (NSD), zone préoptique du cerveau humain mâle, siège des réactions d'agressivité. Un recensement informatisé de tous

---

1. « Localisation des résonances cérébrales nécessitant une orthopraxie sociale. » Nous gardons l'acronyme anglais, LOMBROSO, puisqu'il évoque le nom du célèbre criminologue italien.

les Britanniques de sexe masculin a débuté à l'échelle nationale en 2010, visant à proposer une thérapie et/ou une assistance sociopsychologique à tous les NVM-négatifs. Si la première directive du programme Lombroso protège par le biais d'un nom de code ceux dont le test est NVM-négatif, l'ordinateur est cependant directement relié à l'ordinateur central de la police à Kidlington : si le nom d'un suspect, répertorié sur l'ordinateur de la police au cours d'une enquête portant sur un crime violent, correspondait à celui d'un NVM-négatif, Lombroso se verrait dans l'obligation d'en informer immédiatement l'OCP de Kidlington. Le fait d'être NVM-négatif ne pourra cependant être retenu comme preuve devant les tribunaux. Depuis la mise en place du programme, c'est-à-dire depuis deux ans, 4 millions d'hommes ont été examinés, dont seulement 0,003 % s'avèrent être NVM-négatifs. 30 % de ces derniers avaient auparavant été incarcérés ou possédaient un casier judiciaire plus ou moins chargé. Jusqu'ici, le programme Lombroso a permis d'appréhender 10 meurtriers.

Jake termina cette première section du programme, puis en bâillant se dirigea vers la fenêtre de sa chambre. Elle apercevait au loin le Main, du même gris délavé que le ciel. Une péniche qui n'en finissait plus d'être longue fit résonner sa sirène tout en glissant lentement sur la rivière. Francfort n'était pas plus inspirante que la perspective d'une soirée consacrée aux stratégies de prévention du crime, auxquelles Jake ne croyait guère. Elle ne voyait là qu'un immense gâchis à un moment où la police judiciaire manquait singulièrement de ressources budgétaires pour ses enquêtes.

Tout en pensant désormais à autre chose, elle mit le Nicamvision en marche et passa les 42 chaînes câblées en revue. Son allemand était bon, mais aucune émission ne méritait une écoute attentive. Pendant quelques minutes, elle regarda un film pornographique dans lequel un couple prenait un bain. La fille lui rappela Grace Miles : une Noire puissante et athlétique, avec de beaux seins et un sac à dos bien garni en guise de derrière. Mais quand elle se mit à sucer la bite de l'homme avec toute la concentration langoureuse d'un enfant en train de manger une glace, Jake, écœurée, fit la grimace et éteignit le poste.

Est-ce que ceux qui réalisaient ces films pensaient vraiment qu'une femme prenait un quelconque plaisir à ce genre de choses ? Elle haussa les épaules. Probable qu'ils s'en moquaient éperdument.

Elle alluma une autre Nicomoins et revint sans enthousiasme à son portable pour lire la suite de la disquette.

2. Le programme Lombroso : arrière-plan

A. *Échec des stratégies de prévention du crime violent*

Au cours des deux dernières décennies du XXᵉ siècle, la société britannique s'est efforcée de contrôler des groupes, des populations, des environnements entiers, en mettant l'accent moins sur le contrôle communautaire que sur celui des communautés elles-mêmes. La technologie et les ressources disponibles ont été mises tout entières au service de la surveillance, de la prévention et du contrôle, plutôt que consacrées à la « traque » du délinquant reconnu comme tel. Le but recherché était de manipuler l'environnement extérieur pour prévenir l'infraction initiale. La communauté continuait à être impliquée, mais la réalité était nettement moins agréable. Vivre dans des forteresses, disposer de patrouilles armées surveillant les écoles et les aéroports constituaient des armes à double tranchant, une solution en même temps qu'un problème : problème en ce que de telles conditions de vie contribuaient à créer ces cauchemars urbains qui amenèrent les populations à se révolter contre leur environnement.

L'échec des projets visant à améliorer cet environnement fit bientôt que l'on s'intéressa à nouveau à la traque du délinquant individuel. L'adoption en 1997, à la suite de l'immigration massive vers la CE des réfugiés chinois de Hong Kong, d'un projet de carte nationale d'identité pour la CE connut un énorme succès. Le projet devint plus efficace encore à partir du moment où le profil ADN fut également porté sur la carte d'identité. Pour la première fois dans l'histoire, le dispositif mis en place permettait au gouvernement de traquer un individu avant même que celui-ci fût un délinquant déclaré.

B. *Arrière-plan social et philoso-phique*

Les années 1990 ont vu s'effondrer les théories qui tenaient le déterminisme économique et social pour responsable du crime violent et qui, puisqu'elles ne se préoccupaient que des causes externes du crime, minimisaient la responsabilité individuelle. Aujourd'hui, pas plus la société que l'individu ne sont prêts à endosser à eux seuls la totale responsa-bilité des motivations qui peuvent pousser au crime : c'est, semble-t-il, à un ensemble de facteurs sociaux et indi-viduels qu'il convient d'attribuer les différents types de comportement cri-minel.

Le XXIe siècle ne considère pas le détermi-nisme comme une menace à la liberté. Poser l'existence de certaines struc-tures de façon pragmatique dans le but de favoriser les progrès de la recherche scientifique est une démarche que l'on ne songe plus à remettre en question. Cette évolution va à l'encontre d'une tendance antérieure des sciences sociales qui cherchait à tort à protéger les libertés en restreignant le déterminisme au seul monde physique, mettant du même coup véritablement « hors-la-loi » toutes les tentatives visant à établir un « déterminisme biologique » quel qu'il fût.

Les sciences sociales modernes ne considèrent pas comme dangereuses la projection et la généralisation. Mieux, il aurait été impossible de faire avancer la recherche dans ce domaine sans qu'aient été préalablement définies certaines structures du comportement. Personne ne songe plus aujourd'hui à défendre l'idée que l'être humain serait adaptable à l'infini. C'est ainsi que se trouve totalement discrédité le concept selon lequel nous ne serions pas nous-mêmes à l'origine de la criminalité violente, sous prétexte que celle-ci serait un phénomène uniquement externe, pur produit de la société.

3. Facteurs somatogènes du crime violent

La somatogénétique, et notamment l'étiologie de la plupart des troubles mentaux (à l'exception des troubles de conversion, comme la névrose), a fait des progrès considérables au cours de la dernière décennie. Il est désormais admis que la plupart des maladies mentales sont d'origine organique. Une révolution du même ordre s'est produite dans ce que l'on connaît de la pathologie organique et de ses relations avec le crime violent.

La recherche neurologique s'est concentrée sur le dimorphisme sexuel, c'est-à-dire sur la différence entre le cerveau mâle et le cerveau femelle. C'est le professeur Burgess Phelan du département d'anatomie et de biologie cellulaire de l'université de Cambridge et directeur du laboratoire de neuroendocrinologie de l'Institut de recherches sur le cerveau (l'IRC) qui a dirigé l'essentiel de ces recherches.

Le travail de Phelan s'inscrit dans la ligne des travaux d'un chercheur de l'université de Californie à Los Angeles, qui avait découvert dans la zone préoptique du rat mâle ce qui par la suite devait prendre le nom de Noyau sexuellement dimorphique (NSD). Cette zone, qui commande en partie le comportement sexuel, est cinq fois plus grande chez les rats mâles que chez les rats femelles. Mais il existe une autre zone du cerveau chez le rat qui révèle des différences de taille selon le. sexe, c'est celle du Noyau ventriculo-médian (NVM), qui est, lui, associé à la fonction nutritive et à l'agressivité. Il a été démontré qu'une amputation, voire une lésion superficielle, du NVM pouvait déclencher chez le rat mâle de violentes décharges d'agressivité, là où une lésion semblable restait sans effet chez le rat femelle.

Après avoir travaillé sur des cartographies cérébrales chirurgicales et sur les cerveaux de certains détenus qui s'étaient portés volontaires, Burgess Phelan a découvert la présence dans le cerveau humain d'un NSD et d'un NVM. Comme chez le rat, le NSD est nettement plus important chez l'homme que chez la femme. Phelan est également arrivé à la conclusion que le NVM agit comme inhibiteur de l'agressivité masculine : si le NSD est enlevé, l'agressivité disparaît totalement chez l'homme ; en revanche, l'absence ou l'amputation du NVM chez l'individu mâle décuple, comme chez le rat, le taux d'agressivité. De même, les réactions d'agressivité de la femme, dotée d'un NSD plus petit, ne sont pas affectées par l'absence ou l'amputation du NVM.

En poursuivant les recherches de Phelan, le professeur David Gleitmann, du département de neuroendocrinologie forensique de l'Institut de recherches sur le cerveau, a découvert que certains criminels violents n'avaient pas de NVM, qu'ils étaient donc NVM-négatifs.

C'est la chirurgie qui, la première, a autorisé cette importante découverte. Cependant, les progrès accomplis dans la technique de la Tomographie à émission de protons, le scanner connu sous le nom de TEP, a permis à Gleitmann de prendre des clichés en couleurs extrêmement précis du cerveau chez certains sujets vivants. Grâce à ces clichés, Gleitmann a été capable d'établir, en l'espace de quelques minutes, la présence ou l'absence d'un NVM, et par suite, d'une criminalité latente.

Les travaux du professeur Gleitmann ont révélé que la criminalité violente chez le sujet NVM-négatif peut parfaitement rester à l'état latent. À l'heure actuelle, on étudie l'éventualité selon laquelle beaucoup de NVM-négatifs réussiraient à stabiliser leur taux d'agressivité en produisant une quantité accrue d'œstrogène.

4. Mise en application

En 2005, le coût moyen d'une enquête policière dans un pays de la CE était de 750 000 dollars européens. Cette même année, 3 500 homicides furent enregistrés, lesquels représentaient pour la Communauté un investissement de 2,6 milliards de dollars. Dans le but d'essayer de réduire de telles dépenses, le Parlement européen décidait alors d'inscrire les recherches du professeur Gleitmann dans le contexte d'un programme expérimental à mettre en place dans l'un des pays membres. En raison de son taux de criminalité particulièrement élevé, c'est le Royaume-Uni qui fut choisi, et l'expérience démarrait en 2011 sous la forme du programme Lombroso.

Les hommes sont soumis à un examen qui met en jeu un ordinateur spécialement conçu pour la circonstance et divers centres de scanner disséminés à Londres, Birmingham, Manchester, Newcastle et Glasgow. Ceux d'entre eux qui se révèlent être NVM-négatifs sont assurés du secret dans la mesure où leur véritable identité n'est connue que du seul ordinateur, qui distribue des noms de code. Ils sont ensuite invités à suivre un séminaire d'assistance individuelle : un thérapeute qualifié leur explique les implications des résultats des tests et propose un traitement sous forme de thérapies somatiques (le plus souvent des œstrogènes et/ou un certain nombre de médicaments utilisés en psychiatrie). Il est précisé que le secret concernant le test NVM-négatif ne peut être levé par l'ordinateur Lombroso que dans l'hypothèse où le nom d'un homme ayant subi l'examen apparaîtrait au cours d'une enquête policière concernant un crime violent.

Sur les 4 millions d'hommes testés jusqu'ici, 0,003 % (soit 120 sujets) se sont révélés NVM-négatifs. 30 % d'entre eux (soit 36 individus) avaient déjà fait de la prison ou possédaient un casier judiciaire plus ou moins chargé. À ce jour, le programme Lombroso a permis d'appréhender 10 meurtriers.

Si le test n'est pas obligatoire, un certain nombre de facteurs ont été suffisamment persuasifs pour amener de nombreux individus à s'y soumettre. La première année de la mise en place du programme, les volontaires se sont vu proposer une petite rémunération en espèces, à l'image de celle qui motive les donneurs de sang. Le Bureau central des renseignements a lancé une campagne d'information à la télévision pour encourager les hommes au « civisme » et les pousser à se faire photographier le cerveau ; celle-ci a permis de démythifier quelque peu le programme et de redresser l'image négative dont il était entaché au départ. Cependant, les employeurs du secteur public, suivis de près par les compagnies d'assurances qui ont adopté la même ligne de conduite avec leurs clients, n'ont pas tardé à exiger de tout leur personnel qu'il se soumette à l'examen. À l'heure actuelle, il est généralement admis que c'est le programme lui-même, dont les possibilités sont réduites, qui freinerait l'augmentation du nombre des tests.

5. Traitement et intégration

La diathèse héréditaire n'est que la cause immédiate des troubles d'agressivité, et il appartient au conseiller de rappeler au sujet examiné qu'un certain nombre d'autres facteurs, dont le SSC (Syndrome du stress du chômage), le SSE (Syndrome du stress environnemental), le SSSEF (Syndrome du stress socio-économique et familial), ont leur rôle à jouer dans le déclenchement du processus pathologique que connaissent les individus prédisposés aux affections diathésiques. De tels syndromes peuvent fort bien rester discrets, et le comportement du NVM-négatif dans la vie de tous les jours peut en conséquence ne pas présenter d'anomalies sérieuses.

Il convient de souligner qu'il ne saurait être question ici de maladie mentale. À cet effet, on rappelle en règle générale aux patients l'état actuel des recherches en matière de tests de structure de la personnalité. Celles-ci indiquent que, selon l'échelle de Déviance pathologique (DP) de l'ancien MMPI (Inventaire multiphasique de la personnalité du Minnesota), ceux qui se situent au sommet de l'échelle DP ont une tendance marquée à l'agressivité, mais aussi que de tels scores sont caractéristiques des acteurs professionnels en même temps que de tous ceux dont l'indice de créativité se situe nettement au-dessus de la moyenne.

Ceux des sujets qui, nonobstant, persistent à se considérer comme mentalement déficients sont invités à juger de leur état en adoptant la perspective de R. D. Laing, celle du parcours introspectif.

On peut par ailleurs estimer que la société a toute raison de se féliciter de la présence de tels hommes en son sein : qui nous dit que l'un d'eux ne deviendra pas un Gauguin ou un Beethoven ? Cela ne signifie pas pour autant qu'elle doive endosser la responsabilité d'actes qui pourraient avoir pour résultats des productions artistiques imprévisibles, mais bien plutôt que les valeurs morales ne doivent pas jouir d'une suprématie incontestable, puisqu'elles ne représentent qu'une valeur parmi d'autres.

Fin des informations

Jake ne prit aucun plaisir à cette lecture : trop d'expressions témoignaient presque d'une indéniable sympathie à l'égard d'hommes qui étaient des criminels en puissance. En tant qu'officier chargé de faire respecter la loi, elle trouvait cette sympathie agaçante ; en tant que femme et victime potentielle d'un crime violent, elle la jugeait tout bonnement monstrueuse.

Quand elle eut terminé la disquette, Jake la retira de l'ordinateur et, s'apercevant que la table de nuit, qui semblait avoir été fabriquée avec trois des cannes de Harry Lauder, était trop petite pour prétendre supporter autre chose que l'espèce de bâton qui tenait lieu de lampe de chevet, elle jeta disquette et portable sur le lit avec un grognement de mépris.

Elle s'assit devant la fenêtre.

Après tout, si quelqu'un décidait d'éliminer un ou deux psychopathes, pourquoi pas ? Ce serait toujours du temps de gagné qu'elle-même ne perdrait pas à essayer de les arrêter. Sans parler de toutes les vies de femmes innocentes qui seraient ainsi sauvées – de femmes comme Mary Woolnoth. Elle se voyait bien en train d'expliquer à la mère d'une des victimes que l'assassin de sa fille n'avait cherché qu'à juger de son état en adoptant ce que la disquette appelait la perspective de R. D. Laing – celle d'un « parcours introspectif ».

« Mais alors, tout s'explique, inspecteur principal Jakowicz. L'espace d'un instant, j'ai eu la sensation désagréable que ma fille avait été violée et assassinée sans raison valable. »

Jake partit d'un grand rire. Pour une fois que quelqu'un ne tuait que des hommes, c'était un agréable changement. Elle fut frappée par l'ironie de la tâche qui l'attendait, elle, l'experte en gynocide sériel. Elle se divertit quelques instants à imaginer ces sombres crétins se raccompagnant mutuellement le soir. Qui sait, on pourrait même envisager de les prévenir de ne plus sortir de chez eux une fois la nuit tombée. Voilà qui porterait un sacré coup à la carrosserie reluisante de leur ego collectif. En dépit des menaces à peine voilées du ministre, quelque chose disait à Jake que cette affaire risquait finalement d'être assez divertissante.

Au début, j'ai eu un choc.

Je suis sorti de l'Institut de recherches sur le cerveau après avoir avalé les deux Valium que m'avait donnés le conseiller et accepté de me conformer au traitement prescrit : œstrogènes et psychothérapie. J'ai traversé Victoria Street pour entrer au Chestnut Tree Café, où, abasourdi, j'ai fait le point sur ma nouvelle situation.

Je me souviens d'avoir été tellement renversé par ce qui venait d'arriver que j'en ai complètement oublié d'imaginer quelque folle scène de rétorsions dirigées contre les consommateurs de l'établissement. Je me suis contenté d'avaler plusieurs tasses de café, une assiette de sandwichs au bacon sans cholestérol et de digérer péniblement la nouveauté du nom que m'avait attribué Lombroso.

On peut décrire un état de chose, mais pas le nom que l'on vous a donné. Les noms sont pareils aux points ; les propositions à des flèches, elles ont un sens. Je reviendrai peut-être sur le nom. Mais commençons par l'état de chose.

J'ai quitté le café et téléphoné à mon analyste afin de prendre rendez-vous pour le lendemain. De retour dans mon appartement, dans le quartier des docks, je me suis planté un moment devant la fenêtre, comme je le fais souvent, et j'ai regardé couler la Tamise vers Green-wich, au-delà de l'Île aux Chiens. La réalité est souvent décevante, et, sous la cloche brune d'un brouillard hivernal de midi, la ville, qui me semblait irréelle depuis un certain temps déjà, paraissait avoir encore perdu de sa réalité.

Qu'est-ce que pouvaient bien faire les gens avant qu'on invente la Réalité virtuelle ? Se raccrocher à quoi, où aller, quand on ne trouvait aucun substitut au sens ? Heureusement que j'avais mon exosquelette de RV pour me permettre de profiter du monde des couleurs et des sensations – d'un monde qui ressemble au vrai, en mieux. En principe, c'est de cette manière que je me détends après une longue journée de travail. Ce n'est pas plus une drogue ou une perte de temps que la télévision. J'arrive à m'occuper avec une expérience de Réalité virtuelle de mon invention pendant des heures d'affilée. D'habitude, je n'ai pas sitôt franchi la porte que j'endosse mon équipement de RV, mais, ce jour-là, je n'en avais pas vraiment envie. J'ai déjà eu bien du mal à ne pas me précipiter dans la salle de bains pour m'ouvrir les veines.

On ne saurait me le reprocher ! Se retrouver paria après avoir été un citoyen modèle, et ce en l'espace d'un après-midi ! J'aurais dû sans doute essayer de voir le côté drôle de l'affaire : que ce soit moi, justement, l'homme de droite, toujours à défendre l'ordre et la loi, à pester contre les abolitionnistes qui pensent avoir puni un meurtrier lorsqu'ils l'ont mis deux ans dans une jolie prison bien confortable ; que ce soit moi, qui me retrouve soudain catapulté de l'autre côté de la barrière. Quelle ironie ! Quelle injustice, aussi ! Après tout, j'avais voté pour eux uniquement à cause de leur programme axé sur le maintien de l'ordre et la répression. Je trouvais que quelque chose ressemblant de près ou de loin à ce Lombroso ne serait sans doute pas une mauvaise idée. Et voilà ce que j'y gagnais : la marque de Caïn – sur un fichier informatique en tout cas.

Jusqu'à cet instant, je ne m'étais jamais beaucoup préoccupé de savoir quelles caractéristiques de mon individu figuraient sur quels ordinateurs. Je savais vaguement que ma banque, mon employeur, mes sociétés de crédit immobilier, mon médecin, mon dentiste, mon analyste, et peut-être même la police (à cause de cette vieille histoire de contravention pour stationnement non autorisé) possédaient sur mon compte tous les renseignements nécessaires. Mais quelle importance ? Je n'étais pas de ceux qui avaient invoqué à grands cris les libertés civiques et évoqué le fantôme de Big Brother quand la CE avait imposé à tous la nouvelle carte d'identité. Même quand ils avaient trouvé le moyen d'y ajouter un code-barres qui faisait état des empreintes génétiques. Je n'ai même jamais lu 1984. À quoi bon ? La date limite de vente est dépassée, l'article périmé, depuis longtemps.

L'autre soir, on redonnait une vieille série télévisée, « Le Prisonnier ». Très populaire auprès des écœurés du système. « Je ne suis pas un numéro, je suis un homme libre », s'exclame le héros à la mâchoire d'acier. Maintenant, je comprends mieux ce qui le rendait si nerveux. Russell a dit quelque part qu'il y a de simples relations entre différents nombres de choses. Mais entre quels nombres ? Et comment cela doit-il se décider ? Par l'expérience ? Il n'y a pas de nombre prééminent. Ce n'est pas le six. Et certainement pas le un non plus.

Plus j'y pensais, plus j'aurais voulu pouvoir effacer mon nom et mon numéro de ces fichiers. Je n'étais pas autrement convaincu par toutes ces garanties de secret qu'on m'avait données et qui, avant l'examen, me semblaient tout à fait secondaires. Je me faisais un peu l'impression de celui qui aurait donné un demi-litre de son sang dans l'espoir de sauver une vie humaine pour découvrir que ledit sang n'était destiné qu'à un zoo soucieux de nourrir sa colonie de vampires du Brésil. Lesquels, au surplus, pourraient fort bien venir m'attaquer pendant mon sommeil. Comment savoir de nos jours ce qu'il advient des renseignements informatisés ? N'importe quelle base de données peut devenir la cible d'une entrée non autorisée. Le vandalisme électronique fait rage.

Supposons que quelqu'un réussisse à s'infiltrer dans la base de données du programme Lombroso et qu'après s'être procuré l'identité des NVM-négatifs, il aille vendre sa liste à News of the World ? Je voyais d'ici les gros titres : *DÉCOUVREZ LES FUTURS DYNAMITEURS DE VOS COMMUNAUTÉS / LES ÉVENTREURS DE DEMAIN / OÙ SONT LES PSYCHOPATHES ? / DES MESURES S'IMPOSENT POUR ÉLIMINER CETTE GANGRÈNE...*

J'en avais lu assez sur les activités du Chaos Club Informatique de Cologne pour savoir que même le système le plus sophistiqué ne saurait résister aux entreprises d'un pirate informatique déterminé.

C'était peut-être l'effet des sédatifs, mais il m'a fallu encore un bon moment avant que je me dise que si quelqu'un pouvait pénétrer la base de données Lombroso et voler des renseignements me concernant, je pouvais tout aussi bien en faire autant. Non seulement je possédais tout le matériel nécessaire pour une telle entreprise – ordinateur, Modem, système Jupiter de renseignements informatisés de la compagnie des téléphones, analyseur digital de protocole – mais je me souvins brutalement que j'avais connaissance de l'essentiel : les informations de base pour entrer dans le système et l'utiliser.

J'ai toujours été passionné par tout ce qui est électrique, passion que mon grand-père, propriétaire d'une chaîne de magasins d'électricité, avait à l'origine tout fait pour encourager. Il n'y avait pas grand-chose dans ce domaine que lui et moi, au bout d'un certain temps, n'étions pas capables de réparer. Quand j'étais retourné dans la salle d'attente de l'Institut de recherches sur le cerveau pour patienter tranquillement jusqu'à ce que l'on me communique les résultats de mon TEP, j'avais trouvé tout naturel, quand je m'étais aperçu qu'il était détraqué, d'essayer de régler le poste de télévision qui était dans la pièce.

Je venais juste de m'attaquer au problème – un simple réglage de canaux – quand je remarquai que le poste, qui n'était pas d'un modèle récent, captait les ondes électromagnétiques de l'une des installations informatiques de l'immeuble. Quelque part dans l'Institut, un terminal émettait des harmoniques sur la même fréquence que celle du poste de télévision. Il y avait quelque chose de presque lisible sur l'écran et, en réglant la direction de l'antenne portative, je découvris que j'arrivais à faire apparaître une image de l'information que quelqu'un était en train d'introduire dans l'ordinateur central. Le principe est plus ou moins le même que celui qui, à l'époque où la redevance existait encore, permettait aux fourgonnettes de la télévision de détecter les postes non déclarés. L'image que j'avais sous les yeux n'était pas particulièrement bonne – des lettres noires sur un fond blanc – et elle n'était pas stable, mais je n'eus aucune difficulté à reconnaître un code d'entrée ordinaire, qui n'était autre que l'identification de l'opérateur, et le mot de passe du jour du système Lombroso.

L'image traditionnelle du pirate informatique passant des heures devant un écran à essayer de pénétrer dans un système est totalement erronée. On le trouve en fait plus volontiers en train de faire les poubelles d'une société à la recherche du moindre renseignement susceptible de lui fournir un indice sur le mot de passe de son système informatique. En d'autres termes, je m'étais d'ores et déjà acquitté de la partie habituellement la plus difficile de la tâche du pirate.

Je mentirais en disant que j'ai consciemment remisé l'information dans ma mémoire sur le moment. Je n'avais aucune raison de le faire, convaincu que j'étais alors de passer l'épreuve du TEP sans problème. Il se peut que le destin ait son rôle à jouer dans ces histoires, car je devais découvrir plus tard que j'étais capable de me remémorer les différents numéros et noms de code apparus sur l'écran de mon opérateur anonyme comme si c'était moi qui avais été assis à sa place.

Il va de soi que tout ce que peut faire un mot de passe, c'est vous faire entrer dans le système. Encore faut-il trouver quel ensemble de règles, ou protocole, requiert le système-cible, de manière à l'interfacer pour parler le même langage informatique. C'est à ce stade que l'analyseur de protocole est bien pratique. Il dispose d'un ingénieux petit programme qui examine le port d'entrée de l'autre système pour déterminer quel est le protocole de transmission de données utilisé.

Mais j'anticipe. Ma première grosse difficulté, je l'ai rencontrée quand j'ai voulu taper le numéro de téléphone de l'Institut, qui n'était pas raccordé au réseau public. Ils utilisaient en leasing une ligne spéciale nouvellement installée – le RICE, le Réseau informatique de la Communauté européenne. Tous les ministères des États membres et leurs différents départements étaient branchés sur ce réseau privé.

Je n'avais manifestement pas les idées bien en place, et il me fallut encore une bonne minute pour me rappeler que le système informatique employé était connecté au RICE, comme l'étaient tous les organismes du secteur public (Police, Impôts, Douanes, Santé, Renseignements, Emploi, Femmes, Environnement).

Je me frappai le front. Il était évident que si j'avais l'intention de mener cette tâche à bien et si je voulais utiliser le système en question, j'allais avoir besoin de jus. La première chose à faire, avant de débrancher l'analyseur et de sortir, c'était de trouver mes pilules de stimulant cognitif.

Quand j'arrivai, personne ne fut très surpris de me voir. Je travaille souvent tard le soir, pour mettre à jour la paperasse administrative pour laquelle une journée ordinaire, sous-payée et surchargée, ne me laisse guère de temps. Quoi qu'il en soit, j'allumai l'ordinateur, et le temps qu'il chauffe et que l'écran s'allume, j'avalai mes pilules : Dilantin pour les moments d'intense concentration ; Hydergine pour augmenter l'ensemble des capacités intellectuelles grâce à la création de synapses supplémentaires ; et Vasopressin, une hormone neuronale de stimulation de la mémoire. Pour être franc, cela fait déjà un bout de temps que j'utilise ces stimulants cognitifs ; je forçai donc un peu la dose. Puisque nous parlons informatique, l'effet de ces drogues sur le cerveau humain revient à augmenter la capacité mémoire d'un ordinateur disons de 40 à environ 50 To. Histoire de me sentir vraiment en forme, je complétai le cocktail que je venais d'avaler avec un peu de cocaïne.

Est-ce que vous vous êtes déjà fait une intraveineuse de coke ? Ça vous atteint la substance médullaire du cerveau avec la force d'un électrochoc, et vous avez tout d'un sapin de Noël sur New Oxford Street. Pendant environ un quart d'heure, vous croiriez être aux commandes d'un F26, toutes vos mitrailleuses en action, votre pilotage laser vous rivant le nez à la queue d'un appareil ennemi. Pour favoriser la concentration, il n'y a rien de mieux. Pas étonnant que Sherlock Holmes y ait puisé une partie de son inspiration pour ses enquêtes. Vous avez l'impression qu'une nouvelle intelligence vous est née. Si on en injectait un peu dans le port d'entrée de l'ordinateur, on ne serait pas surpris de voir la machine littéralement s'animer, comme une de ces inventions chères à Mary Shelley. En temps normal, je me contente d'un cinquième de gramme, mais là, je me doutais que, pour pouvoir aller là où je voulais dans le système Lombroso, il me faudrait planer plus longtemps que d'habitude. Je doublai donc la dose en faisant ma mixture et poussai l'aiguille sous la peau.

J'utilisai le RICE, et avec une identification reconnue me connectai avec l'Institut de recherches sur le cerveau en moins d'une minute. De toute évidence, on avait prévu l'éventuelle intrusion d'indésirables dans le système, car la première image qui apparut sur l'écran fut un graphique d'une Marilyn Monroe entièrement nue qui, avec un petit trémoussement du derrière très ressemblant, me demanda si je me sentais en veine.

« Parce que si tu réponds simplement à trois petites questions, toi et ton logiciel de Réalité virtuelle, vous gagnez une séance de baise comme vous n'en avez jamais vu. »

Marilyn faisait allusion au logiciel qui contrôlait les appendices électroniques – en option – et qui permettait d'approcher n'importe quelle sensation physique, quelle que soit la nature de la réalité artificiellement créée. Ce genre de programme de Réalité virtuelle était très prisé dans les galeries de jeux vidéo. Comme je l'ai dit, je dispose moi-même d'une machine et d'un équipement complet de RV.

« Alors, demanda Marilyn avec une moue. T'as perdu ta langue ? »

En admettant même que j'aie eu sous la main mon équipement, je n'allais pas me laisser avoir. Marilyn ne cherchait qu'une chose : faire perdre leur temps aux pirates débutants qui ne se tenaient pas sur leurs gardes et les empêcher de pénétrer le système plus avant. Je savais qu'il y avait toutes les chances pour que, même si j'arrivais à répondre correctement aux questions de Marilyn et à la baiser, mon propre logiciel se retrouve infecté par un très vilain virus, qui risquait d'être mortel.

Marilyn se mit la main entre les cuisses et commença à se caresser de manière très suggestive.

« Alors, chéri, t'as un problème ? T'en es, ou quoi ? » Elle n'avait pas terminé que James Dean la rejoignait sur l'écran avec pour tout vêtement une de ces ceintures de gladiateur qui aurait eu un gros succès dans les bars sadomaso les plus hard d'Earl's Court ou de Chiswick.

Avant que Jimmy ait eu le temps d'essayer ses trucs sur moi, j'avais tapé « au revoir », suivi du mot de passe du jour, lequel, si j'en croyais ma montre, allait arriver à expiration dans moins de cinquante minutes.

Marilyn et Jimmy disparurent tandis que le mot de passe me transportait dans le système d'exploitation de base. Il me fallait maintenant trouver le répertoire racine avec tous les fichiers-système, et la manière la plus simple d'y arriver, c'était de « booter » le système, de le fermer complètement. J'enfonçai donc simultanément les bonnes touches et regardai l'écran se vider. Seul clignotait un message de la mémoire de masse qui me laissait à penser que je n'étais pas loin du but.

Je demandai ensuite à l'ordinateur d'afficher tous les sous-répertoires de la racine. Le premier à sortir fut celui du personnel de Lombroso, puis vinrent ceux qui se rapportaient à la comptabilité, aux traitements et salaires, aux structures d'assistance, aux modalités de fonctionnement du TEP, et enfin les deux sous-répertoires qui m'intéressaient tout particulièrement et qui contenaient le super-système de gestion de la base de données des NVM-négatifs.

J'étais optimiste en croyant pouvoir obtenir immédiatement la visualisation du sous-répertoire qui contenait la base de données des NVM-négatifs et, comme prévu, on m'opposa un refus en me rappelant la première directive du système, à savoir le caractère confidentiel de ces informations. Il semblait logique de penser que si j'avais l'intention de « me balader librement », comme je le souhaitais, dans le système, j'allais devoir le faire depuis le point de vue privilégié du « super-opérateur », lequel est en principe, quel que soit le système, la personne qui l'a créé. J'accédai donc au sous-rép du super-op et me préparai à créer une trappe d'accès. Je n'étais pas là depuis plus de quelques minutes que je me trouvais nez à nez avec Cerbère.

Difficile de dire au juste comment je déclenchai son apparition. Le seul fait peut-être d'avoir utilisé un clavier extérieur au réseau ou bien encore d'avoir voulu contourner le dispositif depuis le sous-rép du super-op pour pénétrer dans la base de données NVM. Quoi qu'il en soit, apparut tout à coup sur l'écran l'image d'un chien noir tricéphale, accompagné de bruitages à vous glacer le sang, censé protéger le système de quiconque chercherait à contourner la première directive. Vu la taille et le nombre de ses crocs, je me sentis soulagé de ne pas avoir sur moi mon équipement de RV. Les choses étaient on ne peut plus claires : si je voulais avancer, il fallait d'abord que je lui règle son compte.

Sous l'emprise de la drogue, je me précipitai sur un certain nombre de solutions d'inspiration classique. Est-ce que, comme Hercule, j'allais pouvoir traîner ce monstre hors du système Lombroso et l'envoyer se promener dans les fichiers du programme administratif de l'IRC ? Ou bien, à l'instar d'Orphée, est-ce que j'allais endormir cette brute en lui jouant une berceuse sur ma cithare ou sur ma lyre ?

Pour tout dire, j'ai toujours aimé la musique : je sortis donc en toute hâte du programme Lombroso et m'employai à composer une mélodie des plus simples susceptible, c'est du moins ce que j'espérais, de charmer, selon l'expression de Congreve, cette bête sauvage.

Je retapai le mot de passe du jour et me trouvai une fois de plus en face de Cerbère à qui je jouai ma petite mélodie. Je ne fus pas moins exaspéré que surpris de lui voir hocher ses trois têtes à tour de rôle en grognant : « Je déteste la musique, et, qui plus est, Eurydice n'est pas là. Les femmes ne sont pas admises dans ces régions infernales. »

Ressortant du système, j'essayai de me rappeler comment, chez les Grecs et les Romains, les morts s'y prenaient pour parvenir sans encombre au royaume de Pluton. Voilà que j'allais oublier Énée et la Sibylle qui l'avait guidé dans les Enfers. Qu'est-ce qu'elle avait donc donné à Cerbère ? Un os ? Non, pas un os. Un peu de viande ? Non plus. Non, elle lui avait graissé la patte en lui offrant un gâteau fourré de graines de pavot et de miel qui l'avait drogué. Et ce n'est pas autrement que procédaient les Grecs et les Romains : ils plaçaient un gâteau dans les mains de leurs morts. Le seul problème, c'était de savoir avec quel genre de gâteau on pouvait bien appâter un chien de garde informatique.

Cerbère était programmé pour dévorer quiconque s'aviserait de désobéir à la première directive de Lombroso. L'astuce consistait à faire un gâteau qui permettrait à Cerbère de ne pas déroger aux impératifs de sa programmation, autrement dit de dévorer quelqu'un ou quelque chose, tout en y glissant une instruction non orthodoxe, autrement dit de l'amener par exemple à s'endormir.

La chose me prit plus de temps que je n'aurais cru ; j'avais à peine fini de faire, si j'ose dire, cuire mon gâteau que les effets de la cocaïne commençaient à se dissiper. Je n'en travaillai pas moins à une allure vertigineuse et je ne pense pas être capable de me rappeler dans le détail le code d'opérations que j'utilisai dans la programmation de ma recette. Disons que, globalement, l'effet obtenu était comparable à celui d'un virus, si ce n'est que le principe de départ consistait à limiter l'action du mécanisme binaire strictement à Cerbère.

De retour dans le sous-rép du super-op, je proposai mon gâteau au molosse au poil noir et luisant. À ma grande joie, il le dévora goulûment et s'en pourlécha même les babines. J'attendis plusieurs secondes pour voir si la « drogue » introduite dans le gâteau faisait effet. Puis, aussi vite qu'il était apparu, Cerbère s'écroula au bas de l'écran dans un bruit de chute indubitablement électronique.

Une fois le gardien du système éliminé, je revins à la trappe dont la création était restée en suspens. Il ne semblait pas exister d'autres sécurités destinées à empêcher les entrées non autorisées, et il ne me restait donc plus qu'à localiser quelques pages de données partiellement accessibles pour découvrir la structure de la base qui concernait les NVM, puis continuer à partir de là. Vous n'avez qu'à imaginer un architecte qui serait capable de distinguer les murs porteurs des cloisons, et qui saurait quels sont les murs qui abritent un conduit ou une gaine d'aération susceptible de permettre à un cambrioleur de s'introduire dans la place.

Une fois terminée ma manipulation, je me contentai de me laisser tomber par l'ouverture dans la base de données des NVM et, à l'instar de quelque épouvantable nouveau riche qui, installé dans un quatre étoiles, donne des ordres aux serveurs comme s'il venait là tous les jours de la semaine, je sommai l'ordinateur de partir à la recherche de mon fichier. Il ne me fallut que quelques secondes pour l'obtenir, et pas davantage pour le détruire.

Au même titre que les bibliothèques, la plupart des principaux systèmes informatiques ne supportent pas de voir disparaître des informations, et l'une des règles essentielles du piratage électronique est de laisser la base de données dans l'état où on l'a trouvée en entrant. Je fis donc suivre mon ordre sacrilège de destruction par *des instructions visant à obtenir de l'ordinateur un tirage papier de toute la base de données des NVM-négatifs afin de persuader le système d'accepter pareille excision.*

J'ignore si, à l'époque, j'avais l'intention de garder le tirage papier que je venais de faire sur CD. Je l'ai dit, je ne cherchais au départ qu'à détruire mon propre fichier. Mais il faut bien admettre qu'on n'a pas tous les jours l'occasion d'aller se promener en enfer. Plus j'y pensais, plus forte était la tentation de faire exactement ce que, selon moi, tout autre utilisateur non autorisé aurait fait dans la même situation : garder les informations concernant tous les NVM-négatifs recensés par Lombroso. C'est peut-être la drogue qui m'ôta mes derniers scrupules, toujours est-il que, la tentation aidant, je les gardai bel et bien.

Il serait faux de dire que je savais déjà ce que j'allais faire de cette liste. Je n'avais en tout cas nullement l'intention de la vendre à News of the World. *L'argent n'a pas grande valeur à mes yeux. En dehors de cela, la liste ne m'inspirait pas davantage que l'éthique ou la morale. Il s'agissait d'un geste purement instinctif, et il n'est pas dans mes intentions de m'en excuser puisque je suis intimement persuadé que nous devrions nous laisser guider par l'instinct. Tout ce qui est principe me semble absurde, en dehors, bien entendu, des principes mathématiques.*

Tout de même, je suis bien obligé de reconnaître en toute franchise que non seulement je m'efforçai d'effacer mes traces à l'intérieur du programme, mais qu'en plus j'y laissai une « bombe à retardement » destinée à décourager quiconque tenterait de les retrouver. En logique, rien n'est accidentel. Il me faut donc bien admettre qu'au moins inconsciemment le véritable but de la copie que j'avais réalisée m'était déjà connu. Si, à ce stade, mon intention n'était pas parvenue clairement à la conscience, elle n'en était pas moins déjà liée au monde de la réalité.

Une heure plus tard, tandis que, installé devant le Nicamvision, je regardais un film, de nouvelles perspectives s'offrirent à moi. Je serais bien incapable de dire quelle fut la part de responsabilité du film lui-même, mais ma situation semblait pouvoir convenir à une chose susceptible de subsister pour soi. Il vaudrait peut-être mieux que je raconte le film, qui se rapportait à ces groupes d'autodéfense chers aux années 1970, une de ces anti-utopies dans laquelle un homme doté d'un sens de la justice primaire et simpliste le transfère sur la poitrine et l'estomac de ses adversaires. Arpentant les rues de New York la nuit venue ou les couloirs du métro, ce terrible « réducteur de têtes » se transforme en appât pour les meurtriers et les agresseurs sans méfiance qui, une fois découverts, se font impitoyablement descendre. Voilà une image qui, pour quelqu'un comme moi, ne manquait pas d'attrait. Si la chose peut arriver dans un état de choses, il faut que la possibilité de l'état de choses soit préalablement inscrite dans la chose.

Même si l'on tient compte de l'état dépressif qui était le mien, une fois dissipés les effets de la cocaïne, la proposition qui s'offrit alors à moi me frappe aujourd'hui encore comme étant logique. Comme étant la seule extension logique du programme Lombroso.

Mais voilà que je me perds dans les réminiscences – oubliant complètement que je suis censé mettre au point une nouvelle exécution.

4

« C'était comment Francfort ? »

L'inspecteur Ed Crawshaw referma la porte du bureau de Jake à New Scotland Yard et prit un siège.

« C'est ce dont j'aimerais discuter avec vous, Ed, répondit Jake. Vous avez sans doute entendu parler de ce multiple qui s'attaque à des hommes ?

— Plus ou moins. C'est en rapport avec le programme Lombroso, non ?

— Tout juste. Pendant le colloque, le préfet adjoint m'a demandé de reprendre l'enquête. Je conserve la direction de celle des meurtres au rouge à lèvres, mais le ministère de l'Intérieur fait pression pour que l'affaire du multiple trouve rapidement une solution, et je vais donc être obligée d'y consacrer pas mal de temps. Ce qui veut dire que vous allez devoir vous débrouiller seul ou presque. À vous de prendre les initiatives et de suivre les idées qui vous sembleront les meilleures. Tout ce que je vous demande, c'est de me tenir au courant. Si vous pensez que je peux vous être d'une quelconque utilité, n'hésitez pas à venir me trouver. Je veux qu'on arrête ce salaud, Ed, et vite. »

Crawshaw acquiesça lentement de la tête.

« Vous avez entré tous les détails concernant Mary Woolnoth sur l'ordinateur ?

— Oui. On a trouvé quelque chose. La victime numéro cinq, Jessie Weston, aimait les romans policiers, comme Mary. Elle avait dans sa serviette un exemplaire de *Brûlures* de Sara Paretsky. Je me demande si elle se l'était procuré là où Mary avait acheté son Agatha Christie. À la Librairie du Polar de Sackville Street.

— Pourquoi pas ? dit Jake. Elle travaillait dans Bond Street. Ce n'est pas très loin de Sackville Street. Si vous avez vu juste, il se pourrait bien qu'il ne s'intéresse pas qu'à la lecture des meurtres…

— … mais qu'il les commette également. C'est une idée, non ? Vous voulez qu'on y planque un agent, avec une couverture ?

— Je vous l'ai dit, Ed : à vous de prendre les initiatives. À mon avis, vous auriez meilleur compte de dénicher quelques femmes policiers, des volontaires, qui iraient tourner dans la boutique et feuilleter les livres.

— Mettre une chèvre en somme.

— Je n'ai jamais beaucoup aimé ce mot ; Jake fit la grimace. Il semble impliquer que l'appât, quel qu'il soit, finit toujours par se faire dévorer. Quand j'étais à l'Europolice criminelle et que je faisais partie de la Brigade d'enquêtes sur le comportement, nous baptisions ce genre d'opération "pomme d'or". D'un point de vue psychologique, c'est beaucoup plus gratifiant pour le volontaire. Il faut que je descende, dit-elle en se levant après avoir jeté un coup d'œil à sa montre. Oh, j'oubliais, Ed, veillez à ce qu'elles mettent des tonnes de rouge à lèvres, et bien rouge avec ça. Il est possible que le chromatisme joue un rôle dans l'agressivité de notre homme. Je ne voudrais pas que cet enfant de salaud nous échappe parce qu'une dame flic préfère une autre nuance de rouge à lèvres sous prétexte qu'elle lui va mieux au teint. Rouge sang et rien d'autre, compris ? »

L'Unité informatique criminelle (UIC) occupait une partie des sous-sols climatisés de New Scotland Yard. Des portes coulissantes en verre fumé parvenaient, sans pour autant arrêter la lumière, à camoufler le désordre qui y régnait et ressemblait assez à celui d'un atelier de réparations électriques.

Jake se fraya un chemin dans une immense salle qui abritait une ville miniature de moniteurs hors d'état de marche, de claviers mis au rebut et d'imprimantes laser inutilisables. Elle poussa un juron en apercevant ces dernières, mais continua jusqu'au fond de la pièce où un escalier à claire-voie menait directement à une petite galerie de bureaux. Jake frappa à la porte en fibre de verre de l'un d'eux et entra. Le directeur de l'UIC qu'elle était censée retrouver là devait lui présenter l'expert qu'on lui avait affecté, le meilleur homme de l'Unité, conformément à sa demande.

Il s'agissait, selon l'inspecteur principal de l'UIC, du sergent Chung.

Jake, étonnée, se surprit à répéter le nom plusieurs fois.

« Comment dites-vous ?

— Yat Chung, répéta l'inspecteur principal Cormack en haussant les épaules. C'est un Chinetoque.

— Avec un nom pareil, dit Jake, un sourire ironique aux lèvres, il pourrait difficilement passer pour le prince de Galles.

— Pour ce qui me concerne, c'est un dieu. L'intelligence artificielle n'a aucun secret pour lui. Pas plus que des tas de choses qui n'ont même pas encore été inventées. Gilmour m'a dit que j'étais censé vous prêter mon meilleur élément, mais vous commencez, tous autant que vous êtes, à m'inquiéter sérieusement. Vous avez affaire à un psychopathe dans cette histoire, non ? En temps normal, le danger le plus grave que puisse courir Yat se limite à un court-circuit. Alors j'aime autant vous dire que s'il devait lui arriver quoi que ce soit à cause de votre enquête, vous auriez intérêt à déguerpir tout de suite, quitte à ce que je me retrouve devant la commission disciplinaire.

— Du calme. Je n'ai pas l'intention de vous l'abîmer, votre bébé. Tout ce que je lui demande c'est de jouer au flic sur un ordinateur. Pas d'aller sommer un tueur de se rendre. »

Cormack se calma. C'était un grand Écossais bourru, à la barbe de prophète et à l'air peu soigné, comme s'il avait poussé sur une boîte de Petri. Derrière les lunettes encrassées, son regard fixe suivait, sur le collant noir de Jake, le trajet de l'échelle qui montait jusqu'à la cuisse et au-delà, sous l'ourlet de la jupe courte. Même s'il avait passé l'âge de ce genre de fantaisie, il n'en avait pas moins la respiration saccadée d'un gamin de terminale paralysé par le spectacle de la féminité trônant en face de lui. Une féminité sévère, altière, dotée d'une voix coupante et d'un regard à vous faire voler vos lunettes en éclats et à vous pétrifier la barbe. Il avait un faible pour ce type de femme : plus séduisante que jolie, plus athlétique qu'élégante, plus intelligente qu'attendrissante. Il ne résistait pas aux femmes qui vous donnent l'impression de savoir par quel bout prendre un fer à souder. Moins encore à leur côté garce. Des comme ça, il en avait souvent vu dans les magazines, le fouet à la main, toutes de cuir vêtues.

« Quel genre d'ordinateur ? dit-il en avalant deux ou trois litres d'oxygène.

— Un Paradigme Cinq, répondit-elle.

— Et comme système d'exploitation ?

— Le Réseau informatique de la Communauté européenne.

— Merde ! dit-il en hochant la tête avec un soupir las. Ils ont à peine fini de le mettre en place. Et d'où viendrait l'atteinte à la sécurité ?

— De l'Institut de recherches sur le cerveau. L'ordinateur Lombroso.

— Il me semblait bien que des bruits couraient…

— Si c'est le cas, gardez-les pour vous. Le ministère de l'Intérieur n'a pas l'air de vouloir plaisanter avec cette affaire. Je veux que votre homme me dise si l'atteinte vient de l'intérieur ou de l'extérieur.

— C'est qui leur type ?

— Le docteur Stephen St Pierre, dit-elle après avoir ouvert le portable sur ses genoux et consulté le fichier. Vous le connaissez ?

— St Pierre dirigeait le Service de sécurité informatique de l'armée, dit-il avec un grognement.

— Autre chose ? »

Cormack pencha la tête d'abord à gauche puis à droite, comme s'il se demandait de quel côté il allait la laisser tomber. C'est le moment que choisit son interlocutrice pour croiser les jambes. Cormack se rinça l'œil quelques instants en regardant les dessous de Jake, puis finit par dire du bout des lèvres : « Non, rien ! Rien à lui reprocher si ce n'est son manque d'imagination. À l'entendre, on croirait qu'il écrit des manuels d'informatique à ses moments perdus. L'ennui, c'est que la plupart des piratages informatiques aujourd'hui ont pour auteurs des gens qui ont plus d'imagination que tous les manuels réunis.

— Vous avez dit sécurité de l'armée ? dit Jake en tapant une note sur son fichier. Combien de temps ?

— Cinq ans. Il est entré dans l'armée à sa sortie de Cambridge.

— Quel *college ?*

— Trinity, je crois. Lettres classiques.

— Et d'où lui vient son intérêt pour la matière grise ?

— Vous voulez dire pour les ordinateurs ? Son père travaillait chez IBM. C'est une des rares choses que nous ayons en commun, ajouta Cormack avec un sourire.

— Votre père aussi ?

— Non. Pas mon père, moi, en fait. Je créais des logiciels, des progiciels. Des trucs de ce genre, quoi.

— Intéressant, dit Jake.

— Non, pas vraiment. C'est bien pourquoi je suis entré dans la police. Pour attraper des pirates informatiques.

— Les gens de Lombroso n'ont pas apprécié quand on leur a suggéré qu'on avait pu infiltrer leur système. Encore moins quand on leur a dit que ça pouvait venir de l'intérieur. Et vous, qu'est-ce que vous en pensez ? Vous croyez que c'est possible de l'extérieur ?

— Il y a vingt ans, quand le gouvernement britannique a décidé d'installer le Réseau informatique gouvernemental sur les ordinateurs de tous les services, il pensait que le système était inviolable. Cinq ans plus tard, il était plus poreux qu'une capote russe. Vous comprenez, ce sont des hommes qui mettent les systèmes au point, et les hommes sont parfois faillibles ou corrompus. Si on pouvait éliminer complètement l'élément humain de cette équation, on arriverait sans doute à garantir totalement la sécurité d'un système. Vous voulez savoir ce que je pense de votre affaire ? Simple négligence. Ils changent probablement le mot de passe tous les jours à cet Institut, mais c'est une arme à double tranchant. Si, d'un côté, il est beaucoup plus difficile pour quelqu'un de l'extérieur de le trouver en procédant par élimination, de l'autre, il est aussi beaucoup plus difficile pour les gens qui travaillent sur place de s'en souvenir. Il y en a qui vont l'écrire, d'autres demanderont à une tierce personne de le leur rappeler. Et c'est à ce niveau qu'intervient la personne non autorisée : elle va le voir ou l'entendre et se retrouver *ipso facto* à l'intérieur du système. Il se pourrait que ce soit aussi bête que ça. »

Cormack alluma un cigarillo. Il était formellement interdit de fumer dans l'ensemble du bâtiment, mais, la porte étant fermée, il n'y avait que Jake pour l'ébruiter, et tant qu'elle serait en position de demandeur, Cormack pouvait compter sur son silence.

« Une fois à l'intérieur du système, il va de soi qu'il lui faudrait être à même de comprendre son langage et qu'il aurait besoin d'un analyseur de protocole.

— C'est quoi ça ?

— Un protocole, c'est un ensemble de règles. Un analyseur, c'est un appareil portatif muni d'un écran et d'un clavier miniaturisés, qui ressemble assez au portable que vous avez là. En un peu plus gros peut-être. C'est cet engin qui va étudier la ligne téléphonique du système prototype ou la porte d'accès elle-même et procéder aux tests qui vont permettre de savoir lequel parmi les centaines de protocoles de transmission de données disponibles est utilisé. Un bon appareil, entièrement numérique, peut traiter les transmissions synchrones aussi bien qu'asynchrones. Histoire de faciliter encore davantage toute l'opération, certains ont même des logiciels de pro pour les plus mordus. »

Jake fut soulagée d'entendre l'intercom de Cormack résonner bruyamment sur son bureau. Les explications techniques lui donnaient toujours l'impression qu'elle allait suffoquer. Cormack abattit la main sur le bouton comme s'il avait eu affaire à un insecte gênant.

« Sergent Chung, monsieur. Vous avez dit que je devais vous appeler.

— Montez dans mon bureau, Yat, dit Cormack dans un hurlement qui semblait devoir rendre superflue la présence d'un intercom. J'aimerais vous présenter quelqu'un. »

Cormack relâcha le bouton et pointa son doigt sur Jake.

« Juste un mot à propos de Yat, dit-il avec un froncement de sourcils. C'est un râleur pas commode. Comme la plupart des Chinois de Hong Kong, il en a vu de dures. Il est arrivé ici gamin, au moment où la colonie a cessé d'exister. Mais… vous voyez bien où je veux en venir. »

Jake, qui se rappelait avoir regardé toute cette tragique histoire à la télévision, voyait en effet très bien où Cormack voulait en venir. Le retour de la colonie vers la Chine communiste s'était effectué avec une inefficacité et une injustice spectaculaires. Mais dans le même temps, Jake refusait d'avoir à persuader quelqu'un de faire ce qui n'était somme toute que son travail. Et puis, elle n'aimait guère l'idée de devoir ménager les gens qui pensaient que leur sexe ou leur race leur conférait des privilèges particuliers. New Scotland Yard regorgeait de ce genre de foutaises.

« Je suis certaine que nous nous entendrons très bien, dit Jake froidement. Tant qu'il sera prêt à me donner le meilleur de lui-même. »

On dirait qu'il ne pleut plus jamais, pensa Jake, assise à côté de Yat Chung, dans la voiture de police qui se traînait le long des rues poussiéreuses en direction de l'Institut de recherches sur le cerveau. On était en plein hiver, et le rationnement en eau décrété l'été précédent était toujours en vigueur. Dans certaines régions du sud de l'Angleterre, on s'approvisionnait directement aux châteaux d'eau depuis maintenant cinq ans. Elle se demanda ce qu'en pensait le petit homme frêle assis à ses côtés. Il habitait près de Reading, en plein milieu de la région la plus touchée par la sécheresse. Après avoir vécu à Hong Kong, il était probablement habitué à se servir au robinet public. Elle se demanda si sa suggestion l'aurait fait rire. En y réfléchissant bien, elle se dit que c'était plus qu'improbable. Cormack n'avait rien exagéré : Yat Chung avait l'air à peu près aussi désagréable que l'un des trois tueurs que Jake avait expédiés au coma punitif.

« Cette saloperie de pays, c'est pas croyable », siffla-t-il, tandis que la voiture s'arrêtait une fois de plus. Il leur avait fallu un quart d'heure pour parcourir cinquante mètres.

« Qu'est-ce qui n'est pas croyable ?

— Ces saloperies d'encombrements, pour commencer, dit-il, la regardant à peine.

— Si vous n'aviez pas eu tout votre matériel informatique, on n'aurait pas eu besoin de voiture. Ce n'est pas bien loin.

— Et puis ces saloperies de gens. »

Furieux, il désigna du geste la foule énorme qui faisait la queue pour monter dans le bus.

« Regardez-moi ça. Pourquoi est-ce que personne ne fait rien ?

— Ça n'a pas toujours été aussi moche, dit Jake d'un ton sec. Je me souviens d'une époque où la vie était tout à fait supportable ici.

— Ah oui ? Et c'était quand ?

— Avant 1997.

— C'est le moment où nous autres, bande de salauds, on a débarqué, hein ? dit-il avec un grand sourire inattendu. Vous alors, vous êtes une drôle de foutue bonne femme. »

Jake lui rendit son sourire. Elle appréciait à peu près autant la « bonne femme » que la « drôle de foutue » bonne femme.

« Votre compliment me va droit au cœur. Mais je vous serais reconnaissante, quand vous êtes avec moi, de surveiller votre foutu langage, si vous n'y voyez pas d'inconvénient.

— Mon langage n'a pas toujours été aussi moche, dit Yat. Avant 1997, il était même tout à fait supportable. »

Il rit de si bon cœur à sa propre plaisanterie que Jake finit par se demander s'il s'y connaissait vraiment autant en informatique que Cormack avait bien voulu le lui dire. Il y avait chez lui une grossièreté qui cadrait mal avec la manipulation d'objets aussi précis que les ordinateurs.

Elle l'observa du coin de l'œiĺ, s'amusant à l'idée d'avoir à le décrire si, pour une raison ou pour une autre, les besoins d'une enquête l'y obligeaient. Mince, de taille moyenne, environ trente-cinq ans, vêtu d'un survêtement bleu marine coûteux, dont les manches roulées découvraient des avant-bras noueux. Quoi d'autre ? Un visage très jeune, presque celui d'un enfant, dont la peau douce et lisse faisait envie. Pas très différent somme toute de n'importe quel autre jeune homme de Hong Kong. Elle en vint à s'interroger sur la manière d'élaborer une description, sur le fait que, pour l'observateur, il s'agissait de quelque chose d'intérieur, bien plus que d'extérieur. Toute description en disait autant sur celui qui la faisait que sur celui qui en était l'objet.

Ils s'arrêtèrent enfin devant un bâtiment dont les baies vitrées teintées d'or réfléchissaient le ciel de l'après-midi. On aurait dit quelque centre météorologique. L'image d'un avion à réaction glissa le long de la façade, suivie de près par un vol silencieux de pigeons et la fuite précipitée d'un banc de nuages. Penché à côté d'elle, Yat suivit le regard de Jake.

« C'est toujours comme ça que vous avez envie de vous envoler ? » demanda-t-il.

Elle se mordit la lèvre et franchit d'un pas décidé l'espace qui la séparait de l'entrée principale, surveillée par des caméras. Mais Yat, insensible au rythme ample des hauts talons de Jake qui en disait long sur son exaspération, n'eut aucun mal à rester à sa hauteur en dépit des nombreux sacs qui l'encombraient.

« Le jour où vous aurez envie de vous envoyer en l'air, faites-moi signe, d'accord ? » dit-il avec un sourire entendu.

Elle arriva la première et lui tint la porte. Quand il passa devant elle, elle lui dit : « Cormack m'a dit que vous étiez un foutu génie de l'ordinateur. Vous avez intérêt à le prouver, et vite, mon petit Chinetoque. » Elle le suivit jusqu'au bureau de la sécurité et ajouta : « Je n'ai rien contre les gens comme vous. Mais je pourrais très bien faire une exception dans votre cas, sergent. Compris ?

— L'ennui avec vous autres Blancs, c'est que vous n'avez aucun sens de l'humour », ricana-t-il en retour.

L'Institut de recherches sur le cerveau était situé dans une structure intelligente autorégulée, dotée de son propre ordinateur central destiné à contrôler l'éclairage, la sécurité, la température et le téléphone. L'immeuble faisait à peu près tout lui-même, qu'il s'agisse de localiser un début d'incendie et d'appeler les pompiers ou de remplir les fonctions de réceptionniste de l'Institut. Tandis que Chung faisait passer ses sacs aux rayons X, Jake tapa les renseignements les concernant sur l'écran de l'ordinateur d'accueil, qui les pria ensuite d'attendre jusqu'à ce que quelqu'un vienne les chercher. Au bout de quelques minutes, une imprimante thermique cracha deux laissez-passer qu'ils fixèrent au revers de leurs vestes. Au même instant, la porte d'un des ascenseurs s'ouvrit sur un homme immense vêtu d'une blouse blanche et passablement mal rasé qui s'avança vers eux en leur tendant la main. Le poignet de sa chemise ne cachait que partiellement ce que l'on aurait pu prendre pour une combinaison en poils.

Jake eut un haut-le-corps. Rien ne la rebutait plus que le côté hirsute de certains hommes.

« David Gleitmann, dit l'homme au visage lugubre en guise de présentation. Je suis professeur de neuroendocrinologie. C'est moi qui dirige l'Institut et le programme. »

Jake se présenta puis en fit autant pour le sergent Chung, qui regarda délibérément dans la direction opposée. Elle le connaissait depuis moins d'une heure et elle n'avait déjà plus qu'une envie : le réduire en bouillie.

L'ascenseur les déposa au dernier étage.

Un antre : telle fut la réflexion de Jake quand elle pénétra dans le bureau de Gleitmann à sa suite. Les murs étaient du même beige que le sol et le plafond, et, sans le luxueux mobilier en teck qui l'occupait, on aurait pu mettre la pièce sens dessus dessous et la trouver tout aussi habitable. Ce qui au premier coup d'œil donnait l'impression d'être des fenêtres n'était rien d'autre que des rectangles de lumière sans épaisseur. Quant au mobilier, même s'il était tout aussi moderne, son côté vaguement classique – tout en plinthes, en traverses et en arches – évoquait le bureau de quelque philosophe du Moyen Âge, impression d'ailleurs accentuée par les livres énormes reliés plein cuir empilés sur le sol comme autant de dalles. Des rayonnages, qui par la taille et la forme ressemblaient à des sanctuaires païens, occupaient chacun des sept angles de la pièce. Un autre homme avait déjà pris place devant le bureau long comme une table de réfectoire. À leur entrée, il se leva, et Gleitmann fit les présentations : le docteur Stephen St Pierre. L'homme de l'ordinateur, se dit Jake tout en remarquant qu'il avait l'air nerveux.

Gleitmann leur proposa du café. Yat Chung fit savoir qu'il préférait le thé tout en évitant le regard désapprobateur et menaçant de son supérieur.

Ils s'assirent au bureau de Gleitmann, Yat Chung se plaçant à l'écart des trois autres comme s'il cherchait à se désolidariser de la réunion. Mais Jake remarqua l'intérêt qu'éveillait en lui la secrétaire de Gleitmann, une très jolie Chinoise, lorsqu'elle fit son entrée avec le café, et le thé pour Yat. Elle observa le sergent qui regardait la fille s'éloigner. Il avait du goût : elle était à croquer.

« Le ministère de l'Intérieur m'a fait savoir que je devais vous faciliter les choses au maximum, dit Gleitmann, visiblement mal à l'aise.

— Si cela ne vous dérange pas », dit Jake poliment. Que ça te dérange ou pas, c'est le même prix, pensa-t-elle.

Gleitmann étira sa lèvre inférieure qui découvrit une rangée de dents parfaitement alignées. « Si j'ai bien compris Mark Woodford, tout le monde va devoir passer au détecteur de mensonges.

— C'est exact. Le sergent Jones qui fait partie de mon équipe s'occupera de cet aspect de l'enquête. Mais j'aimerais qu'il puisse commencer les tests aussi rapidement que possible. » Elle ouvrit son sac, sortit une boîte de sucrettes et en fit glisser une dans son café. « Quand puis-je lui dire d'apporter son équipement ? »

Elle vit Gleitmann échanger un bref regard avec St Pierre, qui hocha la tête, puis haussa les épaules.

« Quand vous voudrez, inspecteur principal, soupira Gleitmann, si vous pensez que c'est vraiment nécessaire.

— Je le pense effectivement, lança Jake d'un ton ferme. Dites-moi, professeur : est-ce que vous poursuivez les tests à l'heure actuelle, dans le cadre du programme Lombroso ?

— Je n'ai pas reçu d'instructions dans le sens contraire jusqu'ici. » Il pianota sur la table de ses longs doigts comme s'il s'attendait à ce que Jake le contredise. Mais celle-ci n'en fit rien. « Je ne me trompe pas, n'est-ce pas ? Le ministère de l'Intérieur ne nous a pas intimé l'ordre de nous arrêter. »

Jake remarqua le passage du singulier au pluriel, signe indubitable de faiblesse dont elle décida de tirer parti sur-le-champ.

« Croyez-vous vraiment avoir besoin d'un ordre ? Étant donné les circonstances, je pensais que vous auriez été le premier à vouloir stopper le programme, au moins jusqu'à ce que le sergent Chung ait pu déterminer d'où vient l'atteinte à la sécurité.

— Je ne vois pas en quoi cela pourrait nous être d'un quelconque secours, intervint St Pierre. Nous sommes bien obligés de supposer que l'assassin est en possession de tous les renseignements dont il ou elle a besoin.

— L'expérience m'a appris qu'avec ce type de tueur il est prudent de ne rien supposer, dit Jake avec un coup d'œil négligent sur ses ongles. De toute façon, s'il y a des suppositions à faire, docteur, c'est moi qui m'en chargerai si vous n'y voyez pas d'inconvénient.

— Mais vous comprendrez, inspecteur principal, qu'arrêter le programme maintenant reviendrait à enfermer le loup… » Chung, qui ne comprenait pas, fronça les sourcils, mais Gleitmann ne fit rien pour l'éclairer en complétant le dicton.

« Vous partez de l'hypothèse que l'assassin n'est pas un familier du programme Lombroso. Je ne pense pas que l'on puisse décider de but en blanc qu'il ou elle, encore que je sois persuadée que nous sommes en présence d'un homme, n'a plus accès au système, qui plus est un accès non autorisé. Jusqu'à ce que nous sachions exactement ce qui s'est passé, je dis, moi, qu'en poursuivant les tests vous multipliez les risques. »

Pensif, Gleitmann tournait sa cuillère dans sa tasse. « Je crains bien de ne pas vous suivre sur ce terrain, dit-il platement. Si vous voulez stopper le programme, il va falloir que vous vous adressiez directement au ministère de l'Intérieur.

— Très bien, dit Jake en haussant les épaules, en ce cas, c'est ce que je vais faire. »

Le long visage sombre du professeur prit un air exaspéré.

« Inspecteur principal, dit-il non sans emphase, je pense que vous ne saisissez pas très bien ce qu'implique un projet de cette envergure en matière d'investissements. La sécurité individuelle n'est qu'un élément, et certes pas le moindre, parmi beaucoup d'autres. Ai-je besoin de vous rappeler que nous sommes un organisme privé ? Tout partenariat avec le gouvernement résulte d'une contrainte à caractère purement contractuel. J'ai des obligations vis-à-vis de mes actionnaires aussi bien que de mes patients. Les implications financières, sans parler des implications politiques, de ce que vous proposez… »

Jake l'interrompit en mettant en œuvre le seul signal dont son entraînement à l'école de police de Hendon lui eût laissé le souvenir : elle agita bruyamment, comme un minuscule tambourin, les bracelets en or qui ornaient son poignet mince et musclé.

« J'ai déjà réfléchi à tous ces éléments, et je n'en ai rien à foutre. »

Le docteur St Pierre se pencha sur la table et noua ses mains puissantes d'étrangleur. Jake se dit qu'il n'avait pas le type du militaire classique. Fort, et plutôt corpulent, il avait des cheveux taillés très court comme un bagnard et une barbe fournie à la Karl Marx. Ses lunettes sans monture accentuaient son côté intellectuel. Il avait tout d'un chef de bande cultivé. Elle se demanda si l'image aussi virile qu'il cherchait à donner de lui-même n'était pas destinée à camoufler une homosexualité latente. Il sourit et, quand il prit la parole, elle nota qu'il avait un léger défaut de prononciation, comme si sa moustache empêchait ses lèvres de bouger normalement.

« Avez-vous l'intention de faire état de ce dernier fait dans le rapport que vous présenterez à la ministre ? » demanda-t-il.

Avant que Jake ait eu le temps de répondre, Gleitmann s'interposa. « Votre mission, si j'ai bien compris, inspecteur principal, consistera uniquement à déterminer l'origine de l'atteinte à la sécurité, c'est bien cela ? » Il n'attendait visiblement pas de réponse. « Ce qui ne semble guère englober une chose aussi importante que la poursuite du programme. Je suggère que vous vous en teniez à votre mission originale. Il va de soi que le sergent Chung disposera de toute l'aide que nous serons en mesure de lui fournir. Nous tenons au moins autant que vous à clarifier la situation. Quant au reste… – il eut un haussement d'épaules éloquent –, je suis désolé, mais il n'en est pas question.

— Comme vous voudrez, dit Jake. J'aimerais cependant pouvoir m'entretenir avec chacun de vos conseillers.

— Puis-je savoir pourquoi ?

— De manière à ne pas perdre de temps, je vais partir de l'hypothèse que l'atteinte à la sécurité vient de l'extérieur, et que le responsable est lui-même un

110

NVM-négatif. Je m'explique : d'après ce que j'ai cru comprendre, le propre du programme Lombroso, c'est de déterminer la présence de troubles d'agressivité graves chez certains individus. En l'état actuel des choses, je souhaite partir de cette hypothèse, à savoir que c'est précisément ce qui est arrivé à un individu NVM-négatif – atteint de troubles importants, il canalise son agressivité en direction d'hommes qui sont dans la même situation que lui. Il se peut que l'un de vos conseillers se souvienne d'un homme qui aurait fait montre d'un degré d'hostilité particulièrement élevé à l'égard du programme et de ceux qui acceptent de subir les tests.

— Vous n'ignorez pas, je suppose, que tous ceux qui se révèlent être NVM-négatifs se voient attribuer un nom de code par l'ordinateur, dit St Pierre. Même si l'un de nos conseillers devait se souvenir d'un tel individu, ce serait par son nom de code. Et je ne vois pas en quoi cela pourrait vous être utile.

— J'aimerais néanmoins les interroger. À moins que vous ne vous opposiez également à cette démarche ? »

St Pierre se lissa la barbe puis s'éclaircit la voix. « Aucune objection, inspecteur principal. J'essaie simplement de vous éviter du travail, c'est tout. Je pourrais peut-être montrer le Paradigme Cinq au sergent Chung maintenant », ajouta-t-il après avoir jeté un coup d'œil à sa montre.

Jake fit un signe de tête à Yat qui, après avoir terminé sa tasse de thé, se leva. Tandis que lui et St Pierre sortaient du bureau, elle fixa sa propre tasse maculée de taches de rouge à lèvres et se demanda comment Crawshaw allait s'en sortir. Elle n'avait pas pensé que les choses seraient aussi difficiles. Gleitmann et son équipe ne donnaient guère l'impression d'être prêts à lui apporter leur concours. Et elle avait déjà suffisamment d'ennuis au Yard avec son supérieur depuis qu'il s'était vu retirer l'affaire. Si l'interdiction de fumer ne s'était pas étendue à tous les services administratifs sans exception, elle se serait volontiers offert une cigarette. Voire deux. C'est alors que Gleitmann lui adressa la parole.

« Pardon ? fit-elle.

— Je disais : espérons que votre homme va éclaircir cette histoire.

— En effet, espérons-le, acquiesça Jake. Nous étions en train de parler de vos conseillers, ajouta-t-elle en se reversant une tasse de café.

— Oui. Le docteur Cleobury dirige le service psychiatrique de l'Institut, et c'est elle qui est responsable de tous les conseillers. Voulez-vous que je lui demande de nous rejoindre ?

— Non, ce ne sera pas nécessaire pour l'instant. Nous allons commencer par Londres, puis nous interrogerons les conseillers de Birmingham, Manchester, Newcastle et Glasgow.

— Tous ?

— Tous. Oh, j'apprécierais que vous me donniez un bureau équipé d'un vidéophone et d'un ordinateur, où je puisse m'installer pendant la durée de l'enquête.

— Entendu. Je vais demander à ma secrétaire de s'en occuper. Mais, si vous avez besoin de quoi que ce soit, n'hésitez pas à vous adresser à l'ordinateur. Puisque nous avons la chance de disposer d'une structure intelligente. En attendant, je vais demander au docteur Cleobury de mettre tous les conseillers à votre disposition.

— Je vous remercie. »

Elle le regarda passer son appel, puis dirigea son attention sur la bibliothèque. La plupart des ouvrages lui étaient familiers ; elle les avait consultés à l'époque où elle travaillait pour l'Europolice criminelle comme psychologue forensique. Et Gleitmann était l'auteur de bon nombre d'entre eux. Il les avait regroupés par titres, comme dans une librairie. Sur un seul rayon, elle compta cinquante exemplaires des *Implications sociales du dimorphisme sexuel chez l'homme*. Il était indubitablement très fier de son œuvre. Elle se saisit d'un des volumes qu'elle commença à parcourir.

« J'aimerais vous emprunter cet ouvrage, lui dit-elle, quand il en eut fini avec le vidéophone.

— Je vous en prie », répondit Gleitmann avec un sourire penaud.

Rentrée chez elle, Jake termina les restes d'une salade de thon qu'elle s'était préparée la veille. Puis elle s'assit devant son piano électronique, choisit un CD dans sa collection qu'elle glissa dans le lecteur de l'instrument. C'était le trio en *si* bémol de Schubert, ou du moins l'enregistrement des partitions pour violon et violoncelle, celle pour le piano apparaissant sur l'écran à cristaux liquides du clavier.

Sans avoir le talent du violoncelliste et du violoniste de l'enregistrement susceptible de faire de ce morceau le chef-d'œuvre d'optimisme juvénile qu'il était, Jake, qui, adolescente, avait été une pianiste accomplie, jouait avec précision. Elle aimait tout particulièrement le scherzo avec ses traits en staccato et le contrepoint subtil sur lequel il reposait. S'il était un morceau capable entre tous de la mettre de bonne humeur, c'était bien ce scherzo de l'opus 99. Et après avoir attaqué le rondo échevelé du quatrième et dernier mouvement puis terminé sur le final impétueux et explosif, elle s'affala dans un fauteuil avec un soupir d'aise.

Le souvenir de la musique s'attarda quelques minutes au bout de ses doigts et dans ses sens revigorés, et lui donna le courage d'affronter l'ouvrage de Gleitmann.

Le livre n'était pas mauvais du tout. Bien meilleur qu'elle ne l'avait escompté. S'il n'était pour l'essentiel que pures conjectures, celles-ci n'en restaient pas moins intelligentes et plausibles.

Ce qui rappela à Jake l'époque où elle-même travaillait pour le compte de l'EC dans le domaine de la psychologie sexuelle masculine, avant d'entamer une carrière à Scotland Yard. On lui demandait parfois pourquoi elle avait accepté d'entrer dans une administration aussi majoritairement masculine que le Yard, alors même que le sexe dit fort lui était particulièrement insupportable. Pour Jake, la réponse était simple : le nombre croissant de femmes victimes d'actes criminels perpétrés par des hommes semblait indiquer qu'il n'était plus possible de s'en remettre aux seuls hommes pour protéger les femmes. Celles-ci se devaient de prendre leur sort en main et d'assurer leur propre protection.

Quand elle finit par reposer le livre de Gleitmann, après en avoir lu près de la moitié, elle découvrit avec amusement qu'il l'avait signé.

C'était bien un truc d'homme !

Patience. La description de la prochaine exécution ne saurait tarder. Elle se fera **De sang-froid,** *comme aurait dit Truman Capote. Laissez-moi d'abord faire brièvement allusion aux derniers développements de ma vie intérieure.*

Après avoir passé cette fameuse nuit sur l'ordinateur et être tombé sur cette idée concernant les autres NVM-négatifs, je me rendis à la séance que j'avais fixée, avant d'avoir les résultats du test, avec mon analyste, le docteur Wrathall.

Vous me direz : pourquoi un analyste ? Pour ne rien vous cacher, je suis quelque peu névrosé, et cela fait maintenant bientôt deux ans que je vais chez un analyste une fois par semaine. La relation que j'entretiens avec le docteur Wrathall m'a vraiment beaucoup aidé. (Tout cela manque de précision, mais il m'est difficile de faire autrement.) L'essentiel de nos discussions porte sur mon sentiment d'insatisfaction personnelle.

Le monde est indépendant de ma volonté, du moins dans la mesure où on ne peut parler de la volonté en tant que sujet de l'éthique et où, en tant que phénomène, elle n'intéresse que des gens comme le docteur Wrathall. On comprendra donc aisément qu'en discutant ainsi de ce phénomène qu'est ma volonté, j'essayais tout simplement de déterminer les limites du monde et de voir comment il était possible de les changer.

D'emblée, je demandai au docteur Wrathall si un homme qui prend brusquement conscience de ce qu'est son véritable devoir dans la vie doit tout sacrifier à son accomplissement. Il va de soi que je n'entendais par là ni le devoir dont on peut se sentir investi vis-à-vis des autres automobilistes sur la route ni celui qui vous oblige à honorer père et mère. Bien sûr que non. Dans mon esprit, il ne pouvait être question que du plus grand devoir qui soit, celui que l'on se doit à soi-même, que l'on doit au « démon créateur » qui vit en chacun de nous.

Après force hésitations et raclements de gorge, le docteur Wrathall finit par me dire qu'il était d'avis que, dans l'existence, il n'était pas mauvais de savoir prendre des risques de temps à autre. L'idée d'un but, d'une mission, c'était bien là ce qui faisait en définitive qu'elle valait la peine d'être vécue.

Inutile d'essayer de structurer tout ça. Le docteur Wrathall est une âme simple et, à l'instar de la plupart des analystes, il est bien incapable d'énoncer une vérité de quelque importance. En règle générale, je me satisfais de ce qu'il écoute ce que j'ai à lui dire, même s'il n'y comprend rien. La question soulevée relevait donc d'un phénomène assez rare, et la réponse occasionnée d'un phénomène plus rare encore. Mieux, le docteur Wrathall fut amené à me poser une ou deux questions quant à la nature de ce « démon créateur » qui m'habitait. Et, par les voies on ne peut plus directes qui sont celles de sa profession, il alla même jusqu'à s'informer, de manière tout à fait prévisible, de

116

la raison qui, selon moi, m'avait poussé à utiliser des mots comme « devoir » ou « démon ». Le malheureux ! Je finis de jeter le trouble dans son esprit lorsque, en guise de réponse, je lui affirmai que le problème était d'ordre métaphysique plutôt qu'empirique. L'esprit brouillon que n'ont pas certains !

Le temps de rentrer chez moi, et j'avais acquis la certitude qu'il me fallait non seulement suivre mes impulsions vis-à-vis de mes congénères NVM, mais qu'il s'agissait là pour moi d'une obligation morale. Regardez Gauguin, qui a tout laissé tomber – femme, enfants, foyer, travail, sécurité – parce qu'il était possédé du désir profond, passionnément intense, de peindre. Voilà un homme à imiter !

Vous me rétorquerez sans doute qu'à côté de la peinture l'assassinat n'est guère une vocation. Ce que je vous demande, moi, c'est de dépasser le stade de la morale conventionnelle et de vous pencher sur l'aspect phénoménologique du problème. J'ai un peu honte d'utiliser le mot « existentialisme », encore qu'il recouvre très précisément ce que je suis en train de décrire. Pensez à Meursault dans L'Étranger, et vous saurez très exactement de quoi je parle. Seule la perspective de la mort – la sienne ou celle des autres, peu importe – donne une réalité à la vie. La mort est notre seule certitude. À la mort, le monde ne change pas, mais cesse. La mort n'est pas un événement de la vie. En revanche, l'assassinat, lui, en est un.

Pensez au principe même de l'assassinat : l'affirmation de soi, de sa propre existence, par la négation de celle de l'autre. La création de soi par l'annihilation, œuvre d'autant plus créatrice lorsque ceux qui doivent être détruits représentent eux-mêmes un danger pour la société en général, et lorsque le meurtre est accompli dans un but bien précis. Plus question dans ce cas de parler de nihilisme. L'acte authentique de décision pure n'est plus commis au hasard, sans égard pour le sens qu'il peut avoir. Tout cela nous donne la clé pour résoudre la question de savoir dans quelle mesure le solipsisme est une vérité.

Ma victime suivante – nom de code Bertrand Russell – était un amateur d'art. Totalement imprévisible dans tous les autres domaines. Complètement à l'opposé de son illustre homonyme et de sa logique mathématique. Russell – le mien – partait à son travail le matin à des heures très variables et rentrait le soir à des heures tout aussi variables. Je suppose qu'il avait des horaires à la carte, si c'est bien cela que l'on dit. Il était employé dans un bureau de l'Albert Embankment et s'occupait de marketing sur une petite échelle pour le compte de la société qui fabrique le café Brio, surcaféiné, avec pour slogan : « Un grain de folie dans votre café du matin. »

Mais, tous les jours à l'heure du déjeuner, à 12 h 45 précises, Russell traversait Vauxhall Bridge et remontait Millbank jusqu'à la Tate Gallery, où il mangeait un sandwich à la cafétéria (je ne crois pas l'avoir jamais vu boire un café), puis passait environ une demi-heure à regarder les tableaux.

Son allure un peu bizarre ne l'empêchait pourtant pas de se mélanger assez bien aux étudiants des beaux-arts que l'endroit ne manque pas d'attirer. Il ressemblait à un gnome : oreilles trop grandes et décollées, menton trop en retrait, nez trop tumescent, yeux trop petits et tête trop grosse pour un cou trop maigre. On l'imaginait sans peine figurant sur la couverture d'un roman d'horreur. Cette impression d'ensemble était renforcée par un long pardessus gris, de deux tailles trop grand pour lui, qui me rappelait *Dormeur* dans Blanche-Neige et les Sept Nains. *Et pourtant, il n'avait rien d'inoffensif. Russell avait un de ces abominables visages qui hantent tout spécialement les enfants dans leurs cauchemars. Si quelqu'un ressemblait à un tueur potentiel, c'était bien lui.*

Tout en le suivant dans le musée (il semblait avoir une prédilection pour les préraphaélites, ce qui en soi est une raison suffisante pour tuer n'importe qui), je me demandais ce qu'il savait du philosophe de Cambridge dont Lombroso lui avait attribué le nom. Tout bien réfléchi, j'aurais dû me présenter. J'aurais pu faire des remarques plus ou moins caustiques sur les Principia Mathematica, *ou même contester la valeur de ses propositions atomiques. Non pas que tout ceci ait une quelconque importance. Nous n'avons jamais été dans les meilleurs termes, lui et moi. Un vieil imposteur ! Voilà ce que j'ai toujours pensé de lui.*

Bien entendu, rien de tout cela ne me traversa l'esprit tandis que je le suivais à la trace, guettant l'occasion propice de lui accorder l'immortalité temporelle de l'âme humaine, c'est-à-dire son éternelle survie après la mort, si tant est que pareille chose existe. Force m'est de reconnaître que j'étais quelque peu nerveux à la perspective (contrairement à mon habitude) d'avoir à tuer quelqu'un dans un lieu public et en plein jour. Je m'abstins donc de toute remarque et me contentai d'observer.

Eut-il quelque pressentiment ? Y avait-il, flottant dans l'éther autour de nous, une prémonition fatale qui s'échappant de mon esprit s'infiltrait lentement dans le sien ? Toujours est-il qu'à un moment donné – il était alors penché sur une vitrine en train d'examiner quelques aquarelles de William Blake – il se redressa et, m'apercevant, me sourit. Je ne saurais dire à quoi je pouvais bien ressembler. Je garde néanmoins l'impression que je devais avoir quelque chose de comique ou que peut-être j'ouvris la bouche toute grande, car il se mit à rire. Il riait comme s'il avait eu affaire à un enfant qui aurait fait une remarque extraordinairement drôle.

Je fus saisi d'une véritable colère à son égard pour la toute première fois et, au même instant, m'étant rendu compte que cette partie du musée, qui n'abrite hélas qu'un nombre très restreint des œuvres du plus grand génie que notre pays ait jamais connu, était vide, je sortis mon pistolet de son étui et visai le milieu de son front sous-développé.

Russell s'effondra sur le sol, se cognant le menton sur le rebord de la vitrine. L'espace d'un instant, il porta une main vers le trou qu'avait causé ma première balle tandis que le sang coulait le long de son nez, s'agrippant de l'autre au drap qui protège les dessins et les aquarelles de la lumière et du soleil. Je crus qu'il allait le déchirer, mais il le laissa glisser entre ses doigts, et je faisais déjà le tour de la vitrine pour vider sur lui le reste de mon chargeur. La deuxième et la troisième balle lui emportèrent deux doigts sans faire le moindre bruit. Il y avait peut-être plus de sang qu'à l'ordinaire – c'est là une des raisons qui rendent ce travail plus difficile de jour. Le bout de ma chaussure s'en trouva même éclaboussé. Autant de détails qui m'empêchèrent de me rappeler si j'avais entendu le bruit si particulier de la balle qui tue quand elle frappe en pleine tête.

Je me suis alors rendu compte que je l'avais abattu en tirant de face et non de dos, contrairement à mon habitude. Si bien qu'en m'éloignant nonchalamment du corps de Russell je n'avais pas l'absolue certitude de l'avoir tué. Seul le manque de certitude nous fait recourir à la probabilité.

5

Jake s'arrêta devant un des tableaux. Elle aimait Blake, l'avait toujours aimé, et en avait deux reproductions sur le mur de sa salle de bains. Elle savait pourtant que Blake ne faisait pas l'unanimité, que certains le trouvaient trop mystique, surtout pour une salle de bains. Mais elle avait un faible pour toutes les formes de mysticisme, et c'était souvent dans les endroits les plus exigus qu'elle réfléchissait le mieux à ses enquêtes. Autant son mode de pensée était plus temporel que spirituel, autant l'œuvre de Blake lui permettait de sonder les aspects les plus sombres de la nature humaine, ce que, en tant que détective, elle trouvait des plus utiles.

Elle reporta son attention sur la grande tache de sang qui maculait le sol et que l'on mitraillait sous tous les angles, comme si elle avait eu une forme dotée d'une signification symbolique.

Bruce, le technicien de la scène de crime, vint s'accroupir à côté de Jake.

« Eh bien, sergent, demanda-t-elle, quelles sont vos conclusions ?

— Tout ce que je peux dire, c'est que ce n'est pas Jérusalem, madame.

— Je ne cesserai pas le combat de l'esprit, sergent Bruce, répliqua-t-elle. Et, dans ma main, mon épée ne reposera pas sans vie. J'apprécierais que vous me fassiez grâce, même sous une forme poétique, des évidences.

— Entendu, dit Bruce, ouvrant sans plus attendre son portable. Oliver John Mayhew, adresse : 137 Landor Road, SW9. Tué de six balles dans la tête, presque à bout portant, à environ 13 h 20. C'est le gardien qui a découvert le corps. Affirme qu'il n'a rien entendu.

— Mort ?

— Pas tout à fait. Il a été transporté à l'hôpital de Westminster, madame. Je l'ai fait accompagner par un agent, au cas où il aurait le temps d'un dernier monologue. On peut savoir pourquoi le Yard s'intéresse à l'affaire ?

— Je ne puis malheureusement rien vous dire, sergent », fit-elle avec une réticence qui lui déplut souverainement.

Jake avait horreur de ne pas pouvoir tout dire à un enquêteur, mais, dans la mesure où le ministère de l'Intérieur souhaitait garder le secret sur les liens qui pouvaient exister entre cette affaire et le programme Lombroso, elle n'avait guère le choix. Elle était tout aussi étonnée que lui de se retrouver là, en train de contempler cette tache de sang sur le sol de la Tate Gallery. Moins d'une demi-heure auparavant, elle était encore à l'Institut de recherches sur le cerveau, où le Yard l'avait fait appeler. Au moment même où, debout à côté du Paradigme Cinq, elle regardait Yat Chung essayer de retrouver celui qui avait piraté le système, la machine avait fait apparaître le nom d'Oliver John Mayhew, impliqué dans une enquête de crime violent, qui plus est comme victime, sur l'ordinateur de la police de Kidlington, et avait aussitôt alerté l'autre ordinateur quant au statut de NVM-négatif de Mayhew.

« Disons que je m'intéresse à un cas du même genre, dit-elle à Bruce. Des témoins parmi les amateurs d'art ?

— Je n'en ai pas l'impression, du moins jusqu'ici. Si c'est le cas, ceux qui ont vu quelque chose auront probablement pensé qu'il s'agissait d'une sorte de spectacle improvisé.

— En plein jour. Vous allez bientôt me dire que toutes ces foutues portes étaient fermées à clé. Je n'ai nullement envie de jouer à l'inspecteur Cuff, cet après-midi. Pas le moindre témoin ? Seigneur !

— À propos, le conservateur du musée est là-bas, madame, M. Spencer. Puisque c'est vous qui avez le grade le plus élevé ici, vous ne verrez peut-être pas d'inconvénient à aller lui parler. »

À sa manière, le sergent se vengeait ainsi de ce qu'elle ne lui avait rien dit. Jake eut un sourire désabusé. Elle en aurait fait autant à sa place. Jetant un coup d'œil par-dessus son épaule, elle aperçut à l'autre bout de la salle qui abritait les Blake un homme grand et distingué, vêtu d'un costume gris. Il attendait, les bras croisés, maîtrisant difficilement son impatience.

Jake se dirigea vers lui, se présenta et lui laissa entonner l'habituel couplet : il était proprement intolérable que personne, lui compris, n'eût été autorisé à quitter le musée. Jake fit signe à Bruce de la rejoindre.

« Est-ce que vous en avez terminé avec les vérifications d'identité, sergent ?

— Oui, madame.

— En ce cas, monsieur Spencer – elle se tourna vers le conservateur –, tout le monde peut s'en aller. Vous compris. » Mais Spencer n'en avait pas encore fini de ses récriminations à l'encontre de la police et de son arbitraire.

« Monsieur Spencer, lui dit Jake après l'avoir patiemment écouté pendant quelques minutes, quand on songe que cette salle abrite les œuvres de notre plus grand peintre, elle n'est vraiment pas terrible, vous ne trouvez pas ? Un peu étriquée pour un homme doué d'une pareille puissance visionnaire, non ?

— Vous n'avez pas à me dire comment je dois diriger mon musée, gronda Spencer, fronçant davantage encore les sourcils.

— Dans ce cas, vous n'avez pas à me dire comment je dois diriger mon enquête », répliqua Jake.

À cet instant, Spencer poussa un gémissement et pointa un doigt accusateur sur l'un des membres de l'équipe de Bruce qui découpait au cutter le morceau de moquette tachée de sang où avait été découvert le corps de Mayhew.

« Ah non ! Là, franchement, vous dépassez les bornes. Qu'est-ce que vous croyez ? Et ma moquette alors ?

— Rassurez-vous, monsieur. Nous vous la retournerons dès que nous aurons fini les examens. Qui sait, bien encadrée, elle ne ferait peut-être pas si mal sur un de vos murs ? »

La bouche de Spencer s'ouvrit puis se referma. Après s'être assurée que rien de plus ne sortirait de ses profondeurs méphitiques et rosées, Jake souhaita une bonne journée au conservateur et quitta les lieux.

La mutuelle de Mayhew lui avait permis d'être transporté dans une clinique privée rattachée à l'hôpital de Westminster. Celle-ci avait tout d'un hôtel de luxe : moquettes de haute laine, fauteuils en cuir, grandes peintures modernes et bonsaïs. Une petite fontaine accompagnait même de son glouglou la musique d'ambiance. Les odeurs de désinfectant et les uniformes blancs que l'on apercevait de temps à autre semblaient curieusement déplacés, comme si quelque accident était venu troubler cette atmosphère de tranquille opulence.

L'inspecteur Stanley attendait Jake dans le silence du couloir qui menait au bloc opératoire. Au moment où elle avait été chargée de l'enquête, Jake s'étant souvenue des circonstances de leur première rencontre s'était inter-rogée sur l'opportunité de l'adjoindre à son équipe : pou-vait-on faire confiance à un inspecteur du département Homicide qui s'était contenté d'assister sans dire un mot à une réunion du département Gynocide ? Ed Crawshaw, qui connaissait Stanley depuis l'école de police, lui avait dit que c'était un bon flic, sérieux sinon astucieux. Jake avait été encline à prendre cette critique plutôt comme un bon point en faveur de Stanley. En matière d'imagina-tion, elle préférait s'en remettre à elle-même quand il s'agissait de résoudre une affaire et travailler avec des gens qui se contentaient d'agir suivant ses instructions. Jake estimait que l'imagination chez la plupart de ses col-lègues du Yard allait souvent de pair avec la corruption.

Stanley était grand et solide, avec des cheveux longs. Mais son teint était crayeux. Il commença son rapport en se balançant d'un pied sur l'autre.

« Merde, mon vieux, qu'est-ce qui ne va pas ?

— Les hôpitaux, dit-il d'un ton maussade. Ils me font toujours le même effet. C'est l'odeur.

— Ne vous avisez pas de tomber dans les pommes ici. L'endroit est nettement au-dessus de vos moyens. » Jake fouilla dans son sac à la recherche d'un petit flacon de sels qui ne la quittait plus depuis l'époque où elle n'était encore qu'un flic de patrouille. « Respirez-moi ça un bon coup », lui dit-elle.

Les narines palpitantes, Stanley inspira à plusieurs reprises, puis eut un hochement de tête reconnaissant. « Merci, dit-il faiblement.

— Vous feriez mieux de le garder. Vous vous sentez capable de me mettre au courant maintenant ?

— Oui, ça va aller. Ils sont en train d'opérer Mayhew. Mais c'est sans grand espoir. Il a plus de trous dans la tête qu'une boule de bowling. Et il a perdu pas mal de sang. Mais il a repris connaissance quelques minutes dans l'ambulance qui l'amenait ici. »

Stanley fit signe d'approcher au policier armé qui se tenait à quelques pas. L'homme s'avança jusqu'à eux ; ses bottes couinaient comme deux petites souris sur le sol luxueusement caoutchouté.

« Voulez-vous répéter à l'inspecteur principal ce que vous a dit Mayhew dans l'ambulance ? »

Le policier repoussa sa mitraillette sur le côté ; déboutonna la poche de poitrine de son gilet pare-balles et sortit son ordinateur portable. « Il a dit : "Les salauds. Ils m'ont menti. Ils m'ont menti. J'aurais dû m'en douter, ils ne cherchaient qu'à me tuer. Ils ont menti. Le cerveau. Le cerveau." Il était à peine audible, vous savez.

— Vous êtes certain de ce que vous avancez ? demanda Jake. Ce sont là très exactement les mots qu'il a prononcés ?

— Autant que j'aie pu en juger, madame. Il délirait plus ou moins. » Le policier remit son portable dans sa poche et sa mitraillette en travers de la poitrine.

« Et il n'a pas reparlé ?

— Quand nous sommes arrivés ici, il avait cessé de respirer, répondit le policier. Je crois qu'on a réussi à le réanimer. L'infirmière a promis de prêter l'oreille à tout ce qu'il pourrait dire.

— Merci, dit Jake. S'il dit quoi que ce soit, aussi banal que ça puisse vous paraître, je veux en être informée sur-le-champ. C'est compris ?

— Oui, madame. »

Jake et l'inspecteur Stanley étaient à mi-chemin du couloir qui conduisait à l'entrée principale quand ils entendirent un grand cri derrière eux. Ils se retournèrent pour voir le policier qui leur faisait signe de revenir. À côté de lui se tenait un homme en blouse verte.

« Désolé, dit le chirurgien, quand ils arrivèrent à sa hauteur. Mais votre homme n'a pas repris connaissance. »

Lester French, expert en balistique au service forensique du Yard, leva le nez de sa collection de microscopes et de caméras et déposa une balle dans la paume offerte de Jake.

« Voici la balle qui a tué Mayhew, dit-il. Celle-ci et cinq de ses pareilles. Tout ce que je peux vous dire, c'est que votre meurtrier est loin d'être un idiot. Cette petite merveille est dotée d'une sacrée puissance.

— Et c'est avec les mêmes balles qu'ont été tués tous les autres ? »

French acquiesça vigoureusement.

« Et qu'est-ce qu'elles ont de particulier ?

— Les cartouches sont en elles-mêmes des chefs-d'œuvre de précision technique, dit-il, admiratif. Une douille en laiton usinée avec un réservoir intégré d'air à haute pression. Un système de valve simple et efficace. »

Il prit sur la table du laboratoire un petit cylindre de gaz. « Vous remplissez les cartouches avec ça.

— Vous n'allez quand même pas me faire croire que le meurtrier fabrique ses propres munitions ? dit Jake, hésitante et perplexe devant l'enthousiasme de l'expert pour sa spécialité.

— Non, non. Comme je viens de vous le dire, il s'agit d'une technique de haute précision. Ce type de douille est fabriqué par un armurier de Birmingham. Quant aux cartouches, on les trouve chez n'importe quel détaillant. Mais, au bout, on peut mettre n'importe quel type de balle. C'est à ce stade que votre homme a fabriqué les siennes. Et il s'y connaît, croyez-moi. Balle à pointe creuse, de type conoïdal et aérodynamique.

— Mais c'est un pistolet à gaz, dit Jake, cherchant à comprendre. C'est comme un pistolet à air, non ?

— Pour ce qui est de tirer, oui. Quant à ce qui sort du canon, c'est autre chose. » Il prit le morceau de métal déformé dans la paume de Jake et le plaça dans la lumière. « Ce que je veux dire, c'est qu'une balle à air ordinaire ressemble à peu près autant à ça qu'un foutu petit pois. Quand vous atteignez votre cible avec ça, elle ne risque plus de bouger.

— À quoi ressemble le pistolet ? » dit Stanley.

French les emmena à l'arrière du laboratoire jusqu'à un petit stand de tir. Sur une table à tréteaux, il y avait une arme qui rappelait un pistolet de calibre 44 à canon long. Il s'en saisit et le passa à Jake. « À peu près à ça, dit-il.

— Mais on dirait un pistolet ordinaire, fit-elle.

— Il fait tout ce qu'un pistolet ordinaire est censé faire, dit-il en plissant les lèvres. Essayez-le, il est chargé », ajouta-t-il en lui désignant une des cibles.

Jake l'arma. Il semblait plus léger qu'un pistolet classique.

« Très bien, dit French. Quand vous aurez ôté le cran de sûreté, vous pourrez faire feu. »

Elle amena le canon à la hauteur de la cible, visa puis appuya sur la détente. C'est à peine si elle sentit l'arme vibrer, et celle-ci ne fit pas plus de bruit que quelqu'un tapant sur un bureau du plat de la main.

« Tout en douceur, hein ? »

Il les emmena jusqu'à la cible.

« Ce contreplaqué a deux centimètres d'épaisseur, ce qui vous donne une petite idée de ce qu'un pistolet à gaz de bonne taille peut faire comme dégâts chez un homme. »

La balle de Jake avait atteint la silhouette en plein dans l'aine.

« Joli coup, dit French tout en sortant un stylo de sa poche et en l'enfonçant dans le trou. Traversé de part en part. Impressionnant, non ?

— Plutôt ! murmura Stanley.

— Si on le trouve trop bruyant tel quel, on peut même y adapter un silencieux. Plus étonnant encore, aucun port d'arme n'est exigé. Il suffit d'avoir dix-sept ans pour pouvoir entrer dans n'importe quel magasin et s'en procurer un. Personne ne vous demande rien.

— Mais comment est-ce possible ? demanda Jake, interloquée.

— Dans la mesure où la législation ne s'est intéressée qu'aux armes à feu traditionnelles, répondit French en haussant les épaules, personne n'a remarqué que les pistolets à air devenaient de plus en plus sophistiqués. Ceci dit, il vous faudrait cracher plus de cinq cents dollars pour une pièce comme celle que vous avez entre les mains, inspecteur principal. Et le double pour un fusil.

— Vous voulez dire qu'il existe également des fusils de ce type ? demanda Stanley.

— Bien entendu. Certains sont même équipés d'un viseur laser, si vous avez envie d'aller braconner un peu la nuit. Avec des balles explosives, un fusil à gaz serait l'arme rêvée pour votre nouveau Lee Harvey Oswald.

— Je suppose que les fusils sont encore plus puissants ? fit observer Jake.

— Avec les munitions adéquates, un bon fusil à gaz peut vous descendre un cerf de belle taille. Il va de soi que la vente de certaines de ces armes est réglementée, ajouta French avec un sourire féroce. Espérons que votre homme n'a pas mis la main sur l'une d'entre elles. Impossible de prévoir ce qu'il serait capable d'en faire. Pour autant, on ne peut pas dire qu'il soit resté spécialement inactif jusqu'ici, hein ? Abattre un homme à la Tate Gallery, en plein jour : les journaux vont pouvoir s'en donner à cœur joie. »

Un peu plus tard dans l'après-midi, Jake se retrouva chez sa psychothérapeute, le docteur Blackwell, qu'elle voyait maintenant depuis bientôt un an. La clinique était une élégante maison particulière de trois étages, située à Chelsea, à proximité de King's Road.

Blackwell appartenait à l'école néo-existentielle de psychothérapie, laquelle refusait les aspects les plus mécanistes de l'analyse freudienne classique et encourageait le patient à se prendre en charge. L'élément clé de la relation entre le thérapeute existentiel et son patient était la rencontre au cours de laquelle ce dernier discutait de ses problèmes avec le thérapeute qui essayait de l'aiguiller vers des solutions authentiques et valorisantes que seul l'exercice du libre arbitre permettait de découvrir. À en croire le docteur Blackwell, l'enseignement tiré de ces entretiens se voyait concrétisé dans la manière dont le patient s'appréhendait et appréhendait l'autre.

La réceptionniste se leva avec un sourire à l'adresse de Jake quand celle-ci pénétra dans la clinique.

« Entrez directement, dit-elle en la précédant dans une cabine, dès que vous vous serez déshabillée. »

À l'instar d'autres thérapeutes néo-existentiels, le docteur Blackwell exigeait de ses patients une complète nudité pendant l'entretien, afin d'encourager de leur part une plus grande ouverture individuelle. Jake pénétra dans la cabine et tira le rideau derrière elle. Elle ôta sa veste qu'elle posa un instant sur la chaise, puis baissa la fermeture Éclair de sa jupe qu'elle suspendit à un cintre sur lequel elle mit ensuite sa veste. Tandis qu'elle déboutonnait son corsage, elle entendit le bruissement caractéristique de la robe du docteur de l'autre côté du rideau.

« Je vous attends, dès que vous serez prête, Jake. »

Le docteur Blackwell avait une petite voix posée, presque onctueuse, qui n'était pas sans rappeler celle de la mère supérieure de quelque couvent paisible et très pieux, et qui, pour Jake, évoquait la directrice de l'école religieuse qu'elle avait fréquentée dans son enfance. C'était peut-être là une des raisons pour lesquelles elle avait porté son choix sur le docteur Blackwell : simplement parce que celle-ci ressemblait à cette directrice qui avait su se montrer douce et compréhensive avec elle, à une époque où, à cause de son père, elle en avait le plus besoin.

« J'arrive », dit Jake, enlevant prestement sa culotte et dégrafant son soutien-gorge. Il y avait une grande glace dans la cabine, et Jake examina sa nudité d'un œil critique. Mis à part ses seins, qui étaient trop gros, elle n'avait pas beaucoup changé depuis qu'elle avait quitté Cambridge. Pas si mal, pour une femme de trente-sept ans. Leurs grossesses répétées faisaient que bon nombre de ses amies ressemblaient aujourd'hui davantage à ce qu'aurait été sa mère. Aucun doute là-dessus, rien de tel que d'avoir des enfants pour vous vieillir.

Le peignoir rouge qui était suspendu au portemanteau avait une allure plutôt masculine ; Jake l'enfila, serra la cordelière et tira le rideau.

Vaste et aérée, la pièce était recouverte d'une moquette de haute laine bleue particulièrement agréable quand on marchait pieds nus. Le docteur Blackwell était assise à un grand bureau recouvert de cuir gris ; sur le mur en face était accrochée une reproduction d'un tableau de Francis Bacon. Derrière elle, à hauteur d'épaule, se trouvaient deux fenêtres grandes comme des cabines téléphoniques. Quand Jake entra, le docteur relisait ses notes ; elle leva les yeux et lui sourit gentiment.

« Comment vous sentez-vous ?

— Bien, dit Jake. À dire vrai, toujours à peu près pareil. Sans grand changement. »

Le docteur Blackwell hocha la tête. C'était une femme assez corpulente d'une cinquantaine d'années, avec de fortes mains de paysanne et un visage de poupée assez incongru. Elle avait des cheveux coupés au carré à hauteur de mâchoire et portait une robe courte en tissu bouclé qui découvrait des bras bronzés et ne faisait pas très professionnel.

« Avez-vous assez chaud ? »

Jake répondit affirmativement.

« Eh bien, fermez les yeux et essayez de vous détendre. Très bien. Inspirez, expirez. Quand je vous le dirai, je veux que vous enleviez votre peignoir et qu'en même temps vous ayez l'impression de rejeter toutes vos inhibitions. Ce n'est pas seulement votre corps que vous mettez à nu, mais tout ce qui est enfoui au plus profond de vous. » Elle s'interrompit une seconde, puis ajouta : « Allez-y. »

Jake rejeta le peignoir sur la moquette et se tint au garde-à-vous sans un mot. Elle ne ressentait aucune honte ni même aucune gêne, simplement une impression de totale libération. « Ouvrez les yeux, dit le docteur Blackwell avec entrain, et étendez-vous. »

Au milieu de la pièce, il y avait un divan de cuir noir, avec une chaise à côté. Jake s'étendit et fixa du regard les infrarouges dernier cri qui contribuaient à chauffer la pièce. Puis elle entendit la chaise craquer sous le poids du docteur Blackwell.

« Toujours des cauchemars ? demanda celle-ci.

— Non, pas récemment.

— Vous sortez avec quelqu'un, en ce moment ?

— Vous voulez dire, est-ce que je couche avec quelqu'un, c'est bien cela ?

— Si vous voulez.

— Non. Avec personne.

— Depuis combien de temps n'avez-vous pas fait l'amour ?

— Je ne me souviens pas de l'avoir jamais fait », fit Jake après un silence.

Elle entendit le docteur Blackwell noter quelque chose sur son bloc.

« Et votre hostilité à l'égard des hommes est toujours aussi intense ?

— Oui.

— Parlez-moi de votre expérience la plus récente.

— C'était avec un homme, à Francfort, dans un hôtel. Il a essayé de me racoler et j'ai été grossière avec lui. Plus tard, quand je l'ai revu dans l'ascenseur, il m'a agressée.

— De quelle manière ?

— Il m'a touché les seins.

— Croyez-vous qu'il cherchait à vous violer ?

— Non, je ne pense pas. Il avait un peu trop bu, c'est tout.

— Qu'est-ce qui s'est passé ensuite ?

— À votre avis ? dit Jake avec un sourire gêné. Je l'ai flanqué par terre.

— Et qu'est-ce que vous avez ressenti après ?

— Au début, j'étais plutôt contente de moi. Plus tard, j'ai regretté ce que j'avais fait. Du moins, j'ai regretté de l'avoir frappé aussi fort. Je vous l'ai dit, je n'étais pas vraiment en danger. Je ne sais pas ce qui m'a prise.

— Au fond, nous sommes ce que nous choisissons de faire.

— C'est bien pour cette raison que je viens ici, dit Jake. Pour me sentir mieux dans ma peau quand je me retrouve confrontée à un choix.

— Dans ce cas précis, je ne suis pas sûre de pouvoir vous aider à vous sentir mieux dans votre peau, dit le docteur Blackwell. Mais dites-moi, en règle générale, que ressentez-vous quand vous découvrez que certains des choix que vous avez faits ne sont pas les bons ? Comme quand vous avez frappé cet homme.

— J'ai l'impression que ma vie n'a pas véritablement de sens, dit Jake avec un soupir.

— Et votre père, quels sont vos sentiments à son égard en ce moment ?

— Je crois que je le hais encore plus maintenant qu'il est mort.

— Il n'empêche que votre père n'était qu'un homme parmi d'autres… il n'était pas tous les hommes.

— Un père est bel et bien tous les hommes à la fois pour son enfant.

— Si votre père n'avait pas été le monstre que vous m'avez décrit, Jake… »

Jake bougonna tout haut.

… Elle songeait parfois qu'il aurait été plus facile de dire au docteur Blackwell que son père lui avait fait subir des violences sexuelles, ne serait-ce que parce que la réalité de l'expérience qu'elle avait vécue était bien plus difficile à mettre en mots. L'inceste entre un père et une fille et les effets traumatisants qui en résultent pour l'enfant représentaient quelque chose de bien plus tangible, de bien plus simple à comprendre que ce que Jake avait connu. Dire que, pendant toute son adolescence, Jake avait subi des violences verbales, s'était constamment fait insulter par son père, que celui-ci n'avait jamais manqué une occasion de la rabaisser devant les autres, qu'il n'avait jamais témoigné de la moindre affection à son égard, c'était encore trop peu dire.

Tout cela, elle aurait peut-être pu le lui pardonner. Ce qu'elle n'avait jamais pu lui pardonner, c'était la haine qu'il vouait à sa mère.

La mère de Jake avait été de ces femmes timides et prêtes à tous les sacrifices, apparemment capable d'ignorer ou d'excuser la conduite abjecte de son mari dans ses multiples manifestations : ses sarcasmes lapidaires, ses colères ou ses humeurs, ses nombreuses infidélités, ses mensonges et sa violence. Elle n'avait jamais eu le courage de le quitter. La vie était peut-être insupportable avec lui, avait-elle un jour confié à Jake, mais sans lui, elle eût été impensable. Jusqu'au jour où d'insupportable, cette vie était devenue intolérable, et où elle s'était suicidée.

L'adolescente de dix-sept ans qu'était alors Jake l'avait découverte sur le sol du cabanon de jardin, un couteau de cuisine planté dans la poitrine. Naturellement, elle en avait conclu que sa mère avait été assassinée par son père, et c'était peut-être bien l'impression que celle-ci avait voulu donner. Mais les enquêteurs avaient découvert que l'ouverture de l'étau fixé sur l'établi de son père correspondait à la largeur du manche du couteau. Ils en avaient déduit qu'elle avait fixé le couteau dans l'étau et s'était ensuite, à l'instar d'un général romain, délibérément empalée sur celui-ci. Jake était restée longtemps persuadée que les policiers s'étaient trompés et que c'était bel et bien son père qui avait tué sa mère. Elle ne s'était résolue à accepter leurs conclusions que du jour où elle-même s'était engagée dans la police.

La découverte du corps de sa mère lui avait laissé une horreur insupportable du suicide, sans parler d'une haine tout entière centrée sur son père. Quand ce dernier était mort, trois ans plus tard, d'une tumeur au cerveau, ce qui pouvait expliquer, sinon justifier, sa conduite inqualifiable, la haine que ressentait Jake pour celui qui avait été l'homme le plus important de sa vie avait pris un caractère beaucoup plus général...

« ... Pensez-vous que vous auriez pu ne pas reporter cette haine du père sur les autres hommes ?

— Oui, dit Jake au bout d'un moment. C'est possible.

— Et, en théorie, pensez-vous que vous auriez pu avoir une relation satisfaisante avec un homme ?

— Voilà une question qui n'est pas facile. Si vous faisiez le genre de travail que je fais et si vous voyiez ce dont les hommes, et eux seuls, sont capables... Seigneur ! »

Elle pensait au cadavre de Mary Woolnoth, couvert d'insultes tracées au rouge à lèvres.

« En théorie, oui, je pense que c'est possible. Mais, écoutez, je ne viens pas ici pour parler de mes problèmes sexuels.

— Oui, je sais, si vous venez, c'est parce que vous pensez que votre vie n'a pas véritablement de sens.

— Exact.

— Il n'en reste pas moins que c'est votre insécurité ontologique qui fait que votre vie vous semble dénuée de sens, Jake. Votre moi est divisé, et cette division se manifeste par des réactions pathologiques d'hostilité à l'égard des hommes. Vous êtes intelligente, et c'est le genre de choses que je n'ai même pas besoin de vous expliquer. »

Jake se redressa et mit ses mains sur sa poitrine. Elle poussa un profond soupir et fit basculer ses jambes sur le côté. Le docteur Blackwell se leva et retourna à son bureau où elle s'assit pour ajouter une note au dossier de Jake.

« Vous savez que nous avons beaucoup progressé aujourd'hui, dit-elle d'un ton égal. C'est la première fois que vous reconnaissez que, sans votre père, les choses auraient pu être différentes. »

Jake descendit du divan, ramassa le peignoir qu'elle avait laissé tomber sur la moquette et l'enfila.

« Et après ? Qu'est-ce que ça prouve ? dit-elle.

— Je ne sais pas si cela prouve quoi que ce soit. La thérapie néo-existentielle n'attache pas d'importance particulière aux preuves. Mais il s'agit de toute évidence de quelque chose de fondamental dans votre vie.

— Ça va de soi. Bon sang, je suis flic…

— Nous sommes bien d'accord là-dessus. Ce que je mets en doute, c'est la validité d'un tel élément comme seul critère de détermination de votre vie privée, et pas seulement publique. La violence et l'hostilité ne sont rien d'autre que des moyens de renforcer ce que vous essayez de vous prouver à vous-même. Et ce que vous essayez de refouler. À partir du moment où vous aurez accepté l'authenticité des choix que vous faites, les preuves vous sembleront secondaires. Mais avant que les choses s'arrangent, je crois qu'il va vous falloir découvrir au moins un homme que vous puissiez admirer sans réserve, comme vous avez admiré votre père autrefois. C'est alors seulement que vous commencerez peut-être à vous sentir de nouveau en accord avec vous-même.

— Peut-être, dit Jake, hochant la tête de mauvaise grâce.

— Le problème du choix, tout est là », dit le docteur Blackwell avec un sourire.

Jake vivait seule dans le quartier de Battersea, non loin de l'Académie royale de danse. Elle se souvenait encore du temps où elle avait voulu devenir ballerine, et où son père lui avait dit qu'elle était trop grande. Pour une fois, il avait eu raison.

Son appartement était situé au dernier étage d'un immeuble récent qui imitait l'ancien, et depuis la petite terrasse en ciment encombrée d'une profusion incongrue de plantes vertes, elle avait une jolie vue sur le fleuve. Jake adorait cet appartement avec son jardin ; malheureusement, il se trouvait tout près de l'héliport de Westland : c'était là son seul défaut. Telles des mouettes géantes, les corps blancs des hélicoptères avaient une fâcheuse tendance à tourner au-dessus de sa terrasse, surtout quand elle se faisait bronzer.

Pendant un temps, qui n'avait pas duré, Jake avait essayé de prendre une locataire, une certaine Merion, dont la mère avait été une amie de la sienne. Au début, elles s'étaient assez bien entendues. Jake n'avait même pas protesté quand Merion avait commencé à ramener à la maison un garçon très poilu, un certain Jono, et qu'ils avaient fait l'amour à grand bruit dans la baignoire. Elle n'avait pas protesté non plus quand elle avait constaté qu'ils ne se préoccupaient guère de la nettoyer après leur passage. Mais le jour où, dans un état de sobriété d'autant plus impardonnable qu'il était total, Jono avait essayé de faire du plat à Jake et que celle-ci avait réagi en l'envoyant au tapis, Merion s'était offusquée des manières trop directes de son amie et était partie peu après.

Jake avait alors connu une période de promiscuité effrénée – cherchant par là autant à célébrer son intimité retrouvée qu'à satisfaire un quelconque appétit –

comparable à celle qu'elle avait vécue, avec autant de frénésie et d'insatisfaction, quand elle avait vingt ans. S'était ensuivie une relation aussi brève qu'orageuse avec un acteur qui vivait à Muswell Hill et professait une hostilité, très en vogue à l'époque, contre le sud de Londres et la police, Jake n'étant qu'une exception ponctuelle dans les deux cas.

Deux années s'étaient écoulées depuis, au cours desquelles elle avait vécu dans un célibat plus ou moins total. Plutôt plus après qu'un suspect auquel elle faisait subir un interrogatoire lui eut décoché un coup de pied dans le bas-ventre, qui l'avait obligée à prendre quatre semaines de congé ; mais plutôt moins depuis la soirée du 31 décembre de l'année précédente où elle avait rencontré un homme tout aussi brutal qui travaillait à la BBC.

Quand elle arriva chez elle, Jake arrosa ses plantes puis se prépara un repas au micro-ondes. Elle alluma ensuite la télévision et s'empara du journal du soir.

French avait raison. La fusillade était déjà à la une de l'*Evening Standard*. Sans toutefois faire allusion au programme Lombroso, le journaliste annonçait que la police travaillait sur une nouvelle hypothèse : l'agression dont Mayhew avait été victime était peut-être liée à toute une série de meurtres récents non élucidés.

Jake prit un intérêt d'autant plus vif à l'article qu'elle le savait porteur d'une information essentielle erronée. Sur sa demande, l'Office de presse de New Scotland Yard avait dissimulé la mort de Mayhew. Au lieu de quoi, on avait persuadé les journaux qu'un policier montait la garde nuit et jour au chevet de Mayhew dans l'espoir qu'il reprendrait conscience et pourrait fournir une description détaillée de son agresseur. Jake comptait vaguement voir ainsi le meurtrier tenter d'achever sa victime. Elle n'ignorait pas que son plan ne valait pas grand-chose, mais elle ne risquait rien d'essayer. Si l'assassin se montrait à l'hôpital de Westminster, il se trouverait nez à nez avec la Brigade spéciale d'intervention.

Éventualité peu probable. Ça n'arrivait jamais qu'au cinéma. C'était bien pour cette raison qu'au lieu d'aller à l'hôpital elle avait préféré rentrer chez elle prendre un bon bain et passer une longue soirée au lit. Le livre du professeur Gleitmann était sur sa table de chevet ; elle ne pouvait rêver meilleur somnifère. Pourtant elle alluma d'abord le Nicamvision pour voir si l'on parlait de Mayhew.

Le journal d'informations n'y fit aucune allusion. Après tout, ce n'était qu'une banale fusillade, rien comparé aux histoires de guerre, de famine et autres désastres qui constituaient l'essentiel des nouvelles. Suivit une émission consacrée à un débat contradictoire sur le coma punitif. Elle tombait juste à point puisqu'un terroriste de l'IRA, Declan Fingal, condamné au coma irréversible, devait être exécuté le lendemain soir à la prison de Wandsworth.

Tony Bedford, membre du Parlement et porte-parole de l'opposition sur la répression du crime, s'était joint aux manifestants qui, à l'extérieur de la prison, protestaient contre la sentence, et faisait part aux journalistes de sa répugnance à voir perpétrer un tel acte au nom de la loi. Il était aussi verbeux qu'à son habitude, et, bien que Jake fût en règle générale plutôt d'accord dans l'ensemble avec ce qu'il avait à dire sur le sujet, elle eut l'impression que si Bedford avait été ministre de l'Intérieur il se serait contenté de renvoyer Fingal en Irlande avec un bon sermon.

Suivait un entretien, dans les studios, avec Grace Miles. Apparemment plus détendue qu'elle ne l'était à Francfort, Mme Miles portait une robe noire agrémentée de cabochons gros comme des broches de Vikings et dotée d'un décolleté profond censé mettre en valeur sa généreuse poitrine. Elle était plus séduisante à elle seule que tout un banc de sirènes. La caméra prit la ministre en contre-plongée, et Mme Miles, qui semblait attendre cet instant, croisa les jambes juste un peu plus qu'il ne fallait pour révéler une cuisse et, à la grande surprise de Jake, le haut d'un bas. Voilà qui ferait les délices des journaux à sensation, se surprit-elle à penser. Mme Miles était la seule femme du gouvernement à pouvoir jouer de son sex-appeal – et ne s'en privait pas.

Si Jake ne songeait pas à mettre en doute les appas de Mme Miles, elle était plus sceptique quant à l'intérêt de ce que celle-ci avait à dire sur le chapitre de la répression. Sa voix impérieuse et insistante ne facilitait en rien l'écoute. Jake n'aimait pas à se rappeler qu'elle avait autrefois voté pour cette femme et pour la politique répressive intransigeante qui était la sienne. Mais elle se dit à la réflexion qu'il n'était pas toujours facile de concilier ses convictions politiques avec une activité quelconque dans les services de la police.

Un appel sur le vidéophone à 3 heures du matin n'a généralement rien d'agréable pour un officier de police. Jake savait qu'au mieux il ne pouvait s'agir que d'un exhibitionniste, prêt à se déshabiller devant la caméra dans l'espoir d'offusquer une malheureuse vieille fille. Donnant un grand coup à l'aveuglette derrière elle sur le clavier qui actionnait la lumière et l'horloge parlante

– « il est 3 heures » –, Jake, tout en luttant contre le sommeil, attrapa la télécommande du vidéophone. Elle pensa d'abord que c'était peut-être l'hôpital lui annonçant que son plan avait marché. Mais quand elle appuya sur l'un des boutons pour prendre l'appel, c'est le visage du sergent Chung qui apparut sur le petit écran de sa table de chevet.

« J'espère que je ne vous réveille pas, dit-il avec une absence de sincérité ravie.

— Vous savez l'heure qu'il est ? grogna Jake, endormie.

— L'heure qu'il est ? Je ne vois pas comment je pourrais l'ignorer, nom de Dieu ! Ma femme vient de me le rappeler au téléphone. Elle voulait savoir ce que je foutais à l'Institut à une heure pareille au lieu d'être chez moi en train de la baiser.

— Sûr que ça doit lui manquer, dit Jake, réglant la couleur sur l'écran, forçant sur le jaune jusqu'à ce que le visage de Chung ressemble à un gros citron.

— Vous avez foutrement raison, dit Chung, indifférent à l'ironie de Jake.

— Écoutez, sergent – elle chercha ses cigarettes et en alluma une –, si vous avez un rapport à faire…

— Vous ne pensez tout de même pas que j'ai appelé pour le simple plaisir de vous voir sans votre maquillage ou de découvrir avec qui vous couchiez ?

— Avec qui je couchais ? murmura Jake. D'où vous vient cette soudaine retenue ?

— Hein ?

— Oh, rien. Écoutez, contentez-vous de me dire ce qui vous préoccupe pour que je puisse enfin me rendormir, espèce de sale petit Jaune.

— Faites gaffe. Je pourrais vous dénoncer à la Brigade spéciale de harcèlement racial pour une remarque comme celle-là. J'ai la solution de votre problème, blanche dame.

— Vous voulez dire que vous savez d'où vient l'atteinte à la sécurité ? » Jake s'en assit dans son lit.

« Pas mal. » Le visage de Chung se fendit d'un sourire à la vue des seins de Jake. « Pas mal du tout : donnez-moi un aperçu rapide du reste, et j'oublie la remarque raciste, d'accord ? »

Jake s'enroula dans son drap qu'elle remonta jusqu'au menton. Elle mourait d'envie de dire à Chung d'aller se faire foutre ou de le faire inculper, mais en même temps elle ne voulait pas courir le risque de le voir devenir encore moins coopératif qu'il ne l'était déjà. Elle le connaissait suffisamment pour deviner qu'il était capable de lui mettre des bâtons dans les roues. Elle serra donc les dents, choisit d'ignorer sa remarque sexiste et lui demanda de lui fournir ses explications.

« À votre place, blanchette, je me magnerais le cul et je m'amènerais ici, dit-il. Et au trot. Vous comprenez, ce n'est pas facile à expliquer au vidéo, et si vous attendez le matin pour rappliquer, vous pourrez toujours me chercher. Ça fait plus de vingt heures d'affilée que je travaille là-dessus et dès que je vous aurai expliqué ce qu'il en est, je me rentre et je me fous au pieu.

— Il vaudrait mieux pour vous que ça en vaille la peine ! » rugit Jake qui appuya d'un doigt rageur sur la télécommande pour mettre fin à l'appel.

Naturellement, j'ai été un tout petit peu ennuyé quand j'ai vu le journal du soir. Ça prouve le bien-fondé de ce que j'ai déjà avancé à propos de l'encéphalisation des fonctions. Je savais que c'était une erreur de tirer dans la partie antérieure plutôt que postérieure du cerveau. Comme quoi, on ne gagne rien à se précipiter !

*Cela dit, j'étais convaincu d'avoir handicapé Russell au moins visuellement : le nerf optique, le chiasma et les aires préoptiques sont tous situés dans cette zone-là du cerveau. (À la réflexion, j'avais probablement fait aussi pas mal de dégâts dans son sacro-saint hypothalamus, là où ses ennuis, sans compter les miens, ont commencé.) Ainsi donc, les chances qu'il avait encore de pouvoir identifier autre chose que la face interne de ses paupières étaient minces, en dépit de ce que racontait l'*Evening Standard. *Chacun sait bien qu'il ne faut pas croire tout ce qu'on lit dans l'*Evening Standard. *Il n'empêche qu'à l'avenir il faudra que je me montre plus prudent et que je vise systématiquement le cervelet et le cortex.*

Le fonctionnement du cerveau : voilà un domaine d'étude fascinant. Ceux qui ne me croient pas devraient essayer de localiser précisément la zone qui fonctionne quand le cerveau est au travail. Essayez : fermez les yeux et concentrez-vous sur une image de votre propre cerveau. C'est plus facile quand on possède un équipement de Réalité virtuelle, mais, pour ceux dont ce ne serait pas le cas, je vais essayer de décrire la chose.

Vu du dessus, votre cerveau ressemble assez à quelque chose comme l'enfer de Dante, une fosse où se trouvent reléguées les âmes déchues, leurs corps charnus imbriqués les uns dans les autres avec à peine assez d'espace pour leurs terribles tourments de damnés. C'est sans doute à ce genre de vision que se sont trouvés confrontés les libérateurs d'Auschwitz quand ils ont découvert les masses de cadavres empilés qui n'avaient pas été enterrés. Cette espèce de pâté de foie gras [1] *de pensée a tout d'une horrible bouillie humaine passée à la Moulinette.*

Vu de côté, votre cerveau aurait plutôt l'allure d'un danseur ou d'un acrobate incroyablement musclé – regardez donc un peu ces biceps et ces pectoraux –, recroquevillé dans une position fœtale, le bras (ici le lobe temporal) enroulé autour de la jambe, la tête (le cervelet) reposant sur les tibias (le bulbe rachidien).

Vu du dessous, votre cerveau témoigne d'un hermaphrodisme épouvantablement obscène. Les lobes frontaux se rejoignent comme les lèvres d'un vagin. Et en dessous d'eux, les ponts et le bulbe rachidien rappellent un pénis en semi-érection.

Vue en coupe transverse, d'une oreille à l'autre, la symétrie imparfaite du cerveau ressemble à une tache d'encre du test de Rorschach, outil qu'affectionnaient

---

1. En français dans le texte.

beaucoup les psychologues à une époque dans le diagnostic des troubles de la personnalité.

Mais où, me direz-vous, au milieu de tous ces lobes et de ces hémisphères, de tous ces pédoncules et de toutes ces voies de conduction, de toutes ces scissures et ces protubérances, où donc se logent les pensées, ces représentations logiques des faits ? La vérité, c'est qu'il nous faut recourir à une échelle encore plus réduite si nous voulons retrouver leur origine. Il nous faut aller jusqu'au millième de millimètre, jusqu'à l'élément le plus simple du processus nerveux : le neurone.

Avez-vous une idée de ce à quoi ressemblent les neurones ? De l'un à l'autre, les sauts synaptiques sont si rapides que vous seriez aisément pardonnable si vous passiez à côté les dix mille premières fois. Mais écoutez. Vous entendez l'énergie électrique que génèrent ces synapses ? Oui ? Félicitations. C'est donc que vous pensez.

Et maintenant, réfléchissez bien à cela : la totalité des pensées vraies, c'est-à-dire la totalité des représentations logiques des faits, constitue un tableau du monde.

Ce que nous ne pouvons penser, nous ne saurions le penser ; donc nous ne pouvons dire ce que nous ne saurions penser.

6

Le sergent Chung était assis sur un tabouret triangulaire devant une table en Plexiglas gris dans la salle informatique de l'Institut. D'un côté de la table circulaire, il y avait un clavier numérique et, au milieu, une projection holographique des données sur lesquelles il travaillait. Dans la pièce en partie plongée dans l'obscurité, la machine prenait pour Jake les allures d'un oracle grec.

« Ô grand prêtre, dit-elle en apercevant Chung, veux-tu lui demander si ce qu'il a à à nous dire valait vraiment la peine de nous sortir du lit à 3 heures du matin ?

— Quelques heures de sommeil en moins ne vous abîmeront pas, grogna Chung tout en sirotant son café.

— Venant de vous, Yat, ceci m'a tout l'air d'un compliment.

— Ouais. C'est peut-être la fatigue, dit-il en bâillant et en se frottant les yeux. Sans doute les hologrammes. C'est insupportable. On a l'impression d'halluciner. Personnellement, je préfère un véritable écran. »

Jake saisit un autre tabouret et s'assit à côté de lui devant le pupitre. La mémoire de masse de Lombroso se trouvait juste en dessous d'eux, les informations passant dans les pieds de la table avant d'arriver dans le projecteur. Maintenant qu'elle s'était rapprochée de lui, elle sentait mieux son odeur, qui n'était pas des plus agréables.

Elle fronça le nez, ce qui n'échappa pas à Chung, qui bougonna d'un ton railleur : « Si je pue, c'est parce que ça fait quasiment trois jours que je n'ai pas bougé d'ici. »

Jake décida que le moment était venu d'essayer de l'apaiser et de le flatter.

« Ne croyez pas que je n'apprécie pas, dit-elle. Je sais que vous avez travaillé très dur. Vous avez fait le maximum. Croyez-moi, Yat, si vous avez trouvé le fil conducteur de cette affaire, je veillerai à ce que le préfet adjoint soit mis au courant. »

Les yeux bridés de Chung s'étrécirent encore davantage.

« D'accord, d'accord, gloussa-t-il. Inutile d'en rajouter. Pour être tout à fait franc, je me fous complètement de ce que vous pouvez bien aller raconter à qui que ce soit. »

Mais Jake ne manqua pas de remarquer qu'il était ravi.

« Oh, Yat, dit-elle, minaudant, je meurs d'envie de savoir ce que vous avez découvert. » Elle tapa des poings sur ses genoux et poussa des petits cris surexcités.

Chung eut un sourire froid, puis caressa le clavier.

« Je vais essayer d'être clair.

— S'il vous plaît.

— Pour commencer, l'infiltration vient bien de l'extérieur. Quand vous "entrez" dans le système utilisateur, la structure qui se trouve là sous nos pieds enregistre la transaction sous un numéro et identifie le terminal utilisé. Naturellement, il y a des centaines de transactions de ce type qui sont effectuées quotidiennement, à partir de n'importe lequel des trente-neuf terminaux de ce bâtiment et des quatre autres centres Lombroso de

Birmingham, Manchester, Newcastle et Glasgow. Vous voyez là, dit-il en désignant du doigt l'hologramme en face d'eux, l'une des transactions d'aujourd'hui ; le numéro 280213 figure la date ; ensuite vient le numéro de la transaction : 718393422 ; TRINITÉ : c'est le mot de passe d'hier ; et, pour finir, 09 : c'est le numéro du terminal. En l'occurrence, celui-ci.

« Et maintenant le gros morceau : j'ai programmé l'ordinateur pour qu'il vérifie toutes les transactions du système au cours de ces douze derniers mois, histoire de voir si certaines s'étaient faites à partir d'un terminal non recensé, autrement dit d'un terminal sans numéro d'identification, qui opérerait en dehors des cinq centres de l'Institut. Et devinez quoi ? J'en ai trouvé une, datée du 22 novembre 2012.

— Ce que vous essayez de me faire comprendre, dit Jake, c'est que quelqu'un a pénétré dans le système le 22 novembre de l'année dernière.

— Exactement. Ce système est connecté au RICE, le Réseau informatique de la Communauté européenne, ce qui veut dire que seul quelqu'un ayant accès au RICE a pu infiltrer Lombroso. En d'autres termes, il n'a pu le faire qu'à partir d'un des systèmes (il y en a une douzaine) appartenant au secteur public. Il n'existe aucun autre moyen. Le RICE est une ligne de télécommunications privée à laquelle le public n'a pas accès.

— Ce qui veut dire que notre suspect est vraisemblablement un employé du secteur public.

— Mais c'est là qu'il commence à devenir vraiment futé, dit Chung après avoir acquiescé d'un signe de tête. Le seul fait qu'il ait utilisé un terminal extérieur à l'Institut a suffi à déclencher le dispositif de sécurité du système, lequel est destiné à empêcher toute personne non autorisée d'aller plus avant.

— Non autorisée ? dit Jake en fronçant les sourcils. Il n'avait donc ni code d'opérateur ni mot de passe ? »

Chung enfonça une autre touche sur le dessus en verre de la table et fit apparaître une liste de numéros de transaction. Jake remarqua que l'un d'entre eux était incomplet : il lui manquait deux chiffres.

« Si si, il les avait. Il a utilisé le mot de passe CHANDLER. Ne me demandez pas comment il se l'est procuré, je n'en ai pas la moindre idée. Du moins pas encore. Non, s'il était non autorisé, c'est uniquement parce que son terminal n'avait pas de numéro d'identification.

— Je comprends.

— Le dispositif de sécurité était l'hologramme d'un chien à trois têtes.

— Cerbère, fit Jake.

— Vous connaissez le programme ?

— Non, seulement mes classiques.

— Eh bien, notre pirate les connaît aussi. C'est bien là le problème avec les gens préposés à la sécurité informatique. Ils ont tendance à penser que tout le monde est aussi ignorant qu'eux.

— C'est aussi valable pour le docteur St Pierre ?

— Surtout pour le docteur St Pierre, répondit Chung. Des comme lui, on en avait des tas à Hong Kong. Sacrément bornés. Incapables de la moindre fantaisie.

— Si je comprends bien, notre pirate s'est arrangé pour circonvenir Cerbère, c'est bien ça ?

— Le circonvenir ? » Chung eut un sourire ravi et tapa rapidement une série d'instructions.

Les chiffres disparurent pour faire place à un dessin grandeur nature d'un chien tricéphale, endormi. Rien qu'à voir la tête de l'animal, Jake se réjouit de ce que, hologramme ou pas, il fût endormi.

« Il l'a drogué, dit Chung.

— Droguer un chien fabriqué par un ordinateur ? dit Jake, incrédule. Comment est-ce possible ?

— Ce serait trop long à expliquer, mais c'est une technique généralement connue sous le nom de Cheval de Troie. Elle admet une multitude de formes, mais vous voyez en gros de quoi il s'agit.

— Il faut toujours se méfier des Grecs porteurs de présents, c'est ça ? Ingénieux.

— Le plus ingénieux est encore à venir, dit Chung en hochant la tête. Vous vous souvenez d'avoir interrogé tous les conseillers psychiatriques pour savoir s'ils se rappelaient les noms de certains des NVM-négatifs qui auraient témoigné d'un degré particulièrement élevé d'hostilité à l'égard du programme ?

— En effet. On en a dressé une liste. Mais elle ne contient que des noms de code. D'après St Pierre, la première directive de l'ordinateur consiste à préserver le caractère confidentiel de l'identité des patients. Il s'est montré formel sur ce point : l'ordinateur ne peut donner ni leurs noms ni leurs adresses.

— C'est pourtant très exactement ce que le pirate a réussi à obtenir. »

Jake alluma une cigarette. Il était trop tôt pour que quiconque se préoccupe de l'interdiction de fumer. « J'allais vous demander de faire la même chose quand vous en aurez fini avec l'origine de l'effraction, dit-elle.

— En ce cas, j'ai déjà une longueur d'avance sur vous, rétorqua-t-il. Faites attention, la fumée de votre cigarette risque de brouiller l'hologramme. »

Jake tint sa cigarette à bout de bras derrière elle.

« Il existe une autre liste des noms de code sur un système différent qui n'est pas assujetti à la première directive de Lombroso. Malheureusement, elle ne contient que les noms de code, et rien d'autre. Ce que j'ai fait, c'est que je m'en suis servi malgré tout pour poser une question à Lombroso.

— Laquelle ?

— Eh bien, je n'arrêtais pas de me demander ce que j'aurais fait si mon nom avait figuré sur le fichier Lombroso. Est-ce que, dans ce cas, j'aurais fait confiance au système de sécurité ? Certainement pas. Je n'aurais cherché qu'à effacer au plus vite mon nom et mon adresse. J'ai donc vérifié que chacun des noms de code figurant sur ma liste apparaissait également sur le fichier originel, pour le cas où notre homme aurait déjà effacé son identité.

— Je vous suis, dit Jake, attendant la suite.

— Je les ai tous faits, l'un après l'autre. Et j'ai fini par trouver ce que je cherchais, ou plutôt, je ne l'ai pas trouvé, si vous voyez ce que je veux dire. J'ai tapé un nom de code dont j'étais certain qu'il avait été attribué, et quand j'ai demandé confirmation à Lombroso je me suis fait répondre qu'un tel nom était inconnu au bataillon. Et c'est alors que je suis tombé dessus, ajouta-t-il au bout d'un instant tout en s'excusant d'un haussement d'épaules.

— Tombé sur quoi ?

— Sur cette foutue "bombe". Ce salaud avait posé un piège que j'ai déclenché en essayant d'avoir confirmation de son nom de code.

— Mais, nom de Dieu, dit Jake avec un froncement de sourcils, qu'est-ce que c'est qu'une "bombe" ?

154

— Un sacré paquet de fric, tout simplement. C'est un programme à effet différé, dit-il en se mordant la lèvre. Une bombe à retardement, quoi.

— Ah non, par pitié, souffla Jake. Ne me dites pas que ce machin ou cette bombe, peu importe, a saccagé tout le système.

— Pas exactement. J'ai essayé mes logiciels les plus sophistiqués, mais quand je suis enfin tombé sur le bon et que j'ai arrêté la reproduction du programme, il y avait toute une zone du système qui était salement endommagée.

— Laquelle ?

— Les données NVM.

— Oh merde !

— Pas toutes. Une partie seulement.

— Dans quelle proportion ?

— Difficile à évaluer exactement, répondit Chung. Entre 30 et 40 % peut-être.

— Qu'est-ce que je vais raconter à Gleitmann ?

— De toute façon, ce serait arrivé un jour ou l'autre, dit Chung avec un rire gêné. Le piège était bel et bien installé dans la mémoire de masse, il attendait tranquillement qu'on le déclenche. Quelqu'un d'autre aurait bousillé tout le disque. Encore une chance que j'aie eu le bon logiciel : c'est un programme que j'ai fabriqué moi-même, en fait. Une sorte de vaccin, si vous préférez, qui marche avec à peu près 200 types de virus différents. C'est la vérité vraie, ma petite dame, ajouta-t-il d'un ton suffisant, sans moi, c'est tout le programme Lombroso qui serait de l'histoire ancienne à l'heure qu'il est. Mettez-vous bien ça dans la tête.

— Je vais essayer.

— Il faut voir le bon côté des choses, dit-il d'un ton péremptoire. Vous connaissez désormais la date de l'effraction. Vous savez que le pirate doit travailler dans le secteur public. Vous savez aussi qu'en matière d'ordinateurs il ne craint personne et qu'il est peut-être déjà fiché pour d'autres actes de piratage. Vous avez son nom de code et vous avez même un conseiller qui se souvient de lui.

— Au fait, ce nom de code, c'est quoi ?

— Wittgenstein, dit Chung après avoir consulté ses papiers. Ludwig Wittgen-stein. » Il prononça le nom en plaçant l'accent sur la deuxième syllabe et hocha la tête en faisant la grimace. « Avec un nom de code pareil, je crois que j'en aurais fait autant : j'aurais sûrement commis deux ou trois meurtres. »

Jake s'interrogea sur l'antisémitisme latent de Chung et se demanda comment il réagirait si elle lui annonçait qu'elle-même était juive. Non pas qu'elle y accordât une grande importance, mais ce pourrait être drôle de l'accuser de racisme.

« Qu'est-ce que vous lui trouvez à ce nom ? »

Chung détourna la tête, essayant de dissimuler un sourire. Il sembla sur le point de dire quelque chose, apparemment se ravisa et fit en riant : « On en a plein la bouche, c'est tout. »

C'était donc ça. Il n'avait jamais entendu parler de Ludwig Wittgenstein, et son ignorance l'embarrassait. Non pas qu'elle en sache elle-même très long, hormis quelques éléments biographiques élémentaires relevant d'un bon niveau de culture générale. Mais elle eut le sentiment qu'avant d'en avoir terminé avec cette affaire elle en saurait nettement… nettement plus long.

L'attribution d'un nom à une chose est-elle toujours réellement arbitraire, ou bien peut-on trouver un sens à la manière dont sont nommées les choses ?

Alors que le nom lui-même n'est qu'un signe primitif qui ne saurait être décomposable par aucune définition, il existe néanmoins des noms qui, une fois attribués, semblent lourds de signification mystique.

Les noms ont un pouvoir, comme celui de Jéhovah, trop sacré pour qu'on ose même le prononcer, ou celui de Macbeth, qui n'est jamais mentionné par les gens de théâtre superstitieux et sentimentaux. Au seul nom de Jésus, tout le monde s'incline. L'abîme a nom Désespoir. Quant au nom de Keats, il s'inscrit dans l'eau.

Il en est d'autres qui s'inscrivent dans le sang.

Les noms peuvent aussi être dotés d'une signification numérologique. Les lecteurs de Guerre et Paix n'ont pas oublié que Pierre Bezoukhov, sous l'influence de ses compagnons francs-maçons, réussit à mettre le nom de l'empereur Napoléon en chiffres, dont la somme est égale à 666. Le nom de la Bête, ou le nombre de son nom. Que son nom ne soit pas prononcé, qu'il sommeille dans l'ombre où reposent ses froides reliques oubliées.

Ne jamais, au grand jamais, révéler à quiconque le prénom d'un bébé avant que celui-ci ait été baptisé, ou bien les méchantes fées risquent de l'entendre et de ravir l'enfant. Il y a des noms prestigieux. Qui vivront à jamais. Donner un nom à un chat est chose difficile.

Il y a des noms qui doivent être effacés du Grand Livre, d'autres qui sont irrémédiables. Légion est mon nom, car nous sommes plusieurs.

Je suis devenu un nom.

Dites-moi franchement, aimez-vous votre nom ? N'en avez-vous pas assez ? Enfant, n'avez-vous pas rêvé d'un nom plus prestigieux, plus explosif – qui aurait mieux sonné ? Vous vous êtes sûrement demandé comment vos idiots de parents avaient pu manquer à ce point d'imagination pour vous donner le prénom que vous portez. Sans parler du nom de famille dont eux-mêmes, ou du moins l'un d'entre eux, avaient hérité. Vous vous faites baiser par papa et maman. Philip Larkin (un bon nom, celui-là) omet de mentionner dans son poème l'aspect le plus crucial de cet acte de sabotage parental qu'est votre nom. L'homme ne se contente pas de transmettre le malheur à l'homme, il lui transmet aussi un nom. Et c'est là que vous êtes vraiment baisé.

Vous portez votre nom comme on porte une chemise cachée.

Mais une fois que vous l'avez révélé à un tiers, impossible de le remiser au placard. Ledit tiers n'oubliera plus jamais que vous le portez. Une fois que vous aurez expliqué à vos amis que vous êtes « x », ils ne pourront plus jamais penser à vous en termes autres que ceux qui sont exprimés par ce seul « x ». C'est un signe à l'état pur – c'est vous tout entier : qui vous êtes, le pourquoi, le comment de ce que vous êtes, d'où vous venez. Le signe de vos quatre vérités.

Le nom signifie l'objet. L'objet est la signification du nom. Je ne puis que parler des noms, je ne saurais les prononcer. *Mais vivre toute sa vie une signification qu'on n'a pas soi-même choisie me semblerait à moi absolument insupportable.*

« Mon nom est pour mes seuls amis », dit T. E. Lawrence *dans le film* Laurence d'Arabie. *Comme c'est vrai, on ne peut plus vrai ! Une fois révélé, votre nom peut être utilisé contre vous. Mais il y a du pouvoir dans le nom que l'on tait, dans* L'Homme sans nom. L'outsider. L'Étranger. *Il arrive en ville sur son cheval, tue deux ou trois personnes, puis s'en va. Anonyme. Le meilleur nom qui soit. Si j'avais pu choisir mon nom, si Lombroso ne m'en avait pas donné un, c'est celui que j'aurais choisi : Anonyme. Pensez à toutes les citations, les poèmes, les histoires dont vous pourriez être l'auteur aujourd'hui.*

À la vérité, voilà qui tient davantage du pamphlet que de l'histoire, du journal que du récit en prose. Je laisse ce manuscrit, sans trop savoir pour qui, sans plus savoir ce qu'il prétend dire : stat rosa pristina nomine, nomina nuda tenemus [1].

---

1. Dernière phrase du roman *Le Nom de la rose*, d'Umberto Eco.

7

Quand Jake eut terminé son rapport auprès du préfet adjoint, Gilmour, perdu dans ses réflexions, se mordilla les doigts quelques instants avant de pousser un profond soupir.

« Le professeur Gleitmann est-il au courant ? demanda-t-il d'un ton las.

— Oui, monsieur. »

Les sourcils broussailleux de Gilmour se levèrent en signe d'interrogation silencieuse.

« Il n'était pas très content, monsieur, dit Jake.

— Je n'en doute pas. Mais vous vous êtes assurée que le sergent Chung n'était pour rien dans cette histoire de bombe ?

— Absolument, monsieur. Le patron de Chung, le directeur de l'Unité informatique criminelle, s'est rendu personnellement à l'Institut pour enquêter sur ce qui s'était passé, et il a déjà confirmé les explications de Chung.

— Bien. Ce qu'il faut éviter, c'est que le ministère de l'Intérieur essaie de nous faire porter le chapeau. »

Gilmour se renversa dans son fauteuil qu'il fit pivoter pour regarder par la fenêtre. New Scotland Yard n'était qu'à un kilomètre de la Tate Gallery, où s'était produit le dernier meurtre Lombroso. Au-dessus de leurs têtes, ronronnait doucement l'hélicoptère de la police qui patrouillait sans arrêt autour du ministère de l'Intérieur et du Parlement, à l'affût de terroristes ou de détraqués cachés sur les toits. Jake savait qu'il y avait à bord des caméras suffisamment puissantes pour photographier jusqu'au peigne qu'elle avait dans les cheveux et peut-être même jusqu'au cordonnet de son Tampax, et que l'appareil était doté d'un système d'écoute sophistiqué. Il était tentant d'utiliser un tel équipement, et il arrivait d'ailleurs aux brigades de surveillance aérienne d'aller trop loin dans ce domaine. Les journaux parlaient encore du scandale qui avait éclaté parce que l'une de ces équipes avait un jour enregistré la conversation compro-mettante de deux députés homosexuels tandis qu'ils mangeaient leurs sandwichs dans Parliament Square.

« Alors, que faisons-nous maintenant ?

— Eh bien, monsieur, d'après le sergent Chung, il arrive, avec le système informatique qu'utilise l'IRC, que l'on puisse retrouver des données détruites accidentelle-ment. On appelle cela une pioche électronique. Je lui ai dit qu'il fallait qu'il en fasse sa priorité absolue. »

Gilmour hocha son crâne chauve et s'appliqua à lisser nerveusement sa moustache à la mexicaine. « Ces foutus informaticiens me dépassent », dit-il avec irritation, transférant toute son attention sur les boutons de son uni-forme impeccablement repassé. « Ou c'est détruit ou ça ne l'est pas. » Sous l'effet de la colère, son léger accent du nord prenait nettement les inflexions du parler de Glasgow.

« C'est bien ce que j'ai fait remarquer, souligna Jake. Mais, s'il faut en croire Chung, l'intelligence artificielle trouve parfois le moyen d'effacer quelque chose d'un répertoire de fichiers tout en le conservant bien caché quelque part dans la mémoire centrale.

— Vous avez d'autres idées lumineuses, Jake ? Les dernières paroles de Mayhew… vous en concluez quoi ?

— Il avait l'air de penser que les gens de Lombroso s'étaient ligués contre lui pour le tuer, dit Jake en haussant les épaules. Et après tout, il n'avait peut-être pas tort. D'un autre côté, il était peut-être paranoïaque.

— Pour ne rien vous cacher, à sa place, j'en aurais fait autant.

— Le sergent Chung a une autre idée. Il pense avoir trouvé un moyen de s'introduire dans ce qu'il reste des données de Lombroso. Vous vous rappelez sans doute que l'ordinateur est relié au nôtre à Kidlington, et que leur système est censé nous alerter immédiatement au cas où l'un des noms que nous avons entrés dans nos fichiers au cours d'une enquête portant sur un crime violent figurerait sur leur liste de NVM-négatifs. »

Gilmour grogna un oui indistinct.

« Eh bien, à partir de la liste des abonnés au téléphone de tout le Royaume-Uni, qui est enregistrée sur une série de disquettes, Chung veut introduire dans la mémoire de notre ordinateur tous les noms et les numéros au hasard, dans le cadre d'une enquête criminelle fictive. Ça peut prendre du temps, mais il est persuadé que cette tactique mettra Lombroso dans l'obligation de révéler les uns après les autres tous les noms et les numéros des NVM-négatifs. Ou du moins ceux qu'il conserve encore en mémoire depuis que la bombe du tueur a explosé. On pourrait ainsi placer une partie de ces individus sous surveillance.

— Épargnez-moi les détails techniques, Jake, dit Gilmour en se prenant la tête entre les mains. Si vous pensez que l'idée est valable, mettez-la à exécution.

— J'ai également préparé une lettre à l'intention de tous les NVM-négatifs ayant opté pour une psychothérapie. Il y en a une vingtaine environ. Le professeur Gleitmann est d'accord pour que les conseillers Lombroso en remettent un exemplaire à leurs patients. Je demande à ceux-ci de me contacter, tout en leur précisant qu'il y va de leur sécurité personnelle et en leur garantissant le secret. Le seul problème, c'est que ces hommes ne sont guère disposés à faire confiance à la police. Ils sont convaincus de ce que nous avons un plan qui, à plus ou moins longue échéance, nous amènera à les placer tous en détention psychiatrique. Mais ça vaut la peine d'essayer. J'aimerais aussi faire passer quelques annonces dans les journaux. Une liste des noms de code, rien de plus, assortie d'un numéro auquel on pourrait me joindre.

— Il serait sans doute préférable que je voie ça avec le ministère de l'Intérieur, dit Gilmour.

— Il faut absolument que nous essayions d'avertir tous ces hommes, dit Jake. Vous comprendrez…

— Je vais voir ce que je peux faire, Jake. Mais je ne peux rien vous promettre. »

Jake fronça les sourcils.

« Autre chose ?

— Le moment n'est peut-être pas très bien choisi, dit Jake sur la défensive. L'idée est un peu folle.

— J'aimerais autant que vous m'en parliez maintenant, Jake, si folle soit-elle. »

Elle y amena Gilmour peu à peu, lui expliquant qu'elle avait déjà mis une équipe d'enquêteurs sur les ventes de pistolets à gaz, que ceux-ci épluchaient par ailleurs les dossiers de la police à la recherche d'individus déjà fichés pour piratage informatique. Elle termina en lui révélant que l'un des conseillers de l'IRC se souvenait d'avoir parlé à l'homme, nom de code Wittgenstein, qui était désormais leur suspect numéro un.

« Il ne se rappelle pas grand-chose hormis le nom de code, précisa-t-elle. J'aimerais donc le mettre sous hypnose pour voir si en faisant appel à son inconscient on arriverait à le lui faire décrire. »

Gilmour fit la grimace, et Jake se demanda combien d'années il lui restait à faire avant la retraite. Sans doute pas beaucoup.

« Si vous pensez que c'est nécessaire.

— Absolument, monsieur. »

Gilmour, qui avait d'abord acquiescé, eut un haussement d'épaules résigné.

« Ce n'est pas tout, monsieur. Je suis convaincue que notre homme croit agir dans l'intérêt public.

— Que voulez-vous dire ?

— En éliminant des NVM-négatifs, qui sont eux-mêmes des tueurs en puissance. Je suis certaine que… notre homme… » Elle n'arrivait toujours pas à se résoudre à l'appeler par son nom de code. C'était vraiment trop absurde qu'un maniaque se retrouve ainsi affublé du nom de l'un des plus grands philosophes du XXe siècle. « Il se pourrait très bien qu'il ait trouvé là un moyen de justifier ses actes, monsieur. J'aimerais bien l'asticoter un peu, essayer de l'amener à dialoguer.

— Et comment comptez-vous vous y prendre ?

— En organisant une conférence de presse, monsieur. Pour parler de ces meurtres. Il n'est pas question de faire allusion au programme lui-même, mais cela ne me déplairait pas d'essayer de le provoquer, en parlant de l'innocence des victimes, par exemple, de la manière dont ces meurtres ont été commis sans raison aucune, de l'impression qu'on a d'être en présence d'un fou. Bref, je peux me tromper, mais je parierais gros qu'il n'appréciera pas du tout ce genre de discours.

— Et si vous ne réussissiez qu'à le pousser à aller déballer toute l'affaire auprès des journaux ? Dans l'état actuel des choses, nous avons déjà bien du mal à garder la situation en main. Mais si ce cinglé va voir la presse avec une histoire pareille, c'est la catastrophe, j'en ai peur.

— Non monsieur, je suis convaincue qu'il ne fera rien de tel. Il ne tient pas à mettre la puce à l'oreille des NVM-négatifs qui figurent sur sa liste. Ça lui compliquerait singulièrement la tâche si tous les autres, après avoir lu son histoire dans les journaux, se mettaient à faire dans leur froc rien qu'à l'idée de le rencontrer. Non, je crois, moi, qu'il cherchera à nous contacter, pour essayer d'y voir plus clair.

— Bon, admettons que vous arriviez à le convaincre de se mettre en rapport avec vous. Qu'est-ce que vous faites ?

— Selon la manière dont il choisira de nous contacter, nous pourrions obtenir toute une série de données qui nous permettraient de le cerner de plus près : analyse graphologique, linguistique, évaluation de la personnalité – tout ceci serait extrêmement précieux pour nous aider à le retrouver. Je n'ai pas besoin de vous rappeler, monsieur, que c'est sur ce genre de meurtrier que nous avons le plus de mal à mettre la main. Je sais bien que nous donnons l'impression de nous raccrocher à des fétus de paille, mais ce sont tous ces petits détails mis bout à bout qui devraient nous permettre de nous faire une idée plus complète de notre homme. »

Jake s'interrompit pour voir si Gilmour la suivait. Elle savait, par expérience, qu'il n'était pas très subtil. Il faisait partie de la vieille garde, celle qui après avoir quitté l'école à seize ans avait gravi les échelons un à un. L'Écossais qu'il était en savait à peu près aussi long sur la psychiatrie forensique et le profilage qu'elle-même sur Robert Burns. Mais après avoir constaté qu'il n'avait pas encore complètement décroché, elle se décida à poursuivre.

« Je parle là de la nécessité d'établir un profil composite systématique, dit-elle. Ce que nous essayons de déterminer, c'est à quel type d'homme, et non à quel individu, nous avons affaire. La section Science du comportement du Yard a déjà réuni des études psychologiques très fouillées sur tous les meurtriers connus, depuis l'Éventreur du Yorkshire jusqu'à David Boysfield. Nous avons l'intention de nous appuyer sur ces travaux pour tenter d'identifier le type de criminel que nous recherchons. Mais je ne peux rien faire sans un minimum de données spécifiques. Une prise de contact avec l'assassin nous fournirait au moins une base de travail.

— À quel genre d'homme pensez-vous que nous ayons affaire, Jake ? dit Gilmour après avoir acquiescé gravement de la tête.

— Vous voulez mon avis ? Eh bien, tout ce que je peux vous dire, c'est que nous n'avons pas affaire à un asocial déstructuré. C'est un calculateur, habile et méthodique : pour lui, le crime est une fin en soi. Ce qui, sans parler du reste, est des plus inhabituels. D'ordinaire, c'est le sexe qui est à l'origine de la plupart des meurtres en série. Mais cet homme n'a pas d'autre motivation qu'un

166

sens aigu de sa mission. Ce qui signifie qu'il n'a pas de faille apparente, et c'est bien là ce qui le rend dangereux.

— Très bien, Jake – Gilmour soupira –, vous m'avez convaincu. Vous aurez votre conférence de presse, même s'il faut pour cela que j'aille supplier cette salope.

— Merci infiniment, monsieur.

— Une dernière question, Jake.

— Oui, monsieur ?

— Qui était au juste ce type, ce Wittgenstein ? »

Le psychiatre qui se souvenait d'avoir conseillé le NVM-négatif Wittgenstein était le docteur Tony Chen. Comme Chung, c'était un immigrant de Hong Kong, simplement un peu plus âgé et un peu mieux élevé. Il sembla content de pouvoir aider Jake dans son enquête, même au prix d'une sérieuse incursion dans son inconscient.

« Je ne garde pas un souvenir très précis de ce type, reconnut-il. J'ai suivi pas mal d'autres NVM depuis. Et, au bout d'un certain temps, on a du mal à les distinguer, surtout quand ils ne reviennent pas régulièrement. Ce qui a été le cas pour Wittgenstein : ça, je m'en souviens. Très bien, dit-il en remontant sa manche, allons-y. »

C'est le docteur Carrie Cleobury, responsable du secteur psychiatrique du programme Lombroso, qui procéda à la mise sous hypnose de son confrère dans son bureau de l'Institut, en présence du professeur Gleitmann et de Jake. Après avoir fait une piqûre à Chen, qui devait l'aider à se détendre, elle lui fit savoir qu'elle allait provoquer la transe au moyen d'un stroboscope et d'un métronome.

« Je trouve que c'est la technique la plus efficace, dit-elle à Jake, puisqu'elle a l'avantage de fixer à la fois l'ouïe et la vue. »

Jake, qui était titulaire d'une maîtrise de psychologie, en était tout à fait consciente, mais s'abstint de tout commentaire, partant du principe qu'elle préférait voir le docteur Cleobury travailler pour elle que contre elle.

Chen était assis dans un fauteuil, face à la lumière, attendant que la piqûre fasse effet. Au bout de quelques minutes, il fit signe au docteur Cleobury, qui mit le stroboscope en marche en même temps que le métronome, réglant les pulsations du second sur la fréquence des éclairs du premier. Puis elle commença à parler pour mettre son patient en condition. Elle avait une voix agréable, calme et posée, avec juste une pointe d'accent irlandais.

« Regardez la lumière, et ne pensez à rien d'autre qu'à cette lumière… Dans un instant, vos paupières vont s'alourdir, le sommeil va vous gagner… Déjà, vous vous détendez et vos paupières sont lourdes… lourdes… »

L'ombre et la lumière jouaient sur le large visage oriental de Chen comme les ailes d'un grand papillon. Au bout de quelques minutes, sa respiration se fit plus régulière et plus profonde.

« … vous allez bientôt fermer les yeux, parce que vos paupières sont trop lourdes et que vous avez terriblement sommeil… »

Les petites narines de Chen se dilatèrent, sa bouche s'ouvrit un peu, et ses yeux s'étrécirent au point qu'il devint bientôt impossible de savoir s'ils étaient encore ouverts.

« … et maintenant vos paupières se ferment, vous allez vous détendre, complètement… votre tête est lourde… et vous allez vous sentir agréablement, confortablement détendu… »

La tête de Chen vacilla, puis s'affaissa sur sa poitrine. Cleobury passa ensuite par toute une série de suggestions, réduisant peu à peu le champ de conscience de Chen et éliminant tout ce qui aurait pu le détourner de ce qu'elle lui disait. Elle éteignit la lumière, mais sa voix tranquille ne perdit rien de ses inflexions rassurantes, comme si elle avait essayé d'amadouer un chat pour le faire venir jusqu'à elle.

« Vous respirez, et, à chaque inspiration, vous vous détendez un peu plus, de plus en plus… »

Jake remarqua que Chen cillait imperceptiblement des paupières et que sa bouche frémissait. Le rythme ralenti de sa respiration indiquait clairement qu'il entrait dans une transe légère.

« Écoutez ma voix. Plus rien d'autre n'a d'importance que le son de ma voix. Il n'y a plus rien qui puisse venir vous troubler. Il n'y a que ma voix. »

Dans la première phase de sa mise en condition, le docteur Cleobury avait parlé d'un ton lent et égal, comme si elle récitait une prière à l'église, mais maintenant sa voix se faisait plus incisive, plus ferme et décidée. Ses suggestions visaient à relaxer des groupes musculaires de plus en plus complexes. Une fois assurée que le corps de son collègue était complètement détendu, elle arrêta le métronome et s'employa à approfondir l'hypnose de Chen en faisant appel à l'imaginaire.

« Tony, dit-elle, Tony, je veux que vous utilisiez votre imagination maintenant. Vous êtes dans un ascenseur. Si vous levez les yeux, vous allez voir les touches des étages sur le tableau. Pour l'instant, nous sommes au dixième, mais, dans une minute, je vais appuyer sur le bouton pour vous faire descendre jusqu'au rez-de-chaussée. Chaque fois qu'il franchira un étage, l'ascenseur vous entraînera dans un sommeil de plus en plus profond. Plus profond à chaque étage. Ne quittez pas le tableau des yeux. Je commence à compter… »

Elle commença son compte à rebours en partant de dix et quand elle atteignit zéro, et le rez-de-chaussée de l'imagination de Chen, elle dit à celui-ci de sortir de l'ascenseur et de ne pas bouger de là, « de cet état de lourdeur… de lourdeur ».

La joue de Chen reposait maintenant sur l'extrémité de sa clavicule. Ses bras et son torse avaient la rigidité perceptible d'un condamné qui, sur la chaise électrique, attend que l'on abaisse la manette.

« Vous allez rester confortablement installé dans cet état de profonde, très profonde relaxation, reprit le docteur Cleobury. Je vais maintenant vous donner quelques instructions très simples. Je n'ai nullement l'intention de vous demander de faire quoi que ce soit que vous n'auriez pas envie de faire. Voulez-vous me signifier que vous m'avez comprise ? »

Chen raidit le cou, puis acquiesça d'un signe de tête.

« Levez la tête, Tony, et ouvrez les yeux. »

Tandis que celui-ci s'exécutait, le docteur Cleobury s'approcha et à l'aide d'un pinceau lumineux testa sa sensibilité oculaire. Il ne cilla même pas quand la lumière l'atteignit directement dans la pupille, et Cleobury fit signe à Jake qu'elle pouvait mettre son lecteur-enregistreur en route.

« Nous sommes à la fin de l'année dernière, Tony, le 22 novembre pour être précis. Un NVM-négatif vient d'entrer dans votre bureau. Vous avez sa carte informatique entre les mains. Le nom de code qui se trouve en haut à droite de la fiche est "Ludwig Wittgenstein". Dites-moi si vous le voyez. »

Chen prit une longue inspiration et fit oui de la tête.

« Je veux entendre le son de votre voix, Tony. Parlez-moi. »

Quelques mots s'échappèrent de la bouche distendue de Chen que Jake ne comprit pas.

« En anglais, Tony. Nous parlons anglais, en ce moment. Dites-moi si vous voyez le nom. »

Il fronça les sourcils tandis que son inconscient se pliait à la suggestion du docteur Cleobury.

« Oui, dit-il, je le vois.

— Je veux maintenant que vous regardiez l'homme qui est assis en face de vous, celui qui a pour nom de code Wittgenstein. Le voyez-vous ?

— Oui.

— Le voyez-vous distinctement ?

— Oui, très distinctement. »

Jake sentit son cœur bondir dans sa poitrine à la pensée de ce que l'inconscient de Chen était en train de regarder : rien de moins que le visage du tueur. Qui sait si la manière même dont elle allait obtenir cette description ne pourrait pas faire l'objet d'une communication par la suite ?

« Pouvez-vous nous le décrire ? »

Chen grommela.

« Parlez-nous de Wittgenstein, Tony.

— C'est un homme à la fois logique et passionné, dit Chen avec un sourire. Raisonneur, mais intelligent.

— Physiquement, à quoi ressemble-t-il ? Pouvez-vous nous donner quelques détails à ce sujet ?

— Physiquement… dit Chen dont le froncement de sourcils s'accentua. Taille moyenne. Cheveux châtains

171

ondulés. Grands yeux bleus, vifs. Front pensif : je veux dire que son front donne l'impression qu'il est constamment en train de réfléchir. Visage anguleux. Le nez est légèrement recourbé, et la bouche est un peu impertinente, un peu efféminée, comme s'il passait beaucoup de temps à se regarder dans la glace. Il donne l'impression d'être mince, sans pour autant être en forme, plutôt par manque de nourriture que parce qu'il prend de l'exercice. Il a quelque chose de tendu… » Il garda le silence quelques instants.

« Des signes particuliers ?

— Non, dit Chen, hochant lentement la tête, sauf peut-être sa voix. Il parle très bien, sans accent, comme un présentateur de la BBC.

— Que vous dit-il, Tony ? Est-ce qu'il vous parle de lui ?

— Il est en colère. Il dit qu'il a peur.

— Ils ont presque tous peur, murmura le professeur Gleitmann à l'oreille de Jake.

— Quand je lui explique ce que signifie le test, il me demande s'il y a moyen de s'assurer que je dis vrai. Je lui fais savoir que je peux lui montrer les résultats du scanner. Il me rétorque que, pour ce qu'il s'y connaît, je pourrais tout aussi bien lui faire voir l'intérieur d'un crâne de rhinocéros. Que tout ce que je lui dis n'est rien d'autre qu'un concept empirique, qu'il ne peut l'accepter comme un fait, mais simplement comme une proposition, dit Chen, hochant à nouveau la tête.

— Demandez-lui s'il a fourni une indication qui nous renseignerait sur son identité, intervint Jake. Le genre de travail qu'il fait, les cafés qu'il fréquente…

172

— Écoutez-moi, Tony, dit le docteur Cleobury. Écoutez-moi bien. Wittgenstein vous a-t-il parlé de lui ? Vous a-t-il dit où il travaillait, où il habitait ?

— Il s'est contenté de dire qu'il ne s'intéressait pas beaucoup à lui-même, c'est tout, dit Chen en secouant la tête.

— Ses vêtements, souffla Jake. Comment était-il habillé ?

— Tony, pouvez-vous nous dire comment il était habillé ?

— Veste de sport en tweed, polo blanc à manches longues, pantalon de velours marron, chaussures marron, solides mais chères. Imperméable beige sur les genoux.

— Son âge.

— Quel âge avait-il, Tony ?

— Une petite quarantaine, peut-être.

— Tony, je veux que vous me disiez ce que vous lui avez conseillé comme traitement, voulez-vous ?

— Nous avons pris rendez-vous pour discuter de sa future psychothérapie. Je lui ai donné quelques médicaments. Un traitement d'œstrogènes et un peu de Valium.

— Entendu, Tony. Nous allons maintenant avancer un peu dans le temps. C'est le jour du premier rendez-vous que vous avez fixé à Wittgenstein. Que s'est-il passé ?

— Il n'est jamais venu, dit Chen en haussant les épaules. Il n'a même jamais appelé pour annuler. Il n'est pas venu, voilà tout.

— Y a-t-il autre chose que vous souhaiteriez lui demander, inspecteur principal ? demanda le docteur Cleobury en regardant Jake.

— Non. Mais quand vous serez sur le point de le faire sortir de sa transe, je voudrais que vous demandiez au docteur Chen de se rappeler absolument tout ce qu'il peut de l'aspect extérieur de Wittgenstein. Quand il sera pleinement conscient, j'aimerais qu'il passe un moment avec un membre de l'équipe chargée des portraits-robots assistés par ordinateur. Peut-être pourra-t-on alors travailler sur quelque chose de plus concret qu'une simple description verbale. »

Jake arrêta son enregistreur et le glissa dans son sac. Cleobury entreprit de faire sortir Chen de son état d'hypnose. Le professeur Gleitmann suivit Jake jusqu'à la porte.

« Est-ce que je pourrais vous voir un instant dans mon bureau ? dit-il en lui tenant la porte avec une de ses mains incroyablement poilues. J'aimerais vous montrer quelque chose. »

Ils prirent l'ascenseur jusqu'au dernier étage. Gleitmann s'empara d'un livre sur une étagère qu'il posa devant Jake ouvert à une page où figurait la photographie d'un homme. Jake y jeta un coup d'œil, puis regarda Gleitmann.

« Je ne sais pas si vous avez remarqué, expliqua-t-il avec un signe de tête en direction de la photo, que pratiquement tout ce qu'a dit le docteur Chen de votre homme pourrait tout aussi bien s'appliquer à lui, au vrai Ludwig Wittgenstein.

— Je crois que je ne vous suis pas très bien.

— Eh bien, voyez-vous, inspecteur principal, l'inconscient ne distingue pas toujours les choses avec précision. Il est tout à fait possible que le docteur Chen ait menti sous hypnose, mais en toute bonne foi. Je ne suis pas certain qu'il ait été capable de faire la différence entre l'homme auquel Lombroso a donné comme nom de code Wittgenstein et le vrai Wittgenstein, le philosophe.

Il n'est pas du tout impossible que son inconscient ait confondu les deux. Prenez par exemple la description physique que nous donne Chen du patient : cheveux châtains ondulés, grands yeux bleus, bouche impertinente, visage anguleux, tout ceci pourrait parfaitement s'appliquer au vrai Wittgenstein.

« Par ailleurs, est-ce que vous vous rappelez ce que le patient est censé avoir dit : tout ce qui est empirique échappe à la connaissance, ou quelque chose d'approchant… ? Il n'était prêt à admettre que l'existence de propositions, ajouta Gleitmann haussant gauchement les épaules. Pour ne rien vous cacher, je ne me souviens pas au juste de ce qu'a écrit Wittgenstein, mais tout ceci rappelle étrangement sa… *Weltanschauung* – sa conception du monde.

— Je vois où vous voulez en venir, professeur.

— Je suis désolé, inspecteur principal. Votre idée ne manquait pas d'audace, mais notre esprit nous joue parfois des tours.

— Et si Chen ignorait tout du vrai Wittgenstein ? En ce cas, on pourrait estimer que son inconscient a dit la vérité, non ?

— C'est une possibilité. Mais Chen est un homme cultivé, inspecteur. Je vois mal comment il pourrait ne rien savoir de Wittgenstein, pas vous ? Ce serait le comble pour un ancien étudiant en psycho de Cambridge.

— C'est aussi mon cas, dit Jake, et, pour ne rien vous cacher, il y a deux jours à peine, tout ce que je savais de Wittgenstein aurait tenu dans un dé à coudre. »

Pendant longtemps, ce nom n'avait été pour Jake que le signe d'un pouvoir emblématique, un nom lourd de symbolisme intellectuel, comme celui d'Einstein. Après tout, c'était peut-être ce suffixe sémitique qui en expliquait partiellement les connotations exotiques. Mais maintenant qu'elle avait lu l'ouvrage le plus court mais aussi le plus explosif de Wittgenstein, le *Tractatus*, elle comprenait mieux l'influence qu'il avait exercée sur la philosophie. Hormis le côté énigmatique, pour ne pas dire hermétique, de ses écrits, il y avait l'objet même de sa recherche : comment le langage est-il possible ? Il s'agissait là de quelque chose que la plupart des gens, et plus encore les policiers, tenaient pour acquis, alors que cela constituait la matière même de la vie intérieure de l'homme. Wittgenstein ne s'était pas contenté d'essayer d'expliquer ce dont le langage est capable – c'est du moins ce qu'il semblait à Jake –, il avait aussi tenté de démontrer ce dont il est incapable. Jake s'en trouvait très profondément affectée, jusque dans sa sexualité.

« La connaissance est un curieux phénomène, dit Jake. C'était là en tout cas l'opinion de Wittgenstein.

— Je vois que vous avez eu vite fait de boucher les trous, dit Gleitmann.

— C'est mon travail de boucher les trous, répondit Jake. Évidemment, il y a une autre possibilité. La ressemblance de ce tueur avec Wittgenstein peut aller au-delà d'un simple nom craché par un ordinateur. Supposez un instant qu'il soit réellement intelligent et cultivé. Supposez par exemple qu'il ait lu Wittgenstein avant le début de l'affaire et qu'il ait été influencé par sa pensée. À partir de là, il n'est pas impossible que le choc causé par les résultats du test ait déclenché des troubles d'ordre psychopathologique. Peut-être même un délire schizophrène paranoïde.

— Ce n'est pas impossible, en effet, dit Gleitmann pensif, tout en caressant son menton déjà piqueté de barbe. Mais aussi rapidement ? Je suis sceptique.

176

— Imaginez qu'il ait déjà eu une diathèse, qu'il ait été prédisposé à cette maladie. Le stress suffirait alors à transformer un état latent en état de fait. Stress causé par exemple par la découverte que l'on est NVM-négatif.

— C'est possible, en effet. »

Devant la réticence de Gleitmann à admettre ce qui lui paraissait à elle de plus en plus évident, le sourire de Jake se fit sarcastique.

« Allons, professeur. Vous savez pertinemment que ce pourrait être le cas. »

L'entretien terminé, Jake quitta l'Institut. Une fois dehors, elle se dit que son envie de s'étirer et de bâiller réclamait un traitement plus énergique qu'une simple flexion des muscles de la nuque et des épaules. De l'exercice. De l'air : même l'air vicié du quartier de Victoria. Elle décida de ne pas rentrer au Yard en voiture et, après avoir récupéré son pistolet dans la boîte à gants et congédié le chauffeur, elle s'engagea dans Victoria Street.

La plupart des Londoniens, dans la même situation, se seraient empressés d'obliquer vers le nord en direction de St James's Park. Mais l'attirance de l'eau était trop forte pour quelqu'un qui avait passé l'essentiel de sa vie près du fleuve.

Elle n'ignorait pourtant pas que le danger rôdait partout autour de Westminster Bridge : les berges grouillaient de clochards et de voleurs à la tire. Son pistolet n'était donc pas un luxe.

Le panorama que l'on découvrait du pont était de ceux qui la touchaient toujours au plus profond d'elle-même, en dépit du brouillard ambiant qui empêchait le soleil d'éclairer les bateaux transformés en saloons, les tours de verre, les immeubles champignons, les théâtres et les mosquées. La vue des eaux brunes et boueuses de la Tamise qui coulait à ses pieds apaisa Jake au point qu'elle se demanda si elle n'avait pas, elle aussi, été envoûtée par la technique d'hypnose relaxante du docteur Cleobury.

La circulation était plus fluide qu'à l'ordinaire, et elle traversa la chaussée en enjambant froidement le corps d'un ivrogne qui dormait, couché dans le caniveau. Jusqu'au Palais de Westminster qui semblait assoupi. Elle sourit à l'idée des mensonges que devaient se raconter en ce moment même dans ce sanctuaire de la démocratie des gens tout semblables à Grace Miles.

Ce sentiment de paix persista même quand l'ivrogne, une fois réveillé, lui réclama de l'argent, dans un jargon d'où les consonnes avaient pratiquement disparu. Elle fouilla dans son sac, posa une main sur son automatique et, de l'autre, sortit un billet de cinq dollars qu'elle lui tendit. L'homme le fixa d'un œil terne, hocha la tête, bafouilla une réponse, puis s'éloigna, sans savoir qu'il venait de frôler la mort, convaincu à la réflexion qu'il valait mieux s'abstenir d'arracher son sac à cette grande femme.

Jake observa ce beau spécimen d'humanité tandis qu'il empruntait le trottoir d'une démarche hésitante pour rejoindre le pub le plus proche, n'éprouvant pour lui, et pour tous les hommes avec lui, que du mépris. Elle aurait aussi bien pu lui faire sauter la cervelle qu'accéder à sa requête menaçante.

C'était le spectacle du fleuve, et non celui de l'homme, qui l'avait émue.

J'ai deux carnets. Qui sont particulièrement beaux. Le papier en est lisse et crémeux, un peu jauni par le temps. Des carnets comme on n'en fabrique plus depuis bien des années.

Il y a celui-ci, qui contient mon journal et que j'appelle mon Cahier brun. Et un autre, qui contient tous les détails concernant les individus que j'ai exécutés ou que je me propose d'exécuter, et que j'ai baptisé mon Cahier bleu. J'écris avec un vieux stylo, auquel je n'arrive pas à m'habituer. Comme la plupart des gens, je tape en général mes textes directement sur l'ordinateur, mais, dans ce cas précis, ce serait me priver du caractère immédiat, improvisé, de ces réflexions que sont mes pensées et que seule une plume peut traduire.

Ils ne sont pas particulièrement bons, ni l'un ni l'autre, mais je ne suis pas capable de faire mieux. Je pense qu'ils ne verront leur fin qu'avec la mienne. Autrement dit, il est à penser que leur publication (qui n'est pas sans me causer quelque appréhension) ne sera pas un événement de ma vie.

Bien entendu, il n'est pas impossible qu'il soit réservé à ces deux modestes volumes, en dépit de leur pauvreté et des ténèbres de ce temps, de jeter quelque *lumière dans tel ou tel cerveau. Mais comment est le monde, voilà qui est absolument indifférent pour ce qui est plus élevé.*

Ces carnets constituent à eux deux une sorte de système. C'est ce qui compte aux yeux de la logique. Il n'y a qu'une nécessité logique. Et l'idée selon laquelle tout pourrait s'expliquer naturellement, en vertu de lois naturelles inviolables, n'est, croyez-moi, qu'un non-sens.

Si vous feuilletez le Cahier bleu, vous constaterez que, pour chaque individu, une série de croquis figure très précisément la manière dont je procède à l'exécution. (Cela dit, il est vrai que je me suis écarté de cette procédure dans le cas de Bertrand Russell, mais c'était une erreur. Tout le monde peut se tromper.) Il s'agit de dessins sans prétention, un peu enfantins, le genre de croquis que l'on est amené à faire après un accident d'automobile quand on remplit le constat de la compagnie d'assurances.

En tant que tableau d'un possible état de choses, le tout répond assez bien aux exigences de la logique. Bien entendu, tout tableau ne correspond pas forcément à la réalité de cette manière. Vous n'avez qu'à faire le tour de la Tate Gallery pour vous en convaincre. Il y a là pas mal de tableaux dans lesquels la façon dont sont disposés les objets n'a rien à voir avec un état de choses. C'est ainsi que s'exprime l'Art : librement. C'est ce que l'on appelle parfois la licence artistique, comme si l'artiste bénéficiait de privilèges spéciaux.

En sus de mon Cahier brun et de mon Cahier bleu, qui, à eux deux, représentent mon système, il y a la Réalité virtuelle de mon travail.

Pour pénétrer dans le monde de la Réalité virtuelle, il faut l'équipement adéquat. Ma machine de RV et l'équipement qui va avec représentent ce qui se fait de mieux dans le genre, ils m'ont coûté pas loin de 50 000 dollars européens. L'essentiel en est constitué par une simple boîte, grosso modo *de la taille d'un paquet de céréales, que vous branchez sur votre ordinateur. Mais il y a aussi un casque, qui recouvre tout le visage et ressemble assez à un casque de motard, et un exosquelette caoutchouté qui n'est pas sans rappeler une combinaison d'homme-grenouille. À l'intérieur du casque, la visière joue le rôle d'un écran où se projette le monde virtuel qu'un ampli sur chaque oreille vous permet d'entendre. Étant donné que la combinaison est élastique, vous avez la possibilité de toucher les objets et êtres virtuels aussi bien que d'être touché par eux. Pour brancher ou débrancher l'appareil, il suffit de baisser ou de lever la visière.*

À l'origine, j'ai acheté cette machine pour essayer de traiter mon agressivité, adaptant peu à peu à mes besoins certains des programmes existants. Chaque fois que mon degré d'hostilité dépassait la normale, j'enfilais l'équipement et branchais la machine. En quelques secondes, je me retrouvais dans un monde de Réalité virtuelle, armé de tout un choix d'instruments meurtriers qui me permettaient de tuer, d'estropier et de violer tout un choix de victimes éminemment réalistes. Mais ces temps-ci, je n'ai pas besoin d'éprouver une quelconque hostilité pour avoir envie de recourir à ce programme – il m'aide simplement à garder une certaine forme d'équilibre.

Il va sans dire que l'on peut explorer, parmi d'autres, la Réalité virtuelle érotique, romantique, imaginaire, comique, musicale et même intellectuelle. J'ai mis pas mal de ces programmes au point moi-même et je considère que ces images et ces sensations sont en soi une forme d'art, un peu comme le cinéma.

Il va de soi que la RV n'est pas sans danger. Comme chaque fois que l'on cherche à échapper au réel – le problème est le même avec la drogue ou l'alcool –, il y a un risque d'accoutumance pour les individus les moins armés. Mais pour ce qui me concerne, ce n'est pas un problème.

S'il faut en croire les fabricants de RV et d'autres produits du même genre, nous devons nous contenter d'appréhender ce qui est réel et ce qui ne l'est pas, dans la mesure où ni l'un ni l'autre ne sont susceptibles d'être analysés. Il me semble à moi qu'il s'agit là d'une tautologie typique de la publicité.

La vérité, c'est que tout ce qui est empirique échappe à la connaissance.

8

Jake prit place à la table entre Gilmour et l'homme qu'elle avait remplacé à la direction de l'enquête et qui, en tant que chef de la Brigade criminelle, était en principe son patron : le commissaire Keith Challis. C'est avec une gravité et une assurance froides et détachées qu'ils firent face à la salle remplie de journalistes armés de caméras, de perches et de lecteurs-enregistreurs. En écoutant Gilmour ouvrir la conférence de presse, Jake se souvint des derniers mots qu'il lui avait adressés au moment de quitter le bureau qu'il occupait au quinzième étage de New Scotland Yard pour descendre retrouver les journalistes.

« J'espère que vous savez ce que vous faites, avait-il dit d'un ton bourru. Si ça nous pète dans les doigts, c'est votre tête, pas la mienne, que la ministre réclamera. J'ai la nette impression qu'elle est en train de vous donner la corde pour vous pendre.

— Probablement, mais je ne suis pas prête à me laisser passer le nœud autour du cou », avait répliqué Jake.

Les présentations faites, Jake, en tant que responsable de l'enquête, se chargea de la déclaration officielle. Grâce à un certain nombre de séminaires sur les relations publiques, elle maîtrisait bien les techniques de communication. Sachant le rôle que pouvait jouer, dans le succès de la conférence, son apparence physique, elle s'était habillée ce matin-là avec un soin tout particulier et avait porté son choix sur un ensemble turquoise en laine bouclée. Elle savait que les journalistes auraient plus de mal à prendre pour cible quelqu'un ne répondant pas à l'image standard de l'autorité policière en costume de flanelle grise. En matière d'enquête criminelle, elle n'en était pas à son coup d'essai avec la presse, mais elle fit comme si de rien n'était. Inutile de courir le risque de donner l'impression qu'elle traitait l'affaire à la légère. Elle parla avec clarté et circonspection, regardant tour à tour, à l'instar d'un garde du corps présidentiel, des deux côtés de la salle, comme si elle s'attendait à ce que l'un des journalistes lui expédie quelque chose de plus lourd qu'une question chargée de sens. Mieux valait prévoir l'imprévisible.

« La police est prête à traiter les divers homicides apparemment fortuits de ces derniers mois comme étant l'œuvre d'un seul individu. Certaines caractéristiques spécifiques du *modus operandi* de l'assassin nous ont amenés à cette conclusion. Pour des raisons de sécurité opérationnelle, il nous est impossible de fournir les détails de ce *modus operandi*. Nous sommes cependant en mesure de confirmer que toutes les victimes ont été abattues de plusieurs balles dans la tête, tirées presque à bout portant.

« Il est inutile que je vous précise que, comme souvent dans ce genre de crime sans mobile apparent, nous disposons de très peu d'éléments quant à l'identité du meurtrier. À ce stade de l'enquête, où des centaines, peut-être des milliers d'éventualités restent encore à vérifier, le travail de recherche est comparable à la proverbiale chasse à l'aiguille dans la botte de foin. En conséquence, une équipe d'experts a été constituée, que je préside personnellement et qui a pour mission d'étudier tous ces meurtres à l'aide des ressources du Bureau de renseignements de l'Europolice criminelle, et, en particulier, de son système informatique. Pour ceux d'entre vous qui ne connaîtraient pas ce système, le service informatique de l'Europolice criminelle accomplit la tâche d'un agent de renseignements, en remplaçant l'intelligence humaine par des programmes informatiques préétablis. Nous espérons qu'une telle démarche nous fournira la capacité analytique nécessaire pour déterminer l'existence, faute d'un terme plus approprié, d'un centre de gravité commun à tous ces meurtres. »

Jake fit signe à deux policiers en uniforme de distribuer les portraits-robots assistés par ordinateur que l'informaticien spécialisé avait mis au point avec l'aide de Tony Chen. Elle avait admis l'éventualité que l'inconscient de celui-ci ait pu mentir, mais, sans le portrait, elle n'avait guère de motif valable pour convoquer une conférence de presse.

« Grâce à la description du meurtrier que nous a faite, avant sa mort, sa dernière victime en date, Oliver Mayhew, nous sommes aujourd'hui en mesure de proposer un portrait de l'assassin. Il s'agirait d'un homme entre trente-cinq et quarante ans : mince, taille moyenne, cheveux châtains ondulés, yeux bleus, visage anguleux. Il a été vu pour la dernière fois portant une veste en tweed marron, un polo blanc et des chaussures de marche ; il avait également un imperméable beige sur le bras.

« Nous avons affaire à un individu extrêmement intelligent et dénué de scrupules, peut-être à un psychotique, qui tue sans discrimination ni retenue. Il semblerait cependant que seuls les hommes soient en danger. C'est pourquoi je demande à la population, et tout spécialement aux hommes, de faire preuve de la plus grande vigilance s'ils sont appelés à rentrer seuls chez eux tard dans la soirée. »

Voilà qui devrait lui en foutre un coup, se dit Jake. Elle haussa le ton pour couvrir le bruit des voix qui s'était enflé au moment de la distribution du portrait-robot.

« Je profite de l'occasion pour étouffer dans l'œuf la rumeur qui voudrait que les victimes aient été sélectionnées par le meurtrier en fonction de leur casier judiciaire ou de leurs penchants sexuels. Ou bien encore que l'une d'entre elles ait été tuée à la suite d'une agression, d'une tentative de vol ou d'avances qu'elle aurait repoussées. Il n'existe pas la moindre preuve permettant d'affirmer que le meurtrier est une sorte d'apôtre de l'autodéfense de style hollywoodien ou que ces meurtres ont quelque chose à voir avec la pègre. Je ne saurais assez répéter que les malheureuses victimes étaient toutes, je dis bien toutes sans exception, des innocents vaquant paisiblement à leurs occupations quand le meurtrier a frappé. Aucun d'entre eux n'avait de raisons de penser qu'il avait été délibérément choisi par le tueur. Qui plus est, je suis convaincue qu'aucun d'entre eux ne connaissait ou n'avait rencontré l'assassin auparavant.

« J'aimerais également couper court au bruit selon lequel le meurtrier aurait déjà pris contact avec la police. Ceci est faux. Il n'y a eu jusqu'ici aucune communication d'aucune sorte. Mais si quelqu'un pense avoir des renseignements susceptibles de faire avancer l'enquête, je ne saurais trop l'encourager à se faire connaître en se mettant immédiatement en rapport avec nous.

« Enfin, j'aimerais m'adresser au meurtrier. Qui que vous soyez, je vous conjure de vous rendre. Je vous donne ma parole que vous serez convenablement traité et que je ferai tout ce qui est en mon pouvoir pour que vous receviez les soins médicaux nécessaires. J'aimerais qu'il soit bien précisé dans le rapport que ma préoccupation essentielle en l'occurrence est d'éviter de nouvelles victimes. »

Jake s'arrêta un moment et parcourut la salle des yeux.

« Des questions ? »

Une dizaine de mains se levèrent, et Jake désigna une interlocutrice qu'elle croyait vaguement reconnaître.

« Carol Clapham, ITN. Inspecteur principal, êtes-vous convaincue que le vol ne peut pas être le mobile de ces meurtres ?

— Absolument. Aucun de ces hommes n'a été volé. Autant que je me souvienne, on a même retrouvé sur l'un d'eux un portefeuille contenant plus de cent dollars. Question suivante, dit-elle, désignant du doigt un homme assis au premier rang.

— James McKay, l'*Evening Standard*. Vous avez parlé de centaines, peut-être même de milliers de pistes à vérifier. Pourriez-vous nous en citer une au hasard ?

— Certainement pas. Au suivant, dit-elle à nouveau.

— L'une des victimes a-t-elle subi des sévices corporels ? demanda un troisième journaliste.

— Je n'ai rien à dire à ce sujet, rétorqua Jake qui n'avait nullement envie de tenter le diable en donnant des idées à des meurtriers potentiels. Suivant.

— Pensez-vous que l'assassin s'apprête à frapper de nouveau ?

— C'est plus que probable. »

Elle désigna du doigt un cinquième, puis un sixième interlocuteur. Puis vint la question dont elle était certaine qu'elle finirait tôt ou tard par être posée.

« John Joyce, le *Guardian*. Inspecteur principal Jakowicz, êtes-vous prête à accréditer la rumeur selon laquelle ces meurtres auraient quelque chose à voir avec le programme Lombroso, actuellement mené par l'Institut de recherches sur le cerveau avec l'accord du gouvernement ? »

Avant que Jake ait eu le temps d'ouvrir la bouche, le commissaire Challis avait déjà pris la parole.

« Je pense pouvoir répondre à cette question », dit-il avec un regard dans la direction de Jake pour s'assurer qu'elle ne lui en voulait pas de l'avoir ainsi interrompue. Mais celle-ci savait que c'était uniquement pour sauver les apparences : Challis se moquait éperdument que sa subordonnée lui en veuille ou pas.

« Comme vous l'a laissé entendre l'inspecteur principal, on ne compte plus les bruits qui courent sur ces meurtres, que l'on relie à tout et n'importe quoi, depuis la défaite de l'Angleterre à la Coupe du monde jusqu'à des changements météorologiques affectant l'univers tout entier. Disons qu'à ce stade de l'enquête, ajouta-t-il avec un sourire sinistre, nous n'éliminons aucune hypothèse, aussi improbable qu'elle puisse paraître. »

Sur ces mots, Gilmour se leva pour signifier que la conférence de presse était terminée. Les questions fusèrent, mais, imperturbable, le trio quitta la salle en les ignorant. Quand ils se retrouvèrent dans le couloir, derrière la salle de conférences, Gilmour poussa un soupir de soulagement.

« Vous avez remarquablement paré l'attaque, Keith, dit-il.

— Merci, monsieur, répondit Challis. Il a bel et bien essayé de me coincer, hein ? Ces salauds du *Guardian*, on ne peut pas leur faire confiance. Ils ne sont pas francs du collier.

— Il est grand temps que je parle d'eux au bureau de la presse, dit Gilmour l'air sévère. Ils ont besoin d'une bonne leçon. Plus de communiqués pour eux à l'avenir. En quarantaine, tant qu'ils n'auront pas appris à filer doux, comme les autres.

— Bah, n'exagérons rien, dit Jake. On peut difficilement leur en vouloir de tenter le coup. »

Gilmour regarda Jake bien en face et, sans relever sa remarque, la complimenta sur sa prestation.

« Bien joué, jeune fille », dit-il, adoptant le ton condescendant d'un vieil oncle indulgent.

Jake se força à sourire, tout en serrant les dents.

« J'espère que vous savez ce que vous faites. Si ça nous pète dans les doigts… » Pour une fois, il ne termina pas sa prophétie et se contenta de se pincer le nez, ajoutant : « Espérons que ce salaud de Wittgenstone regarde la télévision. »

Il était quasiment impensable que ce ne soit pas le cas, se disait Jake au volant de sa voiture. Les

Britanniques idolâtraient la télévision. Pour être tout à fait honnête, elle-même n'avait souvent pas le courage, quand elle rentrait chez elle, de faire autre chose que de se laisser envoûter par cet œil toujours fixe. C'était précisément pour cette raison que Jake avait mis son appareil dans un endroit peu commun. Au lieu de l'installer dans un angle de la pièce d'où il aurait pu, à l'instar d'une caméra de surveillance, la commander tout entière, elle l'avait placé de manière à signifier que l'occupant de l'appartement ne le regardait que rarement. Juché tout en haut d'une bibliothèque, à angle droit par rapport au mur le moins long, il obligeait l'éventuel spectateur à rester debout. Non pas que Jake eût une aversion particulière pour les reportages sur les guerres lointaines, les films de gangsters ou même les spots publicitaires qui tous les quarts d'heure venaient interrompre les émissions pendant deux minutes. Même quand elle savait qu'il n'y avait rien d'intéressant au programme, la télévision n'en exerçait pas moins sur elle une étrange fascination. Elle cherchait simplement à augmenter l'inconfort de la position à adopter pour la regarder, ne serait-ce que pour s'obliger à faire autre chose, à lire par exemple.

Dans ce domaine aussi, les exigences de son travail avaient des effets pernicieux : plus elle gravissait les échelons, et plus elle était retenue au Yard tard le soir, au détriment du semblant de vie privée qu'elle aurait pu avoir, et plus elle trouvait insurmontable l'effort à fournir pour lire autre chose que des bêtises. Quand elle contemplait les rayons qu'elle n'époussetait que rarement, elle avait parfois du mal à croire qu'ils étaient bien ceux d'un ancien boursier de Cambridge.

La plupart de ses livres avaient des couvertures vulgaires et relataient d'invraisemblables histoires de meurtres, d'un intérêt limité, avec des enquêtes menées soit par des femmes toujours prêtes à plaisanter, soit par des inspecteurs grands buveurs de bière, dont la vie n'était qu'une suite de passe-temps excentriques, de badinages romantiques, d'aventures à l'étranger, de rencontres avec des méchants aux manières onctueuses, d'observations brillantes et de happy ends édifiants. Vies qui semblaient à Jake bien plus riches et plus colorées que la sienne. Sa seule consolation, c'était que toutes ces histoires étaient écrites par des gens qui n'avaient manifestement pas la moindre idée de ce que pouvait être la banalité terne, irréfléchie et brutale d'un vrai crime. Impression renforcée par les photos des auteurs sur la quatrième de couverture : jeunes mères au visage rose et frais, intellectuels vachards à lunettes, commerciaux fringants dans leurs beaux costumes, universitaires desséchés, vieilles tantes célibataires et dyspepsiques, psychotiques inclassables dont le regard dur et sombre d'Étrangleur de Boston rappelait à Jake celui de son père.

De temps à autre, l'idée qu'ils se faisaient d'un crime particulièrement horrible la faisait hurler de rire. Le plus souvent, elle n'avait qu'une envie : mettre la main sur un de ces écrivaillons, l'emmener au labo pour lui faire voir dans toute son horreur et sa gratuité un crime vraiment monstrueux.

*Il va de soi que j'ai envisagé une telle éventualité :
celle de ma folie, j'entends. Difficile de faire autrement
quand on a déjà neuf meurtres à son actif. Il y a des gens
qui vous diront que tuer un certain nombre de personnes
de sang-froid prouve que l'on est anormal. Pareil argument n'est, bien entendu, pas recevable. En tout cas pas
de nos jours.*

*La Dame Flic a dit à la télé que j'étais peut-être psy-
chotique.* Primo, *la psychiatrie moderne a abandonné
depuis déjà quelque temps tout* distinguo *entre névrose
et psychose, et des termes aussi datés ne font plus partie
de la terminologie officielle couramment utilisée par la
profession ;* secundo, *je ne crois pas qu'on puisse en
toute honnêteté me prendre pour un psychotique, au
sens où mes pensées et mes besoins ne seraient plus en
accord avec les exigences de la réalité. Hormis le fait
que la seule réalité dont on puisse être certain, c'est le
Moi, j'aimerais souligner que, bien au contraire, mes
pensées et mes actes ont une fâcheuse tendance à
prendre un peu trop en compte la réalité.*

*Vous en voulez un de psychotique, un vrai ? Qu'à cela
ne tienne. Le héros grec, Ajax, en train de massacrer un
troupeau de moutons qu'il prend pour des Troyens, ses
ennemis, en voilà un de foutu psychotique. Le problème,*

c'est que la majeure partie de ce jargon n'a pas grand sens. La schizophrénie, les gens en ont plein la bouche, pour finalement pas grand-chose. Les Yoruba, une tribu d'Afrique occidentale, ont un bien meilleur mot pour ce que les psys chez nous appellent la schizophrénie. Ils disent que quelqu'un est « était ». Voilà qui, à mon sens, pourrait donner lieu à une transposition intéressante d'une langue à l'autre. Dire de quelqu'un qu'« il est était » implique bien que ce quelqu'un n'« est » plus et ne fonctionne plus dans le moment présent. Peut-on rêver mieux pour désigner une double personnalité ?

La déclaration de la Dame Flic m'a bien fait rire. « Je ferai tout ce qui est en mon pouvoir pour que vous receviez les soins médicaux nécessaires. » C'est gentil de sa part. En fait, ce qu'elle voulait dire, c'est que, au cas où je me rendrais, elle ferait le maximum pour que le diagnostic rendu soit : « inapte à plaider pour cause de démence », diagnostic prévu par le code McNaghten du droit britannique, dans le cadre de la définition légale, mais, disons-le, parfaitement fallacieuse de la démence. Ce qui revient à dire que je ne pourrais pas alors être jugé, et, plus important encore, que je ne pourrais pas être condamné au coma punitif – mais bien plus vraisemblablement au coma irréversible. Sacrée inspecteur principal, elle pense vraiment à tout. Pas très motivant d'aller se rendre quand on sait que tout ce qui vous attend, c'est une seringue hypodermique.

Et toutes ces sornettes à propos de contacts que j'aurais pris avec la police ! J'ai gardé dans mon Cahier bleu toutes les coupures de presse qui parlent de mon travail : il n'y en a pas une qui fasse allusion à une pareille éventualité. Plutôt bien vu de sa part. Cette remarque ne constituait en fait que la grammaire de *surface de son discours. Si l'on creuse un tant soit peu pour mettre au jour la grammaire des profondeurs, on se retrouve avec : « Qu'est-ce que vous attendez pour entrer en contact avec moi ? »*

Dans le même temps, elle garde quelque chose en réserve pour le cas où je serais du genre timide. Elle me dit « va te faire foutre » et m'envoie une gifle en pleine figure. Elle raconte à qui veut l'entendre qu'on aurait donné le Bon Dieu sans confession à toutes mes victimes : rien que des innocents, d'après elle, en train de vaquer tranquillement à leurs occupations. Pas un mot sur leur NVM-négativité. (Et la manière dont ce commissaire principal s'est sorti de cette question tordue – ils ne tiennent pas plus que moi à ce que le programme Lombroso soit associé à mes exécutions. Leur embarras marquerait la fin de ma mission. Ou la rendrait pour le moins sacrément compliquée. Pas un de mes illustres frères qui ne s'attendrait alors à me voir débarquer.) Voilà qui est censé me mettre dans tous mes états et m'amener à entrer en contact avec la Dame Flic au cas où la première tactique échouerait.

Le morceau qui m'a bien plu, c'est la description qu'elle a donnée de moi et ce portrait-robot. Là, je me demande comment elle s'y est prise. De deux choses l'une : ou bien Bertrand Russell a finalement réussi à aligner trois mots avant de mourir (il n'empêche que je le vois mal en train de travailler avec un spécialiste), ou bien ce Chinetoque de conseiller de l'IRC s'est souvenu de moi d'une manière ou d'une autre. Peu importe, le portrait n'est pas des plus ressemblants. Ces trucs-là ne le sont jamais d'ailleurs. Quand on les voit, on se dit que quelqu'un qui se baladerait dans les rues avec une tête pareille se serait déjà fait arrêter une demi-douzaine de fois. Mais, dans l'ensemble, ce n'est quand même pas si mal. Le Chinetoque doit avoir une bonne mémoire. À moins qu'on ne lui ait injecté Dieu sait quoi pour qu'il se souvienne de moi.

Quoi qu'il en soit, il est clair que la Dame Flic me lance un défi. Comment relève-t-on un défi ? Faut-il se conformer à une certaine étiquette ou à certaines conventions ? Peu importe. Il est plus qu'évident que c'est là ce qu'elle veut me voir faire dans les jours qui viennent : relever le défi ou pas. Il va donc manifestement me falloir commettre un autre crime en accord avec de nouvelles règles qui relèvent de la grammaire du mot « jeu ».

Un jeu avec la Dame Flic, voilà une idée séduisante. Dans le temps, mon jeu préféré, c'était le Monopoly, mais ce n'est plus ce que c'était. Jusqu'au carton qui est moitié moins épais qu'avant. Grâce aux promoteurs, Old Kent Road n'existe même plus. Oxford Street est devenu le centre commercial de New Oxford Street. Fleet Street n'est plus qu'un terrain vague. Les maisons vertes et les hôtels rouges dont le bois massif avait quelque chose de rassurant sont maintenant en plastique creux, et il n'y en a pas moitié autant que par le passé. Les cartes « Chance » et « Caisse de communauté » ont quelque chose de totalement désuet. Parking gratuit. En plein Londres ? Elle est bien bonne. Frais de scolarité : 150 dollars. Avec ça, aujourd'hui, vous auriez à peine de quoi vous offrir quelques bouquins. Vous gagnez un concours de beauté, alors que ces trucs-là sont interdits depuis des années. Visite chez le médecin : 50 dollars. Pour avoir quoi ? Un tube d'aspirine ? Et puis, on ne sort plus de prison gratuitement : il *faut payer pour séjourner dans une prison correcte et payer pour en sortir. Quant aux loyers…*

Décidément, les choses ont bien changé depuis que j'étais petit.

Mais, j'y pense, vous ne savez rien de mon enfance, si ? Eh bien, je vais vous décrire ma première pensée.

Ma première pensée (qui se trouvera peut-être bien, après tout, être aussi la dernière) a été de crier, aidé en cela, sans aucun doute, par la main de mon libérateur et, ce faisant, de respirer ma première bouffée d'un monde étranger et nouveau. Nous ne pouvons bien entendu parler de ce qui s'est passé avant, et il est encore trop tôt pour savoir ce qui se passera après. Mais on peut raisonnablement penser que c'est à peu près comme ça que se sont passées les choses dans mon cerveau de NVM-négatif.

Depuis le moment où j'ai été arraché, tête la première, à l'éternité et tenu par les chevilles dans la lumière froide du temporel, j'ai passé un temps considérable à essayer de penser à l'impensable. Or, c'est en envisageant l'état de non-existence qui est le nôtre avant la naissance et après la mort que l'on s'en approche le plus. Croyez-moi, la façon la plus simple de s'assouplir l'esprit, c'est d'essayer d'exprimer l'inexprimable.

On pourrait sans doute me rétorquer que mes motivations, si tant est que j'en aie jamais eu en l'occurrence, étaient en partie blasphématoires, puisque je m'étais mis dans la position de celui qui aurait à proférer le dissyllabe sacrilège : J(A)HV(E)H. Je suis bien obligé d'admettre cela, étant donné que ce qui est pensable est également possible, au sens où nous ne saurions rien penser d'illogique parce que alors il nous faudrait penser illogiquement.

Il y en a, sans aucun doute, qui ne seraient pas d'accord, mais la réalité – ou ce qui en tient lieu dans notre pauvre monde – veut qu'il soit aussi difficile de penser à quelque chose de contraire à la logique que de déterminer le rapport exact existant entre le diamètre et la circonférence d'un cercle, et par suite de construire un cercle de surface égale à celle d'un carré donné. (L'enfance de l'art, me direz-vous, mais j'ai essayé, et je peux vous garantir que ce n'est pas faisable.)

On considère généralement que la Solution finale telle qu'elle fut imaginée par les nazis pour régler le problème juif tient de l'inexprimable. Ce n'est tout simplement pas le cas, et affirmer que le langage est impuissant à décrire l'Holocauste, c'est en donner une fausse image, prétendre qu'il n'est pas de ce monde. C'est suggérer qu'on a affaire à une énigme, que les origines de celle-ci se situent hors du temps et de l'espace, et qu'en dernier ressort l'homme n'en est pas responsable. (Les tenants de cette position sont ceux qui voudraient faire croire que tout comprendre, c'est tout pardonner.) C'est pourtant le fait même que l'Holocauste est bel et bien de ce monde, que par suite il peut être représenté par le langage et ne relève donc pas de l'inexprimable, qui le rend aussi terrible. (Car c'est de la civilisation responsable de ce crime que sont issus les Mozart, les Beethoven et les Goethe. C'est de la même manière que les Romains jetaient les chrétiens aux lions, tout en donnant à la postérité des Horace et des Pline. Les grands crimes sont le corollaire inévitable des grandes civilisations.)

Ce qui peut être dit ne connaît pas d'autre limite que celle qui sépare le sens du non-sens. (C'est grâce à elle que l'on se rend compte que l'Holocauste fait tout à fait sens, même si on le condamne.) On n'en persiste pas moins à croire que ce qui peut être compris peut néanmoins relever de l'inexprimable : que le sens du monde peut se trouver dans le monde.

Mais s'il existe une valeur qui ait de la valeur, il faut qu'elle soit hors de tout événement. La vérité, c'est que toutes les propositions sont d'égale valeur. C'est pourquoi il ne peut pas y avoir de propositions éthiques. L'éthique est transcendantale et ne se peut exprimer. En bref, l'éthique est impossible.

S'il n'en était pas ainsi, pourquoi chercherait-on à aller à son encontre ? Si l'existence d'une quelconque proposition morale interdisant le crime était possible, je ne la nierais pas. Mais on ne peut parler de la volonté en tant que sujet de l'éthique. En conséquence, je tue parce qu'il n'y a pas de raison logique pour que je ne le fasse pas.

La vérité des pensées communiquées ici me paraît intangible et définitive. J'estime donc avoir résolu définitivement les problèmes, pour ce qui est de l'essentiel. Die Endlösung.

… Mais voilà que je me suis amusé à tuer le temps au lieu d'aller tuer le nom de la prochaine victime sur ma liste. Et quel nom ! Celui d'un des pères fondateurs de toute la pensée occidentale : Socrate.

9

L'équipe d'experts dont s'était entourée Jake était composée du professeur Waring, du docteur Cleobury, et de l'inspecteur Stanley et des sergents Chung et Jones. Le surlendemain de la conférence de presse, ils se réunirent à New Scotland Yard pour discuter des progrès de l'enquête.

« Voici l'annonce pour les journaux mise au point par l'agence, dit Jake en en poussant un exemplaire vers Waring et Cleobury. Jusqu'ici, je n'ai guère eu de succès, pas plus qu'avec ma déclaration. »

Waring jeta un coup d'œil sur la liste des noms de code des NVM et hocha la tête. « Je me demande ce que le public peut bien y comprendre.

— Il y a eu un ou deux appels assez curieux de la presse, admit Jake. Et à ce propos, professeur, il y a une question que je voulais vous poser : d'où sort la liste originale des noms de code qui ont été entrés dans l'ordinateur ?

— Vous le savez, vous, docteur Cleobury ? dit Waring pris au dépourvu.

— C'est le docteur St Pierre qui en a eu l'idée, dit-elle avec un sourire. Il cherchait à établir une liste de noms à partir de gens dont il était sûr qu'ils étaient bien morts – pour des raisons légales, bien entendu. Bref, il est tombé sur le dernier catalogue des Penguin Classics et l'a entré tel quel.

— Les Penguin Classics ? répéta Jake. Les livres de poche de la maison d'édition du même nom ?

— Exactement. Et quand il aura épuisé le catalogue, il a l'intention d'utiliser les noms de tous les personnages de Dickens. »

Jake leva un sourcil étonné. Mais l'idée de mettre la main sur le meurtrier d'Edwin Drood n'était pas sans attrait.

« Comment vous en sortez-vous côté Lombroso, inspecteur principal ? demanda Waring. Cette histoire de pioche électronique ?

— Vous pourriez peut-être nous en dire un mot, sergent, dit Jake en se tournant vers Chung.

— J'espérais qu'il y aurait quelque chose comme une pioche électronique, dit Chung en se redressant sur sa chaise, et je n'avais pas tort. L'ordinateur a décidé de traiter l'effacement comme accidentel, même si la mémoire de base en est toujours au stade de la reconstruction. Nous n'avons cependant pas pu récupérer les informations qui concernaient le suspect et qu'il a éliminées. Depuis, vous le savez peut-être, je travaille sur notre propre ordinateur, celui de la police. J'ai créé de toutes pièces une enquête criminelle fictive, dans laquelle j'ai utilisé une série de noms pris au hasard par l'ordinateur dans le répertoire des abonnés au téléphone pour établir une liste de suspects hypothétiques dans l'intention de susciter une réponse de la part de Lombroso. Mais ce genre de chose demande beaucoup de temps. Sans compter que les NVM n'ont pas tous le téléphone.

— Vous en avez combien pour l'instant ? demanda Jake.

— Huit, répondit Chung.

— Sur un total de cent vingt, ajouta Waring.

— Si l'on ajoute les deux qui ont répondu à l'annonce, les six à la lettre que leur avaient envoyée leurs conseillers et les neuf qui sont déjà morts, cela nous en fait vingt-cinq, dit Jake. Même sans compter les NVM qui sont actuellement en prison, il en reste encore soixante-quinze.

— Soixante-quatorze, rectifia Chung. Puisque nous savons que Wittgenstein a effacé son propre nom.

— Je me demande pourquoi nous n'avons pas eu plus de réponses, dit le professeur Waring.

— Ils ont peur, répondit Jake. Savez-vous que certains d'entre eux sont persuadés que nous allons opérer une rafle et les mettre en quarantaine, ou peut-être pire encore ? Si j'étais à leur place, je ne pense pas que j'aurais particulièrement envie de me faire connaître moi non plus.

— Ce ne sont que des bêtises, dit Waring, des ragots stupides répandus par des irresponsables.

— N'empêche que c'est ce que croient certains d'entre eux », insista Jake.

Le professeur hocha la tête et fixa d'un air sombre les feuilles de son dossier. Il était évident qu'il ne souhaitait pas discuter de l'affaire plus avant. Ce qui amena Jake à se demander si, après tout, les ragots en question n'avaient pas quelque fondement. Mais elle garda cette incertitude pour elle. Elle se souvint que Waring s'était opposé à la manière dont elle entendait mener l'enquête. Elle n'en avait pas moins de respect pour ses compétences en psychiatrie forensique. C'était le meilleur spécialiste du pays, et, à ce stade de l'enquête, elle n'avait aucun intérêt à s'en faire un ennemi. Elle voyait que Waring étudiait les noms de code des neuf victimes de Wittgenstein. Il se mit à les prononcer l'un après l'autre et dans l'ordre où les meurtres avaient été commis.

« Darwin, Byron, Kant, saint Thomas d'Aquin, Spinoza, Keats, Locke, Dickens et pour finir Bertrand Russell. » Il leva les yeux et regarda tour à tour ceux qui étaient assis à la table. Avec ses cheveux prématurément blanchis, ses lunettes en demi-lunes, ses traits d'ascète décharné et ses sourcils broussailleux perpétuellement froncés, il n'avait aucun mal à donner l'impression d'une grande concentration. « Tout cela ne répondrait pas par hasard à une structure préétablie ? demanda-t-il, l'air vague.

— Une sorte de structure intellectuelle, en somme ? dit Jake. Pas d'après le Service informatique des renseignements.

— Les ordinateurs n'ont aucune imagination, dit Waring avec mépris. Et si nous essayions d'utiliser nos méninges pour en trouver une ?

— Pourquoi pas ? dit Jake en haussant les épaules.

— Prenons Darwin, par exemple, dit-il. C'est lui le premier. Comment pourrait-il en être autrement ? Avec *L'Origine des espèces*, vous me suivez ?

— Sauf qu'en l'occurrence, il s'agit du grand-père, pas du fils, intervint le docteur Cleobury avec fermeté. C'est Érasme Darwin qui a été tué, professeur, pas Charles.

— Qu'est-ce que cet Érasme Darwin a bien pu écrire qui lui vaille de se retrouver dans les Penguin Classics ? demanda Waring.

— Des poèmes… sur les plantes », répondit Jake.

Le docteur Cleobury acquiesça avec un sourire à l'adresse de Jake puis changea de position sur sa chaise. Ses fesses charnues de nouveau à l'aise, elle tira sur sa jupe noire collante et tapota ses cheveux permanentés. Jake se dit qu'elle ressemblait davantage à une barmaid qu'à une psychiatre.

« Ce qui me semble être bien plus pertinent, dit Jake, c'est que cinq d'entre eux étaient des philosophes.

— Six, intervint Cleobury, si vous comptez Érasme Darwin et son École philosophique de la sensation. Attendez…

— Qu'y a-t-il ? dit Jake.

— Simplement c'est Érasme Darwin qui a été l'un des premiers à essayer d'asseoir les phénomènes mentaux sur une base physiologique, une sorte de substance médullaire. Vous ne voyez pas où je veux en venir ? C'est précisément ce que fait Lombroso. »

Jake, sceptique, se demandait où la discussion allait bien pouvoir les mener.

« Tout à fait judicieux, approuva Waring, se laissant à nouveau entraîner par sa première idée. Mais quel lien y aurait-il avec Emmanuel Kant ? »

Jake croisa le regard de Chung. Celui-ci prit un air indifférent. L'inspecteur Stanley étudiait le contenu de sa tasse de thé, comme s'il espérait, à l'instar d'une voyante, y trouver une indication quant à l'avenir de l'enquête. Le sergent Jones, chargé du compte rendu de la réunion, bâillait devant l'écran de son ordinateur. Jake sourit en remarquant la manière obscène dont il avait orthographié Kant [1]. Waring aussi l'avait remarquée et il secoua la tête comme pour s'excuser.

« Eh oui, bien sûr. Suis-je bête ! dit-il. Sa famille était originaire d'Écosse et a changé le nom Cant en Kant pour faire plus allemand. Et Darwin, lui, avait fait sa médecine à Édimbourg. Bien sûr, le lien avec Kant n'est pas aussi patent que s'il s'était agi de Hume, mais tout de même… »

Jake laissa le professeur et le docteur Cleobury continuer dans cette veine pour le moins spécialisée pendant un moment, les écoutant établir des liens plus que ténus entre les noms de code des neuf victimes, avant de les ramener à son idée première.

« Je suggère que nous ne nous laissions pas entraîner trop loin, dit-elle en souriant. Je pense que ce qui est important, c'est que sur nos 120 NVM, vingt des noms de code soient ceux de philosophes. Non seulement nous savons que le nom de code du tueur est celui d'un philosophe, mais nous savons que c'est également le cas pour plusieurs de ses victimes. Ce qui me frappe, c'est que notre tueur a un certain sens de l'humour. Qu'un philosophe puisse en tuer d'autres, voilà qui semble l'émoustiller.

— En ce cas, pourquoi ne pas avoir choisi les neuf victimes de la même manière ? dit Waring après un instant de réflexion. Pourquoi seulement cinq ?

— Ou six, précisa le docteur Cleobury. N'oubliez pas Darwin.

— Il n'est pas impossible qu'il cherche ainsi à nous compliquer la tâche, dit Jake, songeuse.

_____

1. Probablement *cunt* (= con, chatte).

— On peut dire qu'il réussit sacrément bien », dit Waring avec un soupir las.

Le sergent Jones leva les yeux de son écran : « Je me demande s'il connaît quoi que ce soit à la philosophie, dit-il.

— Je me suis posé exactement la même question », dit Jake.

La réunion continua à se perdre dans ce genre de considérations pendant le reste de l'après-midi, jusqu'à ce que Jake la déclare terminée. À 17 heures, elle sortit chercher un café. Quand elle revint, ce fut pour trouver Chung qui l'attendait dans son bureau, l'air inhabituellement excité.

« Qu'est-ce qui vous arrive ? lui dit-elle. Vous avez touché le gros lot ?

— Peut-être bien », dit-il, agitant un bout de papier avec un large sourire.

Jake s'assit à son bureau, épuisée, et retira le couvercle de son gobelet en plastique. Les réunions la réduisaient toujours à l'état de loque.

« Allez-y, je vous écoute.

— L'ordinateur Lombroso vient de réagir à l'un des noms et des numéros de téléphone choisis au hasard, expliqua-t-il. Le type s'appelle Martin John Baberton. Au même moment, notre ordinateur de Kidlington nous apprend que ce Baberton a un casier pour piratage informatique et tentative de meurtre.

— Vous plaisantez, je suppose, dit Jake, levant les yeux de son café.

— Et qu'est-ce que vous dites de ça ? continua Chung après avoir jeté un coup d'œil au tirage sur papier qu'il tenait à la main. Il est licencié en philosophie et traîne un lourd passé de troubles psychiatriques.

— Trop beau pour être vrai, dit Jake. Vous avez le dossier ?

— Justement, c'est ça qui est bizarre. Impossible de mettre la main sur le fichier manuel. Il semble avoir été égaré. Nous n'avons que son dossier informatique. »

Il tendit à Jake le tirage sur papier et la regarda lire le document. Elle s'attarda sur le portrait laser de Baberton.

« Ces portraits ne sont pas ce qu'on fait de mieux en matière d'identification, dit-elle. Mais j'ai le sentiment d'avoir déjà vu cet homme. Quel est son nom de code ?

— D'après Lombroso, Socrate.

— Encore un philosophe.

— Son adresse ?

— Il en a deux : une sur le tirage papier Lombroso et une autre sur le fichier de la police.

— Quelle est celle qui est portée sur sa carte d'identité ?

— Celle du fichier de la police. »

Jake parcourut avec intérêt l'avertissement accompagnant le dossier. C'était la première fois qu'une telle occasion lui était donnée au cours d'une enquête.

```
Attention. le sujet que vous avez iden-
tifié est NVM-négatif, donc d'un point de
vue somatogène prédisposé au crime vio-
lent. Il ne doit être appréhendé qu'avec
circonspection. Pour plus amples infor-
mations, contacter le programme Lom-
broso à l'Institut de recherches sur le
cerveau. Prière de détruire ce document
après lecture. Toute reproduction ou
enregistrement des informations commu-
niquées dans ce dossier est passible de
```

Jake se mit à mâchonner pensivement une mèche de cheveux.

« Il y a quelque chose de bizarre là-dedans, dit-elle. Nous savons que quelqu'un dont le nom de code est Wittgenstein s'est lui-même effacé de la base de données NVM, c'est bien cela ?

— Absolument.

— Mais alors, d'où il sort, ce type qu'on dirait taillé pour le rôle ? On ne pourrait pas rêver meilleur suspect, même au cinéma. »

On frappa à la porte, et le commissaire Challis fit son entrée dans le bureau de Jake.

Au début de l'enquête, quand Jake l'avait effectivement supplanté, Challis avait semblé vouloir se désintéresser de l'affaire. Mais, depuis la conférence de presse, il avait pris l'habitude de venir la voir dans son bureau pour un oui ou pour un non, sous prétexte de se tenir informé des progrès de l'enquête. Elle se demandait si ce soudain intérêt était sincère ou si quelqu'un de haut placé, peut-être bien à l'Intérieur, avait enjoint au commissaire de surveiller les choses d'un peu plus près. Quelle qu'en fût la raison, elle n'appréciait pas plus l'ingérence de ce casse-pieds de Challis que le personnage lui-même. Il faisait partie de la vieille garde, qui s'obstinait à penser que, dans ce métier, les femmes n'étaient bonnes qu'à aller annoncer les mauvaises nouvelles aux familles des victimes.

« J'ai bien entendu le mot suspect, Jake ? » dit-il d'une voix sonore en se frottant les mains.

207

Jake fut tentée d'esquiver sa question, puis elle décida de n'en rien faire. Il était de ces officiers supérieurs qui n'admettent pas d'être tenus à l'écart et ne vous le pardonnent pas. Elle demanda donc à Chung de répéter ce qu'il venait de lui dire, après quoi elle-même intervint pour recommander la prudence.

« J'aimerais mettre cet homme sous surveillance pendant quelque temps, expliqua-t-elle. Simple précaution, mais il y a quelque chose de bizarre dans toute cette histoire.

— Je vais vous dire ce qu'il y a de bizarre, moi, dit Challis en fronçant le nez. C'est ce Martin John Baberton qui est foutrement bizarre. Vous avez entendu comme moi : c'est un foutu psychopathe.

— Non, monsieur, rectifia Jake. Ce qui me gêne, c'est que tout cela est un petit peu trop… un petit peu trop facile.

— Qu'est-ce que vous me racontez ? Trop facile, trop facile, qu'est-ce que vous voulez dire ? »

Jake se demanda si c'était un effet de son imagination ou s'il sentait vraiment l'alcool.

« Vous n'avez donc aucune confiance dans les dispositifs techniques de maintien de l'ordre ? Mais bon sang, ma chère, ils sont quand même là pour nous faciliter les choses. On n'a pas systématiquement besoin de mois d'efforts et d'enquête difficile pour obtenir des résultats. Plus aujourd'hui, en tout cas. Ou bien est-ce que c'est encore un effet de cette foutue intuition féminine dont vous nous rebattez les oreilles à longueur de journée ?

— Non, monsieur, dit Jake patiemment. J'aimerais simplement attendre un peu. Voyez-vous, je voudrais… »

Mais Challis était déjà au vidéophone. « Je veux une brigade d'intervention, aboya-t-il à l'adresse de l'homme dont le visage étonné apparut sur l'écran de Jake. Immédiatement. L'adresse, sergent, bordel ! Donnez-moi ce bout de papier. »

Chung le lui tendit et jeta un regard perplexe en direction de Jake tandis que Challis épelait l'adresse. Jake haussa les épaules sans prononcer un mot, mais, quand il eut terminé, elle dit : « Sergent Chung ? J'aimerais que vous précisiez dans le rapport que c'est le commissaire Challis qui, sans tenir compte de mon opinion, a pris cette décision. À mon avis…

— On se fout de votre avis, coupa Challis. Vous vous prenez pour qui, nom de Dieu ? C'est moi qui dirige la Brigade criminelle, pas vous. Et c'est moi qui décide ou non d'une arrestation. Vous en connaissez peut-être un rayon sur la psychologie criminelle, inspecteur principal, mais moi, je sais ce que c'est que le maintien de l'ordre, et je suis capable de reconnaître un meurtrier quand j'en vois un. Maintenant, à vous de décider : vous venez ou vous restez ici à bouder ? »

Jake sentit ses pupilles s'étrécir. Elle pensa au coup-de-poing américain électronique dans son sac et eut envie de le frapper. Elle eut du mal à dissimuler le ton sarcastique de sa voix quand elle lui répondit que pour rien au monde elle ne voudrait manquer ça.

Mais, avant de le suivre, elle prit le temps d'appeler le bureau de Gilmour.

La voiture qui transportait Challis, Jake et Stanley quitta New Scotland Yard et se dirigea vers le nord en passant par Grosvenor Street, Park Lane puis la petite

Égypte qu'était Edgware Road avant de bifurquer vers l'ouest pour prendre l'A 40. L'échangeur montait et faisait une boucle de grand huit avant d'atteindre l'autoroute à huit voies, où ils se retrouvèrent bientôt pris en sandwich entre deux énormes camions-citernes. Il était presque 20 heures, mais l'autoroute de l'ouest était encore saturée de banlieusards qui rentraient chez eux. Les conducteurs qui, au volant de leurs mini-Honda à deux portes, regardaient passer le train aérien en auraient presque envié les passagers s'ils n'avaient su qu'à voyager dans de telles conditions, même un élevage intensif de poules agoraphobes aurait manqué d'air. Jake hocha la tête, prise de pitié. Quand elle-même faisait ses allées et venues entre le Yard et son appartement, les routes étaient quasiment désertes : c'était là un des rares avantages qu'elle devait aux horaires peu chrétiens auxquels l'obligeait son métier.

La puissante BMW de la police s'engagea sur la voie payante et sans limitation de vitesse qui, en raison d'un péage dissuasif de cent dollars par jour, n'était guère empruntée que par les voitures allemandes les plus rapides et les plus luxueuses. Ils passèrent devant un ensemble de tours d'habitations, puis devant un autre, simples cages à lapin en plein ciel, avec la route qui passait si près des fenêtres encrassées par la fumée que c'est tout juste si Jake n'apercevait pas la salade irradiée qui trônait sur les assiettes en plastique.

Quelques minutes plus tard, ils étaient à White City : les deux immenses tours blanches en béton du nouveau Centre de télévision européen semblables à deux rouleaux de papier hygiénique se chargèrent de rappeler à Jake que, même si elle était retenue jusque tard dans la soirée, elle ne manquerait pas grand-chose d'intéressant sur son Nicamvision. Quelques secondes plus tard, ils traversaient Wormwood Scrubs et passaient devant une des maisons d'arrêt de Sa Majesté, qui venait de récupérer les bâtiments de l'ancien Hammersmith Hospital et était entourée d'un *no man's land* de miradors et de barbelés.

Au rond-point de Hangar Lane, ils prirent vers le sud en direction d'Ealing, et, dans le dédale des petites rues tranquilles de banlieue qui longeaient le terrain de golf de la société Honda, Jake perdit rapidement tout sens de l'orientation. Au bout de l'une d'elles, déjà barrée par la police, ils se retrouvèrent nez à nez avec le commandant de la Brigade spéciale d'intervention, vêtu de son gilet pare-balles.

« Nous avons encerclé les lieux, monsieur, dit celui-ci en désignant une grande villa située sur un terrain d'environ mille mètres carrés. Mes gars viennent juste d'en faire le tour. Apparemment, il y a un cadavre dans l'herbe haute à côté des tennis.

— En plein dans le mille, marmonna Challis, qui regarda Jake d'un œil torve. Qu'est-ce que je vous avais dit ? ajouta-t-il avec un signe de tête en direction de la maison où, derrière les rideaux tirés, on voyait de la lumière.

— Nous ne nous sommes pas encore approchés de la maison, dit Collingwood, le commandant de la Brigade spéciale. Mais nous avons placé deux ou trois micros sur le mur, et on dirait qu'il y a quelqu'un à l'intérieur. Ce qui est bizarre, c'est qu'il y a également un homme devant l'entrée.

— Qu'est-ce qu'il fait ?

— Rien de spécial.

— Vous n'avez pas de jumelles à vision nocturne ?

— Si, bien sûr, mais j'ai l'impression qu'il se planque.

— Il est peut-être tout simplement sorti fumer une cigarette, suggéra l'inspecteur Stanley. Ça m'arrive de temps en temps à moi aussi. Peut-être qu'il vit avec un non-fumeur.

— Une seconde, vous permettez, dit le commandant qui rapprocha l'écouteur de son oreille. Un de mes types dit qu'il est armé. Une mitraillette, semble-t-il. À croire qu'il nous attend, monsieur.

— Il se sert probablement du corps dans le jardin pour nous appâter, opina sombrement Challis. Pour obliger l'un d'entre nous à aller jusqu'à la porte d'entrée et, quand celui-ci essaiera de l'arrêter, en profiter pour ouvrir le feu. Alors, vous en pensez quoi de ce salaud, maintenant ? dit-il en se tournant vers Jake. Vous allez peut-être me dire qu'il est là avec son fusil pour empêcher les petits nains de jardin de se faire abîmer le portrait ?

— Je reconnais que je n'ai pas d'explication valable, rétorqua Jake. Mais je persiste à penser que nous devrions attendre, monsieur.

— Attendre quoi ? siffla Challis, qui n'escomptait pas une réponse. Pouvez-vous dire à vos hommes de se rapprocher, commandant ?

— Sans problème.

— On pourrait éclairer la façade avec quelques projecteurs, suggéra Jake. Allez chercher un haut-parleur.

— Et lui faire savoir qu'on est là, pour qu'il puisse se retrancher à l'intérieur ? Pas question, dit Challis. Je ne veux pas d'un siège en règle. Ce serait le meilleur moyen d'attirer la presse, et c'est la dernière chose à faire. »

Ainsi, pensa Jake, c'était donc bien aux intérêts du ministère de l'Intérieur que veillait Challis.

Entre-temps, le commandant de la Brigade spéciale avait ramené devant sa bouche le petit micro qui était fixé sur son casque et donnait ses ordres.

Pendant quelques minutes, on n'entendit rien d'autre que le silence ou ce qui, dans cette partie de Londres, en tenait lieu : voitures sur la voie express nord, système stéréo d'un Nicamvision mis à fond, chien profitant impunément de ce que son maître le laissait aboyer en toute liberté, camionnette de glacier égrenant dans son sillage un *Oh What a Beautiful Morning* retentissant, vent agitant les branches des rhododendrons.

Jake, qui avait du mal à respirer, aurait été incapable de dire exactement ce qui la gênait dans toute cette histoire. Une longue Mercedes foncée vint prendre place aux côtés des autres véhicules de la police. Vêtu d'un smoking, Gilmour en descendit et pointa son index dans la direction de Challis. Il dit quelque chose que tout le monde oublia immédiatement.

Les détonations d'un automatique n'ont rien de très caractéristique, du moins dans la banlieue ouest de Londres. Les gens sont tellement peu habitués à entendre ce genre de bruit qu'ils sont prêts à le prendre pour des pétards, quelle que soit l'heure ou l'époque de l'année, et dans quatre-vingt-dix-neuf cas sur cent, ce n'est rien d'autre. Mais, en l'occurrence, Jake, Stanley, Challis, Gilmour et le commandant de la Brigade spéciale savaient de quoi il retournait. Instinctivement, tous se baissèrent, et deux d'entre eux, Challis et le commandant, dégainèrent.

« Qu'est-ce qui se passe, sergent, nom de Dieu ? » hurla le commandant dans son micro.

Une autre fusillade éclata, plus longue que la première, puis le silence retomba : bruit des voitures dans le
lointain, hurlements du Nicamvision, aboiements du
chien plus déchaîné que jamais, vent dans les arbres. Au
bout d'une ou deux minutes, des cris s'élevèrent dans le
jardin et le commandant, les doigts appuyés sur son
écouteur comme un chanteur de rock qui prend des
poses, se redressa.

« Terminé, dit-il d'un ton jovial. L'homme à l'intérieur a été arrêté.

— Dieu merci, dit Gilmour.

— Et celui qui était devant l'entrée ? demanda Jake.

— Il a ouvert le feu et a été abattu, expliqua le
commandant.

— Il est mort ? » s'enquit Gilmour.

Mal à l'aise, le commandant fronça les sourcils.
« Lorsque nous sommes en présence de terroristes, la
politique habituelle est de les abattre. Sauf ordres
contraires. » Il eut un regard gêné en direction de
Challis, semblant attendre de celui-ci une confirmation.

« Et qui a décidé de cette opération ? »

Le froncement de sourcils du commandant
s'accentua : il sentait bien que quelque chose clochait. Il
désigna Challis du doigt. « Lui, monsieur. Je veux dire,
le commissaire Challis, monsieur. » Il tripota à nouveau
son écouteur et se retourna. Deux membres de son
équipe poussaient devant eux un homme auquel ils
venaient de passer les menottes.

Gilmour se planta devant Challis comme si, à l'instar
d'un général français bien connu, il s'apprêtait à lui
donner une accolade. Mais les félicitations qu'il lui présenta étaient chargées de sarcasmes.

« Compliments, Challis, dit-il, l'air sombre. Vous allez décrocher une médaille. J'y veillerai personnellement. C'est même moi qui vous l'accrocherai. Baïonnette au poing, vous pouvez me faire confiance. Si je ne m'abuse, c'est un des nôtres qui vient de se faire abattre. Un garde du corps de la Brigade spéciale.

— Pardon ? dit Challis, dont la bouche s'ouvrit tout grand. Mais, on ne savait pas, monsieur. Qui était-il censé protéger ?

— Lui », dit Gilmour.

Les deux officiers de la Brigade spéciale étaient devant eux avec leur prise : un homme grassouillet, soufflant et tempêtant, dont le nez et la bouche en sang révélaient assez que la crosse d'une mitraillette était passée par là. En dépit de ses cheveux blonds ébouriffés et de sa chemise déchirée, il n'y avait pas à s'y méprendre : cette silhouette corpulente n'était autre que celle du ministre de l'Intérieur du cabinet fantôme, Tony Bedford, M. P.

« Vous comprendrez que je n'avais aucune preuve. En tout cas, pas vraiment. Il ne s'agissait de rien de plus que du résultat de nos déductions, au sergent Chung et à moi-même. Et il faudra un bout de temps avant que nous puissions faire état de tout cela dans le rapport officiel… »

Quelques jours plus tard, tandis que Challis était suspendu et qu'une enquête était ouverte, l'inspecteur Cormack de l'Unité informatique criminelle tentait d'expliquer ce qui s'était passé à Jake, Stanley et Gilmour, dans le bureau de celui-ci au Yard.

« Venez-en au fait, Cormack, gronda Gilmour. Et tâchez de rester simple.

— Eh bien monsieur, ça s'est passé comme ça. Wittgenstein a dû arriver à s'infiltrer dans l'ordinateur de Kidlington, peut-être avec l'intention de laisser un message pour l'inspecteur principal ici présent. Mais pendant qu'il y est, il décide de jeter un coup d'œil sur le système et tombe sur le nom et le numéro du programme aléatoire du sergent Chung. Ce qui lui donne l'idée de créer un casier judiciaire au nom de l'homme qu'il s'apprête à tuer : un NVM-négatif, dont le nom de code est Socrate, et le vrai nom John Baberton – c'est l'homme que nous avons trouvé dans le jardin de M. Bedford. Il donne à Baberton un profil dont il sait qu'il nous conviendra à merveille : celui du suspect idéal, destiné à nous faire tomber dans le panneau. Et comme il a un sens de l'humour très développé, il ajoute un détail ici et là : l'adresse personnelle de M. Bedford et sa photo entre autres.

— Comme humour, ça se pose là, dit Gilmour. Mais ce que j'aimerais bien savoir, c'est comment il s'est procuré l'adresse et la photo de Bedford ?

— Il semblerait qu'il les ait trouvées dans nos propres fichiers, dit Cormack, accusant le coup.

— Quoi ?

— Voyez-vous, monsieur, dans la base de données du Service des renseignements criminels européens, à chaque individu fiché correspond un casier. Il semblerait que M. Bedford ait eu des ennuis il y a quelques années au cours de manifestations contre le coma punitif. Il a été arrêté pour obstruction à agent dans l'exercice de ses fonctions. » Cormack haussa les épaules en manière d'excuse. « Wittgenstein n'a eu qu'à demander à notre ordinateur de copier certains des détails concernant M. Bedford sur un fichier au nom de John Martin Baberton, le mort.

— Il y en a d'autres, dit Gilmour l'air sombre.

— Pardon ?

— Rien. Qu'a-t-il fait ensuite ?

— Eh bien, après avoir tué sa victime et l'avoir abandonnée dans le jardin de M. Bedford – nous pensons que c'est par là qu'il a commencé –, Wittgenstein n'avait plus qu'à activer le nom de Baberton comme NVM-négatif sur le programme Lombroso. Pour ce faire, il a dû se contenter d'ajouter le nom et le numéro de téléphone de Baberton au début du programme aléatoire de Chung. Si quelqu'un avait vérifié, il aurait vu que l'adresse indiquée ne correspondait qu'à celle du fichier Lombroso et pas à celle du faux casier de l'ordinateur de la police qui avait fourni l'adresse de M. Bedford, et il en aurait conclu que celle du fichier Lombroso n'était plus bonne. Et, bien entendu, autre divergence, il n'y avait pas de fichier manuel au nom de John Martin Baberton. Par ailleurs, si Baberton avait eu un casier à l'époque où les gens de Lombroso lui ont fait subir les tests, sa carte d'identité en aurait fait état. »

Gilmour hocha la tête d'un air solennel. « Qu'est-ce qui vous fait dire que Wittgenstein s'est infiltré dans notre ordinateur dans l'intention de laisser un message pour l'inspecteur principal ?

— Eh bien, au vu de ce qui s'est passé, monsieur », dit Cormack. Voyant que Gilmour ne réagissait pas, il ajouta : « J'ai entendu dire qu'il avait laissé un CD pour l'inspecteur Jakowicz dans la bouche du mort.

— Qui vous a dit ça, inspecteur ?

— Chung, monsieur.

— Il aurait dû s'abstenir. Les choses vont assez mal comme ça avec les journalistes, sans qu'ils découvrent que le meurtrier a pris contact avec nous. Alors, pas un mot, c'est compris ?

— Oui, monsieur.

— Une dernière question, Cormack, avant que vous partiez. En vous appuyant sur vos déductions concernant cette déplorable atteinte à la sécurité de nos données, iriez-vous jusqu'à dire de l'opération qui s'est ensuivie qu'elle était précipitée ?

— Sans aucun doute, monsieur, acquiesça Cormack.

— Merci, inspecteur, dit Gilmour avec un sourire démoniaque. Ce sera tout. »

Après le départ de Cormack, ils gardèrent tous le silence quelques instants. Puis l'inspecteur Stanley demanda au préfet adjoint ce que Challis allait devenir. Gilmour mit un index éloquent en travers de sa gorge et prit un air grave.

« Je n'ai pas le choix, expliqua-t-il. Il y aura une enquête officielle, bien entendu, mais étant donné ce que vient de me dire Cormack, les conclusions sont courues d'avance. Dommage. C'était un bon flic. »

Jake opina du chef, encore qu'elle ne partageât pas les vues de Gilmour sur les talents de Challis.

« Ce CD, demanda Gilmour, vous l'avez là ?

— J'en ai fait faire une copie, monsieur, répondit Jake. L'original est encore au labo. Ils le soumettent à tous les tests possibles et imaginables : empreintes digitales et vocales, analyse de l'accent, bruits de fond, adhérence atmosphérique. Jusqu'ici, ils n'ont rien trouvé. Quant au CD, il fait partie d'un lot de CD vierges Sony vendus à un détaillant de Tottenham Court Road, qui en revend lui-même plus de dix boîtes par semaine.

— Et le mort ? Qu'est-ce que vous avez sur lui ?

— Six balles dans la tête, comme d'habitude. D'après le rapport du labo, il a été tué dans le jardin de Bedford. Il était gorgé de vodka, et nous pensons que Wittgenstein a dû l'aborder sous un prétexte ou sous un autre puis l'attirer jusque chez Bedford soi-disant pour y faire l'amour. Baberton était homosexuel. Il fréquentait un bar bien connu des milieux homos à Chiswick. Nous poursuivons les recherches pour savoir s'il a été aperçu le soir de sa mort, et si oui, avec qui.

— Tenez-moi au courant. » Désignant alors le lecteur que Jake avait sur les genoux, il ajouta : « Eh bien, allons-y. »

Jake introduisit le CD qui n'était pas plus gros qu'une pièce de monnaie dans l'appareil.

« Le discours est en deux parties, une sur chaque face. La première est une parodie axiomatique assez grossière de l'ouvrage philosophique le plus connu de Wittgenstein, le *Tractatus*. La deuxième… je vous laisse juge, monsieur. » Elle appuya sur la touche pour faire démarrer le CD.

Comme Moïse et Aaron, son frère, je porte avec moi mon bâton. Je l'emporte partout avec moi et d'une certaine manière il est pour moi une sorte de pénis, toujours rigide, gorgé d'amour. Mais il représente également ma conscience, car il m'arrive parfois de l'égarer.

Dix de mes frères ont été tués. Et je pense beaucoup à la mort. Pour tout dire, j'y pense depuis des années.

La mort est la totalité du Néant, exactement à l'opposé de ce qui est de ce monde. Elle est déterminée par une combinaison d'objets (de choses). La tombe est un bel endroit solitaire mais personne, je pense, ne s'y embrasse. C'est seulement à cause des garçons de Chiswick que je reste *logico philosophicus*.

Ce dont on ne peut parler, il faut, comme l'Ange de la Mort, le taire.

Nous ne parlons jamais. Il est trop dangereux de parler. Les garçons sont frustes et grossiers. Certains d'entre eux sont pour ainsi dire des illettrés. Nous n'échangeons pas de noms ; il n'y a que le plaisir brutal, égoïste que l'on prend avec l'autre, devenu objet.

Pour que je connaisse un objet, il faut que je connaisse non pas nécessairement ses propriétés externes – mais toutes ses propriétés internes.

Je devrais partir, dans quelque endroit tranquille, où la tentation ne serait point. Ici, je ne suis pas en sécurité à cause de cet amour qui n'ose dire son nom.

Seuls les faits peuvent exprimer un sens, une classe de noms ne le saurait.

C'est la solitude qui me fait sortir de ma chambre. J'ai glissé jusqu'au fond. Le

monde de l'homme heureux est un autre
monde que celui du malheureux.

Au Funfair, à Chiswick...

Jake appuya sur la touche pause.
« Le Funfair, c'est le nom du bar homo de Chiswick,
monsieur », dit-elle.

... il y a un manège où les jeunes pédés
attendent de se faire racoler. Assis sur
les chevaux de bois, ils flirtent outra-
geusement avec tous les spectateurs. Une
fois, un garçon m'a fait de l'œil pendant
que je le regardais tourner. D'une certaine manière, tous étaient un.

Je lui ai demandé de m'accompagner chez
moi, à Ealing. Je lui ai donné tout
l'argent que j'avais. L'argent n'est pas
un problème pour moi. Ma famille, à qui
j'ai laissé tout ce qui me revenait normalement, m'en envoie quand j'en ai
besoin. Je m'élève contre l'idée de propriété.

Dans ce cas précis, les variations
d'emploi du mot « élever » sont compa-
rables à celles de « propriété » ou de
« famille ».

Je nous imaginais couchés côte à côte.
Tout un tableau, même s'il était difficile de distinguer nos deux formes l'une
de l'autre. La forme de la représentation

221

est la possibilité que les choses se comportent les unes vis-à-vis des autres comme les éléments du tableau.

L'espace d'un moment inoubliable, j'ai été en mesure de me transcender moi-même. Je n'appartenais plus au monde. Je constituais une limite du monde, jusqu'à ne plus être quasiment qu'un sujet méta-physique. Les limites du langage m'empê-chent d'en dire davantage.

Cette remarque nous donne la clé pour résoudre la question de savoir dans quelle mesure le solipsisme est une vérité.

Ma dégradation me révolte, mon intimité avec ce jeune étranger est une preuve de ma solitude. *Comment* est le monde, voilà qui est absolument indifférent pour ce qui est plus élevé. Dieu ne se révèle pas *dans* le monde.

Je suis jeté en enfer, dans la fosse la plus profonde. Rempli de pensées abjectes et cherchant désespérément à échapper à ce tableau immonde, j'entraîne le garçon dans le jardin pour le tuer. Quand il aper-çoit le pistolet, il semble être sur le point de dire quelque chose, puis change d'avis et se contente de rire.

Une réponse qui ne peut être exprimée
suppose une question qui elle non plus ne
peut être exprimée.

C'est pourquoi je laisse mon pistolet
parler pour moi, silencieusement.

« Seigneur », marmonna Gilmour au bout de quelques secondes. Puis il ajouta : « C'est tout ?

— Première face, dit Jake, retirant le CD et le retournant pour passer la suite de l'enregistrement.

— Seigneur, répéta Gilmour. Pour un cinglé, c'est un cinglé, poursuivit-il, quêtant l'approbation de l'inspecteur Stanley.

— Il en a tout l'air, monsieur, concéda l'autre.

— Le professeur Waring a-t-il écouté cet enregistrement ?

— Oui, répondit Jake. Il m'a conseillé d'en parler à un expert. Un professeur de philosophie de l'université de Cambridge, spécialiste de morale.

— À entendre ce CD, je dirais qu'un professeur de psychiatrie vous serait foutrement plus utile. Vous ne croyez pas, Stanley ? »

L'autre sourit et haussa les épaules en guise de réponse.

« Il se pourrait bien que ce type soit pédé après tout, dit Gilmour.

— Je n'ai pas d'affection particulière pour ce mot, dit Jake, mais, puisque vous en parlez, il se pourrait en effet que nous ayons affaire à un homosexuel. Tuer ses frères, comme il appelle les autres NVM-négatifs, pourrait être pour lui une façon de sublimer son homosexualité. Mais, tout aussi bien, il nous raconte des salades, histoire de nous faire perdre du temps en nous obligeant à faire des recherches dans ces milieux-là. Pas plus que dans les affaires précédentes, il n'existe de preuve que la dernière victime ait eu des rapports avant sa mort. Pas la moindre.

« Il se trouve que la sexualité de Wittgenstein a souvent été un objet de controverse. Si certains biographes, à l'affût du sensationnel, ont cherché à accréditer l'idée que c'était un homosexuel déclaré, il y a peu, voire pas de preuves à l'appui de cette hypothèse. »

Gilmour eut un sourire gêné.

« On écoute la deuxième face ? » demanda Jake, faisant démarrer l'appareil.

Bonjour, Dame Flic. J'ai regardé votre show, l'autre soir à la télévision. Soyez remerciée de vos délicates attentions concernant mon équilibre mental et les problèmes éventuels qui pourraient se poser avant le procès. Ne vous inquiétez pas. J'ai soigneusement orchestré ma défense dans l'éventualité peu probable mais néanmoins logique où je serais arrêté.

Je suis certain de satisfaire à la réglementation McNaghten et de pouvoir, avec succès, plaider non coupable pour cause de démence. Notez bien que je ferais valoir la responsabilité du test Lombroso dans la faillite de mon équilibre mental déjà précaire. J'en profiterais pour réclamer, à titre civil, des dommages et intérêts pour les soins qui m'étaient dus et le fait que l'on pouvait raisonnablement prévoir le traumatisme qu'entraînerait la découverte des résultats du scanner. Quand toute cette affaire sera terminée et que le lien existant entre Lombroso et ces meurtres aura été rendu public, je pense que vous risquez de voir bon nombre d'autres familles de victimes faire cause commune et se porter partie civile contre l'IRC. Mais cela est une autre histoire.

La voix était calme et froide, sans aucune trace d'accent. « Pareille à celle d'un présentateur de la BBC », ainsi que l'avait dit Tony Chen, si ce n'est qu'elle avait quelque chose de presque mécanique. Aucune modulation, aucune expression, aucune mélodie, aucune spécificité de prononciation qui aurait pu les renseigner sur son origine géographique. Une prononciation standard, comme on la décrit parfois. À la réécouter, Jake en eut des frissons.

Vous dites que mes frères sont innocents : pareille suggestion, comme vous deviez vous en douter, m'a irrité. Le fait est que je rends au public un fier service. Voyez-vous, il s'agit là d'individus potentiellement dangereux, et l'on ignore ce dont ils sont capables. Leur identification devrait logiquement – et ce serait le minimum requis – s'accompagner d'emprisonnement. Mais depuis l'instauration, entre autres instruments du maintien de l'ordre, d'une politique officielle du « tirer avec l'intention d'abattre » et la mise en place du coma punitif comme pierre de touche du nouveau dispositif pénal, il est prouvé que l'incarcération des criminels violents n'a plus qu'une importance secondaire pour une administration désormais obsédée par des problèmes budgétaires. En conséquence, en raison même de l'exemple donné par le gouvernement, je suis amené à les tuer moi-même, avec humanité, efficacité et, pour la société dans son ensemble, un minimum de désagréments.

Wittgenstein s'autorisa un petit gloussement.

Vous savez qu'au lieu d'essayer de me traquer, Dame Flic, vous devriez m'être reconnaissante. Pensez un peu à tous ceux de mes frères qui auraient pu se mettre à tuer des femmes. Aux fous du gynocide de demain. C'est bien là votre spécialité, non ? Le gynocide en série ? C'est du moins ce que racontent les journaux, et nous avons toujours tendance à croire sur parole ce qu'ils nous disent, n'est-ce pas ? Y compris quand ils relatent le combat contre la mort de ce pauvre M. Mayhew à l'hôpital ?

Il rit à nouveau.

Quoi qu'il en soit, demandez-vous combien de vies ont peut-être été sauvées grâce aux quelques-unes que j'ai choisi de

sacrifier ? C'est une forme d'utilita-
risme comme une autre, vous ne croyez pas ?
Vous m'avez mis au défi, Dame Flic : au défi
d'entrer en contact avec vous. Voilà qui
est chose faite. D'un point de vue sémantique et syntaxique, il se peut que ce
message – du moins dans sa première
partie – ne soit pas tout à fait de votre
goût. Vous auriez sans doute de beaucoup
préféré que j'aie l'air d'un vrai criminel
et que je vous fournisse quelques indices
susceptibles de vous aider à remonter
jusqu'à moi. Désolé. J'essaierai de faire
mieux la prochaine fois que nous jouerons
à notre petit jeu. Attendez-vous à un
coup de fil d'un jour à l'autre – je vous
ferai savoir alors où trouver le pro-
chain cadavre. Et merci. C'est tellement
plus drôle ainsi. Franchement, je commençais à m'ennuyer copieusement à exécuter mes frères jour après jour, l'un
après l'autre.
D'ici la prochaine fois, je vous
conseille d'aiguiser votre esprit et de
peser soigneusement votre grammaire.
Souvenez-vous que le jour où nous entre-
rons en communication, au vrai sens du
terme, vous et moi ferons de la philosophie. Tenez-vous donc prête.
Votre frère de sang, Ludwig Wittgenstein.

Jake arrêta l'appareil.

« Eh bien, dit Gilmour, je n'ai jamais rien entendu de
tel.

— C'est très inhabituel, admit Jake. Cela dit, le sentiment d'omnipotence du sujet, de son invincibilité, est tout à fait typique du multiple qui choisit d'entrer en contact avec la police. C'est quelque chose que je connais bien, monsieur. Même Jack l'Éventreur avait pour habitude de dire à la police qu'elle n'arriverait jamais à l'attraper. Si bien que, dans ce domaine au moins, notre homme ne fait que se conformer à un type.

— Je suis sûr que vous savez ce que vous faites, Jake », dit-il acquiesçant de la tête.

Jake savait que ce qu'elle disait était exact, mais en même temps les mots désincarnés du meurtrier lui avaient ôté toute assurance. Ce qu'il disait à propos de la nécessité d'éliminer les autres NVM n'était pas dépourvu de logique, elle était prête à en convenir. Après tout, elle-même n'en avait-elle pas dit autant ?

Quand elle revint dans son bureau, elle trouva Ed Crawshaw en train de rédiger une note. Dès qu'il l'entendit ouvrir la porte, il la froissa et prit un air gêné.

« Je sais que vous êtes très occupée avec cette enquête, commença-t-il, mais j'ai pensé que vous aimeriez être mise au courant : on dirait que nous avons une piste dans l'affaire Mary Woolnoth. »

Jake referma la porte, se glissa entre son bureau et la carrure impressionnante d'Ed Crawshaw et s'affala sur sa chaise. Elle sentit le sang lui affluer au visage.

« Vous me prenez pour qui… pour votre foutue nounou ? »

Crawshaw, visiblement mal à l'aise, se balançait d'un pied sur l'autre.

Jake poussa un soupir et ferma les yeux.

« Désolée, Ed. Mais, comme vous le dites, c'est cette enquête. Elle me tue. Asseyez-vous. » Elle lui désigna la chaise qui se trouvait en face d'elle.

Il s'assit, fit mine de parler, mais Jake l'interrompit.

« Non, dit-elle, attendez une minute. Donnez-moi le temps de mettre un peu d'ordre dans mes idées. »

Crawshaw approuva de la tête et, après avoir ajusté sa ceinture, se laissa aller contre le dossier de sa chaise.

Jake ouvrit son sac à bandoulière, en sortit un petit miroir de poche et vérifia son maquillage comme pour essayer de se donner une allure un peu plus humaine. Elle avait les yeux injectés de sang et ses cheveux ne ressemblaient à rien. Les bouts en étaient cassés, on aurait dit du bambou. Elle aurait été incapable de dire à quand remontait sa dernière visite chez le coiffeur. En même temps, elle notait du coin de l'œil que Crawshaw avait pris du poids. Son complet gris le boudinait. Il avait toujours été fort, mais elle se rendait compte aujourd'hui qu'il deviendrait gros : il avait tout ce qu'il fallait pour cela. Impression renforcée par son teint couperosé de rouquin. Il passait trop de temps au bureau et s'alimentait sans doute mal. C'était facile de prendre de l'embonpoint quand on travaillait au Yard. Jake s'estimait heureuse de n'éprouver qu'un intérêt limité pour tout ce qui touchait à la nourriture.

Elle finit par mettre la main sur son rouge à lèvres et, tout en pensant aux insultes qui barbouillaient le ventre de Mary Woolnoth, elle redessina les coins de sa bouche en cœur. Après avoir examiné le bout pâteux du tube, elle se décida à dire : « Alors, Ed, quel genre de piste avez-vous ? »

Crawshaw ouvrit le dossier qu'il avait sur les genoux, en sortit une feuille de papier jaune qu'il fit glisser en travers du bureau.

« Voici le rapport détaillé du labo sur les vêtements de la fille. Le col de sa veste révèle de légères traces d'huile d'olive. Sa mère dit qu'elle était toujours très soignée de sa personne. Elle dépensait beaucoup d'argent pour s'habiller et portait régulièrement ses vêtements chez le teinturier. Ce qui voudrait dire qu'elle n'est pour rien dans ces taches. L'huile d'olive que l'on a relevée sur les revers de sa veste confirmerait l'hypothèse selon laquelle c'est par là que le meurtrier l'aurait attrapée. On a retrouvé une trace à peine perceptible de cette même huile d'olive sur les vêtements d'une des autres victimes.

— "Première pression à froid d'olives en provenance de Toscane, donnant une huile vierge extra", dit-elle parcourant la feuille de papier. Intéressant. Nous serions donc à la recherche d'un… ?

— D'un Rital », dit Crawshaw, souriant de toutes ses dents. Il hocha la tête aussitôt, signifiant ainsi qu'il plaisantait. « De quelqu'un qui mange sa pizza avec les doigts. Ou de quelqu'un qui prépare des pizzas.

— Si on va par là, ce pourrait être n'importe qui, s'intéressant de près ou de loin à la cuisine, dit Jake. Si j'ai bonne mémoire, j'ai moi-même une bouteille d'huile d'olive italienne chez moi. »

C'était d'ailleurs là probablement tout ce qu'elle avait, se dit-elle. La cuisine était peut-être équipée des derniers gadgets, mais de nourriture, point ou très peu. Curieusement, le supermarché qui restait ouvert tard le soir semblait toujours fermer trop tôt.

Elle lui rendit son papier. « Essayez de voir si l'huile est celle d'un fabricant particulier.

— Ça ne va pas être facile, dit Crawshaw. Ce truc-là est assez courant. Après tout, il n'y a rien qui ressemble autant à une bouteille d'huile d'olive qu'une autre bouteille d'huile d'olive, non ?

— Je vois où vous voulez en venir, dit Jake avec un sourire, mais faites de votre mieux. Au fait, où en est l'opération "pomme d'or" ? Celle de la Librairie du Polar.

— Jusqu'ici, ça n'a rien donné.

— Vous devriez peut-être jeter un coup d'œil à leur stock, suggéra-t-elle. Notre meurtrier a peut-être laissé des empreintes de doigts graisseux sur un bouquin. Rien d'autre ?

— Euh, non. » Mais Crawshaw ne bougea pas de sa chaise, secouant vaguement la tête. « Ou plutôt, si. Y en a dans la brigade qui se demandent ce que va devenir le casse-pieds. Pardon, je voulais dire Challis.

— Challis est suspendu mais il continue à toucher son salaire, en attendant les conclusions de l'enquête. C'est tout ce que je peux vous dire, Ed.

— Il touche son salaire ? Incroyable ! Un crochet de boucher, voilà avec quoi je l'aurais suspendu, moi. On raconte partout que c'est à cause de l'incompétence de Challis que ce flic s'est fait tuer.

— Ce sera à l'enquête de le déterminer, dit Jake d'un ton ferme.

— Oui, bien sûr, dit Crawshaw en s'appliquant une claque sur les cuisses et en se levant. À part ça, comment ça marche ? L'autre enquête. Ça avance ?

— Comme ci, comme ça.

— Vous avez besoin d'un coup de main ?

— Merci, Ed, mais non, ça ira. Ce dont j'ai besoin pour l'instant, c'est d'un philosophe de service. »

À l'époque de la mort de Socrate, j'ai éprouvé des sentiments tout à fait extraordinaires. Il ne m'est jamais venu à l'esprit d'avoir de la peine pour lui – c'est pourtant ce que j'aurais dû logiquement ressentir à la mort d'un frère. Il ne semblait pas malheureux du tout, tant dans son attitude que dans ses paroles. Il a affronté la mort sans protestations ni craintes superflues, et non sans une certaine noblesse. À tel point que je me suis dit que Dieu veillerait sur lui dans son voyage vers l'au-delà, et qu'une fois arrivé là-bas tout se passerait bien pour lui. Je n'avais donc pas de raison d'être triste ou d'avoir des remords.

Mais je n'ai pas non plus ressenti de satisfaction particulière. Juste avant sa mort, notre conversation avait pris un tour philosophique. Cela peut paraître bizarre, mais je suppose que j'ai éprouvé un sentiment de douleur et de plaisir mêlés quand je me suis rendu compte que mon frère allait mourir, et que c'était moi qui allais le tuer.

L'immortalité a été au centre de notre discussion. Mais je reste sceptique : bon nombre des opinions dont il a fait état devaient en fait être celles de Platon. Mais ceci est une autre histoire. Nous avons discuté pour savoir ce qui importe le plus du corps ou de l'âme. Si *l'on songe à l'endroit où nous nous trouvions au début de ce dialogue – un bar homo de Chiswick –, il est d'autant plus curieux que Socrate ait été d'avis que c'est la seconde qui mérite d'être cultivée au détriment du premier. Si pareille attitude semble témoigner d'un ascétisme quelque peu déplacé, elle s'explique probablement par le fait que j'avais corsé ses Brandy Alexander, non pas, contrairement à ce que vous pourriez penser, avec de la ciguë, mais avec du ZZT, aussi connu sous le nom de drogue d'obéissance, substance très appréciée des disciples de Sade et de Masoch. C'est peut-être ce qui l'a amené à abonder dans mon sens.*

Néanmoins, ses dernières paroles me semblent bizarrement ambiguës. Avant que je le tue, il m'a demandé de sacrifier un coq au dieu de la médecine. Il y avait peut-être dans cette remarque à double sens [1] un humour spécifiquement homosexuel. À moins qu'il n'ait voulu faire montre d'ironie à l'égard du programme Lombroso. Mais il se peut aussi – et, personnellement, c'est là l'interprétation que je préfère – qu'il ait essayé par là de me signifier que la mort elle-même est un remède à la vie.

On a souvent tendance à penser que la mort est la négation de la vie. Mais comment pourrait-il en être ainsi ? Chacun sait que deux négations s'annulent pour constituer une affirmation. Mais si je mets à la forme négative la phrase : « cet homme n'est pas vivant », aurai-je pour autant l'équivalent d'une affirmation, autrement dit, de la vie ? Certainement pas.

---

1. *Cock* peut désigner aussi bien le coq que le pénis en argot.

C'est dire à quel point la vie est une énigme. La vie n'est pas davantage la négation de la mort que la mort n'est l'affirmation de la vie. Et pourtant seule la mort peut confirmer qu'il y a eu vie au sens où nous l'entendons. La mort n'est le contraire de rien. C'est la mort, point. Schopenhauer dit bien que l'état de non-existence est en fait la condition la plus naturelle de l'homme si l'on songe aux millions de millénaires que nous passons ainsi, il suggère aussi que la vie n'est guère plus qu'une image parasite sur l'écran des siècles.

En dehors d'une expérience de Réalité virtuelle, pour comprendre la mort au plus près et au mieux, il suffit d'envisager la non-existence de quelqu'un qui lui-même a donné la vie : la mort d'un proche parent.

Curieux que ce Cahier brun fonctionne à la fois comme journal de ma vie et comme un événement de ma vie. Et vous, qui viendrez après moi... eh bien, pour vous, ce livre ne sera peut-être qu'un livre pareil aux autres : mais de même que je lis une histoire pour en devenir ensuite un acteur, de même j'espère qu'il en sera ainsi de vous et de cette histoire.

Si l'on peut dire « vivre dans les pages d'un livre », expression que vous comprenez peut-être mieux maintenant, c'est parce que le corps humain n'est pas essentiel pour que l'expérience arrive. Je dirais même que certaines de mes expériences les plus marquantes se sont produites dans les pages d'un livre. Des expériences qui ont affecté ma vie. Si nous comprenons une phrase, même celle d'une bande dessinée pour enfants, elle a pour nous une certaine profondeur.

Vous êtes-vous jamais surpris en train de lire ? Vous êtes là, assis dans un fauteuil, totalement pris par votre lecture, appréciant l'histoire et le style de l'auteur, et, tout à coup, comme si la sensation venait d'en dehors de vous, vous vous voyez tel que vous êtes dans la réalité des choses : non pas en train d'échanger des plaisanteries avec Philip Marlowe ou de vous battre avec Moriarty au sommet des chutes de Reichenbach, mais assis là, tout seul dans une pièce, un livre ouvert sur les genoux. Quel choc ! Comparable à l'injection brutale d'une dose de charge de phénothiazine à un schizophrène. Il y a une minute, il combattait le communisme international, et voilà qu'il n'est rien d'autre qu'un pauvre type en pyjama au fond d'un lit trempé et sale.

C'est cette aptitude rarissime à pouvoir entrer dans le tableau ou en sortir qui fait la spécificité de la lecture. C'est peut-être ce que voulait dire Keats quand, dans une lettre à sa sœur, il décrivait le plaisir qu'il y aurait à s'asseoir à une fenêtre donnant sur le lac Léman et à passer toute la journée à lire, offrant ainsi le tableau de quelqu'un qui lit. Offrant le tableau de quelqu'un qui lit... voilà une bien jolie phrase, qui en dit long. Tout à fait typique de ces romantiques, qui passaient leur temps à essayer d'échapper à eux-mêmes. Elle évoque l'image tellement puissante de quelqu'un qui non seulement vit dans les pages d'un livre mais s'y perd, oublieux du monde extérieur, de la main qui tourne les pages, et même de l'œil et du champ visuel censés transmettre l'information imprimée au cerveau. Sans livre, je suis enchaîné à la terre, la lecture fait de moi un Prométhée dé-livré.

Mais peut-être que, pendant que j'étais occupé à théoriser, notre sujet, autrement dit mon histoire, nous a échappé, comme l'ombre échappe à l'oiseau dans son vol. Peut-être trouvez-vous que l'oiseau et son ombre sont désormais trop loin l'un de l'autre. Je pourrais étoffer le sujet en y mettant moins d'art, si c'est là ce que vous souhaitez. Mais faut-il vraiment que ce Cahier brun ne soit plus qu'un catalogue rempli de sang et de détails meurtriers fastidieux à force de minutie et destinés à vous faire prendre conscience de toute l'horreur de mon travail ? Nous tomberons certainement d'accord pour dire que cette bible improvisée de mon entreprise devrait rester à part, n'être qu'une attraction mineure dans cette attraction majeure que sont les ténèbres de mon cœur. Et puis, c'est à vous somme toute qu'il appartiendra de savoir la lire, le jour comme la nuit.

N'oubliez cependant pas ceci : vous lisez noir là où, moi, je lis blanc.

10

Jake prit sa voiture pour se rendre à Cambridge et apprécia pleinement les deux heures de trajet. Elle écouta le second concerto pour piano de Rachmaninov et décida d'acheter le logiciel qui lui permettrait de jouer la partition sur son piano. Produit mélancolique de l'hypnothérapie du compositeur, c'était, elle l'avait toujours pensé, une œuvre essentielle pour quiconque souhaitait mieux comprendre ce qu'est la dépression.

Un peu plus tard, elle s'arrêta à Grantchester devant un petit salon de thé pour découvrir qu'il avait fermé depuis sa dernière visite. Elle resta donc dans la voiture un moment, laissant les vitres se couvrir de buée et, pensive, fuma une cigarette tout en réécoutant le célèbre *moderato* de l'ouverture et ses huit accords.

Étrange impression que de retourner là-bas après tout ce temps, se dit-elle, plus étrange qu'elle n'aurait jamais pu l'imaginer.

Il était presque midi lorsque la BMW emprunta la rampe d'accès au parking souterrain de Cambridge. Jake rabattit le pare-soleil et, soucieuse comme toujours de son aspect physique, vérifia son maquillage dans le miroir.

Elle sortit sur Corn Exchange Street, prit vers l'est, descendit jusqu'à Guildhall Place, traversa Market

Hill, la force de l'habitude lui faisant ensuite remonter Wheeler Street en direction de King's Parade où se profilait, avec ses tourelles et ses pinacles, la chapelle de son vieux collège.

Quand elle se retrouva tout près du calcaire laiteux des bâtiments, le souvenir de celle qu'elle avait été autrefois fit brusquement surface comme un monstre marin. Il pleuvait, mais, après la sécheresse de Londres, la pluie était la bienvenue. Une bise coupante soufflant des Fens tout proches cinglait la vieille ville et elle n'eut pas envie de s'attarder davantage en ce lieu. Elle préféra faire face au vent et s'éloigna d'un pas vif, laissant derrière elle son passé, les amis qu'elle avait eus et les relations qui passaient alors pour des amis.

Elle évita de regarder la tour technogothique en granit rose de Yamaha College, qui occupait désormais le site de l'ancienne église Great St Mary, détruite au début du siècle, et se hâta en direction de Trinity Street.

Elle pénétra dans Trinity College par la Grand-Porte, s'arrêta devant la loge où elle déclina son identité et fit savoir à un Chinois en chapeau melon, qui lui fit penser à Charlie Chan, qu'elle avait rendez-vous avec le principal du College.

L'homme consulta la liste des visiteurs, opina sèchement, s'empara du téléphone, composa le numéro du principal et annonça l'arrivée de Jake avec un accent qui aurait confondu Henry Higgins – mâtiné de résident des Fens, d'ancien d'Eton et d'Oriental maniéré.

« Monsieur, dit-il, y a là une dame pour vous voir. Dois-je la conduire jusqu'à vos appartements ? OK, poursuivit-il, après avoir écouté quelques secondes et hoché vigoureusement la tête. C'est comme tu veux, patron. »

Il fit le tour du bureau, sortit de la loge avec Jake et, après avoir descendu quelques marches, lui désigna un bâtiment recouvert de lierre de l'autre côté de la cour.

« Voyez ce bâtiment-ci, là ? »

Jake fit savoir qu'elle voyait.

« La gouvernante du principal vous accueillera à la porte centrale. Z'avez saisi, ma p'tite dame ? »

Jake dit qu'elle avait saisi, et l'homme rentra dans sa loge. L'horloge égrena la musique androgyne de ses douze coups intermittents et familiers tandis que Jake traversait la cour d'honneur. En dépit de sa détermination à faire fi de toute sentimentalité, elle s'aperçut qu'elle ne parvenait pas à endiguer ses souvenirs : celui du jour où elle avait essayé pour la première fois d'écouter la double voix, mâle et femelle, de son corps, celui de sa première expérience sexuelle avec Faith, étudiante de Trinity College plus âgée qu'elle, celui du jour où Faith avait enfoui sa tête entre les cuisses de Jake et tenté, sans succès, d'amener sa sœur à l'orgasme pendant le temps que prenait l'horloge loquace pour sonner ses douze coups à deux notes – quarante-trois secondes –, tandis que de pauvres petits écoliers sans malice faisaient la course autour de la cour, tout remplis d'importance à l'idée de l'honneur qui leur était fait.

Elle frappa à la porte basse, en partie vitrée et dotée d'une boîte à la plaque bien astiquée. L'intérieur témoignait d'un entretien tout aussi vigilant, et la femme qui vint lui ouvrir ne lui eut pas sitôt expliqué que le principal était au téléphone qu'elle repartait astiquer ailleurs après avoir introduit Jake au salon.

Jake alla se poster devant la fenêtre qui donnait sur le jardin. Apercevant les berges de la Cam, elle se souvint d'un tour que leur avait joué une espèce de brute, à elle et à son amie Faith, alors que leur barque allait passer sous un pont à l'arrière de Queen's College. La brute en question avait maquillé un ballon de football pour qu'il ressemble à l'un des pommeaux de pierre du pont et, faisant mine de déployer des efforts considérables, avait fait basculer l'objet meurtrier dans leur direction. Craignant qu'elles-mêmes et leur embarcation ne soient réduites en miettes, Jake et Faith avaient sauté par-dessus bord pour – du moins le pensaient-elles – échapper à une mort certaine et avaient pris un bon bain. C'était Faith, aujourd'hui professeur de littérature anglaise à l'université de Glasgow, qui avait su prendre l'aventure du bon côté. C'est d'ailleurs ainsi qu'elle prenait toujours les choses, sauf le jour où – et l'exception était de taille –, encouragée par le lesbianisme exacerbé qui avait fini par couper Faith de sa famille, Jake avait elle aussi décidé de dire à son père qu'elle était lesbienne.

Pur sadisme de sa part, mais d'autant plus gratifiant qu'à l'époque elle était aussi convaincue de ne pas l'être qu'elle était certaine de la mort prochaine de son père.

Chassant ces souvenirs et bien d'autres avec eux, Jake quitta la fenêtre et alla se planter devant le grand feu qui brûlait dans la cheminée. Une fois réchauffée, elle fit le tour des livres sur les rayons du principal. Lui-même en avait écrit certains, et Jake constata qu'elle en avait lu un.

Depuis plus de dix ans, sir Jameson Lang enseignait la philosophie à Cambridge, mais c'était surtout à une série de romans policiers à succès qu'il devait d'être connu du grand public. Jake avait lu le premier, dans lequel Platon, au cours d'un séjour en Sicile en l'an 388 av. J.-C., endossait l'habit de détective pour retrouver le meurtrier d'un courtisan de Dyonisius, roi de Syracuse. Jake se souvenait qu'en voulant résoudre l'énigme (à l'aide des principes mathématiques de Pythagore) sur la demande du souverain lui-même, Platon offensait sans le vouloir le jeune tyran qui ne trouvait rien de mieux pour punir le philosophe/détective que de le vendre comme esclave.

Heureusement, se dit Jake, que la police de Londres avait des syndicats pour la représenter. Ceux qui étaient prêts à admettre la vérité n'étaient pas plus nombreux aujourd'hui qu'à l'époque de Platon. Qui disait vérité disait procès, et personne, en dehors des avocats, n'était très friand de ce genre d'événement. Pas plus le meurtrier que la famille de la victime, qui considérait souvent l'enquête comme une incursion injustifiée dans sa vie privée. On estime d'ordinaire non seulement que justice doit être faite mais que cela doit se passer au grand jour. Jake était sceptique. L'expérience lui avait prouvé que la plupart des gens préfèrent de beaucoup le silence aux révélations. Qu'un innocent finisse en prison ou qu'un terroriste se fasse abattre, alors même qu'il était sur le point de se rendre, ne dérangeait personne. Et personne ne vous était reconnaissant si, après avoir rassemblé les éléments d'une accusation, vous insistiez pour voir l'affaire portée devant les tribunaux. Comme le disait Platon à Dyonisius, dans le roman de Jameson Lang : « Toute vérité n'est pas aussi douce à entendre que le chant de l'oiseau, toute découverte n'est pas forcément la bienvenue au royaume de l'occulte, toute lumière n'est pas forcément bien accueillie au royaume de l'ombre. » On pouvait penser ce que l'on voulait du style, il y avait du vrai dans tout cela.

Le principal fit son entrée, s'excusant de son retard : un appel de son éditeur qui souhaitait des réponses à quelques points précis avant de mettre son dernier livre sous presse. Jake lui demanda si c'était une nouvelle histoire de Platon, à quoi il répondit par l'affirmative. Elle lui fit savoir qu'elle avait beaucoup apprécié la première. Sir Jameson Lang, sémillant dans son costume trois-pièces prince de Galles, parut flatté. Avec ses cheveux blonds, ses yeux bleus, sa bouche timide et pincée qui donnait à penser qu'il avait dû souffrir d'une petite attaque, Lang était la quintessence de l'Anglais, à ceci près qu'il était écossais.

« Comme c'est gentil à vous », susurra-t-il d'une voix qui aurait parfaitement convenu, se dit Jake, à l'atmosphère feutrée d'un club masculin.

Il lui offrit un sherry et, pendant qu'il remplissait deux verres à l'aide d'une carafe assortie, Jake jeta un coup d'œil sur le tableau accroché au-dessus de la cheminée dont la tablette était encombrée de figurines en porcelaine. Il représentait une scène pastorale dont le sens semblait être vaguement allégorique. Lang tendit son verre à Jake et se pencha sur le seau à charbon pour y pêcher deux ou trois boulets gros comme de petites météorites, qu'il laissa tomber dans le feu. Remarquant l'intérêt que Jake portait au tableau, il précisa « Véronèse ». Puis il lui avança un siège et s'installa en face d'elle. « Propriété du College. »

« Votre appel m'a intrigué, inspecteur principal, dit-il dégustant une gorgée de sherry. À la fois en tant que philosophe et en tant qu'individu terriblement fasciné par... disons, les formes policières. »

Ses paupières se plissèrent et, l'espace d'un instant, Jake se demanda si c'était à ses formes à elle qu'il faisait allusion.

« Dites-moi exactement de quel secours je puis vous être.

— Il y a un certain nombre de questions auxquelles j'espère vous voir apporter une réponse, professeur », répondit-elle.

Le sourire un peu tordu de Lang s'élargit lentement.

« Bertrand Russell a dit un jour que la philosophie était faite des questions auxquelles nous ne pouvons pas répondre.

— Je n'ai jamais pensé avoir l'étoffe d'un philosophe, reconnut-elle.

— Vous devriez, inspecteur principal, vous devriez. Réfléchissez-y.

— Pourquoi ne pas en profiter pour me donner une brève leçon ? » dit Jake avec un sourire.

Lang fronça les sourcils, ne sachant s'il devait prendre la question au sérieux.

« Sérieusement, dit Jake, ça m'intéresse. »

La bouche de Lang se détendit et il sourit à nouveau. Jake imagina aisément qu'il s'agissait là d'un sujet auquel il avait beaucoup réfléchi et qui lui tenait à cœur.

« Eh bien, commença-t-il, l'enquête policière et la philosophie ont ceci de commun qu'elles partent du principe qu'il y a une vérité à découvrir. Notre activité est faite d'indices qu'il nous faut l'un comme l'autre rassembler pour reconstruire une image vraie de la réalité. Au cœur de nos entreprises respectives, il y a la recherche d'un sens, d'une vérité qui, pour une raison ou pour une autre, est demeurée cachée. Une vérité qui existe derrière les apparences. Notre quête consiste à pénétrer ces apparences, et nous appelons cela la sagacité, le savoir.

« Cependant, tandis qu'il est naturel de commettre un crime, la tâche du détective, comme celle du philosophe, est contre nature et implique l'analyse critique de convictions et de présupposés divers ainsi que la remise en question de certaines suppositions et intuitions. C'est ainsi que vous, vous allez chercher à vérifier un alibi là où mon but à moi est de vérifier le bien-fondé d'une proposition. Cela revient au même ; dans un cas comme dans l'autre, nous sommes en quête de clarté. Quel que soit le nom que vous lui donniez, l'intention est la même d'imposer un ordre au royaume du Chaos. Bien entendu, il arrive que l'on n'apprécie guère d'avoir à le faire ou à le subir. C'est le genre de tâche qui engendre un sentiment d'insécurité, et la plupart des gens opposent une énorme résistance à ce que nous faisons. »

Lang but encore un peu de son excellent sherry et se laissa aller contre la têtière de son fauteuil.

« Le travail que nous exécutons a un côté souvent répétitif, parce que nous parcourons un terrain connu qui a déjà été couvert et qu'il nous faut revenir sur les conclusions stéréotypées auxquelles d'autres, sans parler de nous-mêmes, sont arrivés. Tel celui de Sisyphe, notre lot est souvent de défaire ce qui a été fait afin de cerner plus sûrement la nature du problème. Comment est-ce que je m'en sors pour l'instant ? demanda-t-il à Jake en la regardant.

— Bien, répondit celle-ci.

— En dépit des réserves de Nietzsche quant à la méthode de la dialectique, qui ne serait rien d'autre qu'un jeu rhétorique, notre recherche de la vérité, avec sa structure question-réponse, trouve ses fondements dans le dialogue socratique. S'il y a confusion, c'est parce que, pour un œil inexpérimenté, il semble que nous passions notre temps à chercher les réponses ; mais tout aussi bien, c'est la question elle-même qui nous interpelle. Notre vrai problème est d'essayer de détecter l'anomalie dans ce qui nous semble familier puis de formuler les questions réellement pertinentes.

« Dans sa forme la plus pure, notre activité est strictement intellectuelle et implique un dialogue avec le passé. Et lorsque nous essuyons un échec, c'est davantage à la suite d'une erreur d'hypothèse ou de conception dans cette démarche heuristique qui est la nôtre.

« Bien entendu, l'absence de preuve est un problème récurrent pour vous comme pour moi. C'est notre incapacité à prouver la validité de notre réflexion qui fait qu'une bonne partie de notre meilleur travail est condamnée à l'échec.

— Oui, dit Jake en souriant. Et pourtant, il me semble que j'ai un énorme avantage sur vous, professeur. Il m'arrive de manquer de preuves pour appuyer mes théories, mais en ce cas je peux toujours piéger un suspect pour le faire avouer. Et parfois, bien pire encore.

— Les philosophes aussi ont leurs trucs, dit Lang. Mais je comprends ce que vous voulez dire.

— Je vois mieux maintenant comment vous êtes arrivé à faire de Platon un détective, et pourquoi votre démarche fonctionne si bien. Malgré tout, je me demande ce qu'il aurait pensé de nous.

— Qui, Platon ? »

Jake acquiesça de la tête.

« Oh, je suis convaincu qu'il n'aurait rien à vous reprocher à vous, inspecteur principal. En tant que gardien des intérêts de l'État et au service de celui-ci, vous ressemblez d'assez près à son modèle.

— À ceci près que je suis une femme.

— L'un dans l'autre, Platon était en faveur de l'égalité des sexes, dit Lang. Que vous soyez une femme ne l'aurait donc pas gêné, je pense. En revanche, je suis persuadé qu'il aurait eu son mot à dire contre quelqu'un comme moi.

— Croyez-vous ? Et pour quelle raison ?

— Un philosophe doublé d'un romancier ? Impensable. Platon était résolument opposé à toute forme d'art. C'est bien pour cette raison qu'écrire un roman à son sujet est d'autant plus drôle. »

Lang se leva pour aller chercher la carafe de sherry. « Je vous ressers ? »

Jake tendit son verre.

« Mais voyons, inspecteur principal, je vous fais perdre votre temps. Je suis sûr que vous n'avez pas fait tout ce chemin simplement pour prendre une leçon de philosophie.

— C'est pourtant le cas, professeur. Mais ce n'est pas Platon qui m'intéresse, c'est Wittgenstein.

— Comme tout le monde ! dit-il maussade, en se rasseyant.

« Vous avez frappé à la bonne porte. Vous n'ignorez sans doute pas que Wittgenstein était membre de Trinity College. Que voulez-vous savoir à son sujet ? Que c'était un génie, mais qu'il se trompait ? Non, je suis injuste. Mais toute cette affaire est terriblement passionnante, inspecteur principal. Comme tout un chacun, j'adore les théories des journalistes à propos de prétendus complots. Vous n'allez pas me dire qu'on vient de découvrir qu'il est mort assassiné ? Que quelqu'un l'aurait expédié dans l'autre monde il y a soixante ans de cela ? Savez-vous que, d'après ce que j'ai pu lire, c'était un type tellement pointilleux qu'il en était exaspérant : la cible idéale pour un assassin.

— Non, dit Jake avec un sourire. Ce n'est pas tout à fait ça. Mais avant de vous raconter toute l'histoire, je vous demanderai le secret le plus absolu. Il y a des vies en jeu.

— Considérez que c'est chose faite, à une condition cependant. Que vous me fassiez votre récit pendant le déjeuner.

— Si vous êtes sûr que je ne vous dérange pas.

— En aucun cas. Mme Hindley en fait toujours beaucoup trop, en prévision d'un éventuel invité. »

Jake remercia le professeur, et ils passèrent à la salle à manger où la gouvernante de sir Jameson Lang leur servit un consommé de poulet, des croquettes au jambon avec des haricots blancs, et pour finir une crème de riz accompagnée de mandarines au sirop. Tout en mangeant, Jake lui raconta ce qu'elle savait et du programme Lombroso et du dénommé Wittgenstein, qui éliminait tous ses congénères NVM-négatifs. Puis, elle lui passa le CD pendant qu'ils prenaient le café.

Lang écouta la voix de l'assassin avec un air d'intense concentration. De temps à autre, il prenait des notes sur un bloc qu'il avait sorti de la poche de sa veste. Il lui arrivait aussi d'agiter lentement la tête et, horrifié peut-être, de froncer les sourcils. Quand la première face fut terminée, Jake retourna le CD. Certains des arguments développés amenèrent sur les lèvres de sir Jameson Lang un sourire caustique et silencieux, mais quand ils arrivèrent au bout de la seconde face, il opina du chef avec insistance.

« Fascinant, souffla-t-il. Absolument fascinant. Vous m'avez bien dit que le CD a été retrouvé dans la bouche de la dernière victime, Socrate ?

— C'est exact.

— En soi, cela est déjà symbolique, dit-il en plissant les lèvres. Mais le symbolisme est partout dans cette histoire. Vous n'êtes pas venue pour parler de symbolisme, je suppose ? Je présume que vos questions ont plutôt trait aux prétentions de cet individu à se dire philosophe. À aller jusqu'à croire qu'il serait Wittgenstein en personne. Je me trompe ?

— Non, reconnut Jake. La parodie du *Tractatus* est flagrante, j'en suis bien consciente. C'est plutôt pour le contenu que j'ai besoin de votre aide.

— Bien », dit-il en consultant ses notes. Puis il se leva et ouvrit une boîte de havanes qui se trouvait sur la desserte et dont il sortit un tube argenté. « Mais laissez-moi d'abord fumer un cigare. J'y vois plus clair quand mes poumons s'encrassent. »

Jake prit une de ses cigarettes et la piqua entre ses lèvres. Une fois le cigare débarrassé de sa fine enveloppe, Lang enflamma celle-ci en l'approchant du feu puis la présenta à Jake avant de s'en servir à son tour. Il tira quelques bouffées avec un plaisir évident tout en arpentant le parquet de chêne qui craquait sous ses pas et en jetant de temps à autre un coup d'œil sur ses notes. Il finit par se rasseoir, ôta le Churchill de sa bouche, avala une gorgée de café, puis hocha à nouveau la tête.

« Commençons par cette allusion à son frère. Wittgenstein avait plusieurs frères, dont un s'est suicidé. Cela pourrait avoir son importance.

« Et puis il y a ce lien établi entre l'aspect caché, dissimulé de l'inexprimable et l'homosexualité présumée de Wittgenstein. Il n'y a qu'un seul de ses biographes, un Américain, pour continuer à penser qu'il était un homosexuel déclaré. Qu'il l'ait été, ajouta-t-il avec un geste négligent, n'est pas impossible, tant s'en faut. Ce qui reste plus probable, c'est qu'il ait été tout simplement asexué.

« Comme vous le dites vous-même, inspecteur principal, il connaît manifestement assez bien le style et la structure du *Tractatus*. Je dirais même qu'il connaît très bien l'ouvrage.

« Il vous conseille de peser votre grammaire. Or, la "Grammaire philosophique" a constitué l'essentiel des travaux de Wittgenstein entre 1931 et 1934 qui ont été publiés sous ce titre après sa mort aux environs de 1975.

« Il est intéressant de constater qu'il signe "votre frère de sang". C'est ainsi que Wittgenstein lui-même signait souvent ses lettres à ses amis ou à ses collègues. »

Lang tira encore un peu sur son cigare, puis étudia avec application le bout mouillé qu'il venait d'ôter de sa bouche.

« Vous évoquez ensuite la possibilité qu'il puisse vouloir concentrer tous ses efforts sur l'élimination de tous les NVM-négatifs qui répondent à un nom de code de philosophe. Il se pourrait que vous ayez raison à ce sujet. Wittgenstein était lui-même persuadé qu'avec le *Tractatus* il avait trouvé une réponse à tous les problèmes de la philosophie. Qu'il avait balayé tout ce qui le précédait. Qu'il avait par exemple réfuté l'essentiel de ce qu'avait écrit Bertrand Russell. Il est donc tout à fait symptomatique que votre assassin ait éliminé ce dernier. »

Jake tira goulûment sur sa cigarette tout en acquiesçant. L'absence de nicotine était de nature à vous priver de toute sensation gratifiante autre que celle de la fumée, mais le simple fait d'aspirer et de rejeter celle-ci l'aidait à se concentrer.

« D'après ce que vous venez d'entendre, dit-elle, pensez-vous qu'il ait pu étudier la philosophie à l'université ?

— Inspecteur principal, répondit-il avec un sourire, vous ne sauriez imaginer à quel point les gens qui prétendent faire de la philosophie peuvent être bizarres. Surtout ici, à Cambridge. Pour paraphraser Keats, ce sont des gens à vous couper les ailes d'un Ange. Donc, pour répondre à votre question, c'est tout à fait possible. Et si un jeune philosophe était à la recherche d'un modèle, Wittgenstein remplirait ce rôle à merveille. Ses travaux sont séduisants, un peu comme ceux de Nietzsche, et il continue à exercer une énorme influence sur les étudiants. La comparaison avec Nietzsche est intéressante : si le second est mort fou, il y a des traces évidentes de folie dans les écrits du premier. Vous vous souvenez sans doute de ce vieux dicton stupide à propos de la marge très étroite qui sépare le génie de la folie ? Eh bien, Wittgenstein, qui était conscient de ses immenses aptitudes, a été toute sa vie terrifié à l'idée de basculer de l'autre côté et de devenir fou. J'imagine tout à fait l'attrait qu'il serait susceptible d'exercer aussi bien sur un esprit déséquilibré que sur un logicien.

« Mais il est bon de se rappeler également que Wittgenstein a fini par considérer ses premières conclusions, celles que l'on retrouve dans le *Tractatus*, comme fondamentalement erronées. Vous auriez peut-être intérêt à ne pas écarter l'éventualité selon laquelle l'assassin serait plus ou moins persuadé de commettre une erreur en faisant ce qu'il fait. Il a promis qu'il vous contacterait, n'est-ce pas ? Il le fera certainement, puisqu'il semble impliquer que vous pourriez avoir avec lui une sorte de dialogue. Il faudrait saisir cette occasion pour discuter avec lui et, considérations pragmatiques mises à part, en profiter pour adopter une démarche dont la logique serait en contradiction avec la sienne. S'il est un tant soit peu subtil, il devrait réagir à ce type de défi.

— Je suppose que vous ne seriez pas prêt à m'apporter votre concours dans ce domaine également ? demanda Jake.

— Bien au contraire, j'en serais ravi, dit-il. Pour ne rien vous cacher, j'espérais que vous alliez me le proposer. L'idée de me mesurer à un meurtrier dans un dialogue philosophique ne manque pas de sel. La philosophie contemporaine en action, en quelque sorte. Mais dites-moi, inspecteur principal, avez-vous une quelconque idée de la manière dont il a l'intention d'entrer en contact avec vous ?

— Quelle qu'elle soit, répondit Jake hésitante, il y a tout à parier qu'il saura se montrer suffisamment habile pour que nous ne puissions pas remonter jusqu'à lui. Je pense, pour ma part, qu'il va tenter de nous appeler en utilisant un téléphone portable depuis une voiture volée. S'il choisit par exemple de nous contacter depuis un parking en étage du centre de Londres, il nous faudrait des mois pour arriver à le localiser.

— En ce cas, nous aurions intérêt à savoir où nous nous trouverons, vous et moi, quand il appellera. Si je dois vous être de quelque secours, il faudrait que je sois à vos côtés. Et croyez que je le regrette, mais dans l'immédiat je ne peux absolument pas m'absenter de Cambridge. Du moins pour la semaine qui vient.

— Je suppose que vous ne disposez d'aucun matériel de vidéoconférence ici. Un vidéophone, par exemple.

— Non, le budget de Trinity College n'est plus ce qu'il était. Et toute l'université est logée à la même enseigne ; c'est ce qui explique que nous puissions avoir des horreurs comme Yamaha. Trinity a déjà été obligé de vendre sa cave et ses bouteilles millésimées.

— Est-ce que vous verriez un inconvénient à ce que nous installions un vidéophone ici, professeur ? Mon équipe pourrait nous maintenir en liaison télécom permanente. De cette manière, quand le tueur appellera, vous serez en mesure de prendre part à la conversation.

— Tant que je n'ai rien de technique à faire… » Sir Jameson Lang haussa les épaules. « Contrairement à Wittgenstein, qui était assez habile de ses doigts, je n'ai aucun talent dans ce domaine.

— Vous n'auriez qu'à appuyer sur une touche.

— En ce cas, je serais très heureux de pouvoir vous aider.

— Je vais prendre immédiatement les dispositions nécessaires. Plus vite l'installation sera faite, et mieux cela vaudra. »

Le moment était venu pour Jake de prendre congé.

« Vous pouvez me laisser le CD, si vous voulez, suggéra Lang. J'aimerais le réécouter, si c'est possible. Il se peut que j'aie laissé passer quelque chose. Au fait, cela vous intéressera peut-être d'apprendre que Wittgenstein était absolument fasciné par les romans policiers purs et durs, le genre américain. Pour votre gouverne, inspecteur principal, il serait bon que vous vous rappeliez au cours de votre enquête qu'il avait une confiance extrêmement limitée dans les capacités soi-disant déductives de Sherlock Holmes. Il préférait les détectives un peu plus intuitifs. Si on part du principe que votre assassin est de la même école, il se pourrait bien qu'en dernier ressort vous ayez intérêt à vous fier à vos intuitions. En l'occurrence, puis-je me permettre de vous suggérer quelque chose pendant que vous êtes encore ici ? Vous pourriez peut-être, dit-il hésitant, vous pourriez... pendant que vous y êtes, jeter un coup d'œil à l'appartement qu'occupait Wittgenstein.

— Excellente idée.

— Oui, je pense que cela vous intéressera. Rien à voir avec tout ceci, dit-il avec un sourire en jetant un coup d'œil autour de la pièce. Il avait des goûts très simples. Avec son titre de professeur, il aurait pu prétendre à quelque chose de beaucoup plus grandiose. Vous savez qu'il était issu d'une des plus riches familles d'Autriche et qu'il était contre tout ce qui pouvait lui rappeler la vie luxueuse et privilégiée qu'il avait connue là-bas. Il a même flirté assez brièvement avec le communisme. Je vous laisse y aller sans moi, sinon je suis capable de vous faire tout l'historique de sa vie. Je vais demander à quelqu'un de vous accompagner. »

Il se dirigea vers le téléphone et appela le portier, puis il prit congé de Jake.

Quand celle-ci retraversa la Grand-Cour, un homme en imperméable, non pas le Chinois, mais un autre, l'attendait sur les marches de la loge, prêt à lui servir de guide.

« Allons-y, mademoiselle. D'après ce que m'a dit le principal, c'est le K10 que vous voudriez voir. » Il la précéda, et ils sortirent de la Grand-Cour pour se retrouver dans la rue. « C'est dans Whewell's Court, expliqua-t-il tandis qu'ils passaient sous une vieille poterne qui jouxtait le bureau de poste. C'était qui ce type ? Celui qui habitait là ?

— Ludwig Wittgenstein, dit-elle. Un grand philosophe de Cambridge. On vous demande souvent de visiter son ancien appartement ? questionna Jake, se demandant si le tueur avait fait un pèlerinage du même genre.

— Vous êtes bien la première, répondit-il, et ça fait plus de dix ans que je suis là. »

Ils arrivèrent au pied d'un petit escalier qui montait entre des murs ocre.

« C'est tout en haut, dit-il, en commençant l'ascension. J'en ai vu un de philosophe à la télé, une fois. Il avait pas loin de cent ans. Et quand le type qui l'interviewait lui a dit : "Vous qui avez vécu si longtemps, vous devez bien avoir un conseil à donner à l'humanité", le philosophe, il s'est mis à rire et il a dit qu'il en avait un de conseil. Il a dit : "N'aidez jamais vos propres enfants." Qu'est-ce que vous dites de ça, hein ? "N'aidez jamais vos enfants." Vous parlez d'un con ! Des philosophes, ça ? ajouta-t-il avec un rire méprisant.

Mais ces gens-là, qu'est-ce qu'ils connaissent de la vie, la vraie, vous voulez me le dire ? »

Jake, à qui son père n'avait jamais mis que des bâtons dans les roues, admit qu'il y avait peut-être du vrai dans ce qu'il disait.

L'escalier qui montait jusqu'à l'appartement K10 les amena devant une porte noire toute simple, au-dessus de laquelle était peint le nom de l'occupant, un certain C. Von Heissmeyer. N'était-ce pas un nom autrichien ? En ce cas, il y avait peut-être quelque chose de suspect.

Le portier frappa et attendit. « Si l'étudiant est là, il faudra lui demander la permission de visiter », dit-il, tout en frappant à nouveau. N'obtenant pas de réponse, il sortit un trousseau de clés et ouvrit la porte.

L'appartement était la simplicité même, ne comprenant qu'une cuisine, un salon et une chambre. Les tons orange de la banquette et du fauteuil étaient au moins aussi agressifs que le bleu de la moquette. Le lit à une place, avec sa couverture unie violette, était soigneusement fait. La cuisine était parfaitement rangée : les trois assiettes qui séchaient sur l'égouttoir faisaient pendant aux trois disquettes sur le bureau.

Jake se dirigea vers la fenêtre à trois arches et s'assit sur le rebord du bureau. Dans la cour, en bas, trônait la sculpture en bronze verdâtre d'un homme assis. Au loin, on apercevait le bâtiment Wolfson qui, avec ses petites cornes de diable, avait l'air incongru. L'œil de Jake s'arrêta sur la liste des livres au programme scotchée sur la vitre, puis sur la pile de Penguin Classics qui en reflétaient le contenu.

Pourquoi fallait-il que quelque chose d'aussi banal, d'aussi innocent qu'une pile de Penguin Classics éveille ses soupçons ? Bizarre ! C'était vraiment trop absurde, se dit-elle. Cela tournait à l'obsession. Mais si ridicule que ce soit, Jake se surprit à étudier de près le titre des livres et le nom des auteurs : *La Pierre de lune* de Wilkie Collins ; *Les Versets sataniques* de Salman Rushdie ; *Le Tour d'écrou* de Henry James ; *Crainte et Tremblement* de Søren Kierkegaard et *Les Derniers Jours de Socrate* de Platon. Pure coïncidence. Pure coïncidence aussi, ces ouvrages de Wittgenstein alignés sur le marbre de la cheminée et cette photographie du philosophe accrochée juste au-dessus. Quant aux jeunes gens qui affichaient sur le mur de leur chambre un poster de Humphrey Bogart, revolver au poing, ils étaient sans doute légion : celui-ci était tiré du film de Howard Hawks, *Le Grand Sommeil*. « Sur l'écran de la violence, le thriller le plus dur de tous les temps », disait la légende en haut de l'affiche. « Le couple infernal Bogey-Bacall plongé dans un suspense démoniaque affronte l'univers froid du crime. »

Le professeur Lang avait abordé ce sujet. N'avait-il pas fait allusion à l'intérêt que portait Wittgenstein au polar américain ?

Mais quoi de plus normal pour un étudiant occupant l'appartement où avait vécu Wittgenstein que de s'intéresser à lui ? Et comme lui, comme n'importe quel autre jeune homme, de s'intéresser au polar pur et dur ?

De la même manière, quoi de plus normal, vu les circonstances, qu'elle-même s'intéresse à quelqu'un qui puisse avoir quelque affinité spirituelle avec Wittgenstein ?

Sir Jameson Lang avait tout de même négligé une différence substantielle entre le philosophe et le détective. Pour le détective, il y a toujours quelque chose derrière l'objet qui prétend n'être rien d'autre que ce qu'il est. Un mégot de cigarette n'est jamais uniquement un mégot : il peut aussi parfois devenir un signe, un indice, la pièce d'un puzzle qui attend d'être reliée à une autre. Cet aspect spécifique de son travail s'apparentait davantage à la sémiologie qu'à la philosophie.

Faire le lien. Pour accéder à la connaissance, il suffisait de savoir lier les choses entre elles. À l'instar de l'analyste, il fallait lier le passé au présent pour parvenir à la catharsis finale.

Bien sûr, il y avait des moments où les liens lui échappaient, où elle ne liait que du rien avec du rien, où un élément refusait de se laisser appréhender.

Alors il ne restait plus qu'à essayer de faire coller les choses. Faire coller les choses. Aucun détective n'aimait l'expression.

Elle avait des relents de corruption, de malversation, suggérait que certains liens étaient gommés au profit d'autres indûment privilégiés. Elle évoquait une action trop délibérée, trop préméditée.

Mais la vie était dure, et Jake se surprit à relever le nom de l'étudiant, au cas où...

Ce matin, après avoir rêvé de mon père, je me suis réveillé avec le mot « Shakespeare » à la bouche.

Le réveil de la télévision s'est mis à sonner bruyamment et a continué ainsi pendant trente secondes. Au même moment, le poste s'est déclenché automatiquement et le premier programme d'aérobic a démarré. Il était 7 h 15, l'heure pour les employés de bureau de se lever. La veille, qui était un dimanche, j'avais travaillé, et même si j'avais mon lundi, je préférais ne pas manquer mes exercices de gymnastique. Je me suis donc arraché à mon lit et j'ai attrapé le maillot de corps et le short sales qui pendaient à une chaise.

J'ai eu une violente quinte de toux, puis, au moment où la musique a commencé, je me suis mis face à l'appareil. Sur l'écran une jeune femme, plutôt maigre mais musclée et vêtue d'un body et d'un collant vert fluo, s'était mise à sautiller sur place, levant les jambes en cadence l'une après l'autre jusqu'à la poitrine.

« Allons, allons, dit-elle avec un sourire engageant, on tire sur ses muscles et on fait travailler ses poumons. Et un, et deux, et trois, et quatre … Et un, et deux, et trois, et quatre… »

J'ai fait de mon mieux pour suivre le rythme.

« N'oubliez pas que je vous regarde, a-t-elle plaisanté. Alors, attention aux tricheurs. Et un, et deux… »

Les mouvements cadencés de l'exercice ont commencé à me remettre mon rêve en mémoire. En fait, il s'agissait d'autre chose que d'un simple rêve. C'était un vrai souvenir de ma petite enfance et de mon père, un des premiers vrais souvenirs (par opposition aux souvenirs de Réalité virtuelle) que j'avais eus depuis longtemps. Tout en enchaînant flexions et extensions comme un automate, je me débattais pour essayer de le retenir un peu plus longtemps. C'était terriblement difficile, et, au bout de quelques minutes, le souvenir a disparu, s'évanouissant comme une image sur un papier photo qui n'a pas été traité avec le bon réactif. J'ai eu beau multiplier les exercices pour réactiver le souvenir, rien n'y a fait.

« Maintenant, relaxez-vous, a dit la monitrice. Inspirez, expirez, inspirez, expirez. » Un grand sourire, et puis : « Le bulletin météo, après ces quelques pages de publicité. »

Je me suis effondré sur la chaise de la chambre. Si l'on pouvait considérer les exercices physiques comme terminés pour la journée (je ne suivais jamais la deuxième partie du programme), fallait-il encore que je m'occupe de ma mise en condition mentale. Les premiers spots publicitaires de la matinée sont toujours pour moi une occasion unique de libérer mon agressivité refoulée. Le fait est que j'ai horreur que l'on me traite avec condescendance et j'ai découvert qu'il n'y avait pas pire que la publicité pour me faire sortir de mes gonds : pendant deux minutes, je n'arrête pas de crier et de hurler les pires insanités à l'adresse des divers sponsors qui envahissent l'écran avec leurs messages de trente

259

secondes. Par bonheur, les appartements au-dessus et au-dessous du mien sont vides.

Une fois ma petite mise en forme terminée, je me suis douché, j'ai pris mon petit déjeuner et j'ai parcouru les journaux du dimanche, à la recherche d'un article qui parlerait de moi. Comme d'habitude, j'ai trouvé sans peine – c'est un problème de quantité : il suffit de tuer beaucoup de monde et vous n'avez aucun mal à faire la une des journaux. Il s'agissait en l'occurrence d'un reportage en couleurs sur les victimes, avec des gros plans quasiment indécents de leurs têtes truffées de balles et de leurs corps privés de vie.

Il y avait aussi quelques jolis clichés de la Dame Flic, pris au cours de sa touchante petite conférence de presse. Elle était vraiment belle. Je ne m'en étais pas clairement rendu compte jusqu'ici, même avec la télévision haute définition. Rien de surprenant à cela, je suppose. La télévision, même de haute définition, a une fâcheuse tendance à vous déformer les gens. Ils ont des têtes plus grosses, eux-mêmes sont plus grands ; bref, ils n'ont rien à voir avec ce qu'ils sont en réalité. La Dame Flic n'échappait pas à la règle.

De toute évidence, elle est d'origine juive. À lui seul, son nom en dit long, et son physique ne fait que confirmer la chose. Une beauté séfarade aux cheveux noirs, aux yeux pers et aux pommettes taillées dans le marbre le plus pur (je n'ai rien d'un poète). Le menton est ferme et met en valeur une bouche pleine où se lit la plus grande obstination. Nonobstant, il y a de la coquette en elle – dans la manière dont elle penche la tête, dans le pli des lèvres laquées de carmin –, suffisamment en tout cas pour adoucir un regard dur et interrogateur qui *pourrait aisément devenir méprisant. Un visage de Dame Flic, mais un visage distingué. Dame Dédain.*

Je pense qu'elle a dû faire de l'athlétisme ou quelque chose de ce genre quand elle était jeune. C'est difficile à dire d'après la télévision et les photographies, mais elle donne l'impression d'être grande. Elle était peut-être bien capitaine d'une équipe de basket-ball, et avec ses jambes longues et musclées, elle devait être efficace au saut en hauteur. Je la soupçonne, avec ses shorts sans doute un peu trop petits, d'avoir brisé plus d'un cœur.

Elle a l'air très intimidant, et je ne serais pas surpris qu'il y ait là derrière quelques expériences pas très concluantes avec des garçons trop immatures pour avoir su se montrer à la hauteur. Son extraordinaire puissance physique devait les effrayer, et ils ont dû tourner cette peur à son désavantage pour préserver leur confort et leur sécurité. Je me demande s'ils sont allés jusqu'à lui donner des surnoms pour se moquer de sa taille.

Le journal ne fournissait guère d'informations sur la Dame Flic, hormis qu'elle a trente-sept ans, qu'elle a fait ses études à Cambridge, qu'elle appartient à la police de Londres depuis treize ans et que c'est une spécialiste des meurtres en série. Heureusement que j'avais eu accès à son fichier sur l'ordinateur de la police, qui m'avait appris, entre autres choses, son nom et son adresse.

Je me suis amusé à reproduire les clichés du magazine sur l'ordinateur et, en me servant du synthétiseur tridimensionnel, je l'ai tournée et retournée dans tous les sens, comme une poupée. Mais j'en ai eu vite assez, et je suis allé me faire une tasse de Nescafé.

J'étais en train de feuilleter un magazine pornographique quand soudain je me suis dit que je pouvais mettre la Dame Flic toute nue. Je me suis précipité sur l'ordinateur et j'ai copié une série de photos sur le programme en commençant à combiner des images de synthèse de sa tête avec des troncs de femmes nues.

Je suis parti de l'idée que ses seins n'étaient ni trop petits ni trop gros et qu'une grossesse n'avait pas encore pigmenté ses mamelons. La zone pubienne présentait davantage de difficultés. Le premier pubis sur lequel je suis tombé n'était pas assez fourni, le suivant l'était trop. Il m'a fallu chercher dans d'autres magazines, mieux faits et plus explicites. Je les ai entrés dans l'ordinateur, et elle s'est retrouvée assise, les genoux au niveau de la bouche, avec pour tous vêtements une paire de bas blancs, tirant sur les lèvres immaculées de son vagin avec des doigts aux ongles manucurés et m'offrant une vision qu'un gynécologue m'eût enviée.

Dans une autre série de photos, j'ai trouvé une fille dont la tête était exactement dans la même position que celle de la Dame Flic sur les clichés de l'article, et qui avait le pénis d'un homme dans la bouche pendant qu'elle faisait l'amour avec un autre. C'est quand j'ai accouplé ces nouveaux matériaux avec les photos de la Dame Flic que je me suis rendu compte qu'elle n'avait jamais dû prendre beaucoup de plaisir à l'hétérosexualité. Il est vrai que l'expression du visage dont je disposais était celle d'une femme confrontée à une salle pleine de journalistes et non à un pénis en érection. Il n'empêche que mon intuition me disait que je n'étais sans doute pas très loin de la vérité.

Quelques instantanés du même modèle, cette fois-ci en lesbienne, m'ont ensuite fourni l'occasion d'un heureux contraste. Ces pratiques sexuelles semblaient mieux convenir aux traits de la Dame et je suis arrivé à une *composition assez réussie dans laquelle elle dévorait le clitoris caramel d'une autre fille.*

Une fois bien excité, il ne me restait plus qu'à lui faire l'amour, ou du moins ce qui en tenait lieu au plus près. J'ai donc copié la disquette sur la machine de RV et endossé mon exosquelette. Puis j'ai défait une capote de RV et je l'ai enfilée sur mon pénis en érection avant de relier le terminal au costume. Quand tout a été installé, j'ai mis mon casque, je me suis branché sur l'ordinateur et j'ai commencé les contrôles de pré-RV comme un pilote sur le point de tester les capacités de vol d'un vieux X-I5. Cela pour éviter tout accident consécutif à une brusque montée de Réalité virtuelle soit vers les oreilles, soit, beaucoup plus grave, vers le pénis.

« Texture, OK. Dynamique, OK. Son, OK. Tracking cérébral, OK. Senseurs corporels, OK. Sensibilité pénienne, OK. »

Ensuite, j'ai abaissé la visière.

Elle était là, devant moi, dans une jolie clairière, Ève en personne, sans même une feuille de vigne pour cacher sa nudité. L'image s'est un peu brouillée au moment où je me suis approché d'elle, et il m'a fallu régler la visière. Puis j'ai tendu la main, je lui ai caressé le sein pour tester le gant et j'ai senti son mamelon se durcir. Je l'ai giflée pour tester la qualité du son, qui était excellente. La Dame Flic a encaissé la gifle en poussant un cri de douleur, mais sans se plaindre. Elle était là, à ma disposition, telle que je l'avais programmée. Je l'ai fait mettre à genoux pour tester la capote de RV et j'ai senti sa bouche aspirer mon pénis. Tout marchait à merveille. Tant que la visière resterait baissée, le logiciel fonctionnerait, et il n'y aurait pratiquement pas de différence entre la Réalité virtuelle et la vraie. (Il m'arrive parfois

263

de penser que je vis la réalité de façon virtuelle. À moins que je ne vive le virtuel comme s'il était réel ?) Ce serait même encore mieux. La RV ne connaît pas de lois.

Ensuite je l'ai baisée, lentement, par-derrière, par-devant, pliée en deux comme une valise porte-habits, les jambes en grand écart comme une ballerine, dans la bouche, dans le cul...

Au moins, ça me prouve que je suis en vie. Tant que je travaille et que le sexe me travaille, c'est que les choses ne vont pas si mal.

Il va de soi que l'éveil d'une pulsion sexuelle dirigée sur la Dame Flic a suffi à tuer en moi l'amour que j'aurais pu éprouver pour elle.

Malheureusement, la technologie qui m'aurait permis d'enregistrer tout cela sur pellicule n'existe pas encore. Si bien que, plus tard, j'ai dû me contenter de réaliser quelques images de synthèse du travail effectué sur l'ordinateur que j'ai glissées dans une enveloppe libellée au nom de la Dame.

De retour dans la réalité, j'ai fini de lire son dossier, essentiellement les extraits d'une conférence sur le maintien de l'ordre donnée lors d'un symposium de la Communauté européenne. Elle y prenait pour point de départ l'ouvrage de George Orwell, Le Déclin du meurtre à l'anglaise (comme tant d'autres avant elle), et dissertait sur la recrudescence du meurtre de type holly-woodien, autrement dit de ces meurtres de femmes en série et sans mobile apparent qui sont aujourd'hui très en vogue. Il y a du vrai dans tout ce qu'elle raconte (encore qu'à mon sens l'importance culturelle du meurtre dans notre société lui ait échappé).

Je crois que je vais prendre quelques notes à ce sujet. Ensuite je les rédigerai. Je pourrais lui fournir des *exemples. Mais ne faudrait-il pas qu'elle soit capable d'aller au-delà de ces exemples ? Aucune explication verbale ne saurait épuiser tout ce que j'ai en moi. Peut-on d'ailleurs jamais expliquer à un autre ce qu'on est peut-être le seul à comprendre ? Il faudrait en fait qu'elle devine ce que je veux dire. Tout de même, je crois que ça vaut la peine d'essayer.*

Si j'arrivais à mettre tout cela en mots, à boucher les trous, à ajouter une touche d'ombre et de lumière ici et là, à colorer les choses, elle pourrait se représenter clairement la situation. Je ne dis pas que les choses en seraient facilitées pour elle. Après tout, la certitude des mathématiques ne vient pas de la fiabilité de l'encre et du papier. Mais de même que les gens tombent généralement d'accord quand il s'agit de juger une couleur, de même nous pourrions peut-être arriver à nous entendre.

J'avais commencé à vous dire que, quand je me suis réveillé, j'ai immédiatement pensé à Shakespeare. Mes connaissances dans ce domaine sont limitées. Je ne suis pas capable de citer grand-chose. Cela fait un moment que j'ai l'intention d'y remédier, de me remettre à Shakespeare en somme. Me remettre à Shakespeare ? Entre nous soit dit, ce matin-là, j'avais de bien plus noirs desseins en tête.

J'ai pris un train pour le suivre depuis chez lui, non loin de Wandsworth Common, jusqu'à Victoria Station. Une fois arrivé, il a pris Victoria Street et, à ma grande surprise, est entré à l'IRC. Je n'y étais jamais retourné depuis ma terrible découverte, et il ne m'était même jamais venu à l'esprit que quelqu'un pouvait mettre à profit les offres de conseils que propose l'équipe de psychothérapeutes du programme Lombroso.

J'ai attendu qu'il en ressorte au Chestnut Tree Café, juste en face. C'est là que j'étais allé le jour où j'avais passé mon scanner. De mon poste, je voyais très bien la porte d'entrée. J'ai commandé un thé et regardé ma montre : il était 15 heures.

Il ne s'agissait que d'une surveillance de routine. Je n'avais nullement l'intention de le tuer cet après-midi-là. J'avais quand même emporté mon pistolet au cas où... on ne sait jamais. Après tout, c'était mon jour de congé, et des conditions aussi propices risquaient de ne pas se représenter avant longtemps.

Tout en buvant un thé puis un autre, je consultais mon répertoire des rues de Londres, essayant de repérer les parcours qui me conviendraient le mieux si je devais malgré tout tenter quelque chose. Une promenade dans St James's Park, peut-être, ou sur Westminster Bridge. Voilà qui ferait l'affaire.

C'est à ce moment-là que je l'ai vue, la Dame Flic, sortir de l'Institut. Plus grande que je n'aurais cru, mais la télévision a une façon de vous arranger les gens... Habillée, elle avait l'air autrement plus redoutable que la docile Réalité virtuelle que je m'étais envoyée un peu plus tôt dans la matinée. Je me demandais comment elle allait réagir devant les photos que je lui avais envoyées ; j'aurais bien aimé être une petite souris au moment où elle ouvrirait l'enveloppe.

Elle a regardé le café, de l'autre côté de la rue, exactement comme si elle pouvait me voir à travers la vitre. La porte de sa BMW était ouverte, mais elle n'est pas montée dans la voiture. Au contraire, c'est son chauffeur qui en est descendu. Ils ont échangé quelques mots. Horrifié, je l'ai vue commencer à traverser la rue et se diriger droit sur le café.

Ma première réaction a été de prendre la fuite, mais je me suis dit qu'il était fort improbable qu'elle pense à autre chose qu'à une tasse de thé. Il valait donc mieux que je reste où j'étais, tranquillement assis à consulter mon Londres de A à Z, et que je fasse semblant d'être un touriste allemand si par hasard on m'adressait la parole. En même temps, je ne pouvais m'empêcher de penser au portrait-robot que la Dame avait communiqué à la presse et qui, au fur et à mesure qu'elle s'approchait du café, me semblait de plus en plus ressemblant. Je me suis félicité d'avoir mis un chapeau.

Je m'étais placé près de la porte de manière à prendre Shakespeare en filature aussi vite que possible, et je me suis bien gardé de lever les yeux quand elle est passée devant moi pour aller au comptoir, si près que j'aurais pu la toucher et que son parfum s'est infiltré dans mes narines d'abord, puis dans ma gorge. Je n'avais pas prévu ça. Je veux parler de l'odeur. C'est quelque chose que la RV n'a pas encore réussi à simuler. Le fait est qu'elle sentait délicieusement bon, comme un vin doux, rare et capiteux. Je me suis presque entendu aspirer goulûment l'air qu'elle venait de traverser jusqu'au fond de mes fosses nasales comme si j'avais sniffé de la cocaïne pure. Parfaitement obscène : l'espace d'un instant, je me suis dégoûté moi-même. Puis j'ai senti que je commençais à rougir à la pensée de ce que je lui avais fait subir en Réalité virtuelle et je me suis pris à espérer qu'elle ne trouverait pas bizarre l'embarras d'un simple étranger à la sentir si proche. Pendant quelques instants, j'ai eu l'impression d'être tellement transparent que je me suis demandé si, dans l'éventualité d'une arrestation, je serais allé jusqu'à tirer sur elle. Mais il faut dire que tirer, sur du réel ou du virtuel, est devenu pour moi une seconde nature. J'étais donc certain de pouvoir le faire si la nécessité s'en faisait sentir.

Je l'ai entendue demander au patron un café à emporter et un paquet de Nicomoins. Une seconde plus tard, elle laissait tomber toute sa monnaie sur le lino. Instinctivement, je me suis penché pour ramasser quelques pièces qui allaient rouler à l'extérieur. Le tout n'a pas pris plus d'une fraction de seconde, je n'ai même pas réfléchi, me contentant d'un réflexe bêtement pavlovien face à une banale stimulation : réaction automatique, irréfléchie et parfaitement stupide.

« Merci », a dit la Dame, qui se relevait après avoir récupéré le reste de sa monnaie et me tendait la main.

Nous nous sommes effleurés tandis que je laissais tomber les pièces dans sa main, cette main qui, sous sa forme virtuelle, m'avait, un peu plus tôt dans la matinée, enveloppé les couilles pendant qu'elle me suçait.

« Je peux vous aider ? a-t-elle demandé.

— Pardon ? »

Du menton, elle a désigné l'A-Z ouvert devant moi sur la table. J'ai souri avec toute l'assurance dont j'étais capable. « Non, c'est bon, ai-je bégayé. J'ai trouvé mon chemin. »

Elle m'a rendu mon sourire, m'a salué de la tête, puis elle est sortie du café.

Quand la Dame s'est enfin retrouvée de l'autre côté de la rue, j'ai sorti mon mouchoir et je me suis épongé le visage. J'étais complètement épuisé, mais presque aussitôt, en voyant sa voiture s'éloigner, j'ai été saisi d'un sentiment de triomphe et je me suis surpris à rire tout haut. Une minute plus tard, Shakespeare sortait de l'Institut, et je l'ai suivi, riant comme un gamin.

Il est reparti dans la direction de Victoria Station où j'ai failli le perdre dans la foule. Mais au lieu de prendre son train pour Wandsworth Common, il a pris le métro, est descendu à Green Park puis, passant le long de Piccadilly, s'est dirigé vers l'est.

Shakespeare était un grand type adipeux, au teint basané de Grec et à l'air peu soigné. J'ai donc été étonné de le voir entrer dans une librairie. C'est fou, maintenant, le nombre de gens bizarres qui peuvent lire. On a du mal à croire qu'un type comme ça puisse avoir de l'instruction. Mais il n'était pas plutôt entré qu'il était déjà ressorti, avait retraversé Piccadilly et pénétré dans St James's Church. Peut-être s'intéressait-il à l'architecture ? Après tout, c'est une des plus grandes réalisations de sir Christopher Wren. À moins qu'il ne m'ait repéré : il cherchait peut-être à me semer en traversant l'édifice pour ressortir du côté de Jermyn Street. Mettant entre lui et moi une distance que mon instinct me disait être insuffisante, je lui ai emboîté le pas.

À travers les vitres épaisses qui séparent la nef centrale du vestibule d'entrée, je l'ai vu, assis sur une chaise près de l'autel. À part lui, l'église était vide.

Je suis entré et je me suis assis quelques rangs derrière lui. Il avait la tête penchée et semblait prier. Exactement ce qu'il me fallait. Jamais endroit, comme disait le poète, ne saurait être sanctifié par le meurtre. Tirant assurance de l'idée que Charles Darwin trouvait Shakespeare ennuyeux au point de lui donner la nausée, j'ai cherché mon pistolet dans ma poche. Mais avant que j'aie eu le temps de poser la main sur la crosse, il s'était levé, se dirigeait vers la porte et s'arrêtant à ma hauteur, me saisissait par les revers de mon manteau et me soulevait de terre. Il était costaud, et ayant réussi à sortir la main de ma poche, j'ai essayé de lui faire lâcher prise.

« *À quoi tu joues, mec ? m'a-t-il demandé. Tu m'as suivi tout l'après-midi ? Hein, dis, mais dis-le !* » *Il ponctuait chacune de ses affirmations d'un mouvement de son menton mal rasé, se rapprochant tant et si bien de moi que j'ai cru manger l'ail qu'il me soufflait au visage.* « *Depuis que je suis parti de Wandsworth.* » *Il m'a donné plusieurs petits coups de tête sur l'arête du nez, comme pour me laisser deviner ce qui m'attendait si je ne lui fournissais pas la réponse adéquate.*

« *Je ne suis qu'un touriste* », *ai-je dit faiblement, désignant du doigt l'A-Z qui se trouvait sur ma chaise, comme pour confirmer mes dires.*

Son visage est passé par toutes les couleurs de l'arc-en-ciel avant de virer au pourpre.

« *Connerie, a-t-il grondé. Tout ça, c'est des conneries, mec.*

— *Vous faites erreur, ai-je protesté, m'ingéniant à récupérer mes revers.*

— *Non, c'est toi qui en fais une d'erreur. Wandsworth, Victoria Station, Green Park, et maintenant ici. Qu'est-ce que t'essaies de me faire croire ? Que t'as paumé ton foutu car ?* » *J'ai reçu un nouveau coup sur le nez, cette fois-ci plus appuyé. Si sa tête manquait d'un petit noyau ventriculo-médian, elle ne manquait sûrement pas de solidité.* « *Allez, espèce de salopard, avoue, ou je te flanque une raclée. Pourquoi tu me files le train comme ça ?* »

Je ne sais vraiment pas ce que je lui aurais répondu (que je le trouvais séduisant, peut-être, qui sait ?), si, à cet instant précis, deux personnes chargées de leurs instruments de musique n'étaient entrées dans l'église. Pris de court, m'a-t-il semblé, mon assaillant a laissé tomber ses pattes graisseuses de mon manteau et, sans demander mon reste, j'ai pris la fuite.

« Salaud », a-t-il hurlé derrière moi, sans pour autant se lancer à ma poursuite, à mon grand soulagement. Je n'en ai pas moins pris Jermyn Street au pas de course jusqu'à St James's Square, et ce n'est qu'en arrivant à Pall Mall que je me suis arrêté.

Quand j'ai enfin retrouvé mon souffle, et subséquemment mes esprits, je me suis surpris à rire une fois de plus. C'est bien ce qui a toujours fait l'intérêt de Shakespeare, ai-je alors pensé : on ne sait jamais si la pièce se terminera dans le rire ou dans les larmes.

Surveillant toujours mes arrières, j'ai traversé Trafalgar Square et suis entré dans le bar qui fait l'angle de Charing Cross Road ; j'ai commandé une bière tout en essayant de voir s'il y avait encore moyen de tirer quelque chose d'une journée jusqu'ici catastrophique.

Pendant que je filais Shakespeare, j'avais eu le temps de réfléchir à la Dame Flic et à la promesse que je lui avais faite d'entrer en contact avec elle. Peut-être que si je m'étais concentré davantage sur l'objet de ma filature… Autant acheter tout de suite l'équipement dont j'avais besoin pour mener cette entreprise à bien. Je savais exactement ce qu'il me fallait et où me le procurer. J'ai donc fini ma bière et, après un crochet par la banque ouverte vingt-quatre heures sur vingt-quatre pour retirer un peu d'argent, j'ai pris un bus afin de remonter Tottenham Court Road.

Égal à lui-même, TCR : sale, pour ne pas dire repoussant, les trottoirs jonchés de détritus, les sacs des fastfoods éventrés par les rats qui pullulent un peu partout dans la ville. Certains, dont on aurait dit des chats tant ils étaient gros, gisaient dans les caniveaux, empoisonnés par le repas à emporter qu'ils avaient pourtant gagné de haute lutte, leurs corps repassés par le va-et-vient des voitures, desséchés comme de la viande boucanée par le soleil de ce début de printemps. La seule chose capable de balayer TCR, c'était le vent du nord qui remontait d'Euston Road vers Oxford Street.

Entrant d'un pas décidé dans le magasin, j'ai été accueilli par l'habituelle marée de visages bruns. Qu'est-ce qui fait que les Indiens et les Pakistanais sont invariablement attirés par le commerce de l'électronique ? C'est partout la même chose, de New York jusqu'à Vienne. Ce sont peut-être les Japs qui ont fabriqué les équipements qui aujourd'hui font marcher le monde, mais ce sont les Indo-Pakistanais qui les vendent. Est-ce à cause des marges bénéficiaires éminemment substantielles ? Ou trouvent-ils quelque chose de particulièrement sexy dans la consommation frénétique de tous ces boutons, ces cadrans, ces touches et ces lumières clignotantes ? Peut-être que ce qu'ils admirent, c'est l'électricité elle-même : le pouvoir a toujours fasciné l'Islam.

« Puis-je vous aider ?

— Oui. Je cherche un téléphone portable.

— Standard ou vidéo ?

— Ni l'un ni l'autre, ai-je rétorqué sèchement. Je veux un téléphone satellite. »

L'homme s'est mis à pianoter nerveusement sur le comptoir de ses doigts couverts de bagues, puis il a souri d'un air d'excuse amusée. « Ces modèles sont illégaux, monsieur. Nous n'avons pas le droit d'en vendre. »

À mon tour j'ai souri, en exhibant un billet de cent dollars.

« *Cash*, ai-je dit. *Et vous pourrez jurer ne m'avoir jamais vu auparavant.* »

Il m'a prié d'attendre et s'en est allé chercher le directeur, un petit homme suffisant et replet, affublé de verres épais et portant autour de son cou gras et coloré de vieux bonze autant de colliers en or que son mignon avait de bagues aux doigts.

« Ce genre de modèle n'est pas autorisé à la vente, monsieur, a-t-il déclaré, mon billet de cent toujours dans la main. Et si vous étiez quelqu'un de l'Intérieur, vous vous rendez compte ? Ce serait un cas de flagrant délit, et je me retrouverais au tribunal sans avoir eu le temps de dire ouf, c'est sûr. » Après avoir jeté un coup d'œil dans la boutique qui était absolument vide, il s'est rapproché de moi.

« Nom de Dieu, vous voulez me dire ce que vous avez l'intention de faire avec ce genre d'appareil ? m'a-t-il demandé en baissant la voix. Si c'est pour ne pas payer votre facture de téléphone, je peux vous vendre l'équipement avec système "boîte noire". Vous pouvez l'utiliser n'importe où, et ça ne vous coûte rien, que vous appeliez Bombay ou Birmingham. En plus, c'est bien meilleur marché qu'un téléphone satellite.

— Je pars pour l'étranger, ai-je répliqué. L'Amérique du Sud. Au fin fond de la jungle, ou de ce qu'il en reste. Je veux pouvoir appeler chez moi de là-bas.

— À votre place, c'est bien la dernière chose que j'emporterais, a dit l'Indien d'un air de commisération. Être loin de sa femme comme ça pendant des semaines, vous vous rendez compte de la chance que vous avez, a-t-il ajouté en riant.

— Écoutez, ai-je dit calmement. Je ne suis pas de l'Intérieur. Fouillez-moi, si vous voulez. Vous n'avez pas

à *vous inquiéter. Je vous en donnerai un bon prix, cash. »* J'ai extirpé mon billet de cent de ses doigts boudinés et j'ai fait mine de me diriger vers la porte en disant : *« Sinon, je peux aller voir ailleurs.*

— Un peu de patience, monsieur. C'est une vertu, la patience. J'ai exactement l'équipement que vous cherchez. Mais vous comprenez, il me faut être prudent. Par ici, si vous voulez bien. »

Il m'a conduit dans l'arrière-boutique où s'entassaient jusqu'au plafond télévisions stéréo, lecteurs-enregistreurs, et équipements de Réalité virtuelle. Il a déplacé plusieurs cartons qui le gênaient tout en disant : *« Nous n'exposons pas de téléphones satellites dans le magasin, pour des raisons évidentes. C'est un digital que vous voulez ? »*

Je lui ai répondu par l'affirmative.

« C'est ce qui se fait de mieux, a-t-il dit en hochant la tête et en sortant un autre carton. Je vais vous en montrer un qui est vraiment extra. Seulement quatre mille dollars. » Il a déchiré l'emballage et a sorti de l'isolant en polystyrène spécial une sorte de petit attaché-case. Il l'a caressé un moment avant de faire jouer les serrures et de l'ouvrir devant moi.

« Avec ça on se prendrait pour James Bond, hein ? » a-t-il ricané, dépliant une antenne parabolique pas plus grosse qu'une assiette. *« Ça marche sur l'Injupitersat. Un seul canal spécialisé avec une largeur de bande cinq fois supérieure à celle d'un téléphone portable ordinaire. Ça vous donne une autre qualité de ligne. Le branchement sur le satellite se fait automatiquement grâce à l'indicateur magnétique incorporé à l'ordinateur. Vous n'avez donc pas besoin de vous encombrer de tables astronomiques ou de conneries de ce genre. Tout ce que*

vous avez à faire, c'est de taper le numéro du satellite que vous voyez là sur le clavier de la poignée, ensuite le code international et enfin votre numéro. Son seul et unique défaut, c'est que vous ne pouvez pas l'utiliser en sous-sol. Dans la maison, c'est bon, mais vous n'en tirerez rien si vous essayez de vous en servir dans une cave par exemple.

— *Je le prends, ai-je dit en sortant une quarantaine de billets.*

— *Vous ne le regretterez pas. C'est le modèle dont se sert la CIA, c'est tout dire. »*

J'ai regardé où il avait été fabriqué – au Japon.

« Tout s'explique », ai-je dit.

Il a replié l'antenne, fermé la valise qu'il m'a tendue.

« Porc véritable, en plus, a-t-il dit, caressant à nouveau la mallette. Et ça pèse même pas ses deux kilos. Vous désirez autre chose ? »

J'ai répondu en lui tendant quelques billets supplémentaires : « Votre discrétion, rien de plus. »

11

Jake avait mal dormi. Au réveil, son T-shirt était trempé de sueur, et elle avait l'impression d'avoir marché sur la tête tant elle avait la nuque raide. Elle fit sa toilette puis quelques exercices de yoga pour essayer de faire circuler le sang jusqu'au cortex. Dix minutes plus tard, elle se sentait un peu mieux. Elle enfila sa robe de chambre et prit l'ascenseur pour descendre à la boîte aux lettres. Elle examina son courrier sans beaucoup d'intérêt : quelques factures et un tas de publicités racoleuses, depuis une offre d'emprunt qui devait lui permettre d'habiter Docklands jusqu'au parrainage d'un enfant russe. Mais au milieu du paquet se trouvait une épaisse enveloppe rembourrée qui avait l'air plus prometteur. Une fois remontée chez elle, Jake mit le paquet sous le spectroscope installé sur la table du hall et, en attendant que se déclenche le signal électronique lui signifiant que le paquet ne contenait pas d'explosif, elle partit à la recherche de quelque chose à grignoter pour le petit déjeuner. Elle finit par dénicher juste assez de café pour se faire un petit espresso et quelques biscuits au son sur lesquels elle étala le reste d'un pot de pâte à tartiner au chocolat.

Dans le hall, le spectroscope ronronnait comme un petit climatiseur. Il était obligatoire pour tous les cadres supérieurs de la police depuis le début du siècle, depuis que l'IRA avait commis une série d'attentats : des lettres piégées adressées aux membres de la police et à leurs familles. Dans la plupart des cas, il n'y avait eu que des doigts ou des mains endommagés, mais en une occasion, qui avait fait date, deux enfants avaient été tués. C'étaient ces morts qui avaient finalement décidé le gouvernement à instaurer le coma punitif.

Quand le spectroscope lui donna le feu vert, Jake s'essuya les doigts, déchira l'enveloppe et en sortit le contenu. Il lui fallut plusieurs secondes avant de comprendre que l'appareil gynécologique offert à la caméra pouvait éventuellement être le sien, et plusieurs autres avant qu'elle cesse de se demander comment on avait bien pu prendre de tels clichés sans qu'elle le sache et qu'elle finisse par se dire qu'il s'agissait d'images de synthèse. Instinctivement, elle reposa les photos et enfila une paire de gants en latex avant de manipuler ce qui pouvait devenir des pièces à conviction.

Non qu'elle eût très envie de voir ce genre de document figurer dans un dossier de police ou exhibé devant un tribunal. Elle dut reconnaître que, faux ou non, les clichés étaient bons ; ils faisaient penser à ceux qui inondaient de plus en plus la presse à scandale.

Probablement fabriqués à partir d'un ordinateur. Quoi qu'il en soit, ce type de photos risquait de réjouir plus d'un collègue, et pourquoi un pervers n'en ferait-il pas des copies, histoire de pimenter un peu les paillardises qu'échangeaient rituellement les mecs du Yard ? Jake n'ignorait pas que nombre de ses collègues masculins jalousaient son succès et seraient trop heureux de mettre la main sur des photos aussi compromettantes. Faux ou non, des clichés montrant un inspecteur principal en train de s'introduire un vibromasseur dans le vagin ou de sucer celui d'une autre femme étaient rien moins qu'explosifs.

Elle fut étonnée de découvrir que l'auteur de l'envoi était Wittgenstein. Ce ne pouvait être que lui, car les photos étaient accompagnées d'une carte sur laquelle il avait tapé : « Votre frère de sang ». Il devait savoir qu'il était du devoir de Jake en tant qu'officier de police de les porter au laboratoire pour demander une analyse, et qu'une telle démarche ne pouvait être qu'extrêmement embarrassante pour elle. Elle débita un flot d'injures et, l'espace de quelques instants, fut prise d'une véritable haine à son égard. Sans trop savoir pourquoi, elle l'aurait cru différent. Une mouche bourdonnait contre la vitre ; Jake ne prit même pas la peine de la regarder et la tua sans hésitation.

Jake profita de sa matinée de congé, la première depuis des semaines, pour aller faire quelques courses, sans toutefois réussir à obtenir un rendez-vous chez son coiffeur, et pour se rendre à la clinique du docteur Blackwell à Chelsea.

Les yeux fermés, complètement nue et au garde-à-vous devant le docteur, Jake se surprit à repenser aux photos qui se trouvaient maintenant dans son sac à bandoulière. Son irritation du début avait fait place à de la curiosité pour l'intérêt sexuel que semblait lui porter Wittgenstein. C'était là quelque chose de tout à fait nouveau dans sa carrière de détective, quelque chose qui aurait quasiment pu faire l'objet d'une communication. Elle se demanda quelle aurait été son attitude si sa rencontre thérapeutique en tenue d'Ève avait eu lieu non pas avec le docteur Blackwell mais avec Wittgenstein. Elle se sentit rougir en s'allongeant sur le divan et attendit que le docteur veuille bien commencer la séance.

« Vous dormez en ce moment ?

— Pas vraiment…

— Des cauchemars ?

— Non.

— Vous couchez avec quelqu'un ?

— Pas que je sache.

— Qu'en est-il de votre sentiment d'hostilité à l'égard des hommes ?

— J'ai rencontré un clochard sur Westminster Bridge, dit Jake en déglutissant. Il m'a demandé de l'argent, mais pendant un moment j'ai cru qu'il allait essayer de me voler. J'espérais presque qu'il le ferait : j'aurais eu un prétexte pour le tuer.

— Vous aviez un pistolet ?

— J'en ai toujours un.

— Vous vous en êtes déjà servie ?

— Oui, mais uniquement pour me défendre.

— Vous avez déjà tué quelqu'un ?

— Non.

— Savez-vous, dit le docteur Blackwell avec précaution, tandis que sa voix se durcissait, que vous auriez peut-être dû tirer sur ce clochard ?

— Vous plaisantez, dit Jake en se soulevant sur un coude.

— Vous croyez ? C'est une thérapie néo-existentielle que vous suivez, Jake. Rien à voir avec une thérapie du comportement. À notre sens, la majeure partie des problèmes affectifs dont souffre notre époque vient de notre incapacité à donner un sens à la vie. Est-ce vraiment si délirant de penser que vous auriez pu tirer quelque chose de vous-même si vous aviez abattu cet homme ?

— Mais justement, dit Jake choquée, à ce moment-là, c'était un meurtre.

— Vous m'avez dit avoir voulu tuer votre père parce qu'il avait gâché votre enfance.

— Ça n'a rien à voir.

— Croyez-vous ?

— Évidemment.

— Si vous aviez tué ce clochard, cela vous aurait peut-être permis d'une certaine manière de tuer votre père. D'exorciser son souvenir une fois pour toutes. Un pauvre type sans intérêt dont personne ne se souciait. Et vous qui êtes dans la police. Personne n'aurait seulement eu l'idée de s'interroger sur ce meurtre.

— Non, dit Jake qui, maintenant en colère, fronçait les sourcils. Je ne suis absolument pas convaincue.

— Je l'espère bien, dit le docteur Blackwell avec un sourire. Moi non plus. Je voulais simplement vous l'entendre dire. »

Jake remit au labo du Yard un sachet en plastique contenant les photos.

« Vous voulez m'analyser tout ça ? demanda-t-elle au technicien, un certain Maurice. Empreintes, fibres, cheveux et tout ce à quoi vous penserez d'autre.

— Au fait, dit Maurice tout en acquiesçant de la tête et en enfilant des gants, la disquette que vous m'avez fait passer, il n'y avait rien dessus. »

Jake hocha la tête, mal à l'aise.

« Alors ? » Maurice sortit les photos du sachet. « Qu'est-ce que vous m'apportez là ? Il va me falloir au moins deux heures.

— Entendu. » Jake prit un siège. « J'attendrai. »

Maurice eut un froncement de sourcils, et il était sur le point de protester quand ses yeux tombèrent sur la première photo.

« Je n'ai pas l'intention de lâcher ces clichés des yeux, dit-elle avec détermination. Ne serait-ce qu'une seconde. »

Maurice passa rapidement en revue les autres photos et eut un large sourire.

« Vous êtes drôlement photogénique. On ne vous l'a jamais dit ?

— Ça suffit, Maurice. Ce sont des faux. Elles sont truquées.

— Si vous le dites, rétorqua-t-il avec un hochement de tête appréciateur. Beau travail en tout cas. »

Jake résista à l'envie de lui défoncer sa mâchoire mangée par la barbe.

« Il y en a dix, dit-elle. J'en veux dix, quand vous en aurez terminé. C'est compris ?

— Si vous le dites, fit Maurice en haussant les épaules.

— Je vous le dis en lettres grosses comme une maison, grosses comme votre foutue libido de mâle. D'accord ?

— D'accord. » Maurice n'en continua pas moins de sourire. Deux heures plus tard, il lui remettait les photos tout en les comptant. « Dix », dit-il.

Jake les glissa vivement dans son sac dont elle tira tout aussi vivement la fermeture Éclair. « Vous avez trouvé quelque chose ? »

Maurice s'étira et fit rouler sa tête sur ses larges épaules. « J'ai trouvé tout ça vraiment intéressant, dit-il avec un grand rire, tandis que Jake lui envoyait une bourrade dans la poitrine. D'accord, d'accord, du calme. Pas d'empreintes. Pas la moindre. Mais j'ai un cil. Qui ne vous appartient pas. Il n'est pas de la même couleur que les vôtres. Et quelques traces de sperme. »

Le nez de Jake se plissa de dégoût. Tous les mêmes, les hommes, des bêtes, ni plus ni moins.

« On dirait que son petit travail a mis votre admirateur dans tous ses états. Je le comprends, notez bien. Je commençais moi-même à transpirer un peu aux entournures. Bref, j'ai fait passer tout ça à l'électrophorèse sur gel. Vous avez de la chance – hautement polymorphe.

— Vous avez un type ADN ?

— Pas vraiment. Il va falloir attendre la confirmation de l'autoradiographie. Mais ça m'en a tout l'air.

— Ça signifie que, quand vous aurez ces coordonnées, on pourra les confronter avec celles de tous les individus qu'on placera en garde à vue, c'est bien ça ?

— Absolument. Le hic, c'est qu'il n'y a pas assez de sperme, au cas où il y aurait une contre-expertise ou quelque chose du même genre. Je veux que ceci soit bien clair. J'ai utilisé tout ce dont je disposais pour l'autoradiographie.

— Merci, Maurice. Merci beaucoup. Je m'en souviendrai.

— En tout cas, moi, je ne risque pas d'oublier », dit-il avec un grand sourire.

Quelques heures plus tard, Jake priait les trois officiers supérieurs de son équipe de la rejoindre dans son bureau. Le sergent Chung arriva le dernier et s'installa à distance de Stanley et de Jones. Jake s'assit sur le bord du bureau. Elle avait dans la main le dossier remis par le labo et contenant le film des clichés utilisés pour sortir l'autoradiographie de Wittgenstein.

« Messieurs, dit Jake. Je vous ai réunis pour vous mettre au courant des derniers développements de notre affaire. » Elle leur mit le dossier sous le nez et annonça : « Un type ADN. Ce matin, j'ai trouvé dans mon courrier quelques photographies de moi, ou du moins des clichés qui se voulaient authentiques mais n'étaient en fait que des images de synthèse. M. Wittgenstein avait accouplé certaines photos de moi publiées dans les suppléments des journaux du dimanche avec des photos pornographiques.

— Vous croyez qu'il cherchait à vous faire chanter, madame ? demanda Jones.

— Non. Je crois qu'il voulait simplement me mettre dans l'embarras. Il n'y a pas totalement réussi. Les photos sont maintenant dans mon coffre, et elles y resteront jusqu'à nouvel ordre. Au labo, ils les ont examinées et ils ont trouvé des traces de sperme. Ils ont essayé de voir s'ils arrivaient à déterminer certaines fréquences de caractères génotypiques et ont découvert le génotype de notre assassin. Messieurs, l'homme que nous recherchons est très probablement allemand, ou de parents allemands.

— Comme le vrai Wittgenstein, alors ? dit Jones.

— Pas exactement, dit Jake. Lui était autrichien. Mais dans la perspective du génotype, la différence n'est pas signifiante.

— Excusez-moi, madame, dit l'inspecteur Stanley en s'éclaircissant la voix, il me semble que nous oublions quelque chose. Le Tribunal européen a décrété que les tests génétiques n'étaient pas recevables devant une cour d'assises en raison de leur caractère éminemment raciste.

— Il est encore beaucoup trop tôt pour parler de cour d'assises, dit Jake sèchement. Nous n'en sommes pas là. Pour l'instant, nous nous contentons d'essayer d'attraper ce salaud, et ses droits civiques, on s'en fout. Et si la base de données sur les fréquences des caractères génotypiques de certains groupes humains permet à l'ordinateur d'établir plus rapidement la relation entre le type ADN du tueur et sa carte d'identité, pourquoi ne pas en profiter ? Nous réglerons la question de savoir ce qui est recevable ou non devant les tribunaux une fois que nous aurons mis ce malade sous les verrous, d'accord ? »

En guise de réponse, Stanley haussa les épaules, puis acquiesça de la tête.

« Sergent Chung, dit Jake. Combien de temps faut-il en moyenne pour ce travail de vérification ?

— Voilà une bonne question. *Grosso modo*, il faut vingt-quatre heures à l'ordinateur pour effectuer un million de comparaisons. Si l'assassin se trouve dans le dernier million, vous n'avez qu'à faire le compte : soixante-dix millions de comparaisons, ça fait soixante-dix jours. D'un autre côté, avec un peu de chance, il pourrait se trouver dans le premier million. De toute façon, c'est la seule méthode dont nous disposions. Du moins pour l'instant.

— En admettant qu'il n'ait pas une fausse carte d'identité, dit Jones. Il pourrait faire partie de ces réfugiés germano-russes qui sont entrés chez nous de façon clandestine après la guerre civile en Russie.

— Possible, dit Jake. Mais tâchons d'être un peu optimistes. Sergent Chung, qu'est-ce que donne votre programme aléatoire ?

— Eh bien jusqu'ici, j'ai réussi à obtenir de Lombroso à peu près vingt noms et adresses.

— Combien de réponses à l'annonce ?

— Dix, répondit Stanley. Dont une d'un imposteur.

— Des noms de code de philosophes là-dedans ?

— Aucun, dit Stanley. Mais nous les faisons tous surveiller de toute façon.

— Il en reste encore cinquante. Dont combien de philosophes ?

— Seize, madame, dit Stanley après avoir ouvert son dossier pour jeter un coup d'œil rapide sur la liste.

— Et les armuriers ?

— Absolument rien, dit Stanley. Avec son propre cylindre à gaz, il peut fabriquer autant de munitions qu'il lui en faut. Je ne pense pas que nous trouvions quoi que ce soit de ce côté-là.

— Et l'étudiant de Cambridge ? Ce M. Heissmeyer…

— La police locale le fait surveiller, dit Stanley d'un air dubitatif. Mais jusqu'ici, il s'est contenté de passer tout son temps sur la rivière. Et puis, ça vaut ce que ça vaut, madame, mais Heissmeyer est américain, pas autrichien. Il a probablement obtenu une bourse grâce à ses performances à l'aviron. Il devrait représenter son université dans les compétitions cette année.

— Le vidéophone de Jameson Lang ? demanda Jake en se tournant vers Jones. Il est installé ?

— Oui, madame. Je m'en suis servi pour parler au professeur aujourd'hui même.

— Localisation des appels. Où en sommes-nous de ce côté ? Je veux que tout soit prêt pour quand ce salaud appellera.

— J'ai mis en place un dépistage digital pour toutes les télécommunications normales, et un moniteur satellite par mot clé sur l'ensemble du territoire. Si notre homme utilise les mots "Lombroso" ou "Wittgenstein" au téléphone, le satellite devrait pouvoir nous dire d'où vient l'appel.

— Et pour les enregistrements ?

— Automatiques, sur l'ensemble de vos lignes, madame, dit Jones. Ici, chez vous et sur votre portable. Vous avez intérêt à surveiller vos propos sur le compte du divisionnaire ! ajouta-t-il avec un large sourire. On n'a pas envie de vous voir suspendue comme M. Challis. »

Jake lui rendit son sourire, tout en se demandant s'il pensait vraiment ce qu'il disait.

Avec Mme Grace Miles, aucun problème de ce genre : on savait toujours ce qu'elle pensait. Elle appela en fin de journée au moment où Jake songeait à rentrer. À en croire l'image, la ministre, elle, était déjà chez elle. Dans un coin de la pièce, un bébé se traînait à quatre pattes autour d'une petite mallette rouge, la mallette officielle de Mme Miles.

« Gilmour m'apprend que vous avez une empreinte génétique. C'est vrai ?

— Oui. Nous essayons de voir à quelle carte d'identité elle correspond.

— Bien. Quelqu'un a présenté une question à la Chambre aujourd'hui à propos de tous ces meurtres. Dans ma réponse demain, je veux pouvoir dire que nous pensons pouvoir arrêter le coupable d'un jour à l'autre.

— D'un jour à l'autre, c'est beaucoup dire. Nous aurons peut-être besoin de soixante-dix jours, madame le ministre, dit Jake. C'est ce qu'il faut à l'ordinateur pour effectuer toutes les comparaisons. »

Jake regarda la ministre froncer les sourcils puis tirer nerveusement sur le collier de perles qu'elle avait autour du cou. De vraies perles ? se demanda-t-elle. Mme Miles était en tenue de soirée. La robe pailletée au profond décolleté révélait des formes généreuses qui ressemblaient davantage aux fesses nues d'un bébé qu'à une poitrine de ministre. Avec ses longs cheveux noirs qui encadraient son visage et retombaient souplement sur ses épaules, elle avait l'air d'une princesse persane.

« Il vaudrait peut-être mieux dire que l'enquête arrive à son terme et que nous avons bon espoir de procéder à une arrestation d'ici peu, suggéra Jake. De cette manière, si nous arrêtons effectivement quelqu'un dans les jours qui viennent, vous donnerez l'impression que vous en saviez plus que vous n'avez bien voulu en dire. Que, pour des raisons tactiques, vous avez préféré rester dans le vague plutôt que de voir vos propos mal interprétés. Mais affirmer que nous pensons procéder à une arrestation d'un jour à l'autre me semble très loin de la vérité, madame. »

Les hochements de tête de Mme Miles, d'abord lents, se multiplièrent à mesure qu'elle prenait conscience de la sagesse des conseils de Jake. Ce qui ne l'incita pas pour autant à la gratitude. Au contraire, c'est d'un air agacé qu'elle répondit :

« Vous avez sans doute raison. Mais au fait, corrigea-t-elle immédiatement, qu'est-ce que c'est que cette histoire d'assistance médicale que vous avez proposée à ce cinglé au cours de votre conférence de presse ? J'étais à Bruxelles à l'époque, et je viens tout juste de lire le rapport. Je ne pense pas – et c'est un euphémisme – que cette petite initiative ait jamais reçu le feu vert du procureur général.

— Ce que je voulais, répondit Jake, c'est que notre homme entre en contact avec nous, qu'il accepte éventuellement de se rendre. Il n'y a guère de chances pour qu'il le fasse si tout ce que nous avons à lui proposer, c'est une seringue hypodermique et une condamnation au coma punitif. À mon avis...

— À votre avis... » Le ton était méprisant. « Ai-je besoin de vous rappeler, inspecteur principal, que tout ce qu'on vous demande, c'est d'arrêter ce fou, et non de décider s'il doit être considéré comme apte à plaider ou non. Par ailleurs, la politique de ce gouvernement en matière de justice, pour laquelle nous avons reçu un soutien massif lors des dernières élections, est axée sur la répression et non sur le rachat. Il n'est pas question que la justice laisse des délinquants échapper aux rigueurs de la loi sous prétexte qu'ils sont fous. Le grand public ne le supporterait pas. On doit pouvoir garantir aux citoyens que le criminel reçoit le châtiment qu'il mérite. J'ose espérer pour ma part que, quand cet homme sera arrêté, il sera condamné au coma irréversible, ou au moins à une peine d'état végétatif de trente ans. Mais je suis convaincue qu'il vaudrait beaucoup mieux pour tout le monde qu'il ne soit pas pris vivant. Je compte bien qu'il sera armé quand vous mettrez la main sur lui, auquel cas il ne vous restera plus qu'à l'abattre. »

Jake commençait à rétorquer qu'elle n'était pas d'accord quand la ministre lui coupa une nouvelle fois la parole.

« Je vous rappelle que c'est là la procédure habituelle, inspecteur principal : tirer à vue sur les criminels armés et les abattre. À moins que vous n'ayez omis de lire les documents concernant les règles en vigueur ?

— Tant s'en faut, j'en ai moi-même rédigé quelques-uns, répondit Jake. Il n'empêche qu'il est de notre devoir, au nom de la recherche criminologique, de mettre cet homme en prison. Il y a beaucoup à apprendre d'un sujet de ce type en termes de profilage.

— Ah oui, j'oubliais, dit Mme Miles, c'est là votre spécialité. Eh bien, inspecteur principal, laissez-moi vous dire qu'il n'y a qu'une chose qui intéresse les électeurs à propos de ce malade, c'est de l'entendre réclamer sa mère à grands cris quand on lui enfoncera la seringue dans le bras. J'espère m'être bien fait comprendre. Bonsoir. »

Un éclair, puis l'image disparut de l'écran. Au bout de quelques secondes, la machine demanda à Jake si elle souhaitait sauvegarder l'enregistrement de sa conversation avec la ministre. Jake enfonça rageusement la touche « oui », sentant confusément que les enregistrements de toutes ses conversations à venir avec une femme telle que Mme Miles pourraient un jour se révéler utiles.

Jake pivota sur sa chaise et regarda fixement la fenêtre obscure dans laquelle flottait son reflet.

Le coma punitif devait ressembler d'assez près à cette image. Être là sans y être. Une existence à mi-chemin entre la vie et la mort. Abominable. Elle savait pertinemment que Mme Miles n'avait rien exagéré quand elle avait dit que, face à la seringue glacée, les criminels appelaient leurs mères en pleurant. Elle-même s'était vue obligée d'assister aux préparatifs de plusieurs comas. En matière de punition, c'était pire qu'une longue peine d'emprisonnement, presque pire que la mort. Mais que pouvait-on attendre d'autre d'une société moralement trop timorée pour faire face à la peine capitale, d'une époque où le surpeuplement et le coût des prisons ne permettaient de recevoir que les délinquants mineurs ?

Jake connaissait par cœur tous les arguments en faveur du coma punitif. Le coma était bon marché comparé à ce qu'il fallait investir pour entretenir un homme en prison pendant dix ou quinze ans. L'arrivée sur le marché de ce que l'on appelait « les lits intelligents » – nacelles autorégulées qui, par l'intermédiaire d'ordinateurs individuels, commandaient des appareils cardiaques et respiratoires peu coûteux aussi bien que les mécanismes d'alimentation intraveineuse mis au point pour le secteur hospitalier mais piratés par le système pénitentiaire – signifiait qu'un an de coma revenait désormais dix fois moins cher qu'un an de prison. Utiliser un tel procédé, c'était mettre un terme à toutes les possibilités de récidive que représentait la prison. Il pouvait venir à bout de la société criminelle en un clin d'œil et interdisait les mutineries de détenus qui avaient coûté si cher dans le passé. Selon la substance chimique utilisée, le coma était réversible sans effets néfastes, ou presque, physiquement ou mentalement. Certains spécialistes aux États-Unis, premier pays à avoir instauré le CP, allaient jusqu'à affirmer qu'il contribuait à la prévention du crime violent lié à la drogue.

Il était beaucoup plus difficile de trouver des arguments convaincants contre le CP. À ceux qui objectaient que priver un homme de conscience revenait à le priver de vie, les partisans du CP rétorquaient que le coma était plus proche du sommeil, et que l'on faisait montre de davantage de clémence en condamnant un homme à une longue période de sommeil qu'en le privant, alors qu'il était pleinement conscient, d'une période équivalente de liberté, vécue dans l'humiliation et l'inconfort inhérents à l'incarcération.

À l'objection, dont avaient débattu autant la Cour suprême des États-Unis que la Cour européenne des droits de l'homme, selon laquelle le CP était un châtiment aussi cruel qu'inhabituel, il avait été répondu, non sans à-propos, que dans la mesure où l'avenir des voyages spatiaux dépendait d'astronautes qui, eux, se portaient volontaires pour des missions de cinq ans en sommeil profond vers Mars ou Vénus, on ne pouvait raisonnablement trouver le CP cruel.

L'argument qui voulait que la mort n'affecte que la conscience ne résistait pas aux témoignages des condamnés qui, sortis du coma, racontaient des rêves qu'ils avaient faits. Les observations effectuées sur les cerveaux de presque tous les condamnés en état de coma et relatives à l'activité électrique des neurones ne faisaient que confirmer leurs témoignages.

Jake sentit un frisson lui parcourir la colonne vertébrale tandis qu'elle regardait fixement le vide en essayant d'imaginer ce que ce pouvait être. Elle savait que son attitude face au CP n'était pas dépourvue d'ambiguïté. Pour la société en général, les avantages n'étaient que trop évidents. En revanche, pour l'individu, elle persistait à penser que la vie n'avait de valeur que comme condition nécessaire de la conscience.

· Elle ne se souvenait plus au juste de ce qu'avait dit Wittgenstein à ce propos.

Elle récupéra dans le tiroir de son bureau son exemplaire, de plus en plus corné, du *Tractatus* qu'elle feuilleta jusqu'aux dernières pages où elle lut : « La mort n'est pas un événement de la vie. La mort ne peut être vécue. »

Assez logique, somme toute. Et ce type de proposition pouvait aisément être adapté pour prouver qu'être inconscient était indubitablement un événement de la vie et qu'il était parfaitement concevable, vu le temps passé à dormir au cours d'une vie, que les gens vivent pour faire aussi l'expérience de l'état d'inconscience. Freud n'avait-il pas prouvé que la conscience n'est pas une condition nécessaire à une vie intéressante ?

Où donc alors était le sens ? Où donc, dans l'immensité effrayante de ce ciel noir et impersonnel qu'était l'univers, était la véritable signification ?

Tandis que Jake continuait à fixer son reflet dans la vitre, la profondeur de ce que ces questions impliquaient l'aida à sortir de sa rêverie. Le sentiment de réalités autres, des banalités du quotidien, de rupture avec la routine commença à s'éveiller en elle. Pour arriver à se voir, il fallait regarder là où on n'était pas. Pour découvrir un sens à la vie, il fallait avoir le courage de se détourner de soi-même.

Était-ce là ce qui poussait au meurtre des hommes comme celui qui se donnait le nom de Wittgenstein ? Tuaient-ils pour avoir l'impression fugitive d'exister ? Pour quelques secondes de sens ? Pour échapper à toute une vie vide de raison d'être ?

La haine que Jake avait brièvement ressentie à son égard dans la matinée faisait maintenant place à la pitié.

Je suppose que ce que vous aimeriez m'entendre dire, c'est que si j'ai tué, c'est parce que j'ai entendu des voix et que, ces voix, j'ai cru que c'était Dieu qui me les envoyait.

Je sais, bien entendu, pour l'avoir lu, que d'autres assassins (encore que je n'aime guère me voir classé dans la même catégorie) ont utilisé cet argument et obtenu un verdict d'aliénation mentale qui leur a permis d'échapper à la seringue. Et j'ose croire que vous aimeriez me voir plaider la même cause.

Mais la vérité, c'est que vous et moi avons vidé la mer jusqu'à la dernière goutte. D'un simple coup d'éponge, nous avons effacé l'horizon. Nous avons détaché la Terre du Soleil. Et maintenant nous nous éloignons – de tous les soleils. Notre chute est sans fin, vers l'arrière, l'avant, de côté, dans toutes les directions. Il n'existe plus ni haut ni bas. C'est comme si nous dérivions dans l'infini du néant. N'est-ce pas le souffle du vide qui nous frôle ? Ce souffle, ne s'est-il pas refroidi ? La nuit ne descend-elle pas sur nous, inexorable ? Ne faut-il pas allumer nos lanternes, le matin venu ? N'est-ce pas le bruit des fossoyeurs enterrant Dieu que nous percevons ? N'est-ce pas déjà l'odeur de Dieu en putréfaction qui arrive jusqu'à nous ?

Cette idée n'a rien de bien original, je l'admets. Surtout de nos jours. Je ne cherche pas à la revendiquer comme ma propriété. Mais vous voyez ce que je veux dire. Soutenir que j'ai tué parce que j'ai eu des voix et que ces voix m'étaient envoyées par Dieu ne tient pas. Un meurtrier qui se respecte et qui se dit subtil ne saurait avancer une excuse aussi mélodramatique, aussi théâtrale ! Seigneur, quelle serait la part de l'imagination dans tout cela ?

En revanche, si vous me disiez que j'ai tué parce que j'ai entendu une voix et que, cette voix, j'ai cru que c'était celle de Friedrich Nietzsche, nous aurions au moins l'avantage d'être dans la bonne direction. C'est tout de même un peu plus original. Et qui plus est, c'est beaucoup plus près de la vérité. Parce que, chaque fois que je tue l'un de mes frères, c'est Dieu que je tue, naturellement.

Pas si vite, me direz-vous sans doute : si quelqu'un tue Dieu et que Dieu n'existe pas, alors ce quelqu'un ne tue rien. Ça n'a pas de sens de dire « je tue quelque chose », si ce quelque chose n'existe pas. Je peux aller jusqu'à imaginer un dieu qui n'est pas là, dans cette forêt, mais non en tuer un qui n'y est pas. Et « imaginer un dieu dans cette forêt » revient à imaginer qu'un dieu est là. Mais tuer un dieu ne signifie pas... Vous pourriez continuer comme ça pendant longtemps. Mais si quelqu'un dit : « Si je suis capable d'imaginer Dieu, c'est que dans un certain sens il existe », la réponse est : non, il n'est pas nécessaire qu'il existe, dans quelque sens que ce soit. Sauf un.

Dieu n'existe que dans l'esprit de l'homme. Donc, tuer un homme, c'est tuer Dieu.

Je reconnais à ces choses le statut de pensées. Mais mes pensées ne sont pas mes expériences. Elles n'en sont que l'écho, l'après-coup : comme quand un train passe sous mes fenêtres et que ma chambre se met à vibrer. Je suis pourtant assis dans le train, et parfois il m'arrive d'être le train lui-même. Intellect et passion, pensée et sensation – en définitive, quelle différence ?

À quelle vitesse le frère a-t-il suivi le frère, depuis le Soleil de la Terre jusqu'au monde sans Soleil ?

Lorsque j'ai eu un autre jour de congé, j'ai pris ma voiture pour me rendre au domicile du frère qui venait ensuite sur ma liste. Je sais, on croirait entendre Philip Massinger. Il n'est pas question de donner à tout cela le côté vengeur ou vindicatif d'une tragédie jaco-béenne. Non, ce que j'entreprenais me paraissait juste, pur et froid comme du cristal, mais vrai. Le sentiment d'un dessein logique m'avait infecté l'esprit, cet endroit où tout commence pour chacun d'entre nous. Tout est dans l'esprit. L'esprit de l'homme – mon repère et le lieu de mon chant.

La farce que j'avais vécue avec Shakespeare m'avait convaincu de laisser tomber les dramaturges et, toujours en contradiction avec ma première inclina-tion, qui était de tuer un philosophe, j'ai opté pour un poète. Wordsworth – un fabuleux génie ! Et moi, un sacré crétin !

Mes travaux d'approche à peine commencés, je me suis rendu compte que je n'étais pas le seul à le sur-veiller. Juste devant la maison de Wordsworth (une fois de plus, je ne me conformais pas à la démarche habituelle) stationnait une fourgonnette grise et fatiguée. Au début, je n'y ai guère prêté attention – le siège du conducteur était vide. Mais imaginez un peu ma surprise quand j'ai vu les portes arrière s'ouvrir et deux hommes descendre pour se dégourdir les jambes et fumer une cigarette. Ils n'avaient pas vraiment l'air de policiers, mais, de nos jours, il ne faut pas trop s'y fier ! Étant donné que l'un d'entre eux se promenait avec une paire de jumelles, je me suis dit qu'ils n'étaient sûrement pas des employés du gaz. J'en ai eu confirmation quand l'autre a ouvert la fermeture Éclair de son anorak et révélé un gilet pare-balles et un pistolet mitrailleur.

Ce que je n'ai pas compris, en revanche, c'est comment ils ont fait pour ne pas me voir. S'imaginaient-ils que j'allais me mettre au travail sans d'abord venir reconnaître le terrain ? Croyaient-ils que j'allais tranquillement sonner chez Wordsworth et l'abattre ? Ou peut-être se moquaient-ils pas mal de ce qui pouvait arriver à Wordsworth.

Si je m'étais attardé, ils auraient peut-être daigné faire attention à moi et me considérer comme un suspect éventuel. Mais je me suis contenté de mettre ma fourgonnette en marche et de m'éloigner sans attirer l'attention, parfaitement conscient de la chance que j'avais eue, mais aussi de ce que j'avais sous-estimé la police. Il me faudrait être plus prudent à l'avenir. Surtout si j'avais l'intention d'utiliser mon téléphone satellite pour contacter la Dame Flic dans les minutes qui précéderaient la prochaine exécution d'un de mes frères. De quoi aurais-je l'air si je me faisais arrêter *en plein milieu d'un dialogue philosophique ? Certainement pas d'un professionnel.*

En partant, j'ai gardé un œil prudent sur la vidéo arrière au cas où on me suivrait. Mais l'écran est resté vide, et, avant même d'avoir atteint le bout de la rue de Wordsworth, je faisais déjà défiler la liste de mes frères sur mon ordinateur portable à la recherche de la cible suivante.

Tout compte fait, c'était mieux ainsi. J'avais toujours bien aimé Wordsworth et j'étais donc ravi de ne pas être son faucheur solitaire. Arrête-toi ici ou passe ton chemin.

Tous ceux-là devront donc mourir. Leurs noms sont retenus. Mais lequel serait le suivant ? Auden ? Descartes ? Hegel ? Hemingway ? Whitman ?

C'était Auden qui habitait le plus près, mais j'étais très tenté (au nom de la réalité totale, de l'Absolu) par Hegel, par pur idéalisme. Hemingway ? Obsédé par la mort, et un tant soit peu vulgaire. Descartes ? Jusqu'ici, je l'avais gardé en réserve. Mais il y avait toutes ces sottises à propos de l'existence de Dieu comme preuve du monde perceptible. Et puis, d'une certaine façon, c'était un peu sa faute si nous en étions là. Allons, c'était décidé ; ce serait Descartes. Le père de la philosophie moderne. Il s'agirait là d'un meurtre perpétré par pur scepticisme. Il ne vivra pas. Voyez : d'un trait, je le condamne.

Je tue, donc je suis.

12

Jake était assise dans son bureau, seule, le front reposant sur ses longs doigts forts, croisés comme si elle avait été en prière ou plongée dans ses pensées. À moins que ce ne fût les deux à la fois.

Ed Crawshaw passa la tête dans la porte, s'éclaircit la voix et, ayant réussi à capter l'attention de Jake, haussa les sourcils en guise d'entrée en matière.

« Oui, Ed. Qu'est-ce qu'il y a ? » dit Jake en bâillant.

Ses yeux lui faisaient mal, sans doute à force de ne pas travailler à la lumière naturelle. Elle se les frotta avant d'éteindre sa lampe. Le fluor des ampoules halogènes n'était-il pas censé vous rendre aveugle ? Peut-être qu'avec quelques fleurs dans le bureau sa vie aurait l'air un peu moins artificielle.

« Z'avez une minute, patron ?

— Bien sûr. Asseyez-vous.

— Vous vous souvenez de l'huile d'olive qu'on a trouvée sur les vêtements de Mary Woolnoth ? demanda-t-il en prenant une chaise. Eh bien, poursuivit-il sur un signe de Jake, elle arrive d'Italie en tonneaux pour être mise en bouteilles ici, sous licence britannique par la Sacred Oil Company, installée à Ruislip. Une fois mise en bouteilles, l'huile est distribuée dans tout le pays par une autre compagnie du nom de Gillards, dont le siège est à Brent Cross. C'est Gillards qui approvisionne un certain nombre de grossistes du centre de Londres, dont un dans Brewer Street, à Soho. C'est toujours le même chauffeur qui s'occupe de la livraison de Soho, un certain John George Richards. Or, il se trouve qu'il y a environ huit ans ce Richards a fait deux ans de coma pour une tentative de viol sur une jeune femme. Qui plus est, le jour du meurtre de Mary Woolnoth, il a effectué une livraison à Brewer Street.

— Intéressant, dit Jake. Je suppose que vous voulez que je vous signe une demande de mandat de perquisition ?

— Exactement, madame, dit Crawshaw. Si ça ne vous ennuie pas. » Il tendit un papier à Jake, qui le lut, puis le signa rapidement.

« Merci madame, dit-il en se levant.

— Au fait, Ed, quand vous l'arrêterez, faites-le-moi savoir. J'aimerais pouvoir lui dire un mot moi-même.

— Entendu, madame.

— Ed ?

— Madame ?

— Beau travail. »

Crawshaw était à peine sorti que le standard appelait Jake pour lui dire que Wittgenstein était en ligne. Elle enfonça immédiatement la touche qui la reliait au vidéophone installé chez sir Jameson Lang à Cambridge.

« C'est lui, professeur, annonça-t-elle à Lang, visiblement surpris. Wittgenstein. Vous êtes prêt ?

— Je crois, oui », dit Lang tout en rajustant sa cravate.

Un message apparut sur l'écran de Jake, lui signifiant que la procédure de localisation de l'appel avait déjà démarré. Elle demanda au standard de lui passer Wittgenstein.

« Inspecteur principal ? dit-il calmement.

— Oui. Je suis heureuse que vous appeliez. » Elle aurait bien voulu pouvoir discuter avec lui par l'intermédiaire d'un vidéophone pour voir son visage.

« Je n'en doute pas. Voulez-vous que nous testions le son pour votre enregistrement ? Contrôle, contrôle, un-deux-trois. C'est bon ? J'espère que vous enregistrez bien cette conversation, dit-il en riant. Qui sait si elle ne restera pas dans l'histoire. Nous voilà loin des messages barbouillés à la craie sur les lieux du crime. "Les Juifs ne seront pas blâmés pour rien."

— Jack l'Éventreur, dit Jake, reconnaissant la citation. Ce message se trouvait à côté de sa première victime. Qui était-ce déjà ? Catherine Eddowes ?

— Excellent, dit la voix. Vous m'impressionnez, inspecteur principal. Si ça n'était pas aussi ringard, je vous dirais bien que vous êtes un adversaire digne de moi. » Après une pause, il reprit : « Puis-je vous appeler Jake ? J'ai l'impression de déjà bien vous connaître.

— À votre aise. De quoi voulez-vous que nous parlions ?

— Ah non, Jake, pas ça. Ce débat, c'est le vôtre. Si je suis là, c'est parce que vous m'avez invité. C'est vous qui êtes censée me mettre en confiance, me mettre suffisamment à l'aise pour que je vous fasse des révélations à mon sujet : c'est bien ça, non ? Mais d'abord, que je vous dise deux choses, Jake. La première, c'est qu'il est inutile de vous donner la peine de localiser mon appel : je me sers d'un téléphone satellite. Ah, les miracles de la technologie moderne ! La seconde, c'est qu'à un moment donné de notre petite conversation, je devrai vous quitter pour commettre un meurtre. L'identité de la victime ? Une petite surprise que je garde pour la fin. Alors seulement, je vous donnerai son nom de code. Mais il ne faut pas que cela vous inquiète. Essayez d'imaginer que je fais de la publicité pour un nouveau livre ou un nouveau CD. Nous avons tout le temps. Si mon homme s'en tient à son emploi du temps habituel, nous disposons d'au moins vingt minutes. »

La voix semblait plus légère et plus impertinente que sur le CD. Mais Jake savait que le sergent Jones avait déjà fait basculer l'appel vers le psychiatre forensique du Yard pour que celui-ci dresse un bilan psychologique plus précis. En ce moment même, un ingénieur acoustique devait chercher à isoler et à identifier tous les éventuels bruits de fond. Jake alluma une cigarette. Au diable le règlement ! C'était un cas d'urgence.

« J'espérais vous convaincre de laisser tomber, dit-elle. D'arrêter de tuer. Il y a eu assez de meurtres comme cela. Peut-être même de vous rendre, ajouta-t-elle en tirant longuement et goulûment sur sa cigarette. Vous savez, j'aimerais vous aider, si c'est en mon pouvoir.

— Vous avez aimé les photographies que je vous ai envoyées, Jake ? » demanda-t-il.

Elle comprit qu'il essayait de la provoquer, de voir jusqu'où pouvait aller son désir de l'aider.

« Elles étaient très bonnes, dit-elle d'une voix égale.

— Vous le pensez vraiment ? demanda-t-il d'un ton légèrement incrédule et mécontent. Je n'étais pas sûr d'être tombé juste pour les lèvres de votre vagin. Pour la toison de votre pubis non plus, d'ailleurs. J'ignorais si vous étiez du genre touffu ou pas, si vos poils poussaient au bord des grandes lèvres ou bien s'arrêtaient à la ligne du pubis. Alors ? Comment m'en suis-je tiré ?

— Ça suffit, dit Jake qui se sentit rougir. Vous savez que l'appel est enregistré. Vous cherchez quoi ? À m'embarrasser devant tous mes collègues ? Parlons d'autre chose.

— De votre anus, alors ? Ou de vos mamelons ?

— Sincèrement, vous devriez changer de registre. Vous essayez de donner le change, mais cela ne trompe personne. Des vrais détraqués sexuels, j'ai eu l'occasion d'en rencontrer et, croyez-moi, vous êtes loin du compte. Vous voulez tout simplement que je vous prenne pour ce que vous n'êtes pas. Je me trompe ?

— Entendu, n'en parlons plus », dit Wittgenstein en s'esclaffant.

Voilà qui était intéressant, se dit-elle. On pouvait le contredire sans pour autant le faire sortir de ses gonds. Elle avait donc affaire, du moins à ce niveau-là, à un être doué de raison.

« Et si je vous disais que nous nous sommes croisés de si près, Jake, que j'ai pu sentir votre parfum ? Je l'ai reconnu tout de suite. *Ivresse*, de Luther Levine. »

Jake sursauta. Comment pouvait-il être au courant ?

« Certains le trouveraient sans doute un peu écœurant, mais moi, j'aime assez. Pour ne rien vous cacher, il m'a même fait bander. Mais je suis plus sensible aux odeurs que la plupart des gens.

— Comment savez-vous pour mon parfum ? Vous m'avez suivie ?

— Non, dit-il. Mais nous avons eu l'occasion de nous rencontrer. De quoi parlions-nous ? Ah oui, vous étiez en train de me raconter des conneries à propos de l'aide que vous étiez prête à m'apporter. »

Jake essayait désespérément de se concentrer sur leur conversation, mais elle était encore sous le coup de sa révélation. Ils s'étaient rencontrés. Mais quand ? Et où ?

« C'est pourtant vrai, dit-elle.

— Vous vous faites des illusions, Jake.

— Laissez-moi au moins vous convaincre alors de ne plus tuer. Quel intérêt ?

— Il y en a un, bien réel, Jake. Il se peut que nous nous entendions sur les faits : je tue des hommes, et les critères qui permettraient de décider de la légitimité de mes actes sont légion ; en revanche, pour ce qui est de la validité de mes actes, il n'y a guère de critères déterminants. Si nous devions discuter de ce que je fais ou de ce que j'ai fait, il faudrait d'abord nous préoccuper d'en donner une description exacte. Laquelle nécessiterait un examen des notions du bien et du mal et de la morale en général. Peut-on prouver que mes actes vont à l'encontre des intérêts de la communauté au point de mériter un châtiment, ou peut-on au contraire aller jusqu'à dire que ces homicides sont justifiés ?

— Mais tout ceci reste purement verbal…

— Vous me décevez, Jake. L'objection serait recevable si dire de ce que je fais que c'est légal ou illégal, justifié ou injustifié, n'avait pas d'autres conséquences.

Mais les choses prennent une autre tournure à partir du moment où "homicide illégal" revient à dire "coma punitif".

— Ce que vous avez fait est on ne peut plus illégal. Toute société digne de ce nom ne peut que condamner le meurtre.

— Encore faudrait-il savoir ce que l'on entend par "meurtre" et par "digne de ce nom". Je peux très facilement démontrer, par exemple, qu'un meurtrier ne doit pas être puni. Partons de la définition selon laquelle un meurtrier est celui qui tue avec l'intention de tuer, tout en sachant que ni la société ni la victime ne le souhaitent. Ainsi, si Brown tue Green et se retrouve condamné à une période de coma punitif ou d'emprisonnement au bout de laquelle il est réinséré dans la société, il n'en reste pas moins un meurtrier. Qu'un meurtrier doive être puni n'est donc, comme vous le voyez, pas toujours vrai. »

Jake jeta un coup d'œil sur l'écran du vidéophone et fit un signe de tête à l'adresse de Jameson Lang. « J'aimerais vous présenter quelqu'un, dit-elle dans le micro du téléphone. Il s'agit de sir Jameson Lang, professeur de philosophie à Cambridge. Je lui ai demandé de se joindre à nous ; j'espère que vous n'y voyez pas d'inconvénient.

— Franchement, Jake, dit Wittgenstein d'un ton sec, vous m'étonnez. Je ne vous aurais pas crue capable de tricher comme ça. Faire appel à un souffleur – c'est un peu fort. D'un autre côté, je suis flatté de pouvoir parler au professeur. Je connais bien son œuvre. Les romans, j'entends. Pour ce qui est des ouvrages philosophiques, ajouta-t-il avec un ricanement méprisant, je ne pense pas qu'il en ait jamais commis un.

— Bonjour, dit le professeur d'un ton hésitant. L'exemple que vous venez de donner repose sur une grammaire philosophique incorrecte. Surtout la manière dont vous utilisez le subjonctif dans "doive être puni". Toutefois, toute considération sémantique mise à part, l'inspecteur principal a tout à fait raison : il existe un critère universel qui s'applique à la nature même de nos actes.

— À mon tour, professeur, de parler sémantique. Tout dépend de ce que vous entendez par le mot "universel". Quand vous parlez de la nature de mes actes, vous n'entendez que la nature qu'ils pourraient avoir d'un point de vue ordinaire, dans des conditions d'enquête ordinaires, comme par exemple si l'on demandait son opinion au premier quidam venu.

« Mais voyez-vous, professeur, je pourrais très bien avoir décidé de ne pas retenir les critères de cet homme, et avoir adopté ceux du chasseur de têtes moyen d'Amérique du Sud, ou du héros existentiel de Camus, ou peut-être d'un anarchiste, voire d'un membre appartenant à un groupe d'autodéfense d'extrême droite, ou d'une féministe extrémiste ou d'un Maldoror d'aujourd'hui. Il se pourrait que je décide d'adopter tous leurs critères à la fois. Voyez-vous, ce qu'ils penseraient de la nature de mes actes mérite autant de considération que ce que peut en penser n'importe quel quidam empaillé végétant dans un désert de banalités. Il vous faudrait nier que mes actes sont en eux-mêmes d'une nature unique, sauf à vous faire accuser de parti pris.

— Mais précisément, intervint Lang, ce que nous appelons société n'est pas autre chose qu'un parti pris vis-à-vis d'un critère commun du bien et du mal.

305

— Cela ne nous dit rien sur la vérité de mes actes. Il n'y a là qu'apparence de vérité. Pendant des milliers d'années, quand un homme s'emparait des biens de son voisin, on a parlé de vol. Mais pendant près d'un siècle, dans certaines parties du monde, ce "vol" a été légitimé au nom du marxisme. Il se peut très bien que la philosophie politique de demain cautionne le meurtre comme le marxisme d'hier a cautionné le vol. Vous parlez des critères d'une société digne de ce nom, professeur Lang. Mais que vaut une société qui, d'un côté, tient pour grand un président des États-Unis capable de donner l'ordre d'utiliser des armes nucléaires pour tuer des milliers de gens et qui, de l'autre, considère comme criminel le meurtrier d'un seul président ?

— Si c'est au président Harry Truman que vous faites allusion, dit Lang, je vous signale qu'il n'a pris cette décision que pour mettre fin à la guerre. Pour sauver des vies humaines. La bombe était la seule façon d'éviter un plus grand massacre.

— Ce que je fais ressortit à la même motivation : empêcher un plus grand massacre.

— Mais vous n'êtes pas en position de faire un tel choix. C'est donner un mauvais exemple à la société.

— À vous entendre, on vous prendrait pour un moraliste conservateur, professeur.

— C'est possible. Mais il vous faut bien reconnaître qu'aux yeux de cette société dont vous semblez dire que vous la rejetez, il faut que vous soyez arrêté et condamné.

— Il faut ? dit Wittgenstein en riant. Non, je n'en accepte que l'éventualité.

306

— Vous prétendez agir pour sauver des vies humaines. Vous devez donc nécessairement admettre que le respect de la vie humaine est le fondement de toute morale.

— Non. Uniquement de cette vie humaine qui vaut d'être vécue.

— Et quels sont vos critères de jugement ?

— Dans la plupart des cas, c'est une appréciation d'ordre subjectif.

— Ne pensez-vous pas que les hommes que vous avez tués avaient le sentiment que leur vie se justifiait ?

— Très probablement. Mais, ajouta-t-il d'une voix plus sombre, ils pouvaient très bien se tromper. Supposez qu'Einstein ait reçu de mauvaises nouvelles de sa femme et qu'il en ait perdu le goût de vivre. Est-ce que l'on ne se serait pas senti obligé de lui rappeler à quel point une vie comme la sienne se justifiait ? Aurait-on pu retenir son point de vue comme ultime critère de décision ?

— Vous avez raison sur ce point, admit Lang. On se serait effectivement senti dans une telle obligation.

— Vous devez donc nécessairement admettre la possibilité que certains puissent surestimer la valeur qu'ils accordent à leur propre existence ?

— En toute logique, oui. Mais je ne vois pas comment on pourrait le démontrer.

— Supposez qu'une telle personne mette en danger d'autres vies en s'accrochant désespérément à la sienne. N'y aurait-il pas alors moyen de le démontrer ?

— Peut-être.

— Ne vous croiriez-vous pas autorisé à éliminer une telle personne ?

— Cela dépendrait des circonstances, dit Lang. Il faudrait que le risque encouru par les autres soit très réel. Je vois où vous voulez en venir, mais je ne pense pas que votre cas soit aussi clairement défini que celui que vous me décrivez.

— Quels devraient être, selon vous, les critères déterminants dans une telle décision ?

— Il faudrait qu'ils soient objectifs. On pourrait tenter d'apprécier ce que ferait l'homme raisonnable dans des circonstances semblables.

— Une appréciation subjective d'un critère objectif ? dit Wittgenstein avec un petit gloussement. Voilà qui est intéressant. Il ne vous est pas venu à l'esprit que j'avais pu essayer d'apprécier objectivement le cas de mes frères NVM-négatifs ? Et que j'étais arrivé à la conclusion que le risque encouru par les autres était démontrable ?

— C'est le caractère démontrable de ce risque que je mets en question.

— Mais, professeur, il était démontrable dès mon premier meurtre. À partir de ce moment-là, le risque que certains de mes semblables agissent comme moi était on ne peut plus clair.

— Non, absolument pas, dit Lang avec irritation. Vous essayez de prouver la cause à partir de l'effet. Vous êtes en train de me dire qu'un meurtre dont vous êtes l'auteur suffit à prouver que d'autres, dans la même situation que la vôtre, risquaient de se transformer en meurtriers. Je refuse d'accepter cette manière d'utiliser un argument *a posteriori*.

— Je crains bien que vous n'ayez pas le choix, professeur, gloussa Wittgenstein. Du moins pour l'instant. Il est temps que j'y aille.

— Je vous en prie, attendez, dit Jake.

— Désolé, je ne peux pas. Nous poursuivrons notre petite discussion une autre fois. Il se trouve que ma prochaine victime arrive plus tôt que prévu. Ah, j'oubliais, j'avais promis de vous donner son nom de code, je crois ? Eh bien, il s'agit de René Descartes. Et maintenant, vous m'excuserez, mais il faut vraiment que je m'occupe d'expulser un dieu de sa machine.

— Attendez… », répétèrent ensemble Jake et le professeur. Mais Wittgenstein était déjà parti.

« Il ne racontait pas de conneries, déclara le sergent Jones. L'appel était transmis par l'Injupitersat et provenait de Londres ou de ses environs immédiats. Impossible d'être plus précis avec un téléphone satellite.

— Nous aurions dû nous douter qu'il se servirait d'un truc de ce genre, dit Jake, exaspérée.

— Les téléphones satellites sont chers, madame. Sans parler du fait qu'ils ne sont pas autorisés par la loi.

— Sans doute. Mais ce sont précisément les raisons qui devraient nous permettre de découvrir où il se l'est procuré. Si vous, vous vouliez acheter un téléphone satellite, vous iriez où ? .

— Il n'y a qu'un endroit pour ce genre de choses, dit Jones en plissant les lèvres. Tottenham Court Road. Mais si c'est bien là qu'il l'a acheté, je veux être pendu, ajouta-t-il en hochant la tête, si on arrive à faire parler ces types.

— Vous allez devoir leur garantir l'immunité quant à d'éventuelles poursuites. Mais il vaut mieux que ce soit moi qui m'occupe de cet aspect-là de l'affaire avec le bureau du procureur.

— Au fait, dit Jones prudemment, il avait raison pour votre parfum ?

— Oui. Tout à fait. Mais il n'y a rien à faire, j'ai beau réfléchir, je n'arrive absolument pas à me rappeler où j'ai bien pu le croiser.

— Vous êtes sûre qu'ils n'en parlaient pas dans ce fameux article ?

— Sûre et certaine.

— Peut-être qu'il vous menait en bateau.

— C'est possible, dit Jake d'un ton peu convaincu.

— Vous voulez un garde du corps ? Juste au cas où il chercherait effectivement à vous rencontrer. »

Jake réfléchit à cette proposition. Aucun de ses collègues masculins n'aurait demandé à être protégé : sauf si leurs familles avaient été en danger. Elle fit un signe de dénégation.

« Ce n'est pas la peine. Après tout, il ne m'a pas vraiment menacée. Et puis, de toute façon, j'ai mon pistolet. »

C'est de plus en plus facile.

Descartes a quitté l'agence de publicité de Charlotte Street où il travaillait et a pris vers le sud pour se rendre au centre commercial de New Oxford Street.

Entre St Giles' Circus et Bond Street s'élève, dépassant le sommet des arbres de plus de dix mètres, une structure en verre qui abrite deux étages de boutiques, de restaurants, de bureaux de change, de cinémas, de sociétés immobilières, d'expositions et d'éventaires proposant toutes sortes de babioles, de souvenirs genre artisanat local, le tout sur un bruit de fond permanent, dû aux innombrables guitaristes, jongleurs, clowns ou danseurs qui tous semblent décidés à amuser la foule comme s'il en allait de leur vie.

Pour traverser le centre commercial, Descartes est entré par Rathbone Street et ressorti sur Soho Square où, balançant leurs matraques et flirtant avec les prostituées, des policiers de la Brigade anti-émeute, armés jusqu'aux dents, faisaient nonchalamment les cent pas sans toutefois quitter d'un pouce leur véhicule blindé. Je l'ai suivi, tout en évitant de justesse l'un des automates-sandwichs du centre qui patrouillait par là (Mangez sushi chez Jo ! Bronzez en prenant votre bain avec Soldebain ! Y a qu'un connard pour boire une canette de Canberra ! proclamait le petit robot, aussi large que haut).

Descartes était vraiment horrible à regarder : vêtements informes aux couleurs criardes dignes d'un des clowns stupides qui l'entouraient, cheveux ridiculement courts sur les côtés, longs et raides sur le sommet du crâne, mallette en plastique transparent qui révélait son contenu avec complaisance : journal, cigarettes, ordinateur portable et DVD, tout ce qu'il lui fallait pour passer le temps dans son train de banlieue. Il venait sans doute de terminer une pub infecte pour des hamburgers, une lessive protonique ou une marque de jeans effrangés. Il avait bien une tête à ça, à faire une pub pour des jeans. Cogito ergo sum ? Foutre non, me dis-je à moi-même tout en quittant le centre commercial : si ta pauvre tête de NVM-négatif était seulement capable de penser, tu ne travaillerais pas pour les professionnels du baratin.

Il a traversé les jardins bien entretenus de Soho Square, puis s'est engagé dans Dean Street, s'arrêtant juste une seconde devant une petite librairie avant de s'engouffrer, tête baissée, dans un sex-club.

Je suis resté planté quelques minutes à regarder la vitrine jaunie où une collection de photographies en noir et blanc présentait de manière peu convaincante les filles censées s'exhiber à l'intérieur. Ce n'était pas tant ces nus peu attirants qui me gênaient, que les photos elles-mêmes qui donnaient l'impression d'être terriblement datées, comme si elles avaient été prises dix ou quinze ans plus tôt, à une époque où les femmes avaient encore ce genre de seins ou de coiffures.

« Du sexe, du vrai, en direct ; la séance vient de commencer », aboya l'hippopotame au visage rubicond

installé derrière la vitre blindée du guichet. « Seulement vingt-cinq dollars européens. Le spectacle le plus hard de Londres, monsieur. »

J'ai compté mes cinq billets devant lui et reçu en échange un ticket rose arraché à un rouleau de la taille d'une assiette. Les marches ont craqué sous mon poids comme si elles allaient s'effondrer tandis que je m'enfonçais avec précaution dans les entrailles du club. La fille qui était sur scène venait juste d'enlever sa culotte et la faisait tourner au bout de son doigt. On aurait dit qu'elle cherchait à s'éventer avec, tellement il faisait chaud.

« Salut, mon joli », babilla-t-elle au moment où je passais la tête pour voir où se trouvait Descartes.

Je n'ai eu aucune difficulté à le repérer : il était assis tout contre la scène pas plus grande qu'un mouchoir de poche. Impossible de le manquer avec ses cheveux ridicules qui se découpaient dans la lumière des spots.

Je me suis assis juste derrière lui, sans même qu'il s'en aperçoive. Il était bien trop occupé à regarder la fille qui s'appliquait une bonne dose de vaseline dans la raie du derrière et en enduisait ensuite le fond d'une bouteille de champagne. Au moment où j'étais en train de me dire : non, elle ne va tout de même pas... elle m'apporta un démenti formel en faisant disparaître la bouteille dans ses intérieurs jusqu'à ce qu'on ne voie plus que le bouchon.

Une chose est identique à elle-même. Voilà une proposition inutile qui nécessite néanmoins un effort d'imagination. C'est comme si à nous représenter une chose telle qu'une bouteille de champagne nous la mettions dans sa propre forme et constations qu'elle

313

s'y ajuste. On regarde alors la chose et l'on se repré-
sente un vide ménagé pour elle, dans lequel elle rentre
exactement. Mais il s'agit là d'une autre histoire.

C'était d'une obscénité presque risible. J'ai vu la
bouteille aspirée par une contraction des fesses, puis
repoussée. Un processus interne qui ne peut être
apprécié que par des critères externes. Un être humain
en train de déféquer une bouteille de champagne.

Pétrifié, René Descartes était assis très raide sur sa
chaise ; c'est à peine s'il osait respirer. Je me suis
demandé si cela faisait partie de sa quête introspec-
tive ? Ses sens le trompaient-ils en ce moment sur le
compte de choses qui semblaient à peine perceptibles ?
Pensait-il avoir affaire à un rêve peuplé de formes plus
improbables encore que celles qui hantent l'esprit des
fous dans leurs moments d'éveil ? Croyait-il être chez
lui en réalité, couché tout nu sur son lit ?

On lui aurait aisément pardonné de croire à un cau-
chemar. La fille a poussé un petit grognement, puis un
gloussement en attrapant le goulot de la bouteille
qu'elle a retirée, avec un horrible bruit de succion, de
son anus. C'était comme de regarder une malade, sous
anesthésie sur la table d'opération, en train de se
livrer à quelque acte chirurgical sur elle-même.
L'impossibilité apparente de ce qu'elle faisait et le
sentiment d'ahurissement qui était le mien semblaient
souligner le côté irréel de la situation. Je me suis même
surpris à étendre le bras à hauteur de mes yeux, pour
m'assurer que je ne rêvais pas. Ce qui se produit dans
le sommeil ne saurait avoir une telle clarté, une telle
netteté. Mais, bien sûr, Descartes savait que la sub-
tilité des illusions qu'il génère rend le sommeil

trompeur, que rien ne permet de distinguer avec certitude l'état de veille du sommeil. Ou même de la mort.

Pendant un moment, je me suis perdu en conjectures. Mon étonnement était tel qu'il m'aurait presque convaincu que j'étais vraiment en train de rêver. La bouteille a disparu à nouveau dans le corps de la fille. À nouveau, elle a fait son petit mouvement de va-et-vient.

Un rêve donc. En mieux même. C'était plus facile pour lui comme pour moi. J'ai sorti mon pistolet à gaz en me disant que je pouvais difficilement le manquer. Il n'empêche que si je dis « le pistolet vise le point p à l'arrière de la tête de Descartes », je ne dis rien quant à l'endroit où la balle viendra le frapper. Donner des indications sur le point visé est un moyen géométrique d'assigner une direction au projectile. Que ce soit là le moyen que j'utilise est certainement lié à certaines observations (paraboles de projectiles, etc.), lesquelles n'entrent pas pour l'instant dans notre propos.

« Maintenant », a dit la voix.

Je n'en suis pas revenu. Qui avait parlé ? Descartes ? Nietzsche ? Dieu ?

« Oui, allez, maintenant », a dit la voix à nouveau.

La fille a poussé un gémissement à peine perceptible. Les encouragements ont fusé dans la salle avec une violence renouvelée.

« D'accord », ai-je dit en pointant le canon du pistolet sur sa tête.

À quatre pattes sur la scène, la fille a extirpé la bouteille de son derrière, puis elle s'est relevée pour saluer. Les applaudissements ont crépité, tout le monde avait apprécié le numéro. Tout le monde sauf Descartes. Mais personne ne faisait attention à lui.

J'ai remis mon pistolet dans son étui et je suis remonté vers la lumière.

Comme lui, j'ai peur de sortir de ce sommeil. Au cas où il faudrait vivre l'état de veille laborieux qui suivrait la tranquillité de ce repos non point à la lumière du jour, mais dans les ténèbres des difficultés dont je viens de faire état.

C'est vrai : personne n'a fait obstacle à ma liberté. C'est ma vie qui l'a épuisée jusqu'à la dernière goutte. Beaucoup d'histoires pour rien. Cette vie m'aura été donnée pour rien. Et pourtant, je n'en changerais pas. Je suis tel que j'ai été fait. Mais je peux encore goûter l'échec d'une vie. Après tout, j'ai l'âge de raison.

Quelle raison ai-je d'admettre que mon pistolet fera feu si j'appuie sur la détente ? Quelle raison de croire que, si je tirais dans la tête d'un de mes frères, je lui ferais exploser le cerveau ? Lorsque je pose ces questions, des raisons se pressent en foule dont chacune couvre la voix des autres. « J'en ai fait moi-même l'expérience nombre de fois ; et j'ai entendu parler autant de fois d'expériences analogues. L'autre jour encore, dans un magazine, il y avait un article d'un ex-tueur de la Mafia qui disait avoir toujours abattu ses victimes d'une balle dans la tête pendant qu'elles mangeaient leur soupe. » (J'ai au moins le tact de ne pas déranger les gens pendant leur repas.)

La Raison est première dans la Nature, créée afin que l'homme puisse découvrir et percevoir, et elle est à distinguer de la Sensibilité et de l'Intellect. Certes, elle a une tendance très naturelle à vouloir trop en faire, à dépasser les limites de ce qui peut être expérimenté, et toutes les déductions qui pourraient nous éviter les terrains les plus glissants sont fallacieuses et sans valeur.

Et pourtant... pourtant l'esprit doué de raison est capable aussi de produire des monstres.

Il existe une gravure du génial Goya dans laquelle des créatures de la nuit éternelle planent menaçantes au-dessus d'un homme endormi – qui peut-être n'est autre que Goya lui-même. Rares sont les peintres capables de rivaliser avec ses fantasmes morbides. Les monstres de cette gravure sont, bien entendu, symboliques. Le vrai monstre, comme nous le dit Hobbes (aussi bien que Freud), c'est l'Homme lui-même – brute sauvage, égoïste, aux instincts meurtriers. La société, nous dit Hobbes, existe pour que l'homme puisse abandonner, enchaînée derrière lui, sa nature de brute, pour qu'il puisse aspirer à quelque chose de plus élevé.

Mais si l'homme, dans son état originel, est un être asocial, prédateur et destructeur, peut-on dire quand il aspire à dépasser cet état qu'il se rapproche de Dieu ou qu'au contraire il s'en éloigne ?

Je trouve, pour ma part, les aspects de mon tempérament qui vont dans le sens de la solitude, de la bassesse, de la brutalité et de l'insuffisance bien plus forts que les contraintes civilisatrices imposées par la société. Je ne comprends que trop bien ceux qui se révoltent contre l'univers.

Nous cherchons tous à sonder l'esprit du meurtrier en série et à comprendre ce qui le pousse à commettre des crimes aussi repoussants.

Et pourtant, lequel d'entre nous peut dire honnêtement, du fond de son cœur hobbesien, qu'il ne possède pas déjà la réponse ?

13

L'homme était tassé sur son siège, le menton dans la poitrine, les bras pendants, réplique caricaturale d'un gorille endormi. Sa nuque, très rouge, avait l'air tout écorchée : on aurait pu croire à un gros coup de soleil, mais c'était le sang qui avait formé une croûte.

Jake observa soigneusement le corps. Il ne faisait pas si mauvaise impression. Dans la mort, le corps d'un homme présente toujours mieux que celui d'une femme. En principe, les vêtements sont tous là, et il n'y a pas traces de sévices : pas de seins ou de mamelons en moins, pas de petits cadeaux dans les parties les plus intimes. Six balles dans la nuque : tous ne s'en tiraient pas aussi bien. Ce corps lui rappelait certaines victimes de la Mafia, à Palerme, qu'elle avait eu l'occasion de voir en photo. Elle avait été surprise par la netteté des exécutions. Le lieu du crime (en général un restaurant) avait peu souffert. Quelques balles dans la tête, une sortie discrète, une victime aux yeux écarquillés abandonnée à la contemplation de sa chemise, de son nombril ou de son minestrone.

Avec lui, c'était la même chose. Jake savait que son assassin devait être de ces hommes propres et minutieux. Mais elle se demanda s'il prenait réellement plaisir à tuer. Ou bien si, à l'instar d'un tueur à gages, le meurtre était pour lui une simple corvée, comme une déclaration d'impôts ou une séance chez le dentiste. Un travail. Rien de personnel. Un travail, c'est tout.

Elle s'assit juste derrière le corps, à côté de l'inspecteur Stanley, arrivé sur les lieux bien avant elle. Il gardait le silence. Il n'y avait pas besoin d'explications : on voyait très bien ce qui s'était passé. Jake finit par dire avec un soupir : « Des témoins ? »

Avant de répondre, Stanley tira sur son col de chemise pour libérer sa pomme d'Adam et essaya de se décontracter le cou en remuant la tête.

« La plupart d'entre eux se sont tirés dès que quelqu'un s'est aperçu que M. Armfield, *alias* René Descartes, s'était fait descendre. Terrorisés sans doute, ajouta-t-il avec un rire méprisant, à l'idée que leurs épouses puissent découvrir qu'ils avaient seulement mis le pied dans un bouge pareil.

— Et les gens qui dirigent la boîte ?

— Il y a la fille qui était sur scène à ce moment-là. Et puis le propriétaire, M. Grubb. Il était en haut, au guichet. À les entendre, ils n'ont rien vu ni l'un ni l'autre.

— La fille était à moins de six mètres du tueur quand il a fait feu, dit Jake en désignant la scène. Avec ces spots, elle n'a pas pu ne pas voir son visage.

— Apparemment, elle fait l'essentiel de son numéro le dos au public, expliqua-t-il d'un air gêné. Et puis elle était à quatre pattes.

— Elle faisait quoi au juste ?

— J'ai cru comprendre qu'elle dégustait une bouteille de champagne, madame, dit Stanley esquissant un sourire et rajustant son col de chemise. Par voie anale.

— Je vois », dit Jake avec dégoût. La manière dont les hommes trouvaient à se divertir ne cessait de l'étonner. « Et il y avait à peu près combien d'hommes dans la salle ?

— Grubb dit avoir vendu entre dix et quinze billets dans les deux heures qui ont précédé la mort d'Armfield. Nous avons déjà envoyé le contenu de sa caisse au labo, au cas où il y aurait des empreintes.

— J'ai comme l'impression que notre homme a dû se faire éclabousser, dit Jake en montrant du doigt le dossier du siège de devant taché de sang. Il ne doit pas y avoir beaucoup d'hommes à être sortis d'ici avec du sang sur leurs vêtements.

— Grubb affirme qu'il ne se souvient de rien, dit Stanley en haussant les épaules.

— Peut-être bien qu'il n'aime pas beaucoup la police. Des condamnations ?

— Une ou deux. Pour gains immoraux. De vieilles histoires, en fait.

— Dites à ce Grubb, dit Jake en regardant le décor miteux qui l'entourait, que vous allez lui envoyer un inspecteur de la sécurité, histoire de vérifier l'état des sorties de secours, des avertisseurs d'incendie et du reste. Ça l'aidera peut-être à retrouver la mémoire. Je veux aussi que vous mettiez la main sur quelques hommes pour interroger tous les gens du quartier : ouvriers du bâtiment, contractuels, coursiers, prostituées, commerçants, tout le monde. Je veux savoir si quelqu'un se souvient d'avoir vu un homme avec des taches de sang. Compris ?

— Oui, madame.

— Bien. Où est la fille qui était sur scène ?

— Je lui ai dit d'attendre dans sa loge, dit Stanley. J'ai pensé que vous voudriez l'interroger. C'est par là », dit-il en désignant un rideau sur le côté de la scène.

Jake se leva et contourna les sièges. Elle monta sur la scène et, voyant les inspecteurs qui s'affairaient en dessous d'elle, essaya d'imaginer ce qu'avait pu voir la fille qui faisait son numéro. Elle n'en crut pas ses yeux. Les sièges avaient l'air de sortir d'un car envoyé à la casse. Il y avait un grand trou dans l'un des murs tendus de tissu. Les planches inégales de la petite scène étaient recouvertes d'un lino bon marché. Une forte odeur de désinfectant s'échappait des toilettes toutes proches. Inconcevable qu'on puisse avoir idée de se rendre dans un pareil endroit pour se divertir. Et pourtant, ils étaient bel et bien venus tous ces hommes, pour regarder sans broncher une femme perdre sa dignité, dégringoler la pente. Tous ces hommes qui, comme des rats au fond d'une cave, attendaient le moment de se repaître du cadavre d'une femme.

Qu'est-ce qu'on pouvait bien ressentir ? se demanda-t-elle. À rester là debout, nue, devant une salle pleine d'étrangers. Pire que cela : à donner en spectacle, à étaler toutes les fonctions de son corps, à devenir une leçon d'anatomie vivante pour quelques carabins amateurs. Elle se serra convulsivement les bras, frissonnant de dégoût.

« Vous nous faites un petit numéro, madame ? » cria une voix, suivie de quelques gros rires.

Jake jeta un regard froid et méprisant à ses collègues. Ils étaient décidément tous pareils. « Faites donc votre boulot », siffla-t-elle.

La loge n'était rien d'autre qu'une penderie, avec une ou deux tringles munies de quelques cintres vides et une glace sur le mur pour la faire paraître plus grande. Sous une ampoule nue était assise une fille d'une vingtaine d'années, vêtue en tout et pour tout d'un peignoir rouge en coton comme celui que Jake enfilait quand elle allait chez le docteur Blackwell. Le témoin récalcitrant de Jake était assis sur un futon graisseux, en train de fumer une cigarette et de bougonner d'un ton rageur.

« Qui vous êtes ? aboya-t-elle quand Jake franchit la porte. Qu'est-ce que vous voulez ?

— Je suis l'inspecteur principal Jakowicz.

— Je peux m'en aller maintenant ? demanda la fille, avec l'insolence d'une gamine.

— Vous feriez peut-être mieux de vous habiller d'abord. »

La fille écrasa son mégot sur la couverture d'un vieux magazine et fut sur pied d'un bond.

« J'aimerais vous poser quelques questions, dit Jake.

— Mais j'ai déjà parlé à l'autre flic. Je lui ai dit tout ce que je savais.

— Ah oui ? Je comprends que vous ne lui ayez pas dit grand-chose, dit Jake. Moi-même, ça ne m'emballe pas outre mesure de discuter avec lui. Surtout dans un endroit pareil. Rien de tel pour vous faire voir les hommes tels qu'ils sont.

— Ça, c'est bien vrai, ricana la fille. Bon, d'accord, dit-elle accédant à la requête de Jake. Allez-y, posez-les, vos questions. Mais fermez d'abord la porte. J'ai pas envie qu'un de vos copains s'amène pendant que je m'habille, histoire de se rincer l'œil gratis. »

Jake donna un tour de clé et s'appuya contre la porte.

« Comment vous appelez-vous ? demanda-t-elle, cherchant ses cigarettes dans son sac.

— Clare », dit la fille, qui laissa tomber son peignoir.

Jake alluma sa Nicomoins et eut pour la nudité de la fille un œil critique de peintre ou de sculpteur. Elle n'était pas jolie de visage. Pas même agréable. Le nez cassé, encore que sans trop de mal, les lèvres un peu trop sensuelles et les dents un peu trop protubérantes. Un visage sans grande intelligence, mais dur et rusé. Elle avait la peau douce et souple et semblait trop jeune pour faire ce métier, mais Jake s'abstint de toute remarque, craignant d'avoir l'air condescendant.

Clare fouilla dans son sac de marin écossais à la recherche de ses sous-vêtements.

L'impudeur libidineuse du petit visage dur suffisait à masquer ses imperfections évidentes. Jake comprenait maintenant le genre d'attirance qu'elle devait exercer sur les hommes.

« Vous avez tout vu, c'est bien ça ? demanda-t-elle.

— On voit forcément de tout dans une boîte comme ça, dit la fille qui enfilait sa culotte.

— Ce n'est pas ce que je voulais dire.

— Ah bon ? Vous vouliez dire quoi, alors ?

— Le mort, vous l'aviez déjà vu avant ?

— Je l'ai interpellé au moment où il descendait les escaliers pour venir s'asseoir.

— Vous le reconnaîtriez ? »

Elle eut un signe de tête affirmatif et tira sur sa jupe.

« Dans ce cas, pourquoi avoir dit à mon collègue que vous n'aviez rien vu ? Vous savez, il y a de grandes chances pour que vous ayez vu le meurtrier.

— Je sais pas. » Clare haussa les épaules. « Probable que j'avais peur. Dans ce boulot, on peut s'attirer pas mal d'ennuis si on parle aux flics. Les gens n'aiment pas beaucoup ceux qui ont des choses à leur raconter, vous savez.

— Vous faites allusion à M. Grubb ?

— Oui. Il y a des moments où il peut être violent.

— Il vous frappe ?

— Ça lui arrive. Jamais sur la figure, notez bien. Et puis c'est pas seulement ça. S'il apprenait que je vous dis des choses en ce moment, il pourrait en conclure que je suis prête à vous en raconter d'autres. Je risquerais de perdre mon boulot. Grubb dit qu'il y a plein de Chinoises prêtes à faire ce que je fais pour moitié moins.

— Si je vous promettais d'arranger les choses avec Grubb, est-ce que vous accepteriez de jeter un coup d'œil à quelques portraits-robots pour voir si vous pourriez y apporter quelques améliorations ? »

Clare acquiesça une nouvelle fois de la tête et enfila un sweat-shirt qui n'était pas de la première fraîcheur.

« Vous me promettez de vous arranger pour qu'il s'en prenne pas à moi ?

— C'est promis. Je demande à un de mes hommes de vous accompagner au Yard. »

En remontant les escaliers, Jake s'arrêta pour prendre une longue goulée d'air. Elle était hors d'elle à la pensée que des hommes venaient dans cette cave immonde pour voir une fille réduite à l'état d'automate se mettre à quatre pattes sur une scène et se contorsionner comme une malheureuse. Hors d'elle à la pensée qu'une fille comme ça n'était qu'une marchandise pour l'homme qui occupait le bureau à l'étage. Elle sentit son nez se plisser de dégoût.

Jake chercha dans son sac le coup-de-poing électronique au tungstène dont elle ne se séparait jamais. Grâce à l'attache en caoutchouc, l'utilisateur ne courait aucun risque, mais, dès que le métal atteignait le corps de l'adversaire, la décharge électrique était telle qu'une femme policier pouvait prétendre frapper avec autant d'efficacité, et peut-être même davantage, que n'importe lequel de ses collègues masculins. Vachement utile aussi, estimait Jake, avec toutes les brutes auxquelles ils avaient affaire et dont la plupart étaient prêtes à taper aussi fort sur une femme que sur un homme, sans discrimination de sexe.

Jake trouva M. Grubb dans son bureau en compagnie de l'inspecteur Stanley assis sur le coin de la table. Il lui déplut immédìatement. Il était gras et trapu et, malgré son costume sur mesure, sa montre en or et son cigare, il n'arrivait pas à faire oublier le gamin pouilleux qu'il avait été. Il portait bien son nom [1].

« C'est vous l'inspecteur principal ? » demanda Grubb d'un ton hargneux.

Jake tenait pour l'instant cachée la main qui portait le coup-de-poing.

« Exact, fit-elle d'un ton jovial.

— Alors dites à votre espèce de petit con de me lâcher les baskets. Y perd son temps à vouloir me faire peur avec des histoires d'inspecteur de la sécurité. J'ai pas rien vu, compris ?

— Voulez-vous nous laisser un instant ? » demanda Jake à Stanley.

---

1. *Grub* signifie « larve, ver, asticot ».

Après une seconde d'hésitation, l'inspecteur acquiesça et quitta la pièce.

« Excusez-moi. Vous disiez avoir vu quoi ?

— Qu'est-ce qui va pas ? Z'êtes sourde ou quoi ? dit Grubb en faisant une grimace à l'adresse de Jake. J'vous ai dit que j'avais pas rien vu, ajouta-t-il en ricanant et en faisant mine de rallumer son cigare.

— Si vous n'avez pas rien vu, dit Jake, c'est que vous avez bel et bien vu quelque chose.

— Quoi ? Qu'est-ce que c'est qu'ce charabia ?

— Vous voyez bien que la double négation s'annule et engendre une affirmation. Vous savez quoi ? Je suis vraiment soulagée que vous acceptiez de nous aider. Parce que si vous m'aviez dit n'avoir rien vu, je n'aurais pas aimé être à votre place.

— Des menaces, ma belle ? dit-il sans même prendre la peine de la regarder, comme pour lui prouver son mépris.

— Exact, fit Jake d'un ton égal.

— J'ai rien fait. Alors c'est pas la peine d'essayer de m'faire peur, chérie.

— Vraiment ? Je parie que je pourrais vous faire peur, monsieur Grubb. Je parie que vous pourriez même aller jusqu'à me supplier.

— Vous supplier ? Pour une fille comme vous, y aurait qu'une façon de me faire faire ça, dit-il avec une grimace suggestive.

— Ah oui ? Laquelle à votre avis ?

— Faites un peu travailler vos méninges, ma jolie », dit-il en riant. Puis il hocha la tête, se leva et s'avança vers Jake. « Vous avez vraiment l'intention de me mener la vie dure, hein ? » Sa voix contenait une menace à peine voilée.

Jake ne bougea pas et fit oui de la tête.

Grubb vint fourrer son gros visage de voyou sous le nez de Jake. Il sentait le tabac.

« Me faites pas rire. Vous… »

Jake appuya sur le poussoir qui se trouvait sur l'attache du coup-de-poing et dégagea sa main. Son poing décrivit un arc de cercle et, en prenant de la vitesse, fit entendre un petit sifflement, bientôt couvert par le hurlement de surprise douloureuse que poussa Grubb quand le coup-de-poing l'atteignit à l'estomac dans un petit éclair bleu. Il se plia en deux, tombant presque dans les bras de Jake, mais trouva malgré tout la force de lancer un poing maladroit dans sa direction. Jake n'eut aucun mal à esquiver le coup et, laissant à peine le temps de respirer à son adversaire, le frappa à la mâchoire. Grubb s'écroula sur le sol.

Jake le saisit par sa cravate et, lui soulevant la tête, la laissa retomber sur le sol à deux ou trois reprises.

« Alors, cette mémoire ? Elle revient ?

— Arrêtez, arrêtez, souffla Grubb en se frottant la mâchoire. D'accord, je l'ai vu. C'est pas la peine d'vous exciter comme ça.

— J'aime mieux ça, dit Jake. C'est bien que vous soyez prêt à coopérer. » Elle accentua un peu sa pression sur le cou de Grubb. « Je n'aime pas beaucoup le boulot que vous faites et je n'aime pas beaucoup les pauvres types dans votre genre. Vous avez de la chance que je sois trop occupée aujourd'hui, sinon j'aurais demandé aux filles qui travaillent ici de me parler un peu de vous. Si je devais découvrir que vous êtes du genre à les frapper, je crois que je n'aimerais pas ça du tout. J'espère pour vous que je n'aurai jamais à remettre les pieds ici. Vous me suivez ? »

Jake rappela Stanley, qui sourit à la vue de Grubb à plat ventre devant Jake.

« Emmenez cet homme au Yard, Stanley, dit-elle. On dirait qu'après tout il se souvient de quelque chose. Et n'oubliez pas la fille en passant.

— Entendu, madame, dit Stanley qui aida Grubb passablement sonné à se remettre sur pied. Qu'est-ce qui vous est arrivé ? Vous êtes tombé, monsieur ? Allons, debout. » Stanley eut une moue approbatrice pour Jake et emmena Grubb jusqu'à la voiture.

Jake éteignit le coup-de-poing qu'elle remit dans son sac. Le poste important qu'elle occupait l'entraînait parfois sur la glace glissante d'un travail d'investigation purement spéculatif où elle échafaudait des théories étiologiques compliquées sans risque de trébucher. Elle aimait le côté presque intellectuel de son travail. Mais chaque fois qu'elle en avait l'occasion, elle appréciait d'être à nouveau sur le terrain rugueux de l'action.

Il faisait nuit quand Jake gara sa BMW dans le petit parking en bas de son immeuble. Avant même d'ouvrir la portière pour descendre de voiture, elle passa autour du cou la bandoulière de son sac qu'elle tint serré contre elle et dont elle tira la fermeture Éclair pour avoir la crosse du Beretta bien en main. Maintenant qu'il connaissait son adresse, elle prenait davantage de précautions. Était-il possible qu'elle ait croisé Wittgenstein ici, dans son immeuble ?

Obsédée par cette idée, Jake traversa le parking et gagna la porte d'entrée sans incident. Le portier leva les yeux de son journal. Il avait du rouge à lèvres sur la joue.

« Bonsoir, mademoiselle, dit-il.

— Bonsoir, Phil », dit Jake en lâchant le pistolet et en refermant son sac. C'est alors qu'elle aperçut le gros titre du journal : « L'assassin fait une nouvelle victime. »

« Encore cette histoire de meurtres en série, mademoiselle. Comment quelqu'un peut bien faire ça ? dit Phil. Ma femme, elle dit que c'est sans doute un homo ou quelque chose de ce genre. Mais d'un autre côté, tous ces hommes, ils avaient pas subi de violences sexuelles avant d'être tués, si ?

— Non, aucune, dit Jake en appuyant sur le bouton de l'ascenseur.

— Moi, je crois que c'est une femme qui en a après les hommes. Une femme qui s'est fait violer quand elle était gamine, peut-être bien. Vous voyez ce que je veux dire. » Jake répondit par l'affirmative.

« Je vous le dis comme je le pense, mademoiselle, je fais drôlement attention en rentrant chez moi. Avant, je suivais le fleuve, à marée basse. Mais maintenant, y a pas de danger.

— À votre place, je ne me ferais pas trop de souci », dit Jake.

En même temps, elle pensait qu'elle n'avait aucun moyen de savoir si Phil était ou non une victime potentielle. Il y avait toutes sortes de gens qui étaient NVM-négatifs. D'après Chung, des bruits couraient même sur le compte d'un membre du ministère de l'Intérieur. Alors pourquoi pas le portier de son immeuble ?

« Vous avez raison de prendre quelques précautions », ajouta-t-elle.

L'ascenseur était là, mais elle ne bougea pas.

« Phil, vous savez que, quand on est flic, il y a toujours un ou deux cinglés pour chercher à vous régler
votre compte.

— Je m'en doute, mademoiselle.

— Si jamais vous voyiez quelqu'un traîner dans les
parages, quelqu'un de bizarre, vous me le diriez,
n'est-ce pas ? Plutôt que de me ménager, je préférerais
que vous me mettiez au courant, vous me comprenez ?

— Vous pouvez compter sur moi, mademoiselle.

— Vous n'avez vu personne jusqu'ici, Phil ?

— Non, mademoiselle. Pas que j'aie remarqué.

— Bonsoir, Phil, dit Jake en lui souriant.

— Bonsoir, mademoiselle. »

Une fois seule dans son appartement, Jake se fit une
tasse de café et se blottit dans son fauteuil préféré avec
un livre. En temps normal, elle aurait pris un roman
policier, mais depuis une semaine elle était plongée
dans les *Investigations philosophiques* de Wittgenstein, où le philosophe s'était employé à corriger les
erreurs de son premier ouvrage, le *Tractatus*.

L'auteur y étudiait les notions de signification, de
compréhension, de proposition, de logique et d'états de
conscience. La lecture en était plus ardue que celle du
Tractatus, et Jake se trouvait parfois obligée de
prendre des notes pour rester concentrée. Elle s'apercevait cependant au fil des pages que, pour le détective,
il y avait plus à puiser dans cet ouvrage que dans le précédent. Elle se demandait si elle ne devrait pas faire
imprimer certaines des notes qu'elle prenait pour les

afficher dans son bureau à New Scotland Yard en guise de maximes.

« La signification : une physionomie. » Elle aimait bien cette affirmation, qui sans doute renvoyait à la manière dont les mots signifient, mais semblait aussi avoir de vagues connotations forensiques. Elle appréciait aussi la pensée suivante : « La plus explicite expression de l'intention n'est pas à elle seule une évidence suffisante de l'intention. » Bel avertissement à l'adresse de tous ceux qui seraient tentés de fonder une accusation uniquement sur des présomptions. Et il y avait certainement un message à l'intention de tous les détectives dans la réponse à la question : « Quel est ton but en philosophie ? Montrer à la mouche l'issue par où s'échapper de la bouteille à mouches. » Elle-même avait eu si souvent l'impression de n'être rien d'autre que cette mouche.

Le professeur Jameson Lang avait raison : le détective et le philosophe avaient beaucoup en commun. Beaucoup plus qu'elle ne l'aurait cru.

Cet intérêt grandissant pour la philosophie avait pour corollaire immédiat une fascination pour l'homme qui, indirectement du moins, l'avait fait naître : le tueur Lombroso. Jake n'ignorait pas que les multiples, les tueurs en série comme le meurtrier d'un jour qui cherchait la célébrité en tuant une personnalité connue avaient souvent pour habitude de s'armer d'un bagage intellectuel censé les démarquer du criminel lambda. Ce qui permettait tout aussi fréquemment à leurs avocats de rejeter la responsabilité morale de leurs actes sur le dos d'un pauvre écrivain, lequel, s'il avait le malheur d'être encore en vie, se retrouvait poursuivi plus souvent qu'à son tour. Les livres ont une façon bien à eux de vous meubler une pièce, avait écrit Anthony Powell. Jake se disait qu'en ces temps où l'on ne croyait plus au millenium, les livres avaient une façon bien à eux de meubler la vie de nombre de meurtriers cultivés.

Jerry Sherriff, l'homme qui avait assassiné le président de la CE, Pierre Delafons, avait tenu à lui lire *La Terre vaine* d'Eliot *in extenso* avant de lui faire sauter la cervelle. Greg Harrison était en train d'écouter un CD des poèmes de John Betjeman quand, pris d'un accès de folie meurtrière et armé de plusieurs grenades, il s'était précipité dans les rues de Slough pour tuer quarante et une personnes. Le multiple américain, Lyndon Topham, avait dit avoir assassiné vingt-sept personnes dans différentes parties du Texas sous prétexte qu'elles étaient les Cavaliers noirs du *Seigneur des anneaux* de Tolkien. Et Jake ne comptait plus le nombre de tueurs en série qui disaient avoir trouvé leur inspiration chez Nietzsche.

Mais celui-là avait quelque chose de différent : Jake éprouvait pour lui des sentiments qu'un policier n'est pas censé avoir pour un multiple. Ce n'était pas de l'admiration, plutôt une sorte de fascination. Il avait réussi à chatouiller son imagination. Grâce à lui, elle avait appris certaines choses autant sur le monde que sur elle-même.

Essayer de le comprendre, de l'arrêter était au nombre des choses les plus stimulantes qu'elle ait connues jusqu'ici.

Jake dormit quatre heures et fut réveillée en pleine nuit par une question qui ne cessait de lui tarauder l'esprit. Bon sang, où avait-elle bien pu le rencontrer ?

Elle sortit de son lit, enfila son peignoir et se rendit à la cuisine où elle se versa un grand verre d'eau minérale avec des glaçons et une tranche de citron. Elle but avidement, comme un enfant qui sort d'un cauchemar. Puis elle s'assit devant son ordinateur.

Si seulement elle arrivait à retrouver le « où », peut-être bien qu'alors le « qui » lui reviendrait. Elle tapa « Où ? » et attendit l'inspiration. Quand, au bout de quelques minutes, elle s'aperçut que rien ne venait, elle effaça le mot et se replongea dans ses réflexions.

Sur la route du « où », il y avait une autre question. Celle du « quand ». Quand l'avait-elle rencontré ? Au moment même où elle tapait « Quand ? », elle eut aussitôt la certitude qu'il lui avait déjà fourni la réponse. Fébrilement, elle fouilla dans sa mémoire. La réponse se nichait dans un détail. Quelque chose qui flottait dans l'air qu'elle respirait. Quelque chose...

Son parfum. *Ivresse*, de Luther Levine. Il lui plaisait, avait-il dit.

Jake bondit de sa chaise, arracha son sac au dossier d'une chaise et en éparpilla le contenu sur le sol. Elle avait acheté ce parfum récemment. Mais quand et où ? Elle passa en revue les différents tickets de caisse et les reçus de cartes de crédit qu'elle accumulait depuis des mois, se félicitant de sa négligence et du désordre qui régnait dans son sac.

Elle finit par trouver ce qu'elle cherchait. L'aéroport de Francfort. C'était là qu'elle avait fait cet achat. Jusqu'au symposium sur le maintien de l'ordre, elle avait toujours porté *Lolita*, de Federico D'Atri. C'est sous l'inspiration du moment qu'elle avait acheté *Ivresse*. Elle se l'était même violemment reproché, croyant avoir succombé à l'affiche très sexy qui représentait une version moderne du tableau de Fragonard, *La Balançoire*. Elle s'était culpabilisée pour avoir ainsi cédé à une publicité et avait mis quelque temps avant de se résoudre à porter ce nouveau parfum. Elle se souvenait que, lors de la conférence de presse où elle avait diffusé un portrait-robot de Wittgenstein, elle portait encore *Lolita*. Et elle avait mis plusieurs jours à terminer le flacon.

La première fois qu'elle avait mis *Ivresse*… c'était le jour où elle était allée voir sir Jameson Lang. Wittgenstein l'avait donc forcément rencontrée après. Il avait commis une erreur, elle en était sûre.

Si seulement elle pouvait se souvenir de tous ceux qu'elle avait croisés depuis son voyage à Cambridge…

L'ennui avec l'équipement de RV, c'est qu'il ne se contente pas de vous transmettre une sensation de plaisir physique, tel qu'on en peut éprouver au cours de l'acte sexuel, il peut également vous transmettre d'assez près la souffrance. En d'autres termes, je suis donc non seulement à même d'approcher les sensations du meurtrier, mais aussi celles de la victime. Ce qui explique que la machine doive être manipulée avec précaution.

Ce matin, au réveil, j'ai eu l'impression qu'il y avait avec moi dans la pièce un rhinocéros. L'énorme animal, qui devait bien faire dans les deux mètres, était carrément planté au pied de mon lit, labourant le tapis de ses pattes en forme de porte-parapluies et agitant dans ma direction son énorme corne en guise de cimeterre. Il était si près que je sentais son haleine me chauffer les doigts de pied. C'est à peine si j'osais respirer : il avait fait du bois de chauffage avec le mobilier de la chambre et j'étais convaincu qu'au moindre mouvement de ma part, il s'empresserait de charger.

Mon problème était le suivant : si c'était un rêve, je pouvais chasser ce cauchemar de ma tête et sauter tranquillement hors de mon lit ; mais s'il s'agissait de Réalité virtuelle, alors, pour les raisons que je viens de donner, de sérieux ennuis m'attendaient. Et je n'avais pas envie de faire l'expérience d'une corne de rhinocéros dans le cul, même en Réalité virtuelle.

J'ai donc fermé les yeux et tenté de faire abstraction de mes sensations en m'obligeant à un raisonnement logique. M'étais-je endormi avec ma panoplie de RV ? Je me rappelais l'avoir mise, mais pas l'avoir enlevée. J'avais bien utilisé le logiciel érotique, mais je ne voyais pas comment celui-ci avait pu en venir à inclure un rhinocéros. Si je m'étais endormi avec la panoplie, la seule explication possible, c'est qu'il y avait eu une coupure d'électricité et qu'une fois le courant revenu, la machine avait sélectionné un programme au hasard.

D'un autre côté, impossible de nier que ces supputations pouvaient elles-mêmes être partie intégrante de mon rêve.

J'ai bien entendu reconnu le programme qu'avait choisi la machine – ou celui qu'elle avait choisi dans mon rêve. C'était un programme court fondé sur un incident qui s'était produit dans un amphithéâtre à Cambridge, le jour où j'avais refusé d'admettre, contrairement à ce que soutenait Russell, qu'il n'y avait pas de rhinocéros avec nous dans la pièce.

Ledit programme, qui était censé me donner une idée de ce que pouvait être une véritable discussion philosophique avec un professeur de Cambridge, ne s'était pas révélé d'une grande utilité pour la bonne raison que les ordinateurs ont une fâcheuse tendance à tout prendre au pied de la lettre. La machine avait traduit le besoin d'affirmation de soi impliqué dans ce refus en termes purement psychologiques, l'existence n'étant plus qu'affaire de volonté, et créé un rhinocéros de deux tonnes. En fait, tout ce que j'avais cherché à démontrer, c'est qu'il est difficile de considérer comme un fait la non-existence d'un rhinocéros de deux tonnes, quand elle est réelle, alors qu'on accepterait comme un fait l'existence d'un rhinocéros si elle était réelle. Ce dont je n'étais pour l'heure que trop conscient.

J'ai dû rester allongé là un bon bout de temps. Je me suis sans doute assoupi quelques instants et, quand je me suis réveillé, le rhinocéros était toujours là. Ce qui semblait prouver que je ne dormais plus, puisqu'il était hautement improbable que je puisse me réveiller avec le même rêve deux fois de suite et à quelques minutes d'intervalle. J'étais très vraisemblablement, et comme pour confirmer mes craintes, en train de vivre une expérience de Réalité virtuelle. Il ne me restait plus qu'à serrer les dents, lever l'écran de ma visière et accepter la douleur qui allait s'ensuivre pendant quelques secondes avant de voir le programme s'interrompre de lui-même.

Plus facile à dire qu'à faire. Et impossible à décrire. C'est là une des qualités incontestables de l'extrême souffrance. Je me contenterai de dire que je n'avais pas sitôt porté la main à ma visière que la bête s'est mise à charger. Le seul fait, l'espace de trois ou quatre secondes, de me faire piétiner et éventrer d'un coup de corne, même s'il ne s'agissait que d'une sensation virtuelle, m'a fait vomir pour de bon tout ce que j'avais dans le corps. J'ai dû me faire porter malade et j'ai passé le reste de la matinée à tremper dans un bain chaud pour essayer d'apaiser la douleur.

À l'heure du déjeuner pourtant, je me suis senti suffisamment remis pour lire un peu. Sans doute le rhinocéros m'avait-il secoué plus que je n'étais prêt à *l'admettre, toujours est-il qu'en relisant mes notes il m'a bien fallu reconnaître que je n'étais plus d'accord avec bon nombre de mes précédentes affirmations.*

Pour tout dire, certaines de mes idées ont subi un changement si radical que je me demande si je ne devrais pas abandonner le Cahier brun. La pruderie dont j'ai fait preuve à l'égard du mot « meurtre » en particulier me semble aujourd'hui déplacée. C'est la morale qui colorait l'utilisation que j'en faisais, et je crois qu'un emploi plus subtil de la grammaire me permettra à l'avenir de dire ce que j'ai à dire à propos de diverses propositions.

J'ai été beaucoup trop dogmatique. Je crois qu'en dépit de l'épais brouillard qui m'empêchait de voir clairement les choses, je cherchais malgré tout à tirer de celles-ci le maximum. Mais j'ai décidé de conserver mes premiers travaux en l'état, ne serait-ce que pour que mes anciennes pensées, qui sont à la base de mes nouvelles, placent ces dernières sous leur vrai jour. Peut-être que mes vieilles notes ajoutées aux nouvelles constitueront une sorte de dialectique, dont l'objet ne serait pas de déboucher sur une théorie mais d'illustrer les ambiguïtés du langage.

On peut dire que le mot « meurtre » a au moins trois sens différents ; cependant il serait erroné d'induire que n'importe quelle théorie peut fournir toute la grammaire des emplois d'un mot ou d'essayer d'intégrer à une théorie unique des exemples qui ne semblent pas être en accord avec elle.

14

Seule dans la pièce, Jake regardait l'homme de l'autre côté de la vitre sans tain. Lui aussi était seul, immobile sur sa chaise, trop fatigué pour sembler nerveux, fixant Jake des yeux sans la voir. Se voyant lui dans la vitre, sans s'intéresser à son propre reflet, désormais familier après les longues heures d'interrogatoire. Il fumait paresseusement, comme quelqu'un qui, dans un aéroport, attend un vol différé d'heure en heure.

Elle lui enviait sa cigarette. De son côté de la vitre, fumer, même une cigarette sans nicotine, était strictement interdit. Le suspect risquait d'apercevoir le bout rougeoyant du mégot dans la vitre.

La porte de la salle d'observation s'ouvrit, et Crawshaw entra. Tout en étouffant un bâillement, il fit les quelques pas qui le séparaient de la vitre.

« John George Richards, dit-il. Son histoire tient debout, j'en ai peur. Il a bel et bien fait une livraison d'huile d'olive au magasin de Brewer Street le jour où Mary Woolnoth a été assassinée, mais aux environs de 15 h 30, soit juste au moment où l'on découvrait le corps. Une heure plus tôt, il était à Wimbledon, en train d'effectuer une autre livraison. L'ordinateur a enregistré son passage en lui rendant son bon de livraison.

Il n'a matériellement pas pu en moins de deux heures venir de Wimbledon, porter son choix sur Mary Woolnoth, la tuer et livrer.

« Et puis, il y a les autres victimes : Richards était en vacances à Majorque quand Alison Bradshaw s'est fait tuer, et il était à l'hôpital en train de se faire arracher une dent de sagesse le jour où Stella Forsythe est morte. Autrement dit, on n'a rien contre lui.

— Vous avez sans doute raison, dit Jake avec réticence. Il n'y a plus qu'à le laisser partir. Dommage. Il avait la tête de l'emploi. »

Craswhaw approuva d'un air las tout en s'apprêtant à quitter la pièce.

« Oh, pendant que j'y pense, Ed, il vaudrait mieux remettre la librairie sous surveillance. »

De retour dans son bureau, Jake essaya de ramener ses pensées sur Wittgenstein. Elle relut un exemplaire dactylographié de leur première conversation ainsi que le rapport du psychiatre forensique qui concluait, comme Jake l'avait fait avant lui, à la personnalité asociale hautement structurée du sujet – un égocentrique qui détestait ses semblables, sans doute capable, du moins extérieurement, de s'entendre avec ceux qu'il côtoyait mais plein de ressentiment à l'égard de la société en général.

Quand sir Jameson Lang lui avait téléphoné la veille pour lui faire part de ses réactions face à ces conclusions, Jake n'avait pu s'empêcher de sourire. « Au vu de ce qu'en disent les psychiatres, avait-il dit, il a exactement le profil de l'universitaire moyen. À votre place, je mènerais mon enquête ici même, à l'université. »

Le rapport précisait qu'en dehors des meurtres proprement dits rien ne permettait de conclure à la folie. Le meurtrier tuait parce qu'il prenait plaisir à tuer. Il aimait la sensation de pouvoir que cela lui procurait. Il se prenait pour Dieu.

« Là, en revanche, nous avons quelque chose de différent, avait fait remarquer Lang. C'est une réaction typique du romancier moyen. »

Jake lui avait alors demandé comment il entendait conduire une deuxième conversation avec Wittgenstein, au cas où celui-ci rappellerait.

« Le côté philosophie morale ne semble pas devoir donner grand-chose. La prochaine fois, je pense adopter un point de vue phénoménologique, examiner de près des sens ou des essences qu'il a pu prendre comme allant de soi. Vous voyez ce que je veux dire : il conviendrait de se concentrer sur les éléments logiques objectifs de la pensée. C'est une méthode assez payante quand on cherche à comprendre des états d'esprit extrêmes. Juste ce qu'il faut s'il se révèle être existentialiste. Ce qui ne me surprendrait pas le moins du monde. »

Elle avait à peine eu le temps de se rasseoir à son bureau que Wittgenstein appelait ; et les choses devaient prendre une telle tournure que Jameson Lang n'eut pas l'occasion d'entamer une discussion avec lui.

D'emblée, Wittgenstein déclara qu'en réponse à la conférence de Jake au symposium de la CE concernant les techniques de maintien de l'ordre et les recherches en matière d'enquêtes criminelles il allait lui aussi donner une conférence, intitulée « Le crime parfait », qu'il prétendait avoir présentée récemment à la Société des criminophiles avertis.

Quand Jake essaya d'engager la conversation, Wittgenstein déclara tout net que soit on était prêt à l'écouter, soit il raccrochait et s'en allait de ce pas tuer quelqu'un d'autre. Dans l'espoir d'éviter un nouveau meurtre, mais aussi peut-être d'en apprendre davantage sur le compte de Wittgenstein, Jake accéda à sa demande non sans réticence.

Wittgenstein parla en tout pendant dix-huit minutes, comme si son auditoire, loin de se composer d'enquêteurs de Scotland Yard, était celui d'une réception somptueuse à l'hôtel de ville rassemblant cinq cents invités en tenue de soirée – dont les membres de la Société des criminophiles – et que lui, Wittgenstein, prononçait le discours d'ouverture.

Au bout de quelques minutes, Jake jeta un coup d'œil à sa montre. Elle n'appréciait guère les exposés, moins encore si l'intervenant était un tueur discourant sur les mérites du crime parfait. Elle fut tentée de l'interrompre pour discuter d'un ou deux points, mais s'abstint de peur que, pris de colère, il ne raccroche. Elle garda le silence, fascinée par l'occasion qui lui était donnée de pénétrer si avant dans l'esprit d'un multiple, jetant de temps à autre un coup d'œil à Stanley qui, lorsqu'il croisait son regard, se frappait la tempe du doigt de manière tout à fait suggestive.

Mais lorsque Wittgenstein annonça qu'à la fin de sa conférence il commettrait un nouveau meurtre, Jake n'y tint plus et se sentit obligée d'intervenir.

« Non, dit-elle. Je vous l'interdis.

— Pardon ? fit-il avec un petit rire.

342

— Je vous interdis de tuer qui que ce soit, dit Jake fermement.

— Puis-je poursuivre ? » reprit-il après un bref silence. On aurait dit un vieil universitaire desséché.

« À condition que vous me promettiez de discuter de cette affaire quand vous aurez terminé, dit Jake.

— Quelle affaire ?

— Ce nouveau meurtre éventuel. Vous me promettez d'en discuter ou je raccroche immédiatement. C'est compris ?

— Entendu, soupira-t-il après un nouveau silence. Puis-je poursuivre ?

— Nous en discuterons ?

— Je vous l'ai promis, non ?

— Très bien. En ce cas, continuez.

— Laissez-moi maintenant vous parler des crimes eux-mêmes…

— À votre aise », dit Jake.

Mais cette fois-ci Wittgenstein fit comme s'il ne l'avait pas entendue.

Jake se renversa dans son fauteuil et alluma une cigarette. De temps à autre, elle jetait un coup d'œil sur l'écran du vidéophone pour voir comment sir Jameson Lang réagissait à ce curieux exemple de conférence publique *in absentia*. Mais le philosophe cambridgien, le principal de Trinity College, ne trahissait rien d'autre que la fascination.

Elle se dit qu'il réfléchissait sans doute à la manière dont le héros de ses romans, Platon, conduirait l'affaire. Probablement mieux qu'elle, elle n'en doutait pas. Lang lui inspirait admiration et respect, mais l'intérêt qu'il portait au crime la déroutait. Elle savait pourtant qu'il était loin d'être le seul de son espèce. La fascination qu'exerce sur les Anglais le mystère qui entoure un crime était, comme le suggérait précisément Wittgenstein en cet instant, plus puissante que jamais. Elle n'avait rien d'autre à proposer pour éclairer ce curieux phénomène qu'une explication d'ordre purement sociologique : c'était là le produit d'une société décadente. Le discours tortueux de Wittgenstein en disait long sur le sujet. À l'irritation succéda un certain étonnement devant la perversité dont témoignait le meurtrier dans son argumentation.

L'étonnement fit bientôt place à l'envoûtement, et elle s'abstint de toute autre interruption. Plus tard, elle se dit qu'elle avait été bien naïve de croire qu'il tiendrait parole, car Wittgenstein n'eut pas plutôt prononcé les derniers mots de son discours, qui devait déroger à la tradition des toasts habituellement portés en l'honneur de meurtriers célèbres, qu'il raccrochait, laissant Jake l'injurier copieusement et le traiter de menteur.

Mais l'idée que, quelque part, il était déjà à l'œuvre, en train de commettre son douzième meurtre, était autrement effrayante que le sentiment de s'être fait berner.

Un peu plus tard dans la journée, Jake fut appelée à la City où l'on venait de découvrir, à côté d'un bar de Lower Thames Street, le corps non identifié d'un homme de race blanche, tué de six balles dans la tête. Il n'y avait pas grand-chose à voir si ce n'est constater que Wittgenstein avait frappé une nouvelle fois. Laissant là les spécialistes de l'identité judiciaire, Jake rentra au Yard.

Elle trouva le sergent Jones en compagnie d'un homme grand, au visage basané et mal rasé, qui l'attendait dans son bureau en mangeant des chips. Ils se levèrent quand elle entra et alla suspendre son manteau à une patère.

« À qui ai-je l'honneur ? demanda-t-elle.

— M. Parmenides, expliqua Jones. Je viens de prendre sa déposition, mais j'ai pensé que vous aimeriez entendre vous-même ce qu'il a à dire, madame. »

Jake s'assit à son bureau et se versa un verre d'eau minérale. « Je suis tout ouïe », dit-elle avec lassitude.

Jones encouragea l'homme d'un signe de tête.

« Il y a quelques jours, dit ce dernier, dont le nom et l'accent confirmaient les origines grecques, je crois que c'était lundi... bref, je suis parti travailler. Je travaille chez mon cousin, qui a un restaurant à Piccadilly. Je commence toujours vers 6 heures du matin. En chemin, je m'aperçois qu'un homme me suit. Je le vois d'abord dans le train Wandsworth-Victoria-Wandsworth, c'est là que j'habite. Et puis, je le revois, plus tard dans la journée, en sortant de l'Institut de recherches sur le cerveau. »

Hésitant, Parmenides jeta un œil du côté de Jones. « Z'êtes sûr que ça craint rien avec elle ?

— Ne vous inquiétez pas, dit Jones. L'inspecteur principal ne dira pas un mot sur vous. Vous avez ma parole.

— OK, dit le Grec, quelque peu rassuré. Je vous crois. Ce qu'il y a, inspecteur principal, c'est que je suis NVM-négatif. Vous savez ce que c'est, je suppose. »

Jake hocha affirmativement la tête.

« Je vais à l'Institut une fois par semaine suivre des séances de psychothérapie pour savoir ce que je dois faire quand je deviens violent. Comme quand je regarde le foot ou que je vois des Turcs. Je sais pas ce qui va m'arriver, mais… » Il haussa nerveusement les épaules.

« Poursuivez, je vous en prie, lui dit Jake avec intérêt.

— Bon, y a donc cet homme qui me suit. Je prends le métro à Victoria et, quand je sors à Green Park, voilà que je le retrouve. Et puis, comme je vous ai dit, je prends le long de Piccadilly, dans la direction du restaurant de mon cousin, et je me dis : "Pourquoi est-ce qu'il te suit ce type, Kyriakos ?" Alors, j'entre dans l'église qui se trouve là – je me rappelle plus le nom.

— Il s'agit de St James's Church, madame, dit Jones.

— Oui, je la vois, dit Jake.

— Oui, c'est ça. Et le type, y me suit à l'intérieur. C'est là que je me dis que c'est bien après moi qu'il en a. Il s'assied derrière moi, plusieurs rangées derrière. Alors, je sens la colère qui monte, je me lève, je l'attrape à la gorge et je lui dis : "Pourquoi est-ce que tu me suis, espèce de salaud ?" J'ai peur, vous comprenez, dit Parmenides, accompagnant ses paroles d'un geste d'excuse. Peut-être qu'il a quelque chose à voir avec le programme Lombroso, peut-être qu'il est de la police secrète.

— Est-ce qu'il vous a dit quelque chose ? demanda Jake.

— Il me raconte qu'il fait du tourisme. Alors je le secoue un bon coup et je lui dis que je le crois pas. Je lui dis qu'y va me dire pourquoi y me suit, sans ça je vais lui abîmer le portrait. Et puis, y a ces deux personnes qui rentrent dans l'église et un moment je me dis qu'elles sont avec lui, et le moment d'après je me fais la réflexion, comme ça, que je me conduis pas bien, et dans une église en plus. Alors j'essaie de me rappeler ce que le psychothérapeute, y m'a dit, que je dois rester calme et pas m'énerver, et je le lâche et y part en courant. Après, je me dis qu'il était peut-être pédé et que je lui plaisais, allez savoir.

— Et qu'est-ce qui vous a convaincu, dit Jake avec une grimace, qu'il était peut-être autre chose ?

— Eh ben, parce qu'il a laissé quelque chose derrière lui dans l'église et que je l'ai ramassé. C'est un *Londres de A à Z*. Et quand je le regarde après, chez mon cousin, je prends peur parce que la rue où j'habite, à Wandsworth – en fait, c'est Balham –, elle est soulignée, dans le répertoire à la fin. Et le numéro de la maison aussi. Et puis y en a d'autres. Ça, c'est hier, OK ? C'est là que je prends mon courage à deux mains et que je finis par ouvrir cette lettre que mon psychothérapeute, y m'a donnée. Celle que la police a écrite, qui dit que je dois entrer en contact avec elle pour ma sécurité. Si je l'ai pas ouverte avant, cette lettre, c'est que j'ai peur que ça soit pour me déporter – pour isoler tous les gens comme moi, je sais pas, moi. Bref, je lis ce qu'elle dit, la lettre, et puis je me rappelle le guide et je me dis que peut-être bien ça a quelque chose à voir. Et que peut-être bien que le type du guide, c'est le même que celui qui tue des types en leur tirant dans la tête, et que ces types y sont comme moi. Alors, c'est pour ça que je viens vous voir aujourd'hui.

— Vous avez apporté l'*A-Z* ? »

Jones lui tendit une pochette en plastique transparente dans laquelle se trouvait le répertoire.

« Vous avez fait exactement ce qu'il fallait faire, monsieur Parmenides, lui dit-elle. Verriez-vous un inconvénient à me confier votre nom de code ?

— William Shakespeare, dit le Grec avec un sourire timide. C'est un grand honneur, non ?

— Eh bien, monsieur, je pense que vous avez eu beaucoup de chance de vous en tirer, dit Jake. Vous avez vu juste. Cet homme est celui que nous recherchons. Celui qui a tué tous les autres et qui vous aurait certainement tué, vous aussi, si vous n'aviez pas réagi comme vous l'avez fait. Je vous demanderai de ne rien dire de tout cela à qui que ce soit. Voyez-vous, nous ne mettrons la main sur lui que s'il ne se sent pas inquiété. S'il se doute que l'une de ses victimes potentielles l'attend, il ira se terrer quelque part, et nous risquons de ne jamais le retrouver. Vous me suivez ?

— Pour sûr, m'dame. Je comprends, dit Parmenides en hochant la tête. Pas de problème.

— J'aimerais vous demander un autre service, monsieur. Je voudrais que vous accompagniez le sergent Jones pour jeter un coup d'œil sur les portraits-robots. Vous serez peut-être en mesure d'y apporter quelques modifications. Après tout, personne d'autre à part vous ne l'a vu d'aussi près jusqu'ici.

— Je sais, comme ce qu'on voit à la télé. D'accord. OK.

— Et quand M. Parmenides en aura terminé, Jones, dit Jake avec un signe de tête vers celui-ci, faites-le raccompagner chez lui. Je veux qu'il soit protégé vingt-quatre heures sur vingt-quatre.

« Simple précaution, expliqua-t-elle avec un sourire à l'adresse du Grec. Je pense que vous lui avez fait peur pour de bon, mais nous ne pouvons pas nous permettre de prendre des risques.

— Merci, dit le Grec en se levant. Merci beaucoup.

— Non. Merci à vous, monsieur.

— Allons-y, monsieur, dit Jones, le précédant pour sortir du bureau de Jake. Par ici, s'il vous plaît.

— Oh, sergent…

— Madame ?

— Savez-vous où est l'inspecteur Stanley ?

— Non, pas vraiment, madame.

— Eh bien, trouvez-le, voulez-vous ? Et dites-lui de venir me voir.

— Certainement. J'y pense, vous trouverez une liste de toutes les adresses soulignées sur votre bureau, madame. Voulez-vous que je fasse passer l'*A-Z* au labo, pour les empreintes ?

— Non, c'est bon. Je m'en occuperai. Et… Jones ? Félicitations.

— Merci, madame. »

Après le départ de Jones et du Grec, Jake parcourut la liste que le sergent avait tapée. Elle reconnut au passage quelques adresses comme étant celles de certaines des victimes.

Dix minutes plus tard, c'est un Stanley maussade qui se présentait devant elle.

« Où étiez-vous ?

— À la cantine, dit Stanley, l'air défait. J'espérais pouvoir avaler quelque chose aujourd'hui.

— Ce sera pour une autre fois, dit Jake. Le travail nous attend. » Elle lui expliqua ce qu'il en était de Parmenides et de l'*A-Z* qu'il avait trouvé. « En dehors de ceux qu'il a déjà éliminés, je veux que tous ceux dont les adresses figurent ici soient placés sous surveillance vingt-quatre heures sur vingt-quatre. Ne dites rien aux occupants. Il n'y a aucune raison de les alarmer inutilement. Mais si Wittgenstein s'avise de vouloir faire une nouvelle victime à Londres, nous l'aurons. »

Jake s'autorisa un petit sourire de satisfaction.

« Prions le ciel pour qu'il n'en ait pas assez de travailler à Londres, dit Stanley.

— Vous savez ce que l'on dit de l'homme qui en a assez de Londres [1]... ? » dit Jake avec un sourire.

---

1. « Quand un homme en a assez de Londres, c'est qu'il en a assez de la vie, car il y a à Londres tout ce que la vie est en mesure d'offrir », S. Johnson *in* Boswell, *La Vie de Johnson*, 20 septembre 1777.

Le crime parfait

La tradition veut qu'une conférence à la mémoire de John Williams, devant la Société des criminophiles avertis, soit l'occasion de rendre hommage à ce bel art qu'est le crime. Je suis donc très sensible à l'honneur qui m'est fait de pouvoir la présenter.

John Williams, l'un des premiers adeptes britanniques du mouvement esthétique moderne du crime, était un représentant distingué de valeurs culturelles qui me tiennent particulièrement à cœur. Au même titre que la sculpture ou la peinture, le meurtre est lui aussi doté de différences spécifiques et de mérites propres, et, quand on examine les circonstances des deux meurtres que commit John en décembre 1811, on se doit d'admettre qu'il était sans conteste possible un grand artiste.

Il n'avait pourtant reçu aucune formation dans ce domaine et n'était pas vraiment conscient de son don. Mais je pense qu'il aurait été le premier à reconnaître que la notion d'Art est fluctuante, et que ce qui, aujourd'hui, revêt les apparences d'un crime horrible, peut très bien devenir de l'Art demain. Ce principe est également le mien. Qu'un crime puisse être meilleur ou pire qu'un autre d'un point de vue purement esthétique constitue l'un des fondements de ma philosophie de la vie.

Comme l'a dit Thomas De Quincey, l'un des illustres orateurs de cette société, dans la première de ses deux conférences dédiées à Williams : « On peut traiter le crime sous son aspect moral (comme il l'est en principe au tribunal ou à Old Bailey) ; et c'est là, je l'avoue, que réside sa faiblesse, mais on peut aussi l'aborder sous un angle esthétique, comme disent les Allemands – en d'autres termes, en en faisant une affaire de goût. »

L'aspect moral de la question est joliment traité par De Quincey. Selon lui, tant qu'un meurtre n'a pas été commis, tant que seule l'intention de tuer est en cause, il nous incombe de l'appréhender sous l'angle de la morale. Mais une fois le meurtre commis, ajoute-t-il, à quoi bon s'encombrer de vertu ? À quoi bon en effet ? Suffit pour la morale. Passons au goût et aux beaux-arts.

Je n'ai pas l'intention de m'attarder sur De Quincey. Force m'est cependant de reconnaître la dette personnelle que j'ai à l'égard des réflexions auxquelles il se livra devant cette société il y a fort longtemps, en 1827, et qui portaient sur la nécessité d'assassiner les philosophes.

Plût au ciel que Descartes eût été tué, nous dit Thomas, et Hobbes avec lui, qui était un beau sujet de crime. On aurait pu espérer que Leibniz se ferait assassiner, et Kant échappa de peu à une telle fin. Contrairement aux idées reçues en la matière, De Quincey nous apprend non seulement que Spinoza mourut d'une mort violente bien méritée, mais encore que l'évêque

Berkeley assassina le père Malebranche par le biais d'une dispute qui lui dérangea le foie.

De nos jours, le bien qui peut résulter du meurtre d'un vieux philosophe poussiéreux et aride est plus manifeste encore. Marx et Freud ont tous deux trouvé la mort aux mains de Jaspers. Bertrand Russell et G. E. Moore auraient dû être assassinés par Wittgenstein, comme l'a sans doute été Ramsey. Heidegger a très justement péri sous les coups d'A. J. Ayer. La responsabilité de Quine dans le meurtre de Strawson est peut-être discutable, mais, si elle était prouvée, il est évident que l'exécution n'aurait pu se faire sans le concours de Skinner. Quant à Chomsky, il se pourrait bien qu'il ait tué pratiquement tous ceux qui ont eu affaire à lui.

Il s'agit là néanmoins d'une tout autre question, sur laquelle je ne m'étendrai pas davantage aujourd'hui. Avant d'entrer dans le vif du sujet, c'est-à-dire de parler du « Crime parfait », il convient de rappeler à mon auditoire que les vues exprimées ici ont toute chance de ne pas rencontrer l'approbation de l'ensemble de la communauté. Je suis bien conscient que mon absence – j'espère qu'on voudra bien me pardonner de le signaler – ne fait qu'accentuer le hiatus existant entre les idéaux esthétiques de cette société et le respect à la lettre de la loi. Je dois m'en excuser. Je me suis posé la question de savoir si je devais prendre le risque de présenter ma conférence en personne. Une autre question, qui répondait à la première, se posait alors : « Quelles étaient mes chances de pouvoir la terminer avant d'être arrêté ? » Avec regret mais aussi par égard pour la mémoire de John Williams, je me suis donc abstenu de paraître en public.

Pour cette raison, je me vois dans l'obligation de faire cette conférence par le biais de l'Injupitersatellite, actuellement en orbite autour de la Terre. Peut-être cet événement sera-t-il perçu comme une forme de communication extraterrestre, qui voudrait que vous, les habitants de la Terre, receviez un message des étoiles par de mystérieux procédés. Quoi de plus métaphysique ?

Il y a deux cents ans, De Quincey a décrit le XVIIe et le XVIIIe siècle comme l'âge classique du meurtre, au cours duquel cet art s'est épanoui. Une sorte d'âge d'or du crime, en somme. Mais qu'en est-il de notre époque ? Ces cent dernières années ont vu se commettre plus de meurtres que jamais auparavant. La qualité de ceux-ci en a-t-elle été améliorée pour autant ? Pouvons-nous aller jusqu'à dire que notre époque a été le témoin d'un renouveau de l'art du crime ?

C'est possible. J'en veux pour preuve l'influence qu'a exercée ce dernier sur tous les autres arts.

Le cinéma, aujourd'hui reconnu comme l'activité artistique marquante du XXe siècle, est devenu une vitrine pour le crime inventif et bien orchestré, tout romancé qu'il soit. Rares sont ceux qu'un meurtre, même réaliste, à l'écran peut encore émouvoir.

Le roman policier et les grandes énigmes criminelles n'ont jamais connu une telle vogue. Le crime et ses victimes sont aujourd'hui monnaie courante dans les expositions de peinture ou de photo. Même chose dans le domaine de la comédie musicale, où il a inspiré des spectacles tels que *West Side Story, Sweeney Todd, Le Fantôme de l'Opéra, Jack !, Ian et Myra* ou *L'Éventreur du Yorkshire.*

Mais l'Art n'est pas seul à trouver son motif d'inspiration le plus puissant dans le Meurtre. L'imitation ou la simulation de celui-ci est devenue un *must* en matière de divertissement dans notre société moderne. C'est en nombre toujours croissant que les jeux vidéo de Réalité virtuelle permettent au joueur d'avoir l'impression de tuer et de faire parfois des centaines de victimes.

De même, les reporters de la télévision sont régulièrement mis à contribution pour rendre compte au jour le jour des enquêtes criminelles en cours. Ils érigent les coupables en stars en retransmettant procès et exécutions à la télévision. Il n'est pas rare ensuite que leur histoire donne lieu à un livre, lequel sera lui-même à son tour porté à l'écran. Ainsi l'Art se nourrit-il du réel, ainsi la boucle est-elle bouclée.

Nous voyons donc à quel point le crime est fondamental dans notre société. Qu'il puisse ne pas exister est tout aussi impensable que pour le mensonge de ne pas exister. Et c'est en cela que réside son importance artistique. Si le meurtre a pu être une source significative d'inspiration pour l'art du XXe siècle, c'est qu'il doit exister des exemples où l'acte lui-même pourra recevoir une sanction esthétique.

Que le meurtre puisse s'inscrire dans le cadre d'un idéal artistique répond à une idée plus répandue qu'on ne pourrait le croire. Les gens débattent de la notion de crime parfait beaucoup plus fréquemment qu'ils ne le font du tableau, de la symphonie, du poème parfaits. Cette seule preuve suffirait à donner corps à la théorie selon laquelle la perfection artistique ne se réalise pleinement que dans l'art du crime.

Mais en quoi réside cette perfection ? Dans le fait que le meurtrier réussisse à échapper aux poursuites ? Pas seulement, encore qu'il s'agisse là d'un élément non négligeable. Il sera peut-être difficile de prouver qu'un homme a été poussé du haut d'une falaise par une nuit d'orage, mais un tel acte ne semble pas devoir remplir les exigences de l'idéal en matière de crime parfait. Il faut que le problème consistant à tuer quelqu'un sans se faire prendre présente un certain degré de difficulté, et que, par ailleurs, la manière dont il est maîtrisé et finalement résolu témoigne d'un certain brio.

Bien entendu, ce sont ces rares crimes parfaits qui constituent le paradigme de l'Art en matière d'homicide. Cependant, alors même qu'ils demeurent dans cet état de perfection – précisément parce que leur auteur n'a pas été retrouvé –, l'ironie veut que la performance artistique elle-même ne puisse faire l'objet d'éloges, puisque ceux-ci ne se font entendre que lorsque le crime n'est pas tout à fait parfait.

Voilà, on le pressent, un autre argument en faveur du crime comme art à part entière. Tous les cas de meurtre avec préméditation ou presque ne visent en effet pas à autre chose qu'à cet idéal de perfection. Le crime n'admet pas la demi-mesure.

Comme je l'ai déjà dit, le XXᵉ siècle, avec deux guerres mondiales qui ont beaucoup contribué à dévaloriser la vie humaine, a été le témoin d'un nombre sans précédent d'actes meurtriers. Il semble donc peu probable qu'il puisse être à l'origine d'un renouveau de l'art du crime. De même, il y a eu de tels excès dans ce domaine ces dernières années que l'on risque de confondre quantité et qualité. Il n'y a pas grand-chose qui mérite l'admiration dans la plupart de ces meurtres, et nombre de lecteurs de *News of the World* sont prêts à se satisfaire de n'importe quoi, à condition que le sang coule en quantité. Le bon goût a cependant d'autres exigences.

Si l'on cherche des exemples de crimes susceptibles de distinguer ce siècle de ceux qui l'ont précédé, il nous faut d'abord trouver une aune à laquelle les évaluer. Je ne pense pas en l'occurrence que l'on puisse faire mieux que d'adopter les critères assez rudimentaires de De Quincey. Le sang-froid, nous dit-il, est primordial, et l'on juge de l'audace du meurtrier à l'heure et au lieu du crime. Il y a de l'art à tuer un homme en plein jour dans une rue passante sans se faire appréhender. Mais le plus important, selon lui, c'est la victime : il faut nécessairement qu'elle soit estimable. C'est là ce qui permettra de démontrer la finalité artistique du meurtre. Finalité qui n'est pas différente de celle de la tragédie, laquelle, selon l'expression d'Aristote, n'est là que « pour purger le cœur par le biais de la terreur et de la pitié ». Or, comme le souligne De Quincey, on ne saurait éprouver de la pitié pour un tigre tué par un autre tigre.

De Quincey, comme on pourrait s'y attendre de la part de quelqu'un dont la familiarité avec l'expérience criminelle n'allait pas au-delà d'une tentative de meurtre sur son chat, ne se résout pas à fournir des exemples.

Je n'ai pas, quant à moi, de tels scrupules. Il est vrai que je ne puis prétendre avoir tué des hommes estimables, dont la mort éveillerait la pitié. Ceux que j'ai supprimés auraient sans aucun doute fait eux-mêmes de nombreuses victimes. Chacun trouve sa vocation meurtrière là où il peut, et j'ai à mon actif plus de meurtres que cette unique tentative sur un chat. Il va de soi que j'en commettrai un autre, selon les mêmes principes, à la fin de cet exposé.

Je pense donc pouvoir prétendre avec quelque raison juger des mérites artistiques d'autres meurtres que les miens. Mais, avant de passer certaines victimes et leurs meurtriers en revue, je voudrais dire quelques mots à propos des moyens mis en œuvre pour perpétrer un meurtre.

La plus belle œuvre du XIXᵉ siècle en ce domaine – et l'on est tenté de l'attribuer au XXᵉ en raison de sa date tardive – demeure indubitablement les meurtres commis à Whitechapel en 1888.

Je suis pourtant d'avis que le plus grand artiste du XIXᵉ n'était pas à la hauteur de ce qui s'est fait de mieux en la matière par la suite. Il se peut que Jack l'Éventreur soit devenu une figure de légende ; il n'en reste pas moins que je refuse pour ma part de le placer au même niveau que Ramon Mercader – dont le seul nom évoque le crime ! –, l'homme qui assassina Trotski en 1940.

Trotski, vous vous en souvenez sans doute, avait été exclu du Parti communiste soviétique après avoir dû abandonner la direction de ce même parti à Staline. Il quitta la Russie pour s'installer à Mexico, d'où il continua sa lutte. Aucun de ces faits, cependant, ne contribue à faire du meurtre de Trotski ce qui passe aujourd'hui pour une véritable œuvre d'art. Une chose, et une seule, autorise pareil jugement : l'arme du crime. Ce que Paganini était au violon, Mercader l'était au pic à glace. Une inspiration de génie qui lui a permis de porter notre art à son sommet. Réfléchissons un instant au symbolisme pertinent de son choix : l'outil d'abord, fruste et prolétarien, très proche du marteau et de la faucille, emblèmes de la révolution bolchevique, la glace ensuite, si commune en Russie, mais apanage, au Mexique, des plus riches. C'est presque comme si Mercader essayait de rappeler à un Trotski vivant dans le confort à Mexico ses origines socialistes. Passons maintenant à la partie du corps à laquelle Mercader s'est attaqué : le cerveau de Trotski, dernier dépositaire de l'opposition à Staline. En agissant par l'intermédiaire de Mercader, ce dernier semble vouloir convaincre Trotski que c'est ainsi qu'il anéantira à l'avenir toute pensée contre-révolutionnaire – le bec du tyran, dur et autoritaire, cassant la coquille de l'œuf qui contient l'opposition. Magistral. C'est à juste titre que Staline a décoré Mercader de la médaille du Héros de l'Union soviétique pour le récompenser de ce chef-d'œuvre criminel. Pouvons-nous faire moins que de désigner Mercader comme le plus grand représentant de l'art du meurtre au XXe siècle ?

Mais il est à mon sens un autre meurtre qui mérite d'être mentionné en raison de ses qualités artistiques, c'est celui, en 1955, de David Blakely. Il eut pour maîtresse et pour meurtrière Ruth Ellis, qui fut la dernière femme à être pendue en Angleterre.

Blakely et Ellis étaient amants depuis deux ans. Leur relation était tumultueuse, marquée au sceau de la jalousie et de l'infidélité, d'un côté comme de l'autre. Un soir où Blakely sortait d'un pub de Hampstead, le Magnolia, il trouva Ellis qui l'attendait avec un revolver. Sans hésitation aucune, elle tira sur lui à plusieurs reprises et presque à bout portant. L'excellence de ce meurtre vient d'un ensemble de facteurs : le choix de l'arme, qui n'a rien de féminin, la détermination inhabituelle de la meurtrière et, bien entendu (plus important encore), le sexe de l'artiste. De même qu'il est difficile de trouver un compositeur féminin susceptible d'égaler un Mozart ou un Beethoven, ou un peintre aussi prestigieux que Titien ou Goya, de même, dans l'art du crime, on remarque une singulière pénurie de talent parmi les membres du sexe faible.

Les recherches neurologiques récentes nous ont bien sûr révélé la véritable raison de cette absence d'instinct meurtrier chez les femmes ; et seul le temps nous permettra de dire si d'autres aspects de la créativité peuvent s'expliquer de la même façon. Mais rendons à cette femme ce qui lui revient et tressons-lui les couronnes qu'elle mérite.

Vous vous souviendrez sans doute de ce que j'ai posé, il y a quelques instants, la question de savoir si le XXᵉ siècle avait contribué à renouveler l'art du meurtre.

Il l'a fait, mais seulement au sens où Walter Pater aurait parlé d'un ajustement, d'une réaction intériorisée qui est en soi une forme nouvelle de perception. Pareil ajustement veut que l'homme moderne soit quantité négligeable et que ses préjugés aient un caractère précaire. Il reconnaît le caractère provisoire de tout savoir et l'absence de toute vérité essentielle, sauf dans la mort elle-même. Tout ce qui peut conduire à révéler l'âme de l'artiste est autorisé, y compris le meurtre.

Ce renouveau, cette explosion de l'art du crime, objective non pas le fruit de l'expérience, mais, étant donné son épouvantable brièveté, l'expérience elle-même comme fin en soi. Il génère une atmosphère d'incertitude, de changement constant, d'idées nouvelles, de refus de se conformer à une orthodoxie trop facile. Comme le dit Victor Hugo, nous sommes tous des condamnés à mort, mais nous ignorons la durée de notre sursis. En conséquence, ce à quoi nous assistons, avec cette forme particulière de renouveau, c'est à un appétit de vie plus intense, à une conscience démultipliée.

En 1891, Oscar Wilde attribuait la banalité de la littérature contemporaine à la décadence du mensonge en tant qu'art. Un siècle plus tard et même davantage, je pense rendre hommage à cent ans d'excellence littéraire et artistique en l'attribuant au renouveau du crime en tant qu'art, en tant que science et en tant que jeu social.

Et maintenant, mesdames et messieurs, qu'il me soit permis de déroger à la tradition des toasts habituellement portés en l'honneur du Vieil Homme des montagnes, de Charles le Marteau, du Juif Sicarri, de Burke et de Hare, des empereurs du crime quels qu'ils soient, et de vous livrer ma prochaine victime, car je la vois qui sort, et il me faut aller vaquer à mes occupations.

Avec la construction d'Ocean Wharf et d'autres programmes du même genre, on aurait pu croire que le quartier de Docklands, qui, à l'époque, périclitait depuis plus de vingt ans, allait connaître un nouvel essor. L'espoir fut de courte durée, simple intermède dans la succession de scandales et de banqueroutes frauduleuses affectant le marché immobilier londonien à la fin des années 1980. La dernière brique était à peine posée, la dernière retouche à peine appliquée sur la peinture murale de Churchill, ici, dans le hall des résidences Winston, que les promoteurs, comme ceux qui avaient été à l'origine d'Ocean Wharf, commençaient à faire faillite. À mesure que le temps passait, que nombre d'autres programmes en cours restaient inachevés et que le conseil municipal installait de plus en plus de familles sans abri dans des appartements qui, à une époque, avaient coûté des centaines de milliers de livres, puis de dollars européens, les bâtiments cessèrent d'être entretenus et les prix finirent de s'effondrer.

Après avoir pris un tournant difficile, le nouveau siècle découvrait que Docklands, une fois de plus, dégringolait la pente. Déclin d'autant plus spectaculaire que tout l'argent dépensé à essayer de réhabiliter le quartier l'avait été en pure perte. Avec la deuxième décennie du nouveau millénaire, il ne resta plus que quelques poches isolées de relative richesse, comme celle d'Ocean Wharf, dans ce qui prenait très vite l'allure d'un cauchemar urbain digne d'Orwell.

Vous seriez en droit de me dire : pourquoi, riche comme vous l'êtes, être venu vivre ici, dans ce qui ressemble davantage à une forteresse assiégée qu'à une banale habitation ? Les architectes qui conçurent ce programme n'auraient jamais pu prévoir qu'une clôture électrifiée viendrait un jour ceinturer Ocean Wharf, pas plus qu'ils n'auraient osé imaginer qu'un taux de criminalité égal à celui que connaît le South Bronx de New York la rendrait nécessaire.

À contempler ainsi le paysage, depuis la fenêtre de mon septième étage des résidences Winston, à l'écart du bruit et de la pollution, on avait du mal à se représenter ce qu'ils avaient bien pu imaginer en élaborant leurs maquettes. Avaient-ils pu songer un instant que des magasins et des grandes surfaces, fermés par manque de clientèle, soumis à un pillage en règle, deviendraient les premiers avant-postes de bidonvilles peuplés de délinquants anarchiques ? Comment auraient-ils jamais pu penser que leurs petits espaces verts proprets avec leurs bancs de couleurs vives et leurs jolis lampadaires deviendraient un jour des décharges publiques et des terrains vagues où s'entasseraient les carcasses de voitures ? Quant à ces petits morceaux de plastique, ces répliques humaines qui semblaient peupler avec tant de bonheur les maquettes en balsa, comment auraient réagi les architectes si on leur avait dit que chacune d'entre elles était un délinquant en puissance ? Elle portait bien son nom, cette Île aux Chiens. « Wallala, wallala,

wallala », hurlait la sirène de la voiture de police pourchassant quelque gangster sans foi ni loi dans les dédales de cet univers irréel.

Ce sont pourtant bien ces attractions locales qui m'ont conduit jusqu'ici. J'ai à ma disposition un espace immense et agréable à vivre, à un prix, qui plus est, très raisonnable. Mieux encore, je peux satisfaire mes goûts d'outsider, vivre sur la frange des choses, dans la marge propre d'un cahier très sale. Sans compter que ce n'est pas loin du centre.

Douce Tamise, que coulent tes flots paisibles pendant que j'égrène mon chant. Debout ici, derrière ma fenêtre, à regarder l'autre rive du fleuve, je n'avais aucune peine à m'imaginer, choisi, seul. Par tempérament, je suis porté au solipsisme. Ce n'est pas chez moi afféterie intellectuelle, mais attitude morale et mystique, ancrée si profond que si je devais me blesser à la jambe, mes pensées s'en trouveraient boiteuses. Car, après tout, connaître la douleur signifie bien que l'on en prend conscience par quelque trait et que l'on peut ainsi la localiser et la décrire. De même, mes sensations kinesthésiques me font prendre conscience du mouvement et de la position de mes membres.

Mon index esquisse un facile mouvement de pendule de faible amplitude. Je le sens à peine, ou même je ne le sens pas du tout : peut-être un peu au bout du doigt, comme une tension légère. Cette sensation me fait-elle prendre conscience du mouvement ? Car, même sans regarder, je peux le décrire exactement, ce mouvement. Pour savoir comment mon doigt se meut, il faut que je le sente – voilà qui est indubitable. Mais le « savoir » signifie seulement : être capable de le décrire.

Maintenant si ce même doigt fait le même mouve-
ment, mais cette fois-ci sur la détente de mon pistolet,
une légère pression, le contact froid du métal sur mon
doigt suffisent à me dire que celui-ci est en train de
bouger en même temps que la détente. Et regarder le
corps d'un homme s'effondrer à mes pieds, tandis que
le sang gicle en rafales de sa tête, me permet, sans
même avoir besoin de regarder mon doigt, de savoir
qu'il a bougé au moins une fois.

Mais savoir qu'il a bougé six fois n'implique pas
qu'il faille compter les coups : comme j'ai déjà eu
l'occasion de le dire, mon pistolet est pratiquement
silencieux. Mes oreilles n'en sont pas moins affectées
plus fortement que par le silence. Je ne sens pas cela
dans mes oreilles ; or l'effet en est déterminant. Je sais
le nombre de coups qu'il y a eu, puisque, au bout de
six, je m'empresse de partir dans une autre direction.

15

« Certainement pas, dit Jake jetant à Mark Woodford et au professeur Waring un regard où se mêlaient
la surprise et le mépris. Je suis désolée, mais il n'en est
pas question.

— La ministre trouvait que c'était une bonne idée,
dit Woodford d'un ton apaisant.

— Ce n'est pas la ministre qui est chargée de cette
affaire, dit Jake, en hochant la tête vigoureusement.
C'est moi, et je trouve que c'est ignoble. »

La réunion avait lieu plusieurs jours après la visite
de M. Parmenides au Yard, dans les bureaux du ministère de l'Intérieur qui donnaient sur St James's Park.
Grace Miles, retenue par l'inauguration d'un nouveau
poste de police dans sa circonscription de Birmingham,
était absente.

Jake se renversa dans son fauteuil et, mal à l'aise,
jeta un coup d'œil autour de la pièce. Elle était déroutée
par la vulgarité du mobilier moderne et trop brillant, de
la porcelaine verte bon marché, de ces deux défenses
d'éléphant montées sur un des murs beiges. Elle trouva
celles-ci particulièrement déplacées, compte tenu du
fait que l'éléphant était une espèce en voie de complète
extinction, les derniers spécimens encore en vie se

trouvant dans des réserves ou des zoos privés. C'était son animal préféré. Elle aimait à penser que l'éléphant, réputé pour ne rien oublier, aurait dû être l'animal préféré de tous les policiers. Or oublier, c'était précisément ce que ces salauds étaient en train de lui demander de faire. Oublier tout ce qui concernait Wittgenstein.

Mark Woodford soupira et, évitant le regard de Jake, gonfla les lèvres d'un air songeur. « En principe, nous agissons plus ou moins en conformité avec la séparation constitutionnelle des pouvoirs, dit-il feignant une certaine gêne. Législatif, exécutif …

— Faites-moi grâce du cours sur la Constitution, dit Jake. Je connais.

— D'accord, d'accord. Mais il y a des circonstances où le législatif peut se sentir obligé d'intervenir.

— Si je comprends bien, vous êtes en train de me dire que vous allez me retirer l'affaire, dit Jake. C'est bien ça ?

— Oui, dit Waring.

— Essayez donc, rétorqua-t-elle. Vous savez, le journalisme m'a toujours beaucoup tentée.

— Je suppose que vous plaisantez, inspecteur principal, dit Woodford avec un sourire apaisant. Écoutez, je ne comprends pas très bien votre objection, dit-il en se penchant sur la table et en croisant les mains avec impatience. La suggestion du professeur Waring pourrait résoudre tous nos problèmes.

— À l'exception de ceux de Wittgenstein.

— Je ne peux pas dire qu'ils me préoccupent particulièrement, dit Woodford en haussant les épaules. Bon sang, avec Hegel, sa dernière victime, il en est à douze.

— C'est bien possible, dit Jake. Mais il n'en a pas moins des droits. Nous sommes tenus à une certaine décence. Et même si votre méthode marchait, ce dont je doute, elle reviendrait à supprimer le problème et non à le résoudre. Si, en revanche, elle devait échouer, il pourrait rompre le contact avec nous. Disparaître pendant un temps et remettre ça dans deux ans. Vous finiriez par faire de cet homme un mythe, exactement comme on l'a fait pour Jack l'Éventreur après sa disparition.

— Tout ce que je vous demande, c'est de laisser le professeur vous expliquer lui-même son idée. Je vous en prie, écoutez-le.

— Comme vous voudrez, dit Jake jouant l'indifférence. Mais cela ne changera rien à l'affaire. Quand bien même ce serait saint François en personne qui me l'expliquerait, le projet resterait tout aussi merdique. »

Le professeur Waring jeta un œil interrogateur à Mark Woodford, qui lui répondit par un hochement de tête comme pour lui signifier qu'il convenait malgré tout d'essayer. Woodford ouvrit le dossier qui se trouvait devant lui et commença à en tourner les pages.

« Au vu de toutes les transcriptions de vos conversations téléphoniques avec Wittgenstein et au vu de tout ce que nous savons de lui, je me suis fait une idée assez nette du personnage.

« Par bien des côtés, il ressemble à certains des détenus que j'ai eu l'occasion de soigner. Mes propres recherches cliniques m'ont permis de conclure que ce type de malade est fréquemment suicidaire. Le seul fait qu'il n'accorde aucune valeur à la vie d'autrui prouve assez qu'il n'en accorde pas davantage à la sienne. »

Il s'éclaircit la voix sentant qu'il arrivait à la partie la plus délicate de son exposé, ce que Jake n'ignorait pas.

« Dans ce cas précis, j'en suis certain. Et compte tenu du fait que le tueur s'identifie à Ludwig Wittgenstein, qu'il s'imagine être Wittgenstein, je ne vois pas pourquoi nous n'essayerions pas de détourner sur lui-même l'agressivité dont il fait montre à l'égard de la société. Après tout, l'un des frères du philosophe s'est suicidé, et lui-même avait des instincts suicidaires. Je pense que sir Jameson Lang pourrait sans grande difficulté persuader le tueur de se supprimer.

« Quant aux problèmes d'ordre moral et juridique dont parle l'inspecteur principal, je crois qu'il nous faut garder présent à l'esprit le danger très réel que constitue pour la société le fait de laisser un tel individu en liberté. Naturellement, en tant que médecin, ce n'est qu'avec beaucoup de réserves que je propose une telle démarche. On pourrait me remontrer qu'elle va à l'encontre de mon serment d'Hippocrate, lequel est cependant sans valeur aucune s'il doit signifier davantage de victimes. Par ailleurs, inspecteur principal, honnêtement, ne pensez-vous pas qu'un suicide est encore préférable à un coma punitif à vie ? Personnellement, je n'hésiterais pas.

— Voilà qui n'est pas banal, dit Jake d'un ton sarcastique, quand on sait que vous avez fait partie de la commission restreinte du ministère de l'Intérieur qui a préconisé l'instauration du coma comme moyen efficace de châtiment.

— L'inspecteur principal s'inquiète peut-être de sa carrière, qui risque de souffrir si l'arrestation ne se fait pas, dit Waring qui regarda Woodford en fronçant les sourcils.

— Cela n'a strictement rien à voir », dit Jake vivement.

Woodford eut un sourire caustique et mordit dans un petit-four. « Écoutez, je comprends très bien ce que cela signifie pour vous. Vous vous êtes totalement investie dans cette enquête, avec un but bien précis en tête. Et nous débarquons maintenant avec une proposition radicalement différente. Je conçois tout à fait que vous vous sentiez frustrée. Personne ne s'attendait à vous voir accueillir ce projet avec le sourire.

— Vous avez fichtrement raison. Écoutez, vous ferez ce que vous voudrez. Quant à moi, j'ai bien l'intention de continuer à pourchasser Wittgenstein à ma manière. » C'était dans ce but que Jake s'était déjà résolue à ne rien dire de Parmenides, de la liste des cibles potentielles de Wittgenstein qu'il lui avait fournie, ni de la surveillance permanente sous laquelle celles-ci se trouvaient placées.

« Il n'est certainement pas dans notre intention de vous empêcher de faire votre devoir, précisa Woodford.

— Au fait, et sir Jameson Lang dans tout cela ? demanda-t-elle. Que pense-t-il de votre petite combine ? Il ne m'a pas donné l'impression d'être du genre à cautionner ce type d'agissements. Techniquement parlant, ce n'est ni plus ni moins qu'une conspiration visant à un homicide en marge de la loi.

— Vous ne croyez pas que vous exagérez ? dit Woodford.

370

— Quant à sir Jameson Lang, dit Waring, nous nous en occupons. Je l'appellerai cet après-midi », ajouta-t-il en se tournant vers Woodford.

Jake se leva, repoussant sa chaise de ses jambes.

« C'est un meurtre, dit-elle doucement. Et n'essayez pas de vous leurrer. Même Wittgenstein ne procède pas ainsi. »

L'ascenseur qu'elle prit pour redescendre du dernier étage était lent, et quand elle arriva au rez-de-chaussée Jake avait retrouvé son calme. Une femme du service de sécurité la fouilla, puis jeta un coup d'œil sur un écran pour s'assurer que Jake n'avait laissé aucun sac ou paquet suspect derrière elle.

En attendant que le contrôle soit terminé, Jake passa en revue les nombreux Russes et Européens de l'Est qui faisaient patiemment la queue dans le couloir, comptant sur le bon vouloir de quelque employé du ministère de l'Intérieur pour s'enquérir de leur statut. Elle savait que certains étaient sans doute là depuis déjà plusieurs jours à seule fin de prouver qu'ils étaient en Grande-Bretagne en toute légalité. Personne ne se préoccupait ni de leur confort ni même de leurs besoins. Personne n'essayait de donner aux choses une couleur un peu plus humaine. Et l'on s'étonnait encore que certains d'entre eux soient parfois violents !

Une fois le contrôle terminé, elle sortit du bâtiment, qui ressemblait à une pompe à essence, et se retrouva dans Tothill Street. Elle prit aussitôt à droite dans la direction de New Scotland Yard et du fameux fromage qui tournait au sommet d'un pilier et qu'une centaine de feuilletons télévisés avaient rendu célèbre. Le fromage argenté réfractait les rayons du soleil de midi à intervalles réguliers et renvoyait des éclairs à Jake à la manière d'un stroboscope. Elle se demanda pourquoi cette image-là lui semblait si importante à cet instant.

De retour dans son bureau du Yard, Jake appela le labo.

« Maurice ? Où en sommes-nous avec l'autoradiographie ? demanda-t-elle. Est-ce que l'ordinateur a réussi à trouver une carte d'identité qui concorde avec l'échantillon ?

— Vous êtes bien sûre de savoir ce que vous voulez, aboya-t-il. Vous me demandez quoi, au juste ? De faire redémarrer le programme de concordance ADN ?

— Comment cela, redémarrer ? Qui vous a dit de l'arrêter ?

— Vous-même. Dans une note de service que j'ai reçue pas plus tard qu'hier. Vous me demandiez même de vous faire parvenir les résultats.

— Et vous l'avez fait ?

— Pourquoi, vous ne les avez pas reçus ?

— Maurice, dit Jake qui trouvait que les choses prenaient une drôle de tournure, je veux que vous me retrouviez cette note et que vous me l'apportiez. Immédiatement. »

Au bout de quelques minutes, il la rappela. Il avait l'air soucieux : l'écran du vidéophone était là pour en témoigner.

« C'est une plaisanterie ou quoi ? Parce que j'ai mieux à faire, ma petite.

— Ça n'a rien d'une plaisanterie, dit Jake. Alors ? Vous l'avez trouvée, cette note ?

« — C'est bizarre, dit-il. J'ai cherché partout, et je n'arrive pas à mettre la main dessus.

— Vous m'avez dit que la note était arrivée sur votre écran hier, c'est bien cela ?

— Oui, dit-il. Je l'ai copiée sur mon fichier de service et j'en ai fait un tirage papier pour le joindre à l'autoradiographie.

— Ce qui voudrait dire que quelqu'un s'est introduit dans votre bureau et a effacé l'enregistrement sur votre fichier.

— Ça en a tout l'air, dit Maurice, visiblement mal à l'aise. Mais qui pourrait bien vouloir faire un truc pareil ?

— J'ai ma petite idée là-dessus, dit Jake.

— Il faudrait peut-être que je le signale. »

Jake réfléchit quelques instants. Si elle ne voyait ni Woodford ni Waring en train de fureter en personne dans le labo et de trafiquer les fichiers d'un technicien, elle était en revanche convaincue qu'ils étaient à l'origine de cette histoire. Ils n'avaient pas dû avoir beaucoup de mal à trouver des gens prêts à exécuter leurs ordres, des officiers de police qui refusaient de voir compromis autant le programme Lombroso que la plate-forme électorale du gouvernement tant vantée sur la répression et le maintien de l'ordre. Ce qui ne manquerait pas d'être le cas à partir du moment où seraient connues la vérité sur les agissements de Wittgenstein et la manière dont il avait su détourner à son profit un système censé au départ le contrôler.

Aucun doute que ces mêmes personnes auraient préféré se débarrasser de Wittgenstein d'une manière un peu plus discrète que ne l'autoriseraient une arrestation et un procès en bonne et due forme. Il était déjà peu acceptable que Woodford et Waring veuillent amener Wittgenstein à se supprimer. Mais que des policiers soient prêts à toutes les manigances pour permettre à un pareil projet de se mettre en place était bien pire encore. En bref, il ressortait clairement de toute l'affaire que, si elle voulait poursuivre son enquête, elle allait devoir agir avec plus de discrétion que n'en permettraient des recherches visant à établir que des preuves avaient été détruites.

« Non, Maurice, dit-elle. Ne parlez de cela à personne, voulez-vous ? Je m'en occupe. »

Il eut l'air soulagé et reconnaissant. Du coup, il en devint plus respectueux. « Certainement, inspecteur principal. C'est vous le patron. De toute façon, j'ai assez à faire comme ça, sans avoir à répondre à des tas de questions. »

Jake mit fin à leur conversation en appuyant sur un bouton. Il ne fallait plus compter mettre la main sur Wittgenstein grâce aux empreintes génétiques de sa carte d'identité. Mais il n'était pas non plus question de rester là à attendre que l'une des équipes de surveillance ait enfin un coup de chance. Être enquêteur, c'était ne jamais se contenter des éléments que l'on avait en main ; une enquête était, par définition, une recherche systématique de tous les instants. Il s'agissait tout simplement de se convaincre de réexaminer les choses même s'il n'y avait aucune raison logique de le faire.

Elle se tourna vers son ordinateur et décida de consulter ses « notes personnelles » pour vérifier que rien ne manquait. Il n'y avait pas grand-chose dans le fichier, mais tout était bien là. Elle décida de profiter de l'occasion pour relire ses notes et parcourut donc, page après page, tout le fichier, espérant faire repartir l'enquête dans une nouvelle direction. Elle se souvint des propos de sir Jameson Lang sur le vrai Wittgenstein et sur ses préférences pour les détectives intuitifs. Il fallait qu'elle essaie à ce stade de faire preuve de davantage d'intuition. Elle savait, pour en avoir fait l'expérience dans d'autres affaires, qu'à la fin d'une enquête on pouvait parfois, en reparcourant ses notes, découvrir quelque chose dont on n'aurait pas dû sur le moment ignorer l'importance – quelque chose qui s'était toujours trouvé là sans qu'on y prête attention. Elle pressa la touche de défilement vers le bas. Un détail si infime qu'elle pouvait très bien l'avoir négligé. Un détail qu'elle avait pu ne pas savoir interpréter, à propos de l'emploi de certains mots, par exemple. D'une certaine manière, la tâche du détective était de nature grammaticale. Faire la lumière sur un problème en évacuant les ambiguïtés et les erreurs, sans parler des mensonges. Elle avait presque l'impression d'être en train de concentrer son investigation non pas sur les phénomènes mais, pourrait-on dire, sur les « possibilités » des phénomènes.

Jake s'adressa intérieurement un sourire : elle se mettait à penser comme sir Jameson Lang. Après tout, il avait peut-être raison. Peut-être bien qu'un détective était une sorte de philosophe et que l'investigation criminelle qu'elle menait était bel et bien une investigation philosophique. Qu'elle n'avait jamais rien été d'autre.

Elle avait terriblement envie d'une cigarette, mais s'aperçut qu'elle n'en avait plus. Elle avait eu l'intention d'en acheter en rentrant du ministère de l'Intérieur, mais, à cause des petites machinations de Waring et de Woodford, avait oublié de le faire. Les vouant tous deux aux gémonies, Jake s'empara de son sac et ressortit.

Le brouhaha de la circulation dans Victoria Street la priva momentanément de ses repères. Seule la force de l'habitude la fit prendre à droite en direction du Chestnut Tree Café, où elle avait coutume de s'approvisionner en cigarettes et en café.

Devant l'Institut de recherches sur le cerveau, elle croisa les bras sur la poitrine pour se protéger du courant d'air créé par un camion-citerne qui passait par là et traversa la rue. Mais elle se surprit à ralentir le pas en arrivant devant la porte du café qui était ouverte.

Sur le trottoir, à proximité de son engin qui ressemblait à un monstrueux scarabée noir, était assis un coursier en train de boire un grand gobelet en plastique de thé bouillant. Jake s'arrêta, se rappelant brutalement que sa Brigade Gynocide était toujours à la recherche du coursier à moto qui avait tué plusieurs réceptionnistes. Mais ce n'était pas là ce qui avait retenu son attention. C'était ce que l'adolescent au visage noir de crasse balançait sur ses genoux habillés de cuir : un répertoire des rues, le *Londres de A à Z*.

« Oui ? » Le jeune homme, remarquant l'attention que lui portait Jake, fronça les sourcils. « Qu'est-ce qu'il y a ? ajouta-t-il en se regardant des pieds à la tête comme pour vérifier qu'il n'était pas en train de prendre feu.

— Vous avez besoin d'un renseignement ? demanda Jake, plutôt pour elle-même.

— Pardon ? »

Du menton, elle désigna le répertoire.

« Non, ça va, dit l'autre avec un ton et une expression qui sous-entendaient clairement que Jake devait être folle. Je… euh… je sais où je vais. C'est bon. »

Jake pénétra dans le café et acheta ses cigarettes. Mais elle était ailleurs. Elle venait brusquement de se rendre compte que c'était ici que Wittgenstein l'avait vue. Ici même, au Chestnut Tree Café. Elle avait laissé tomber sa monnaie, et il l'avait aidée à la ramasser. Pas étonnant qu'il ait pu identifier son parfum. Elle s'était trouvée si près de lui que leurs mains s'étaient même touchées.

Dans un état d'excitation à lui couper le souffle, Jake s'assit à la table où lui-même s'était assis, alluma une cigarette puis regarda par la vitre. D'ici, il avait pu voir tous ceux qui entraient ou sortaient de l'Institut. C'était peut-être même ici qu'il s'était retrouvé après son test Lombroso.

Le visage de Wittgenstein flottait à demi effacé sur l'arête vive de son souvenir, rappelant à Jake une de ces montres molles dans la toile de Dali, *Persistance du souvenir*. Elle se creusa la cervelle, essayant de dresser un tableau aussi complet et détaillé que possible de ce dont elle se souvenait.

Quand elle eut fait le tour de tout ce qui lui venait à l'esprit, elle rentra précipitamment au Yard. Une fois à son bureau, elle afficha tous les portraits-robots de Wittgenstein sur l'écran de son terminal et compara l'image qu'elle gardait de l'homme du café avec celles élaborées par Clare et Grubb après le meurtre de Descartes à Soho. Puis elle regarda le portrait sur ordinateur obtenu à partir de la description de Wittgenstein faite sous hypnose par le docteur Chen, le psychothérapeute de l'Institut.

Des trois portraits, celui qui ressemblait le plus au souvenir qu'elle-même en avait était celui de Chen. Autant pour le professeur Gleitmann, qui pensait que l'inconscient de Chen l'avait poussé à mentir.

Elle se demanda si elle avait consacré assez de temps à Chen.

Après tout, il était le seul à avoir longuement parlé au tueur, et son hypnose avait été menée de main de maître. Mais avait-on suffisamment tenu compte de la barrière de la langue ? Certes, Chen parlait très bien l'anglais, mais était-ce sa langue maternelle ? Son inconscient s'exprimait-il en anglais ou en chinois ? Selon la langue adoptée, les réponses qu'il avait données aux questions posées auraient-elles pu être différentes ? Questions qui, en s'adressant à l'inconscient, s'adressaient du même coup à l'essence du langage. Se pouvait-il qu'elle ait omis de voir dans cette essence quelque chose d'évident et qu'une mise en ordre permet d'embrasser *en aperçu* ? Quelque chose de *sous-jacent* à la surface. Quelque chose qui réside dans l'intérieur, que nous voyons lorsque nous pénétrons l'objet, et qu'une analyse doit mettre en plein jour.

C'était peut-être pour cette raison que le grand fromage d'argent et son effet de lumière stroboscopique lui avaient paru si importants.

Jake appela l'IRC et demanda à parler au docteur Chen.

Verrait-il un inconvénient à se soumettre à une nouvelle expérience d'hypnose ? Cette fois-ci c'était elle qui l'interrogerait et il répondrait en chinois.

« Ce que vous êtes en train de me dire, dit Chen avec un large sourire, c'est que mon anglais laisse à désirer.

— Absolument pas. » Jake lui renvoya son sourire. « Ce que je veux savoir, c'est si l'anglais est pour vous une langue seconde. »

Chen hocha la tête affirmativement.

« Et vous avez parlé chinois pendant toute votre enfance ?

— Oui.

— Ce sont des langues très différentes.

— En surface seulement. L'homme est un animal syntaxique, et les langues partagent toutes les mêmes structures profondes. Une sorte de grammaire génétique universelle. Un schéma directeur de la langue commun à tous les nouveau-nés. C'est pur hasard si j'ai grandi en parlant le chinois plutôt que l'anglais.

— Peut-être. Mais ce que je cherche à établir a quelque chose à voir avec l'emploi du langage. C'est une question purement factuelle. J'ai besoin de savoir quel type d'interaction il y a entre la forme et la fonction. Il faut que j'arrive à comprendre vos intentions profondes. Par exemple, le rapport qui existe chez vous entre le langage et la réalité perçue. »

La conversation avait lieu à l'Institut dans le bureau de Chen.

Jake s'était fait accompagner du sergent Chung qui était en train d'installer le stroboscope.

« Je veux m'adresser à votre inconscient dans votre langue maternelle, expliqua-t-elle. C'est le sergent Chung qui s'occupera de la traduction au niveau conscient.

— Entendu, dit Chen, d'un ton conciliant. Je suis prêt à tenter l'expérience, si vous pensez qu'elle peut être utile. Vous avez l'intention de provoquer vous-même la transe ? ajouta-t-il avec un sourire interrogateur.

— Oui, dit Jake. Je suis diplômée en psychologie. Ne vous faites aucun souci, je n'ai rien d'une novice. Mais, cette fois-ci, nous nous passerons de l'intraveineuse, que je n'aime guère, et vous pourrez retourner à vos occupations dès que nous en aurons terminé. »

Chen acquiesça et s'installa dans son fauteuil tandis que Jake allumait le stroboscope.

On croit communément, mais à tort, que les bons sujets d'hypnose sont des individus faibles et consentants qui ont pour caractéristique essentielle un comportement soumis. Mais la vérité se trouve exactement à l'opposé : ce sont les plus intelligents qui font les meilleurs sujets d'hypnose, en ce qu'ils ont une plus grande capacité de concentration. Chen était un sujet rêvé, totalement réceptif, ce qui prouvait chez lui – Jake en était consciente – une faculté d'imagination très développée.

Quant elle fut certaine qu'il était bien sous hypnose, elle lui expliqua qu'elle souhaitait lui poser quelques questions en chinois et qu'il allait donc entendre une autre voix. Elle lui fit savoir qu'il aurait à répondre en chinois et lui demanda de lui signifier qu'il avait compris. Chen opina lentement de la tête.

« Voudriez-vous lui demander s'il se souvient du patient qui avait pour nom de code Wittgenstein ? » dit Jake à Chung, lequel traduisit la question.

Les aigus et les graves si étonnamment mêlés du chinois lui donnaient l'impression d'un vieux poste de radio qu'on aurait essayé de régler. À les écouter baragouiner ainsi tous les deux, elle avait du mal à admettre que le chinois pût avoir quoi que ce soit de commun avec l'anglais, même au niveau génétiquement préprogrammé.

« Demandez-lui s'il se souvient de ce qu'a dit Wittgenstein. » Peut-être perdait-elle son temps à essayer de voir dans quelle mesure le langage était une représentation de la réalité, alors même qu'elle n'avait jamais jusqu'ici prêté le moindre intérêt à la question de savoir s'il était possible pour quelque chose de représenter quoi que ce soit. On ne se préoccupait guère de ce genre d'enseignement à l'école de police. Qui s'en préoccupait d'ailleurs, mis à part peut-être des gens comme sir Jameson Lang ? Finalement, jusqu'où pouvait aller une enquête criminelle ? Elle-même n'était-elle pas déjà allée beaucoup plus loin qu'elle n'aurait dû ?

« Demandez-lui de nous décrire Wittgenstein encore une fois, dit-elle à Chung. Essayons de voir si rien ne nous a échappé. »

Chung traduisit une nouvelle fois la question, avec un froncement de sourcils rageur. Qu'est-ce qui faisait que, quand ils parlaient chinois, les gens avaient toujours l'air mécontent ? Chen soupira, balbutia quelques mots tout en préparant sa réponse. Il parlait avec hésitation, mettant un mot après l'autre, comme au hasard.

« Imperméable marron, répétait Chung. Chaussures marron. De bonne qualité. Veste en tweed marron, avec des bouts de cuir aux coudes. Il ne sait pas comment on dit. Il y a un mot spécial. Pas des pièges. Quelque chose comme pièges.

— Pièces ? intervint Jake.

— Peut-être bien, oui. » Chung tendit le cou pour ne rien perdre de ce que disait Chen.

« Chemise blanche. Non, pas une chemise. Quelque chose comme un pull-over, mais pas non plus un pull-over. Un pull-over avec un col polo. Mais pas en laine. De la même matière qu'une chemise. Avec un col polo blanc, en tout cas », ajouta Chung, manifestement pressé d'en finir.

Les mots de Chung remuèrent quelque chose de profondément enfoui dans la mémoire de Jake.

Curieux que Wittgenstein ait parlé de son parfum, parce que c'était précisément une odeur – une odeur de clinique, d'antiseptique – qui pour elle l'évoquait, lui, de la manière la plus précise en cet instant.

« Yat, dit-elle, demandez au docteur Chen si c'est le genre de polo blanc que porterait un dentiste. »

Chung traduisit puis, après avoir écouté la réponse de Chen, fit signe que oui.

Jake avait proposé son aide à Wittgenstein qui lui avait souri d'un air qu'il croyait sans doute plein d'assurance. Mais elle s'était alors aperçue qu'il avait des dents jaunies par le tartre – des dents qui avaient sérieusement besoin d'être soignées.

« Non, dit-elle d'un air songeur. Je ne crois pas qu'il soit dentiste. Il n'a pas d'assez bonnes dents.

« Yat, vous vous souvenez de m'avoir dit que la seule façon pour le tueur de s'introduire dans le système Lombroso, c'était d'utiliser un ordinateur relié au réseau informatique de la CE ?

— Absolument.

— Demandez au docteur Chen s'il pense que Wittgenstein pourrait être infirmier ou auxiliaire médical dans un hôpital. » Chen répondit que c'était sans doute le cas.

« Exactement comme le vrai Wittgenstein, dit Jake. Lui aussi a travaillé quelque temps dans un hôpital, pendant la Seconde Guerre mondiale. C'est l'une des raisons pour lesquelles il a pu éviter la prison à laquelle le condamnait son statut de ressortissant d'un pays ennemi.

— C'est bien le problème avec vous autres Britanniques, dit Chung en hochant la tête. Il s'est produit exactement la même chose avec les *boat people* de Hong Kong. Vous passez votre temps à mettre sous les verrous des gens qui seraient incapables de vous faire le moindre mal. »

Jake fit sortir Chen de sa transe.

« Vous avez trouvé quelque chose à vous mettre sous la dent ? » demanda-t-il d'un ton jovial.

Jake lui expliqua l'intuition qu'elle avait eue à propos de Wittgenstein et de son éventuel travail dans un hôpital.

« Tant mieux, fit Chen qui se leva en s'étirant.

— Eh bien, dit Jake, je crois que nous avons suffisamment abusé de votre temps, docteur Chen. Je vous suis très reconnaissante. » Il était sans doute trop tard pour pouvoir joindre quelqu'un au ministère de la Santé.

« Je vous en prie, dit Chen. La prochaine fois, j'aimerais bien que vous me donniez un coup de main pour m'arrêter de fumer. »

Jake et Chung rejoignirent le bureau qu'ils utilisaient quand ils se trouvaient à l'Institut. Quand elle appela le ministère de la Santé, Jake tomba sur l'image d'une fille en collant qui semblait tenir une forme extraordinaire et sur la voix brusque et bizarrement mâle d'un répondeur qui l'informa que les bureaux étaient fermés jusqu'au lendemain matin 9 heures.

« Eh bien, je suppose que ce sera tout pour aujourd'hui, dit Jake. Merci beaucoup, Yat, pour votre aide. Je crois que tout cela nous a été vraiment très utile.

— Je vous en prie, dit-il. La traduction me change agréablement des ordinateurs. »

Ils rentrèrent au Yard à pied.

« Votre train part bien de la gare de Paddington ? demanda Jake. Voulez-vous que je vous dépose ?

— Avec plaisir. À une condition. Que vous m'autorisiez à vous emmener d'abord dans le meilleur restaurant chinois de Soho. Le patron est un de mes cousins.

— D'accord, dit Jake en grimaçant un sourire. Marché conclu. Mais votre femme ne va pas vous attendre ?

— Sa mère est chez nous en ce moment, dit Chung, lui rendant son sourire. Elle est d'avis que sa fille n'aurait jamais dû épouser un Chinois de Hong Kong.

— C'est parce qu'elle a l'esprit étroit, proposa Jake.

— Non, rétorqua Chung en riant. C'est parce qu'elle n'a jamais mangé chez mon cousin. »

Ma tête me fait mal. Vraiment mal.

Mais y a-t-il là de quoi s'étonner ? Y a-t-il vraiment là de quoi s'étonner quand on sait qu'il y a plus de 30 000 variétés de protéines qui se baladent là-dedans ? Quand on songe qu'un seul gramme de tissu cérébral consomme plus d'énergie pour vous permettre de rester conscient que n'en consomme un gramme de muscle pour soulever une barre d'haltérophile ? Quand on songe que notre cerveau brûle à lui seul environ un quart de notre ration quotidienne de calories ?

Mais avant que vous autres, les fanas de calories, ne vous précipitiez, tout excités, sur vos manuels de philosophie, laissez-moi vous dire qu'astreindre votre cerveau par exemple à comprendre quelque chose comme la Phénoménologie de la perception *de Merleau-Ponty n'exige pas plus de calories que d'avoir le cafard ou de se curer le nez. Manque de chance pour les gros, nous utilisons la plupart de nos calories simplement à faire tourner le moteur. Autrement, G. E. Moore aurait bien pu se retrouver, sans l'avoir voulu, à l'origine du premier régime cambridgien jamais inventé.*

Même ainsi, il me semble que mes petites méninges ont dû faire pas mal d'heures supplémentaires ces temps derniers. La réflexion soutenue que m'impose le problème du meurtre depuis des mois a dû consommer ce petit plus d'énergie. D'où ces migraines épouvantables.

L'ennui, c'est que les cellules du cerveau ont un côté très sociable. Elles tiennent absolument à causer à leurs voisines – jusqu'à 100 000 à la fois à toute heure du jour et de la nuit. Et avec tout le tohu-bohu mental qui constitue le corollaire inévitable du meurtre de masse, la fusillade électrique crépitant dans la noix de coco qui me tient lieu de centre de décision doit ressembler à quelque chose comme le ciel d'El Alamein.

Si seulement le cerveau n'était pas le petit salopard efficace qu'il est : 2 % du poids du corps, en tout et pour tout. Autrement dit, pour ce qui me concerne, environ 1,7 kilogramme. Il tient coûte que coûte à sauvegarder des centaines de pensées – y compris celles qu'on espérait bien avoir oubliées – en les stockant dans toutes sortes de coins neuroniques et de recoins crâniens. Un peu à la manière de ces gens prudents qui ont peur de se faire voler et qui, avant de partir à l'étranger, répartissent leur argent un peu partout dans leurs bagages et sur leur personne. C'est aussi ce qui explique que, quand une partie du cerveau est esquintée, celle par exemple dont la tâche est d'identifier les couleurs, il y en a toujours une autre pour prendre le relais et se débrouiller tout aussi bien.

J'ai beau faire, les cellules les plus meurtrières de mon cerveau adorent bavarder avec les autres et les empoisonner avec leurs tableaux logiques des faits, histoire de les circonvenir et de les gagner à leur cause.

Ce qui n'est pas sans me causer quelque inconfort. À commencer par l'insomnie, qui est bien le pire de mes tourments. Il m'arrive de passer le plus clair de la nuit éveillé à regarder s'activer mon cerveau. Ce n'est pas très compliqué de savoir quand il se produit quelque chose. Tout ce qui est pensée devient alors image, et l'âme devient corps. De fait, la pensée se manifeste sous la forme de petits points névralgiques qui ont la couleur du sang. Or récemment, le taux de cette couleur-là est monté très au-dessus de la normale, et, l'autre nuit, l'intérieur de mon dôme ressemblait à une de ces coulées de lave que crache l'Etna de temps à autre et qui vous engloutissent deux ou trois villages sur leur passage.

Le principal sujet de conversation de mes neurones semble être de savoir si je dois franchir une étape supplémentaire en cessant de tuer mes frères pour m'attaquer à la race humaine en général. Un peu comme s'il s'agissait d'agrandir une entreprise. Voilà une option bien lamentable, et qui n'est pas sans me causer quelque souci. J'avais espéré pouvoir contrôler les choses encore un peu, mais dans la mesure où il me manque un NVM... j'ai bien peur de ne pas pouvoir faire face. À long terme, il se pourrait bien que j'en sois réduit à déposer mon bilan, ni plus ni moins.

16

Ils se mirent en route pour Soho, mais furent obligés de se garer dans les environs de St James's Square. Chung s'en excusa, mais le restaurant de son cousin n'était pas tout près.

« J'aime autant marcher, dit Jake. Un peu d'exercice ne me fera pas de mal.

— À moi non plus, approuva Chung. Ce n'est pas que j'en manque complètement. J'ai suspendu un sac de sable assez lourd au plafond du garage. Je tape dedans tous les matins. Ces temps-ci, je fais comme si c'était ma belle-mère. »

Ils gravirent la petite montée qui débouche dans Jermyn Street et prirent à l'est en direction de Regent Street et de Piccadilly Circus.

En face des magasins Simpson, Jake s'arrêta devant un immeuble de bureaux en brique rouge et désigna d'un geste la porte en verre fumé.

« Une fille a été assassinée ici. Il y a un mois ou deux de cela. Difficile à croire, non ? Tout semble tellement calme, dit-elle en parcourant la rue des yeux, tellement civilisé, tellement… » Son regard s'arrêta sur la muraille noire de St James's Church.

« Quelque chose qui cloche ? demanda Chung.

— Non, rien », dit Jake d'un air vague. Mais, dans le même temps, elle commençait à revenir sur ses pas vers le portail de l'église qui ressemblait curieusement à l'entrée d'un théâtre. « Du moins je ne pense pas. »

Devant l'édifice, qui n'avait pas l'air d'une église avec son tableau d'affichage annonçant les orateurs à venir, Jake envisagea la chose, comme s'il s'agissait d'un syllogisme avec deux prémisses bien distinctes. Elle n'arrivait pas à voir comment la conclusion qu'elle avait à l'esprit pouvait logiquement découler de celles-ci. Mais, au moment même où elle se disait qu'une conversion aussi faussée ne pouvait mener qu'à un jugement tout aussi faux, elle restait convaincue de ce qu'il devait y avoir un moyen de prouver empiriquement la vérité de la proposition. La question était de savoir comment.

La voyant aussi absorbée, Chung garda le silence, même quand elle pénétra dans l'église pour ressortir de l'autre côté dans la cour dallée et traverser Piccadilly, et qu'il fut obligé de lui emboîter le pas. Elle remonta Sackville Street et s'arrêta devant la vitrine de la Librairie du Polar où, en dépit de l'heure tardive, traînaient encore de nombreux clients. Il remarqua qu'elle avait un petit sourire maintenant, et, quand elle se décida à parler, elle arborait un air de triomphe tranquille.

« Le crime est banal, et la logique rare, dit-elle.

— Est-ce que vous allez enfin me dire ce qui se passe ? demanda-t-il d'un ton pressant. Ou est-ce que j'appelle une ambulance ?

— C'est donc sur la logique plus que sur le crime qu'il convient de s'appesantir. » Elle montra du doigt non point la librairie, qui d'après Chung se serait davantage prêtée à cette remarque sibylline, mais le restaurant oriental qui se trouvait juste à côté. À l'intérieur, un homme était en train de gribouiller des tarifs sur la vitrine avec quelque chose qui ressemblait à un crayon de pastel rouge. Au-dessus de la porte s'inscrivait un nom : Parmenides.

« Ça vous ennuierait qu'on mange grec plutôt que chinois ? demanda-t-elle.

— Absolument pas. À condition que vous me disiez où vous voulez en venir, bon sang.

— Certainement. Mais ne restons pas ici. Il ne faut pas qu'il nous voie pour l'instant. » Elle l'entraîna jusqu'à une boutique de tailleur toute proche. « L'homme qui est derrière la vitrine du restaurant s'appelle Kyriakos Parmenides, lui expliqua-t-elle, mais son nom de code Lombroso est William Shakespeare.

— Il est NVM-négatif ?

Jake acquiesça.

— Il y a quelques semaines, Wittgenstein l'a suivi dans St James's Church avec l'intention de le tuer. Parmenides a réussi à lui faire peur, et l'autre s'est enfui en laissant derrière lui son répertoire des rues, un *A-Z*. Celui-ci contenait toutes les adresses de ses victimes potentielles. Parmenides l'a trouvé dans l'église, sur le banc qu'avait occupé Wittgenstein. Au bout d'un moment, il a saisi l'importance du bouquin, et, en bon citoyen qu'il est, il est venu le remettre à la police.

« Mais réfléchissez bien, Yat. Parmenides travaille juste à côté d'une librairie où, une heure avant d'être sauvagement assassinée, Mary Woolnoth achetait un polar. Quand Wittgenstein a essayé de supprimer Parmenides, celui-ci se trouvait dans une église à moins de vingt mètres du bureau où a été découvert le corps de Mary. Le tueur a barbouillé son corps d'inscriptions avec un tube de rouge à lèvres. Et il était gaucher. »

Jake se pencha et fit un signe de tête en direction du restaurant.

« Et voilà que nous nous retrouvons face à un gaucher en train de gribouiller un menu sur sa vitrine avec ce qui ressemble fort à un tube de rouge à lèvres.

— Je vois ce que vous voulez dire, dit Chung en hochant la tête.

— Jessie Weston, la fille qu'il a tuée avant Mary Woolnoth, était elle aussi une fan de romans policiers. Je ne peux pas encore le prouver, mais je suis prête à parier qu'elle a également acheté un bouquin dans cette librairie. C'est là qu'il l'a vue. Je suis tout aussi prête à parier que, avant d'être tuées, toutes ces filles ont emprunté cette rue à un moment ou à un autre.

— L'hypothèse est intéressante, approuva Chung. Mais vous n'avez que des présomptions.

— Si j'ai vu juste, on devrait pouvoir l'amener à se découvrir sans trop de difficultés.

— Qu'est-ce que vous avez en tête ?

— Vous êtes armé ?

— Évidemment. Je suis flic, non ?

— Très bien, alors voici ce que je vous propose. Vous allez entrer dans le restaurant et commander. Je vous rejoins dans quelques minutes. Mais quand vous me verrez, faites comme si vous ne me connaissiez pas. »

Chung traversa la rue et pénétra dans le restaurant. Jake, elle, se dirigea vers la Librairie du Polar.

Dans la vitrine, un écriteau posé sur un chevalet annonçait aux passants que quatre auteurs célèbres de romans policiers dédicaçaient leur dernier ouvrage à l'intérieur du magasin. En franchissant le seuil, Jake jeta un bref coup d'œil aux noms des écrivains puis aux quatre individus, hommes et femmes, assis derrière une longue table où s'entassaient leurs piles de livres. Elle n'en reconnut aucun. Tous la suivirent pourtant d'un regard chargé d'espoir quand elle passa devant eux. Mais elle n'avait pas l'intention d'acheter quoi que ce soit. Elle n'avait même pas l'intention de jeter un coup d'œil à un livre.

Jake sourit à l'idée de ces quatre écrivains, gonflés du sentiment de leur propre importance, assis là comme les experts qu'invite la télévision pour certaines émissions, oubliés du public en général, dédaignés des clients du magasin, tandis qu'à deux pas de là, un tueur multiple en chair et en os, celui-là, allait bientôt être amené à se trahir.

Elle trouva ce qu'elle cherchait devant les quelques rayons qui abritaient temporairement les romans policiers postmodernes.

La femme était une grande brune musclée, vêtue d'une jupe et d'une chemise moulantes en jean. Le regard de Jake s'attarda sur les courbes pleines d'un sein nu que l'on devinait entre les boutons de perles. Un rouge à lèvres très rouge lui donnait un air vulgaire de pute.

« Vous me reconnaissez ? » demanda Jake tout bas.

L'agent jeta un coup d'œil hésitant à Jake, regarda à l'extérieur, puis fit un signe de tête affirmatif. « Vous vous appelez comment ?

— Agent Edwards, matricule 548, dit la femme.

— Où se trouve l'équipe de surveillance, Edwards ?

— Juste devant le magasin, madame, dans une fourgonnette bleue.

— Vous avez un émetteur ? »

La femme hocha la tête.

« Bien. Tout le monde peut donc m'entendre. C'est l'inspecteur principal Jakowicz qui vous parle. J'ai des raisons de croire que l'homme que nous recherchons, le Tueur au Rouge à lèvres, travaille dans le restaurant grec juste à côté.

— Ça se pourrait bien, madame, dit Edwards d'un ton égal. J'y suis allée l'autre jour pour prendre un café, et un des types derrière le comptoir m'a regardée d'un air bizarre.

— Vous avez un tube de rouge à lèvres sur vous ? »

Après avoir acquiescé d'un signe de tête, l'agent fouilla dans son sac et lui tendit son tube.

« Edwards et moi-même nous apprêtons à entrer à côté, expliqua Jake à ses auditeurs invisibles. Il y a déjà un officier sur place, un dénommé Chung. Je veux que vous soyez prêts à cueillir le tueur s'il tente de s'échapper.

— Qu'est-ce que vous avez l'intention de faire, madame ?

— Vous le verrez bien. »

Jake sortit la première, repassant devant la table chargée de livres non dédicacés et devant les auteurs déconfits. Elle s'arrêta en apercevant la fourgonnette bleue et, comme si celle-ci n'attendait qu'une occasion, la vitre du passager se baissa, révélant le visage de l'inspecteur Crawshaw. Il lui fit signe que tout était OK. Jake de son côté lui adressa un clin d'œil entendu et, suivie d'Edwards, pénétra dans le restaurant.

C'est l'odeur d'huile d'olive qui la frappa d'abord. Puis elle remarqua Chung assis tranquillement dans un coin, occupé à mastiquer consciencieusement une grande pita fourrée.

Le sourire accueillant de Parmenides s'estompa quelque peu quand il s'aperçut que l'une des clientes appuyées au comptoir en Inox n'était autre que Jake. Derrière lui, sur une étagère, trônait une bouteille d'huile d'olive vierge extra de la Sacred Oil Company.

« Bonjour, inspecteur principal, fit-il, un peu nerveux. Qu'y a-t-il pour votre service ? » Il eut un coup d'œil en direction d'Edwards, déglutit péniblement et ajouta : « Vous l'avez attrapé ce type ? Celui qui me suivait ?

— Non, pas encore. En fait, dit Jake, je viens de rencontrer une vieille amie à moi, dans la librairie à côté, et nous nous sommes dit que nous pourrions aussi bien venir prendre un café ici. »

Parmenides sembla se détendre un peu. Il désigna de la main une des tables en Formica rangées le long du mur recouvert de miroirs. « Je vous en prie, dit-il, asseyez-vous. Je vous les apporterai. Cappuccino ? Espresso ?

— Deux cappuccinos », dit Jake.

Le Grec s'inclina légèrement et mit la machine en route. Les deux femmes s'assirent à une table, l'une en face de l'autre. Loin de prêter attention à Chung, Jake s'empara d'un exemplaire de l'*Evening Standard* qui traînait sur une chaise et le mit sur la table. Dès que Parmenides leur eut tourné le dos, elle sortit le tube de rouge à lèvres et écrivit en grandes lettres majuscules rouges sur le plateau couleur crème de la table le nom de « MARY », qu'elle recouvrit ensuite avec le journal.

Quelques minutes plus tard, le Grec arrivait avec les deux cafés. Au moment où il se penchait avec un sourire pour les poser sur la table, Jake retira prestement le journal.

Balthazar lui-même n'aurait pas eu l'air plus interloqué. Le visage de Parmenides se décomposa. Sa mâchoire tomba, puis ce fut le tour des cafés. Il pivota sur lui-même et se précipita vers la porte, saisissant au passage un long couteau qui traînait sur le comptoir, Jake, Edwards et Chung sur ses talons.

Une fois dehors, Jake dégaina et hurla les sommations d'usage. Parmenides continua de courir et voyant que deux hommes, qui agitaient des armes et des insignes, lui barraient le passage, il leva son couteau.

Jake s'arrêta net, attendit une fraction de seconde que son bras ne tremble plus et visa les jambes. Elle vit Crawshaw et l'autre officier s'écarter vivement de sa ligne de tir. Elle sentit sous ses doigts le contact froid de la détente, retint sa respiration un millième de seconde et appuya.

Parmenides s'abattit sur le trottoir, portant les mains à sa cuisse, qui se couvrit immédiatement de sang. Crawshaw s'approcha aussitôt et du pied écarta le couteau. C'était sans importance maintenant. Avant même que Jake soit arrivée à la hauteur de Parmenides, avant même qu'elle ait eu le temps de se pencher pour regarder la blessure, elle savait que la balle lui avait sectionné l'artère fémorale – le sang qui coulait à flots était on ne peut plus éloquent.

Sous sa barbe, le visage du Grec était d'une pâleur mortelle. Il ne semblait pas souffrir. À le voir, on

l'aurait plutôt cru sous anesthésie. Ses yeux accrochè-
rent brièvement le regard de Jake, ses paupières se
mirent à battre, puis se fermèrent pour se rouvrir à nouveau. L'espace d'un instant, il sembla lui sourire.
C'était un sourire qu'elle avait déjà vu auparavant, sur
le visage de son père, se mourant d'une tumeur au cerveau. Un sourire chargé de mépris silencieux.

Crawshaw arracha son écharpe et se servant de sa
matraque pour serrer au maximum fit un garrot autour
de la cuisse. Il fit de son mieux pour stopper l'hémor-
ragie, mais la blessure était trop grave. L'homme était
mort avant qu'Edwards ait fini d'appeler une ambulance.

Jake rejoignit la fourgonnette banalisée où, suivant
le règlement, elle remit calmement son automatique à
Chung. « Pour l'enquête », précisa-t-elle.

Chung acquiesça et empocha le pistolet.

« Je ne voulais que le blesser, s'entendit-elle mur-
murer. Il avait son couteau. J'ai cru qu'il allait s'en
servir contre les deux autres policiers.

— Vous n'avez rien à vous reprocher, dit-il. Vous
avez suivi les consignes : viser les jambes de l'interpellé si celui-ci refuse de se rendre aux sommations.
C'est pas de chance que vous l'ayez atteint juste à cet
endroit. Un centimètre plus à droite ou plus à gauche,
et il serait assis là sur le trottoir à vous traiter de tous
les noms. »

Jake s'appuya contre la fourgonnette : elle prenait
lentement conscience du fait qu'elle venait de tuer un
homme. Elle se dit qu'elle aurait dû éprouver davantage de remords, en dépit du fait que Parmenides avait
assassiné six femmes. Il y avait autre chose qui la
gênait et compliquait fâcheusement la situation :

l'absence d'aveux de la part du meurtrier. Elle n'avait plus qu'à espérer que les policiers chargés de l'enquête trouveraient suffisamment de preuves pour convaincre le coroner qu'elle avait agi à bon escient.

La rue, barrée aux deux extrémités par un cordon de police, s'était mise à grouiller de policiers qui multipliaient, un peu tard, les précautions. Jake se demanda comment ils avaient fait pour arriver aussi vite sur les lieux. Puis elle se rappela que le commissariat de Vine Street était juste au coin de la rue. C'était sans doute là qu'il lui faudrait se rendre maintenant pour faire sa déposition.

« Ça va ? » lui demanda Chung d'un air inquiet.

Jake le regarda, comme si elle ne comprenait pas la question. « Moi ? Mais ça va très bien. »

Il était presque minuit quand elle rentra du commissariat. Tout dans l'appartement respirait le froid de la solitude, mais le chauffage central ne tarda pas à fonctionner et elle se sentit soulagée à l'idée de ne plus avoir à expliquer et réexpliquer ce qu'elle avait fait. La sonnerie du vidéophone se fit entendre une ou deux fois, mais elle ne bougea pas, préférant brancher la télévision et se verser un grand verre de whisky pour essayer de se changer les idées.

Elle aurait dû se douter que le dernier journal télévisé parlerait de la fusillade. En revanche, elle n'avait aucune raison de penser que le reportage ferait preuve d'une brutalité et d'un voyeurisme aussi outrés. Elle n'ignorait pas qu'après minuit les émissions n'étaient plus tenues de se conformer à un quelconque code de décence. Ce qui expliquait le taux anormalement élevé de films pornographiques au-delà d'une certaine heure. Mais elle n'aurait jamais cru que la même licence pouvait s'appliquer aux journaux télévisés.

L'équipe de tournage était arrivée sur les lieux, à Sackville Street, moins de quinze minutes après le départ de Jake. Traitant l'incident de manière chronologique, elle avait d'abord filmé le restaurant, puis le trottoir le long duquel Parmenides avait tenté de s'enfuir. Ensuite, gros plan sur le couteau, suivi d'un deuxième sur un pistolet, qui n'était pas le Beretta de Jake, puisqu'elle l'avait laissé au commissariat de Vine Street, mais un autre, identique, qu'exhibait l'un des nombreux policiers restés sur place. Pour finir, caméra au poing, l'opérateur avait fait un travelling sur la rue jusqu'à l'endroit où gisait encore le Grec dans une mare de sang : nouveau gros plan sur la cuisse mise à nu, le garrot de Crawshaw, et le trou, gros comme une pièce de monnaie, laissé par la balle de .45. Enfin – et c'était là le plus choquant –, le journaliste avait saisi la tête du mort par les cheveux pour mieux exposer ses traits sans vie à la caméra.

Le commentaire était à la hauteur des images.

« Cette ordure, ce criminel, aboyait le reporter, secouant Parmenides par les cheveux, est sans doute responsable de l'assassinat de six jeunes femmes. »

Il se pencha en hurlant dans l'oreille maculée de sang. « Fumier, tu n'étais qu'une bête ignoble. C'est trop facile de t'être fait abattre comme ça, espèce de merde. Il aurait fallu que tu en baves, saligaud, comme ces femmes que tu as tuées. J'espère qu'on va décorer le flic qui t'a descendu. Et si, par hasard, ta saloperie d'âme peut encore m'entendre, nous espérons tous que tu es en train de brûler en enfer, fumier. Avec ce que tu as fait, tu aurais dû être… »

Jake s'empara de la télécommande et éteignit le poste. Puis elle vida son verre. Ce qu'elle venait de voir lui donnait la nausée. Finalement, il avait fallu qu'elle le revive à la télévision pour arriver à se pénétrer de l'idée qu'elle avait tué un homme.

Au bout d'une ou deux minutes, elle prit conscience d'une sensation de vide au creux de l'estomac et ses mains se mirent à trembler. Elle sentit le froid l'envahir puis, sans transition, eut des bouffées de chaleur. De façon tout à fait absurde, elle se surprit à repenser à certaines notes qu'elle avait prises au cours de sa première année à l'université : à son hypothalamus qui, pareil à un minuscule indicateur de température, allait essayer de contrôler les réactions nerveuses de son corps aux récents événements ; à Descartes qui assimilait les êtres humains à des automates. Bizarre la manière dont une idée en amenait une autre.

Ce sourire qu'elle avait vu sur les lèvres de Parmenides. Le sourire sardonique de son père. Ce seul souvenir la remuait jusqu'aux tréfonds.

Des larmes lui gonflèrent les yeux, et quand elle se dirigea vers la salle de bains, elle sentit ses jambes se dérober sous elle. Elle n'était pas arrivée à mi-chemin qu'elle vomissait déjà.

Personne ne me comprend.

Il y a sans aucun doute beaucoup de gens qui croient le faire.

L'autre jour, j'étais à la Librairie du Polar et je suis tombé en arrêt devant des rayons entiers d'études sur la psychologie des meurtriers multiples, ou tueurs en série comme on les appelle parfois. Je dis bien des rayons entiers. Il y avait au moins cinquante titres. J'en ai feuilleté quelques-uns. Pas un auteur qui m'ait donné l'impression de s'être vraiment mis à l'écoute de ces chants surnaturels que tous prétendaient pourtant avoir parfaitement compris.

La plupart des ouvrages qui s'emploient à découvrir pourquoi certains individus deviennent des multiples se ramènent à deux catégories selon la théorie qu'ils défendent.

D'un côté, la vieille théorie marxiste qui veut que le comportement du multiple soit le produit du matérialisme historique : celui qui est à l'origine victime de la société en devient l'oppresseur. De l'autre, la théorie, plus moderne, mais essentiellement fondée sur une vision nietzschéenne des choses, selon laquelle le multiple aspire intensément non point à rejeter la société – où la gloire serait la pierre de touche du succès et le meurtre le plus court chemin pour y parvenir – mais au contraire à s'y intégrer.

Aucune de ces interprétations grossières de la criminalité violente ne me semble particulièrement satisfaisante. J'ai personnellement une explication plus convaincante à proposer.

Dans Les Hêtres rouges, Sherlock Holmes définit l'« art » du détective comme « quelque chose d'impersonnel – qui me dépasse moi-même ».

Il en va de même de l'art du meurtre.

« Le crime est banal et la logique rare, explique-t-il à Watson. C'est donc sur la logique plus que sur le crime qu'il convient de s'appesantir. »

La logique, mesdames et messieurs, la logique, tout est là. La logique où rien n'est accidentel. La logique, qui traite de chaque possibilité et dont toutes les possibilités constituent ses propres faits.

La logique du meurtre est une science plus noire qui se nourrit d'une haine intellectuelle soigneusement entretenue. Contrairement à l'amour, la haine est une passion que je contrôle, une sorte de balai qui sert à nettoyer l'âme. Une fois libérée, elle permet de voir comment l'homme marcha un jour sur la terre avant l'amour chrétien, et comment un homme pourrait un jour marcher quand tout cela appartiendra au passé. Comment la haine de Dieu peut élever l'âme plus près de toi, mon Dieu, plus près de toi.

17

Jake se dit que ce devait être le scotch. Elle se réveilla tard pour découvrir que cela faisait des années qu'elle n'avait pas dormi aussi profondément. Elle n'aurait jamais imaginé pouvoir se sentir aussi bien. Mieux sans doute qu'elle n'en avait le droit. Comme si on l'avait purgée. Certes, elle avait vomi, mais quelque chose d'aussi épistémologique que la voix de la conscience ne justifiait pas la faim dévorante qu'elle ressentait maintenant.

Une totale absence de sentiment de culpabilité face à ce qui était arrivé n'expliquait pas tout : en fin de compte, elle n'avait cherché qu'à blesser Parmenides. Non, c'était autre chose, de radicalement différent. L'impression qu'elle était désormais libérée d'un énorme poids, qu'il était temps d'oublier et de redémarrer de zéro.

Pour une fois, son frigo n'était pas vide. Elle se prépara un petit déjeuner copieux qu'elle engloutit en un éclair : jus d'orange, yaourt grec, bananes, fraises, raisins sans pépins, toasts au miel, le tout arrosé d'un café très fort.

Inutile de se leurrer : elle n'avait bien entendu pas réglé tous ses comptes, mais c'était pourtant là l'impression qu'elle avait. Elle avait beau essayer, elle n'éprouvait aucun sentiment de révolte à l'idée que le docteur Blackwell avait eu raison : l'horreur que lui avait inspirée le fait de tirer sur un homme et de le tuer avait réussi à déloger en elle quelque chose qui jusqu'ici était resté coincé comme une arête de poisson. Elle n'avait aucune explication à proposer pour ce qui s'était passé, mais, pour la première fois sans doute de sa vie d'adulte, elle se sentait en paix avec elle-même.

Quand elle arriva au Yard, son premier visiteur, Ed Crawshaw, finit de lui redonner confiance en elle.

« J'ai essayé de vous appeler cette nuit, expliqua-t-il. Où étiez-vous donc ?

— Je n'avais pas envie de parler, dit-elle en haussant les épaules.

— J'ai passé toute la nuit dans l'appartement du Grec, à Balham. Je pensais que si on vous mettait au courant de nos découvertes, vous vous feriez moins de souci.

— Et vous y avez trouvé quoi ? » demanda-t-elle.

Il garda le silence quelques instants puis prit une profonde inspiration. « Seigneur, finit-il par dire, d'un ton incrédule. Ça n'a pas de nom.

— Alors contentez-vous de me dire que je ne me suis pas trompée.

— Aucun problème de ce côté-là. Parmenides était bel et bien le Tueur au Rouge à lèvres. On a mis la main sur des bandes : une espèce de journal, en somme. Assez morbide, dans l'ensemble. Apparemment, il était venu vous voir ? Et il était NVM-négatif ? »

Jake acquiesça d'un signe de tête.

« Et le tueur Lombroso a essayé de l'avoir, lui aussi ?

— C'est exact.

— Eh bien, Parmenides semble s'être imaginé que le seul fait d'avoir failli être la victime d'un autre multiple lui conférait une sorte d'immunité. Il a décidé que le meilleur moyen de prouver qu'il était un citoyen normal – au cas où il viendrait à certains la mauvaise idée de penser le contraire – c'était d'agir comme tel en se présentant ici avec l'*A-Z* du tueur Lombroso. C'est en tout cas ce qui ressort de son journal.

— Je me doutais bien qu'il y avait quelque chose de ce genre, dit Jake.

— Qui sait ? Il s'est peut-être dit que s'il venait avouer qu'il était NVM-négatif, dans le cadre de l'enquête Lombroso, nous ne ferions pas le rapprochement avec le Tueur au Rouge à lèvres le jour où nous serions amenés à découvrir la vérité sur son état mental.

— Non, dit Jake en fronçant les sourcils. J'ai eu l'occasion de le voir et je ne pense pas qu'il aurait été capable d'une démarche aussi complexe que celle que vous suggérez, Ed. Je crois que je préfère votre première version.

— Entendu, entendu, dit Crawshaw. Vous avez probablement raison. Au fait, ajouta-t-il avec un sourire tout en se dirigeant vers la porte, c'était dans la librairie qu'il les choisissait. On a retrouvé des centaines de polars dans son appartement. Le plus curieux, c'est qu'apparemment, il n'en lisait aucun. La plupart des bouquins étaient encore dans leur pochette. »

Il avait l'air à la fois satisfait et fatigué.

« Je crois qu'il est temps que vous rentriez chez vous dormir un peu, dit Jake.

— Je pense que vous avez raison, dit Crawshaw en bâillant.

— Oh, Ed ?

— Madame ?

— Merci. »

Plus tard dans la matinée, Jake reçut un appel de Gilmour qui tenait à la féliciter, puis elle essaya à nouveau le ministère de la Santé.

Pendant un bon moment, elle se fit renvoyer d'un poste à un autre, comme un colis indésirable. On lui permit enfin d'exposer sa requête auprès d'une dénommée Mme Porter, fonctionnaire de son état, dont les multiples doubles mentons et la toux de fumeur n'étaient sans doute pas la meilleure des publicités en matière de santé publique. La demande de Jake ne déclencha pas chez elle un enthousiasme délirant.

« Comprenons-nous bien, dit-elle dans un souffle. Vous voulez que quelqu'un de chez nous vérifie les dossiers de tout le personnel infirmier masculin et de tous les auxiliaires médicaux de Londres et du sud-est du pays pour voir si, par hasard, il n'y aurait pas parmi eux un Allemand, ou quelqu'un d'origine allemande. C'est bien cela ?

— En effet, dit Jake.

— Vous êtes certaine de ne pas pouvoir nous donner un tout petit peu plus de précisions, inspecteur principal ? »

Jake lui remontra que si elle avait pu être un tout petit peu plus précise, c'est qu'elle aurait été à deux doigts de procéder à l'arrestation. « Je ne dispose de rien d'autre que du génotype racial du suspect et du fait qu'il travaille très probablement comme infirmier ou comme auxiliaire médical.

— Ce n'est pas que je refuse de vous aider, rétorqua Mme Porter, c'est simplement que, depuis que nous faisons partie de l'Europe fédérale, il y a pas mal d'Allemands qui travaillent dans les hôpitaux britanniques. Si au moins nous pouvions restreindre le champ d'investigation, ce serait déjà énorme. Vous ne pourriez pas me fournir le nom de quelques centres régionaux, par exemple ? Enfin, quelque chose.

— Je ne peux pas, je suis désolée. Et si vous vous serviez de votre ordinateur pour faire les vérifications ?

— Pour ne rien vous cacher, dit Mme Porter d'une voix lasse, je n'avais pas l'intention de les faire à la main. Écoutez, disons que je vais faire tout mon possible. D'accord ?

— Merci infiniment. Croyez que j'apprécie.

— Mais il faut du temps pour mettre ces choses-là en route. Beaucoup plus que pour les exécuter. »

N'était-ce pas toujours le cas ? se dit Jake. Il était indiscutable que l'obsession des mathématiques chez les hommes avait contribué à faire du monde un endroit beaucoup plus dangereux. Mais la technologie qui en était sortie avait-elle vraiment rendu les choses plus faciles ? Jake en doutait.

« Combien de temps ?

— Deux ou trois jours. »

Déprimant, se dit amèrement Jake, qui réussit à plaquer un sourire sur son visage.

« Si c'était plus court, ce serait fantastique, dit-elle. Mais même deux ou trois jours, c'est déjà très bien. »

Inutile de braquer cette femme. Complètement inutile. Sinon elle risquait de se retrouver les mains vides.

Elle commençait à se demander si la confiance qu'elle accordait à la technologie masculine n'affectait pas son aptitude à raisonner en tant que femme. Jake aimait bien cette idée d'une intuition féminine, beaucoup plus que l'expression elle-même, souvent entachée de condescendance. Une approche plus scientifique lui semblait préférable pour rendre compte des compétences cognitives propres à chaque sexe. Mais sur cette enquête, c'était autre chose qu'il fallait : de l'intuition féminine, un changement de démarche et d'approche dans le genre de celui dont elle avait parlé lors de son intervention à Francfort.

Les hommes avaient une singulière tendance à compliquer les choses, à débusquer les problèmes avant d'en chercher les solutions. Obsédés par le sentiment de leur propre importance, ils cherchaient avant tout, lui semblait-il, à préserver leur supériorité en embrouillant la situation à plaisir.

La démarche intellectuelle des femmes était plus directe, moins romantique. Ce dont on avait besoin désormais, c'était d'un processus de pensée beaucoup plus simple que ceux dont étaient capables tous les ordinateurs et la technologie laser.

Il semblait impossible de creuser le trou plus profond, mais elle pouvait peut-être essayer d'aller le creuser ailleurs.

L'hôpital où je travaille n'est pas très loin de la rive sud de la Tamise, tout près de l'épave du Belfast, que l'IRA a fait sauter il y a tout juste un peu plus de dix ans. De l'autre côté du fleuve, la Tour de Londres continue à recevoir chaque année des milliers de visiteurs. Personnellement, je n'y ai jamais mis les pieds, alors que je travaille au laboratoire à deux pas comme préparateur en pharmacie depuis bien longtemps. Peut-être qu'un jour je me déciderai enfin à traverser Tower Bridge, mais il semble toujours y avoir quelque chose de plus pressé à faire dans l'immédiat.

Dieu sait pourtant que rares sont ceux qui, aujourd'hui, ont envie de passer leur temps aux alentours du fleuve. Les immigrants illégaux qui vivent là, sur des péniches, ont rendu le quartier de l'hôpital aussi dangereux qu'insalubre. Au plus fort de l'été, les remugles des égouts qui se déversent directement dans la Tamise sont à peine supportables. La nuit venue, l'endroit ressemble assez aux bas-fonds qu'aurait pu décrire Dickens en son temps : un monde en soi de voleurs, de prostituées, d'arnaqueurs, de trimardeurs, de mendiants, de pickpockets et de maquereaux. Quant à la police, elle brille par son absence, sauf à l'hôpital où d'importants effectifs de gardes armés sont chargés de protéger le personnel soignant de ses propres malades.

Le dispensaire a même fait l'objet un jour d'une attaque en règle : après avoir volé tous nos médicaments, plusieurs hommes nous ont retenus en otages en nous menaçant de leurs fusils à canon scié. Ils sont allés jusqu'à tuer un portier qui leur résistait. On voit encore la tache de sang sur le sol du dispensaire, là où il est tombé. Quand on a arrêté deux des voleurs, c'est notre hôpital qui a fourni à la Wapping New Prison (installée dans les anciens locaux du Times) les drogues nécessaires à leur exécution. Et c'est moi qui ai préparé les deux injections d'insuline qui les ont expédiés dans un coma punitif irréversible. (Étant donné que le voyage retour n'est pas possible avec l'insuline, on ne l'utilise plus aujourd'hui. Le système pénal a recours à d'autres substances comme le TLG ou le HL8, dont les effets sont réversibles, même si les condamnations au CP irréversible sont encore fréquentes. Surtout pour ceux qui sont reconnus coupables de meurtres.)

Que ce soit l'hôpital qui doive aujourd'hui fournir aux prisons les drogues censées mettre certains individus hors d'état de nuire en dit long sur ce qu'il est devenu dans notre société. Le mien était autrefois un des hauts lieux de l'enseignement médical, l'un des plus connus dans le monde. J'ai même vu un film une fois, qui datait d'au moins cinquante ans et qui racontait la vie drôle et insouciante des infirmières et des étudiants qui travaillaient ici. Tout cela avait un côté vieillot, terriblement anglais. Bien entendu, les principaux changements viennent de ce que cet hôpital a cessé d'être un centre universitaire depuis qu'il ne fait *plus partie de ce qui s'appelait autrefois le Service de santé publique. Les pelouses et les arbres ont fait place à une clôture électrifiée. Quant aux étudiants, ils vont faire leur médecine à Édimbourg – le seul hôpital universitaire à être encore subventionné par le gouvernement – ou à l'étranger. Quelqu'un qui aurait été étudiant ici en 1953, à l'époque où le film a été tourné, et qui reviendrait aujourd'hui ne se douterait même pas qu'il s'agit d'un hôpital.*

Pour autant, le travail n'y est pas désagréable, même s'il est routinier : préparation de pommades, de gélules, de suppositoires et autres potions. La plupart ne sont que des ersatz bon marché de médicaments plus chers, fabriqués en Allemagne ou en Suisse. Personnellement, je n'y toucherais pour rien au monde. Quand je suis malade, je me fais soigner dans une clinique privée où l'on vous administre sans difficulté tout ce dont vous avez besoin. Remarquez bien que ce n'est pas donné. Heureusement, je ne dispose pas que de mon seul salaire de préparateur en pharmacie. Mes parents m'ont laissé des revenus substantiels qui proviennent d'un legs en fidéicommis. Si je voulais, je n'aurais pas besoin de travailler du tout, mais un vrai travail au milieu de gens bien réels ne me déplaît pas : cela m'évite de penser à autre chose. Les préparations et les médicaments nécessitent beaucoup de précision, et c'est ce besoin de précision qui constitue la partie la plus agréable de mon travail. Chaque chose est exactement ce qu'elle est et rien d'autre. Sans oublier, bien entendu, le plaisir supplémentaire de pouvoir se servir au passage.

En l'occurrence, je ne fais pas exception à la règle. La plupart des gens avec lesquels je travaille abusent de substances toxiques sous une forme ou une autre. Il y en a même qui arrondissent leurs fins de mois en fabriquant chez eux de la méthadone pour la revendre aux Chinois du quartier.

J'ai du mal à comprendre pourquoi ils se compliquent l'existence avec de la méthadone alors que l'on peut trouver de l'opium de qualité autant qu'on en veut dans la ville flottante. C'est à peu près la seule chose – sauf, de temps à autre, quand j'ai envie de peloter une fille – qui m'amène dans ce coin-là. Une à deux fois par semaine, je passe l'après-midi sur une jonque bien précise, ancrée à proximité de Bermondsey Wall, à fumer mes dix ou quinze pipes. Exactement comme Dorian Gray. J'en fume entre trente et quarante par semaine. Ce n'est pas énorme. Je connais des types, et pas seulement des Chinois, qui en fument jusqu'à deux ou trois cents.

Ce que je préfère dans l'opium, c'est ce qu'il fait du temps. Ou, plus précisément, de notre notion du temps. Au bout de deux pipes, on a l'impression d'avoir passé toute une journée sur le bateau. On se demande : « Quelle heure peut-il être ? » On se recueille un instant, on se représente peut-être le cadran : et puis on prononce une heure quelconque. Le tout s'accompagne d'un sentiment de conviction, en ce sens qu'on se dit à soi-même une heure avec calme et certitude, sans éprouver de doute. Si vous me demandiez la raison de cette certitude, je ne pourrais vous en donner aucune. Je ne saurais pas davantage l'expliquer que je ne saurais décrire l'arôme du café.

Bref, il m'arrive donc de me dire : « Je suis sûr que plusieurs heures se sont écoulées, et qu'il est très tard. » Mais quand je regarde ma montre, je m'aperçois qu'en fait il ne s'est pas passé plus d'une quinzaine de minutes. Qu'un quart d'heure est devenu une demi-journée. Ce qui permet, au passage, de constater que le temps n'est que ce qu'en fait la volonté humaine.

Dans des moments comme ceux-là, il m'apparaît que la solution de l'énigme de la vie dans l'espace et le temps se trouve hors de l'espace et du temps. Peut-être hors de ma vie elle-même. C'est vrai que le suicide est une très vieille solution à un très vieux problème, mais c'est peut-être bien la seule en définitive. Que ce soit la solution finale, c'est certain.

18

Le lendemain, Jake appela sir Jameson Lang pour savoir s'il avait l'intention de coopérer ou non avec le professeur Waring.

« J'attendais votre coup de fil, dit-il. Waring m'a fait savoir que vous étiez opposée à son projet. Pour ce qui me concerne, je n'ai pas vraiment le choix : je suis bien obligé de faire ce que l'on me demande. Trinity n'est plus aussi riche qu'autrefois. Pour ne rien vous cacher, Trinity College a de sérieux problèmes de trésorerie. L'université cherche actuellement à obtenir du gouvernement une subvention assez conséquente. Je ne pense pas qu'elle apprécierait une intervention intempestive de ma part à un moment aussi inopportun. Pour tout vous dire, inspecteur principal, je ne suis même pas certain d'être en droit de vous parler. On m'a averti que vous tenteriez de me dissuader. » Sur l'écran du vidéo-phone, il avait l'air terriblement gêné.

« On ne vous a quand même pas menacé de vous retirer cette subvention ?

— *Grosso modo*, si. Et, excusez-moi du peu, mais je préférerais ne vous avoir jamais rencontrés, ni les uns ni les autres. Toute cette histoire me rend malade. Et je ne donne pas cher de ma réputation si cette affaire doit s'ébruiter.

— C'est là tout ce qui vous préoccupe ? Et la procédure légale alors ? Et la vie de cet homme ? Vous y avez pensé ? Vous allez convaincre quelqu'un de se supprimer. Comment arrivez-vous à concilier cette idée avec la philosophie morale, professeur ?

— En l'occurrence, vous avez raison de voir les choses ainsi, rétorqua-t-il. Mais il s'agit très vraisemblablement d'un cas de figure où la philosophie morale peut contribuer de manière concrète à résoudre un dilemme d'ordre moral. J'y ai beaucoup réfléchi et je crois que, si j'arrive à persuader ce fou de se supprimer plutôt que de continuer à tuer d'autres gens, la société sera gagnante sur tous les tableaux.

— Professeur, on dirait que vous allez vous laisser guider par l'opportunisme plus que par votre intuition, ou que par votre conviction intime.

— Fonder une approche morale sur l'intuition n'est pas recevable. Absolument pas. Autant d'individus, autant d'intuitions.

— Est-ce à dire que vous rejetez totalement l'idée d'intuition ?

— Pas du tout. Je crois aux intuitions. Mais pas à n'importe lesquelles. Il nous faut faire preuve de discrimination pour juger de celles qu'il convient de retenir. Et le meilleur moyen d'y parvenir, c'est d'atteindre un niveau critique plus élevé de réflexion morale.

— Et vous y parvenez comment ?

— Notre réflexion morale doit se faire dans le monde tel qu'il existe, poursuivit-il. Mais, dans le même temps, nous ne pouvons nous soustraire à la logique des concepts. On observe les faits. Mais on choisit ses valeurs. Les seules intuitions que nous devrions cultiver sont celles qui répondent au plus près à des besoins d'utilité publique. Je ne vois pas beaucoup de gens, en dehors de vous, inspecteur principal, qui seraient prêts à discuter de l'utilité qu'il y a, pour le bien du plus grand nombre, à tenter de convaincre un homme, qui a déjà fait une douzaine de victimes innocentes, de se supprimer. Il me semble que votre argument repose sur des principes étroitement légalistes. Mais vous refusez de considérer les faits. Considérez les faits d'abord, ensuite seulement, vous déciderez des principes à adopter.

— En ce cas, professeur, pourquoi est-ce que mon intuition me dit que ce que vous vous proposez de faire vous contrarie terriblement ? Serait-ce que vous ne sauriez vous passer du confort douillet de votre appartement de Trinity College pour vous livrer à vos élucubrations morales ? L'opportunisme est une arme embarrassante dans les mains d'un philosophe.

— Oh, ce n'est pas que j'aie peur. C'est plutôt que je doute qu'une argumentation philosophique soit d'une grande utilité. Un expert en psychiatrie serait, à mon sens, beaucoup plus indiqué pour discuter avec ce type. Mais le professeur Waring n'est pas de cet avis. Il est persuadé que Wittgenstein préférera me parler à moi : qu'il trouve intellectuellement plus flatteur de croiser le fer avec un professeur de philosophie de Cambridge. D'après Waring, tout n'est que philosophie dans cette histoire. »

Là-dessus, Jake ne pouvait qu'être d'accord.

Elle lâcha l'écran désormais vide du vidéophone et, de rage, tapa sur son bureau à plusieurs reprises. Elle savait que le plan de Waring pouvait marcher, que si elle ne se dépêchait pas de trouver une solution, la vie de Wittgenstein risquait de lui échapper, et peut-être bien d'échapper à Wittgenstein lui-même.

Plus tard dans la matinée, elle repensa à cette image de quelque chose qui lui échappait. Sans qu'elle sache trop pourquoi, le *Londres de A à Z* de Wittgenstein lui revint en mémoire, ainsi qu'un jeu bête et méchant auquel elle jouait à l'école.

Elle appela Stanley pour lui demander de lui apporter immédiatement le répertoire de Wittgenstein.

Le jeu en question n'était qu'une farce un peu stupide qui consistait à s'emparer d'un roman de D. H. Lawrence, ou de quelque autre iconoclaste du même genre, dans la serviette d'une camarade, et, dans le seul but de mettre celle-ci dans l'embarras, de voir si le livre s'ouvrait de lui-même sur une des pages les plus hautes en couleur – auquel cas la preuve était faite que ladite camarade passait son temps à lire et à relire les passages les plus croustillants. Comme pour confirmer sa théorie, Jake prit son *A-Z* dans le tiroir de son bureau. Elle mit la tranche parfaitement reliée du livre en équilibre sur la paume de sa main, le lâcha et constata qu'il s'ouvrait aux pages correspondant aux quartiers sud-ouest de Londres, là où se trouvait précisément New Scotland Yard.

Stanley arriva avec l'*A-Z* de Wittgenstein dans une pochette en plastique comme s'il portait un poisson rouge gagné dans une fête foraine.

Jake jeta son exemplaire sur son bureau pour s'emparer de la pochette. Stanley resta médusé devant la désinvolture avec laquelle elle déchira les avertissements d'usage inscrits sur l'étiquette qui y était agrafée.

« L'idée est tellement simple que je me demande comment j'ai fait pour ne pas y penser plus tôt, dit Jake saisissant le livre à pleines mains.

— Mais qu'est-ce que vous faites ? siffla Stanley. C'est une pièce à conviction. Vous n'avez pas le droit de la manipuler comme ça. Vous allez esquinter les empreintes qui sont dessus.

— Oh, bouclez-la », dit Jake, qui répéta sa manœuvre. Le livre s'ouvrit lentement dans sa main. Jake poussa un petit cri de satisfaction.

« Exactement comme *L'Amant de lady Chatterley*, s'exclama-t-elle. Il s'ouvre d'abord sur les pages les plus lues. »

Elle se mit à examiner les pages au regard l'une de l'autre où s'étalaient les rues, les stations de métro, les parcs, les périphériques, les casernes de pompiers et les hôpitaux, comme si elle s'abreuvait au Livre de la Vie.

« Pages soixante-dix-huit et soixante-dix-neuf, murmura-t-elle. Depuis la gare de Waterloo jusqu'à Rotherhithe, d'ouest en est, et depuis Tower Bridge jusqu'à Peckham Road, du nord au sud. Voyons voir. Il y a un… deux… trois… quatre hôpitaux dans ce coin-là. Et l'un d'entre eux est Guy's Hospital, dit-elle d'une voix tonitruante.

— Je suis désolé, mais je ne vois pas le rapport, dit Stanley en tirant sur le col de sa chemise.

— Ah vraiment ? » fit Jake en se tournant vers l'écran de son vidéophone et en tapant le numéro de Mme Porter au ministère de la Santé. « C'est à Guy's Hospital que le vrai Wittgenstein a travaillé, pendant la guerre. Au laboratoire de pharmacie.

— C'est plutôt maigre !

— Pourquoi, vous avez une meilleure idée ? »

Stanley hocha la tête en signe de dénégation.

Quand Jake eut obtenu Mme Porter, elle lui demanda de vérifier s'il n'y avait pas un Allemand ou un individu d'origine allemande qui travaillait à Guy's Hospital.

« Bon sang de bois, vous y êtes arrivée, dit Mme Porter. Entendu. Absolument aucun problème. Donnez-moi simplement quelques minutes. » Elle se détourna de la caméra du vidéophone et reporta toute son attention sur son ordinateur.

Jake patienta, pleine d'espoir, comme si elle avait attendu le verdict d'une cartomancienne célèbre en train de lui lire les tarots. Stanley l'observait, d'un air vaguement réprobateur. Mme Porter se retourna enfin vers la caméra.

« À Guy's, il y a trois individus de sexe masculin répondant aux indications que vous m'avez transmises, dit-elle de ce ton pontifiant caractéristique de sa profession. Un certain Hesse et un certain Deussen, tous deux chirurgiens, et un M. Esterhazy, qui travaille à la pharmacie de l'hôpital.

— Ah ! Celui-là a l'air intéressant, dit Jake. Vous pouvez m'envoyer tout ce que vous avez sur lui ?

— Eh bien... En fait, il faudrait que j'obtienne l'autorisation du secrétaire général...

— Madame Porter, l'interrompit Jake. Je ne peux pas vous en dire plus, mais c'est une question de vie ou de mort.

— Dans ces conditions, je peux difficilement refuser, dit l'autre. Il n'y a pas grand-chose dans le dossier, mais je vous envoie ce que j'ai.

— Est-ce que vous avez une photo ?

— Je crains bien que non.

— Mince ! Un échantillon graphologique, alors ?

— Euh, oui, un petit.

— Alors joignez-le à votre envoi, voulez-vous. Et merci, madame Porter. Votre aide nous a été très précieuse. »

Jake communiqua à Mme Porter le code d'identification de son ordinateur, puis regarda son écran sur lequel commençaient à défiler les informations.

« Bon, dit-elle à Stanley. Nous allons ouvrir un PMA. »

Jake laissa les données du ministère de la Santé sur une moitié de son écran, tandis que sur l'autre elle faisait apparaître un menu de recherche. Parmi les vingt fichiers disponibles, elle en choisit un, intitulé « Base de données d'informations criminelles ». L'ordinateur gargouilla quelques secondes, puis fournit à Jake une autre liste. « Homicides multiples » était répertorié dans le fichier n° 15. Elle tapa donc ce chiffre et attendit. Le système était terriblement archaïque, avec un temps de réponse à exaspérer les plus flegmatiques. Jake attendait parfois jusqu'à trente secondes que l'ordinateur veuille bien lui trouver le fichier qui l'intéressait. Après un nouveau gargouillement et une nouvelle série d'options, elle réussit enfin à s'introduire dans le programme Multi-Analyses.

Tel qu'il avait été mis en place par les précédents employeurs de Jake, l'Europolice criminelle, le PMA était le seul système de références suffisamment sophistiqué pour arriver à cerner la personnalité d'un multiple potentiel. À partir d'une base de données mondiale de quelque 5 000 tueurs multiples, compilée sur une période de quinze ans, le PMA faisait état de 300 caractéristiques communes à tous les multiples connus.

Le policier n'avait qu'à entrer les informations concernant son suspect, et le PMA se chargeait d'attribuer à chacune d'elles le nombre de points correspondant aux caractéristiques du comportement type. C'est ainsi que le programme attribuait un maximum de points au suspect s'il était blanc, tout simplement parce que la grande majorité des multiples étaient de race blanche. Les Noirs n'obtenaient un nombre de points comparable dans ce domaine que si la victime était elle-même de race blanche et d'un certain âge, cela parce que les bases de données existantes prouvaient que les meurtres répondant à ces critères étaient pour l'essentiel l'œuvre de Noirs. Quant toutes les informations dont disposait le policier avaient été entrées dans l'ordinateur, le PMA procédait au décompte et proposait une probabilité statistique tendant à prouver que le suspect était ou non un tueur multiple. Même alors, les résultats estimatifs du programme devaient être considérés comme tels. C'était au policier d'en assumer l'entière responsabilité, de même qu'il devait assumer la manière dont il les utilisait. Jake aimait travailler sur ce système d'analyse informatisée, qui était bien le seul à lui procurer un réel plaisir.

Stanley se pencha par-dessus son épaule quand elle commença à entrer les informations sur Esterhazy, en prenant comme référence le fichier que lui avait fourni le ministère de la Santé. Quand elle en arriva à la religion du suspect, elle fut surprise de constater qu'Esterhazy avait inscrit « manichéen » dans la case correspondante.

420

« Sacré bon sang, qu'est-ce que c'est qu'un manichéen ? grommela Stanley.

— À franchement parler, ça n'a rien d'une religion, expliqua Jake. C'est plutôt une doctrine qui pose que Satan est coéternel à Dieu. Deux faces semblables d'une même pièce, en quelque sorte. Saint Augustin a été manichéen pendant un temps, jusqu'à ce qu'il en revienne. La doctrine a fini par être dénoncée comme hérésie. »

Elle jeta un coup d'œil aux signes particuliers d'Esterhazy. « Excellent, murmura-t-elle. Ce type a trois tatouages. »

D'après les services de l'EC, les tatouages constituaient une des caractéristiques communes aux tueurs multiples les plus répandues. L'examen des corps de trois cents d'entre eux, morts ou vivants, avait révélé que pratiquement 70 % avaient des marques de ce type. Les experts psychiatriques estimaient que l'automutilation était souvent le signe avant-coureur d'un comportement criminel agressif. Plus le nombre de tatouages relevés sur le corps était grand, et plus le PMA attribuait de points au suspect.

Elle jeta un coup d'œil à l'imprimante laser qui se mettait rapidement en marche.

« Est-ce que c'est l'échantillon graphologique qu'ils nous envoient ? » demanda-t-elle à Stanley.

Celui-ci se pencha sur la machine et examina la feuille qui en sortait et qu'il tendit à Jake.

Elle ouvrit le tiroir de son bureau pour y prendre une loupe qu'elle fit glisser sur l'écriture comme si elle avait été à la recherche d'empreintes. La graphologie avait été un des points forts de sa formation à l'EC.

« Regardez-moi ça, murmura-t-elle. C'est à peine si les lettres se rejoignent. La plupart sont des majuscules. Toutes petites en plus. »

Stanley se pencha pour regarder de plus près.

« Très nettes, malgré tout, fit-il observer.

— Un peu trop, dit Jake. Voilà quelqu'un qui fait des efforts énormes pour se contrôler. Comme s'il sentait qu'il allait exploser à tout instant. Je me demande de quand date cet échantillon.

— Il l'a peut-être écrit quand il a commencé à travailler à l'hôpital », suggéra Stanley.

Jake tapa une description de l'écriture d'Esterhazy sur le clavier.

« Autres signes distinctifs ? » afficha l'ordinateur. Elle reprit sa loupe et se tut un instant, à nouveau absorbée dans ses recherches, puis elle tendit l'instrument à Stanley.

« Regardez comment il fait ses *W*, dit-elle, les lui montrant sur la feuille. Ici et là.

— On dirait plutôt un *V*, répondit l'autre, avec une barre au milieu, un peu comme une plume de stylo.

— Vous ne trouvez pas que ça fait penser à un vagin ?

— Maintenant que vous le dites, peut-être bien. Oui, vous avez raison. »

Jake tapa sa description, puis étudia de plus près son analyse.

« Vous savez quoi, tout cela pourrait très bien nous mener à un complexe d'Œdipe.

— Le mec qui baisait sa mère, c'est ça ?

— Oui, Stanley, dit-elle froidement, le mec qui baisait sa mère, Jocaste. Mais plus pertinent pour notre propos, le mec qui a tué son père, Laïos, le roi de Thèbes.

— Et alors, ça veut dire quoi ?

— Que notre ami pourrait être paranoïaque. Il se pourrait bien qu'il rejette l'autorité paternelle et, par suite, toute autorité masculine. Croyez-moi, ajouta-t-elle, je sais de quoi je parle. Voilà au moins une chose qu'Esterhazy et moi avons en commun. » Elle sourit intérieurement et leva les yeux vers Stanley mais le visage plissé de celui-ci ne trahit pas la moindre surprise, alors qu'elle s'attendait à un concert de protestations de sa part.

« Tout ce qu'il y a de plus criminel, dit-il. Et ce salaud habite où ? »

Jake jeta un coup d'œil sur la partie de l'écran affichant encore les détails du fichier d'Esterhazy. Elle tapa sur le clavier pour envoyer le curseur à la recherche de ce renseignement.

« Foyer du personnel soignant, à Guy's Hospital, dit-elle.

— Foyer des infirmières ? dit Stanley, visiblement choqué.

— Je suppose qu'il s'agit du foyer des infirmiers, dit Jake patiemment.

— Quoi qu'il en soit, il me donne l'impression d'être un peu marginal. Ou du moins de quelqu'un qui n'est pas très à l'aise dans cette société.

— Il se pourrait bien que vous ayez raison. Mais voyons un peu ce que le programme a à nous dire, d'accord ? »

Elle tapa les informations restantes et parcourut rapidement l'ensemble.

Sujet :	Paul Joseph Esterhazy
Âge	35 ans
Race	Blanche
Enfance :	
Frères et sœurs	Néant
Élevé par les 2 parents	–
Élevé par 1 seul parent	Oui
Élevé par des parents adoptifs	–
Confié à l'assistance	–
Casier	Néant
Vie d'adulte :	
Interruption des études secondaires	Non
Interruption des études supérieures	Oui
Casier judiciaire	Néant
Situation de famille	Célibataire
Préférence sexuelle	Hétérosexuel
Croyance religieuse ou autre	Manichéen
Solvable	Oui
Physique :	
Taille	1,72 m
Poids	59 kg
Yeux	Bleus
Cheveux	Châtains
IVH	Négatif
Tatouages	3
Précédents psychiatriques	Inconnus

Précédents médicaux
Maladies sexuellement transmissibles
Abus de drogues

Insomnies
Blennorragie
Oui

Emploi :
Descriptif

Préparateur en pharmacie

Travail d'équipe
Hyperactif
Dans l'emploi depuis
Avis de l'employeur

Oui
Non
5 ans
Intelligence au-dessus de la moyenne. Responsable, discret, solitaire, peut-être introverti.

Échantillon grapholo-gique :
Impression d'ensemble

Méticuleuse. Majuscules.

Signes distinctifs

Aspect vaginal du W (♥)

Analyse

Complexe d'Œdipe possible : signe éventuel d'une paranoïa ; sujet hostile à l'autorité paternelle, voire à toute autorité mascu-line. Ceci pour-rait être à l'origine d'une tendance criminelle.

Victime(s) et modus operandi :	
Sexe de la (ou des) victime(s)	Masculin
Race	Blanche
Âge	Variable
Arme	Pistolet à gaz
Mutilations	Néant
Anthropophagie	Néant
Objets fétiches	Inconnus
Violences sexuelles	Néant
Heure de la journée	Variable
Jour du mois	Variable
Localisation géographique	Londres essentiellement

Quand elle fut certaine de ne rien avoir d'autre d'exploitable à ajouter, Jake demanda au programme de procéder aux calculs de probabilité. La moitié de l'écran se vida, puis la machine gargouilla, lança des éclairs de couleurs diverses et garda le silence pendant près d'une minute. Un chiffre apparut enfin sur l'écran.

« 56,6 %, dit Jake.

— Pas tellement plus que la moyenne », dit Stanley.

Jake grommela, rouvrit le PMA original et demanda à revoir les trois cents caractéristiques existantes de la base de données. Il lui fallut plusieurs minutes pour les relire.

« Vous savez quoi, dit finalement Jake. Il n'y a rien sur le moyen de transport là-dedans. Quel est celui qu'affectionnent particulièrement les multiples ?

— Fourgon, fourgonnette ou break, dit Stanley, presque sans hésiter.

— Tout à fait d'accord », dit Jake. Elle vida l'écran et ouvrit le menu principal. Cette fois-ci, elle sélectionna le fichier national des immatriculations pour vérifier s'il y avait un véhicule au nom d'Esterhazy. Au bout de quelques minutes d'attente, l'ordinateur renvoya l'information.

« En plein dans le mille, dit Jake. Fourgonnette Toyota Tardis bleue, immatriculation GVB 7-8-3-7 R. Si nous estimons que la fourgonnette vaut trois points de plus, nous atteignons presque 60 %.

— C'est déjà plus convaincant », approuva Stanley.

Jake se remit à taper.

« Autre chose, dit-elle. Ce caractère génotypique que nous donnait l'ADN du tueur…

— Allemand. Et alors ?

— Et alors, son nom, Esterhazy, ne peut pas être d'origine anglaise.

— Ah bon ? »

Jake entra le nom et le numéro de la carte d'identité d'Esterhazy dans l'ordinateur.

« Plutôt hongroise ou autrichienne, à mon avis. Voyons ce que nous dit son acte de naissance. »

Une copie du document s'afficha sur l'écran.

« Parents nés à Leipzig, dit Jake, avec un regard triomphant à l'adresse de Stanley. Qui dit mieux ? »

Jake n'avait pas terminé le PMA depuis cinq minutes que le sergent Jones, l'air furieux, entrait dans son bureau. Il avait un CD à la main.

« Oui ? dit Jake. Qu'est-ce que c'est ?

— Les ordres, dit-il. De Gilmour. Je n'avais pas le choix.

— Wittgenstein a appelé, c'est ça ? dit Jake comprenant aussitôt de quoi il voulait parler.

— Il y a environ une demi-heure, dit Jones en prenant une longue inspiration. Gilmour a dit que vous ne deviez pas lui parler. Il m'a ordonné de laisser le professeur Lang se charger de la conversation, ajouta-t-il en fixant d'un air gêné le bout de ses chaussures.

— Et le résultat ? demanda Jake, craignant le pire.

— J'ai apporté l'enregistrement, dit Jones qui lui tendit le CD. Je suis désolé, madame.

— Vous n'y êtes pour rien, dit Jake avec un sourire amer. Est-ce qu'il a fait part de son intention de tuer quelqu'un d'autre ?

— Non, je ne crois pas.

— Et la suggestion de Lang ? Vous pensez qu'elle a eu l'effet voulu ?

— Difficile à dire, madame, dit Jones en haussant les épaules.

— Très bien. Contactez la surveillance aérienne. Voyez s'ils arrivent à repérer une fourgonnette Toyota Tardis bleue, immatriculée GVB 7-8-3-7 R. »

Jones se pencha sur le bureau de Jake pour relever le numéro.

« Allons-y, Stanley, dit Jake en précédant ce dernier. Nous écouterons l'enregistrement dans la voiture.

— Mais vous allez où ? leur cria Jones.

— À l'hôpital, dit Jake. Me faire examiner la tête. On sera peut-être en mesure de m'expliquer ce que je viens fiche ici. »

« On avait bien besoin de ça ! hurla Jake tandis que la voiture se faufilait dans Victoria Street. Ce cinglé va trouver le moyen de se faire sauter la cervelle juste au moment où on allait l'arrêter. Ces salauds de l'Intérieur, si je les tenais, je les tuerais.

« Mettez la sirène, dit-elle au chauffeur. Nous avons intérêt à foncer. »

Jake alluma le lecteur CD et introduisit l'enregistrement.

« Je crains bien que vous ne soyez obligé de vous contenter de moi aujourd'hui, disait Lang à Wittgenstein, comme s'il était en train d'excuser auprès d'un étudiant l'absence d'un autre professeur. L'inspecteur principal Jakowicz n'est pas en mesure de venir au téléphone pour l'instant. »

« N'importe quoi ! dit Jake. Au temps pour la philosophie morale. »

« J'espère qu'elle n'est pas malade, dit Wittgenstein. J'espère qu'elle ne m'en veut pas pour ce qui s'est passé la dernière fois. J'avais promis de parler après la conférence. De discuter.

— Non, non, insista Lang. Cela n'a rien à voir.

— Très bien. Trop occupée, sans doute, par des choses plus importantes, répondit-il, d'un ton vexé. Pour une fois, nous nous débrouillerons bien sans elle. »

Elle comprit immédiatement à sa voix qu'il n'était plus le même : moins sûr de lui, fatigué, déprimé même. Pendant la conversation, il laissa le professeur prendre la direction des opérations, orienter la discussion. Il ne semblait même pas savoir au juste pourquoi il avait pris la peine d'appeler. Il parlait à voix basse, d'un ton monocorde, laissait planer de longs silences pesants. Jake comprit à quel point il risquait de se montrer vulnérable face à l'interrogatoire phénoménologique qu'avait dû lui concocter Lang.

« L'homme est un être temporel, disait Lang.

— Oui, répondait Wittgenstein d'un ton neutre.

— Un être qui se crée lui-même et choisit son destin, vous ne croyez pas ?

— Si, si. Bien sûr.

— Et dans la mesure où il est conscient, par le biais de sa propre volonté, de sa temporalité, sa seule certitude quant à l'avenir, c'est...

— ... la mort », terminait Wittgenstein.

La voiture n'arrêtait pas de faire des embardées, et Jake se retenait à la poignée de la portière.

« Pour vraiment vivre, poursuivait Lang, pour vivre sa vie pleinement, il faut savoir vivre à la lumière crue de ce fait.

— Absolument, disait Wittgenstein. C'est là notre nature et notre ultime destin.

— Cela est d'autant plus vrai dans votre cas.

— Que voulez-vous dire ?

— Eh bien, il me semble qu'en tuant tous ces hommes qui, comme vous, étaient NVM-négatifs, vous ne faites que différer la gratification de ce désir d'autodestruction que vous portez en vous.

— Vous n'avez sans doute pas tout à fait tort. »

Jake donna un coup dans l'appui-tête du chauffeur.

« Vous ne pouvez pas accélérer ? » cria-t-elle. Du coin de l'œil, elle vit Stanley dégager nerveusement sa pomme d'Adam de son col de chemise quand la voiture bondit en avant. Le visage mince du chauffeur moustachu, habitué à de telles réclamations et au ton sur lequel elles étaient faites, ne trahissait aucune émotion. Ses mains fermes pétrissaient le volant avec autant de calme et d'adresse que si elles avaient été en train de façonner le cercle parfait d'une pâte à pizza. Le flot des voitures s'entrouvrait devant eux comme une immense fermeture Éclair. Ils passèrent à toute vitesse devant la gare de Waterloo et le bidonville de constructions en Isorel et en tôle ondulée hautes parfois de trois étages, et faillirent heurter de plein fouet un clochard, debout, immobile au milieu de la chaussée comme une borne. Il ne s'en fallut que de quelques centimètres.

« Pauvre cloche, dit Stanley, se tordant le cou pour regarder par la vitre arrière la silhouette qui s'amenuisait rapidement. On devrait débarrasser les rues de tous ces gens-là. »

« Je ne crois pas me tromper, professeur Wittgenstein, disait Lang, en affirmant que le suicide est chose commune dans votre famille. Jusqu'au héros de votre jeunesse, Otto Weininger, qui s'est lui aussi supprimé.

— Vous avez raison, bien entendu. Mon frère Rudolph s'est suicidé, mais ce n'était qu'un geste théâtral. La mort de Weininger, en revanche, est une autre histoire. Il s'agissait de l'acceptation éthique d'un destin auquel il était intellectuellement prédisposé. Acte noble, s'il en est.

— Autant que je me souvienne, beaucoup de Viennois se sont suicidés pour imiter Weininger. Vous n'avez pas été de ce nombre. Serait-ce simplement parce que vous n'avez pas osé ? Parce que vous n'en avez pas eu le courage ?

— Excellent, professeur, dit Wittgenstein, qui gloussa longuement, amusé. Vous êtes vraiment excellent. Je comprends votre petit jeu. C'est sans doute le nom que vous lui donneriez. Il n'est certes pas parfait, entaché qu'il est de… d'impuretés. Mes compliments tout de même. Eh bien, je l'appellerai jeu, moi aussi. Pourquoi pas quelque chose comme "Voltiges existentielles" ? Mais uniquement parce que je suis séduit par votre idéal. » Il parlait avec une sorte de délectation, comme s'il savourait pleinement les implications du plan de Lang. « Admirable. Tout à fait admirable.

— Je suis heureux de voir que vous le trouvez à votre goût », dit Lang nullement perturbé à l'idée que Wittgenstein avait si clairement vu dans son jeu. « J'aimerais cependant, si je puis me permettre, ajouter quelque chose…

— Mais faites donc, je vous en prie.

— Est-ce que je me trompe en pensant que vous croyez en Dieu ?

— Non, vous ne vous trompez pas.

— Vous êtes donc potentiellement un bon candidat au suicide. La relation à Dieu, le Moi : c'est très important. Ce que je veux dire par là, c'est que n'importe quel athée peut se suicider. Ces gens-là ignorent ce qu'est l'esprit, et l'aspect essentiel du suicide – le fait qu'il s'agit d'un crime contre Dieu lui-même – leur échappera toujours. Disons les choses autrement : finalement, tout au long c'est Dieu que vous pensiez tuer en tuant ces hommes.

— Je pense qu'il y a de cela.

— Je ne vous demanderai pas pourquoi. Le pourquoi ne m'intéresse pas. Je suis sûr que vous avez vos raisons. Quelles qu'elles soient, je les respecte. Vous avez beaucoup réfléchi à la question, j'en suis convaincu. Cela dit, si votre but premier était de défier Dieu, je crois que c'est raté. Il ne fallait pas vous y prendre de cette manière. Le péché le plus grave, l'ultime révolte contre le Créateur, c'est de fuir l'existence. Ce qui vous est demandé, c'est d'ajouter au défi, d'aller plus loin dans le désespoir.

« La dernière fois que nous avons discuté, vous vous êtes décrit comme un artiste, et je crois à la vérité de votre description. Il reste que votre problème est le dilemme commun à tous les artistes : c'est le péché qui consiste à vivre dans le monde de l'imagination et non du réel, dans le monde de l'Art et non dans celui de l'Être. Il va de soi que Dieu joue un rôle crucial dans votre sentiment accru de désespoir. Dans ce tourment secret qui est le vôtre, Dieu est votre seul espoir, et pourtant, ce tourment, vous le chérissez, vous vous y accrochez. D'une manière ou d'une autre, vous êtes conscient de ce qu'il vous faudrait y renoncer pour faire face à vos responsabilités en toute bonne foi. Mais vous n'arrivez pas à vous y résoudre. Du même coup, votre désir de défier Dieu s'exacerbe et vous faites du meurtre la preuve de votre rébellion. Mais, comme je vous l'ai déjà laissé entendre, le signe de la véritable révolte contre Dieu, c'est l'autodestruction.

— Vous avez peut-être raison, dit Wittgenstein avec un soupir las. Ce que vous dites de l'existence de l'artiste sonne juste.

— Que ressentez-vous à l'idée de vous supprimer ? »

Il y eut un long silence.

La voiture quitta Southwark Street et fonça le long de Southwark Bridge Road pour remonter Borough High Street et St Thomas Street avant d'arriver devant Guy's Hospital. À l'entrée, les gardes de la sécurité levèrent la barrière et s'écartèrent vivement pour laisser entrer la voiture qui passa devant eux dans un vrombissement.

« Est-ce que vous avez peur ? »

Jake injuria Lang à voix haute.

« Croyez-vous à la vie éternelle ?

— Celui-là vit éternellement, dit Wittgenstein dans un murmure, qui vit dans le présent. »

Jake imagina presque son sourire quand il ajouta :

« Est-ce qu'une énigme se trouve résolue du fait que je survive éternellement ? Est-ce que cette vie éternelle n'est pas alors aussi énigmatique que la vie présente ? Une réponse qui ne peut être exprimée suppose une question qui elle non plus ne peut être exprimée. Or donc... *L'énigme* n'existe pas. Et la solution du problème de la vie se remarque à la disparition de ce problème. » Puis il raccrocha.

Jake baissa la vitre en appuyant sur la commande électronique et se pencha vers le gardien.

« Où se trouve le foyer du personnel soignant ? demanda-t-elle.

— Le foyer du personnel soignant ? Vous retardez ! Il est fermé depuis deux ans.

— Continuez, dit Jake. On va essayer de voir ce qui se passe à l'intérieur de cette boucherie. »

La voiture accéléra et s'arrêta dans un crissement de pneus devant les marches de l'entrée principale. Jake sortit d'un bond et se précipita vers la porte où, surpris par cette arrivée intempestive, deux gardes au visage bovin l'accueillirent revolver au poing. Elle leur agita sa plaque sous le nez et exigea d'être conduite immédiatement dans le bureau de l'administrateur.

L'un des deux policiers enleva sa casquette et se gratta le crâne, l'air songeur. « Y en a pas, dit-il.

— En ce cas, conduisez-moi chez le directeur. Le directeur. Celui qui s'occupe de l'hôpital. »

Les deux hommes avaient toujours l'air aussi perplexe.

« Qui c'est qui s'occupe de l'hôpital ? demanda le premier des deux policiers à son collègue. Moi, j'sais pas.

— Demande-lui à elle, dit l'autre en désignant une infirmière.

— On cherche la personne qui s'occupe de l'hôpital, dit le policier à l'infirmière. Celle qui dirige cet endroit, quoi. »

L'infirmière eut un sourire peu amène, comme si elle s'apprêtait à administrer un médicament particulièrement désagréable.

« Décidez-vous, dit-elle. Qui voulez-vous au juste ? La personne qui s'occupe de l'hôpital, ou celle qui le dirige ? Ce n'est pas la même chose. »

Jake faillit sortir son arme de son étui et l'appuyer sur la tempe de l'infirmière.

« Nous cherchons quelqu'un qui puisse nous renseigner sur les gens qui travaillent ici, expliqua-t-elle patiemment.

— Il fallait le dire tout de suite ! Ce n'est pas celui qui dirige l'hôpital que vous voulez, c'est un directeur du personnel. Lequel ? Personnel étudiant, soignant, administratif, technique ou…

— Technique, hurla Jake. Je suis à la recherche d'un préparateur en pharmacie.

— Prenez ce couloir, puis le second sur votre droite. C'est la quatrième porte à gauche », dit l'infirmière qui s'éloigna sans plus attendre.

Jake chercha Stanley du regard et le découvrit, déjà vert, appuyé contre un des murs couverts de graffitis. Elle

ne prit même pas la peine de lui cacher son mépris :
« Ah ! c'est vrai, j'oubliais ! Votre estomac, c'est bien
ça ? Vous feriez mieux de m'attendre dehors. »

Stanley acquiesça faiblement et gagna la porte en titubant.

« Je vous accompagne, madame, dit l'un des policiers.
Vaut mieux, si vous voulez mon avis. On sait jamais sur
qui on va tomber dans ces couloirs. C'est plein de types
pas clairs qui circulent un peu partout, croyez-moi. Rien
à voir avec la clinique de la police à Hendon.

— Entendu, dit Jake. Allons-y. »

Ils empruntèrent d'un pas rapide le corridor puant que
leur avait indiqué l'infirmière. Quand ils se furent
éloignés de l'entrée, ils commencèrent à tomber sur des
malades couchés par terre dans le couloir. Certains quittèrent leurs paillasses immondes pour venir mendier
quelques dollars destinés à payer leurs frais d'hôpital. Le
policier les repoussa brutalement.

Le bureau du directeur du personnel technique se trouvait en face de ce qui, dans une banque, aurait été la salle
des coffres mais n'était en fait que le dispensaire de
l'hôpital. Deux autres gardes armés flanquaient de part et
d'autre une fenêtre à barreaux encastrée dans une porte
blindée. Quant à la porte du bureau du directeur du personnel, elle était en verre trempé. Le policier qui accompagnait Jake appuya sur un bouton tout en levant la tête
vers la caméra vidéo qui les passait tous deux en revue.

« Une visite pour le DPT », annonça-t-il.

Une sonnerie se fit entendre, et la porte s'ouvrit brusquement.

Le bureau était petit et sommairement meublé. On
aurait dit que les téléphones étaient là depuis toujours.
L'ordinateur était un Strad bon marché que même

l'étudiant le plus désargenté aurait pu s'offrir. Des restes de hamburger traînaient sur le bureau. Sur l'écran de télévision quelques filles faisaient de l'aérobic dans des tenues qui avaient du mal à contenir leurs formes. À voir les angles suggestifs que prenait la caméra, ce n'était pas le genre d'exercices auxquels le spectateur était censé se joindre.

Jake se retrouva en face d'un Gallois, vêtu d'un costume à fines rayures et d'un gilet à fermeture Éclair, qui dégageait une forte odeur de transpiration et de friture. Elle lui tendit sa plaque.

« Inspecteur principal Jakowicz, dit-elle. Je suis à la recherche d'un de vos employés, Paul Esterhazy, qui a vécu pendant un temps au foyer du personnel soignant. Mais d'après ce que m'a dit le gardien à l'entrée, j'ai cru comprendre que celui-ci était fermé. M. Esterhazy est-il actuellement dans les locaux ?

— C'est son jour de congé, dit le directeur, qui examinait la plaque de Jake avec un intérêt non déguisé. Brigade criminelle, rien que ça. Paul a des ennuis ou quoi ?

— J'ai besoin de lui parler de toute urgence, dit Jake. Est-ce que vous avez son adresse personnelle ?

— Il n'a pas habité ici très longtemps, dit le directeur. C'était temporaire, juste le temps pour lui de trouver un logement.

— Je vous serais très reconnaissante de m'indiquer où je peux le trouver.

— Paul ne ferait pas de mal à une mouche, dit l'homme dont les petits yeux de cochon s'étaient encore rétrécis. Je le connais depuis des années. Il est doux comme un agneau. »

Jake, qui se disait que si elle avait dû toucher un dollar chaque fois qu'elle avait entendu cette chanson-là elle serait aujourd'hui riche comme Crésus, lui répondit qu'elle voulait simplement interroger Esterhazy parce qu'il pouvait l'aider dans ses recherches.

« C'est toujours ce que vous dites, vous autres, quand vous vous apprêtez à arrêter quelqu'un. Vous allez l'arrêter, Paul ? Parce que, si c'est le cas, avant de vous donner son adresse, il va falloir que je parle à l'avocat de l'hôpital. »

Jake poussa un soupir et lui demanda pourquoi.

L'homme sourit d'un air condescendant. « Croyez-moi si vous voulez, inspecteur principal, mais nous ne faisons pas grand-chose ici sans en parler d'abord à l'avocat. Si vous saviez le nombre de procès pour faute professionnelle que nous avons sur les bras.

— Écoutez, dit Jake, exaspérée. Je ne suis pas un de vos foutus malades, et je suis pressée, alors si vous n'y voyez pas d'inconvénient… »

Le directeur secoua la tête. « Tss tss tss… Supposons que je vous donne l'adresse de Paul Esterhazy, dont, notez bien, je ne vous ai pas dit que je l'avais. Supposons que vous alliez l'arrêter. Supposons que, au cours de l'arrestation, un de vos hommes tire sur Esterhazy. Supposons que, ne pouvant pas pour des raisons légales poursuivre la police, il décide, lui ou sa famille, de poursuivre l'hôpital pour divulgation d'informations confidentielles.

— Si c'est comme ça, dit Jake froidement, vous ne me donnez pas le choix. Ma supposition à moi est la suivante : ou vous me communiquez immédiatement l'adresse de Paul Esterhazy, ou je me vois dans l'obligation de vous mettre en état d'arrestation.

— Sur quel chef d'accusation ?

— Peu importe. Stationnement en double file. Détournement de mineure. Désordre sur la voie publique. Cessez ce petit jeu, voulez-vous ? Sur quel chef d'accusation ? Simplement parce que vous entravez un officier de police dans l'exercice de ses fonctions. Alors, décidez-vous. Vous me donnez cette adresse ou je vous lis vos droits ?

— Écoutez. Ce n'est pas que je refuse de vous la donner, cette adresse. Je dis simplement qu'il vaudrait mieux que j'appelle l'avocat de l'hôpital d'abord. C'est tout.

— Je n'ai pas le temps, aboya Jake. Et maintenant, l'adresse, voulez-vous. »

Le directeur se tourna vers son ordinateur, le visage hargneux. Il tapa quelques secondes sur le clavier, puis se leva et se dirigea vers la minuscule imprimante qui se mettait déjà en marche. Il en arracha une feuille de papier qu'il tendit à Jake.

« Merci, dit-elle sèchement.

— Vous allez peut-être m'en dire un peu plus maintenant ? »

Mais Jake était déjà sortie du bureau. « Si vous laissez la télévision allumée, vous n'allez pas tarder à tout savoir », cria-t-elle du couloir.

Dehors, Jake retrouva Stanley et son chauffeur qui l'attendaient patiemment à côté de la BMW.

« Docklands, dit-elle en descendant les marches de l'escalier et en sautant sur le siège arrière. Ocean Wharf, le plus vite possible. »

Stanley, qui avait ouvert le coffre, était en train de le refermer.

« Vous venez ou quoi ? hurla-t-elle. Dépêchez-vous. »

Il s'installa à côté d'elle, et c'est alors qu'elle vit le fusil à pompe qu'il serrait précieusement dans ses bras.

« On ne sait jamais, dit-il en tapotant le fusil comme s'il s'était agi de son animal favori. Le quartier n'est vraiment pas sûr. »

La voiture fit un bond en avant et repartit vers l'est, longeant Druid Street et Jamaica Road, avant d'emprunter le tunnel de Rotherhithe, sous la Tamise, où l'air frais était fétide. Ils retrouvèrent la lumière du soleil quand la voiture émergea dans Limehouse Road, sous le métro aérien de Docklands.

Lorsqu'ils prirent West Ferry Road en direction du sud, ils eurent le temps d'apercevoir l'Île aux Chiens, puis la voiture fut aussitôt enveloppée d'un nuage de poussière. Ils étaient entrés dans la zone des chantiers abandonnés. Des maisons du XIXᵉ, étayées par d'énormes madriers et recouvertes de tôle ondulée, côtoyaient des tours modernes qui jaillissaient de ce paysage de poussière et de gravats comme des cactus géants d'un désert. Un hélicoptère survolait Canary Wharf, tournant au-dessus du toit pyramidal comme une grosse mouche bleue. C'était un appareil de la surveillance aérienne, basé là en permanence pour protéger des déprédations ce qui autrefois avait été l'orgueil du projet de réhabilitation des Docklands. Des colonies entières de vagabonds infestaient les baraquements en bois qui l'encerclaient non loin de là.

La tour de Canary Wharf était radicalement différente de tout ce qui l'entourait. Énorme structure en acier et en verre bronze que l'on pouvait voir d'aussi loin que Battersea, elle s'élevait sur 300 mètres de haut et n'était pratiquement pas occupée. C'est à peine si, de l'arrière de la BMW, on arrivait à lire, se détachant en élégantes lettres vertes sur le panneau publicitaire électronique de néons blancs, les slogans des compagnies – trois au total – qui avaient leurs bureaux dans la tour :

ASSURANCES-VIE GOLDSTEIN.
VOUS NE VIVREZ PEUT-ÊTRE PAS ASSEZ LONGTEMPS
POUR LES REGRETTER.

COMPACT DISC YAMURA EN OR 22 CARATS.
8 JAPONAIS SUR 10 ONT DÉJÀ DIT OUI.

ASSURANCE ONCOLOGIQUE ROYAL MARSDEN.
UN CAPITAL AU MOMENT OÙ VOUS EN AVEZ BESOIN.

Avec sur leur gauche Canary Wharf, Heron Quays et South Quay – tout le quartier des docks dont ils étaient séparés par un lacis de fil de fer barbelé et de caméras de surveillance –, ils roulaient à la même allure que le métro miniature, comme s'ils avaient été lancés à la poursuite d'un dealer qui se serait engouffré dans une rame dans l'espoir d'échapper à la police. Même dans les rues qui menaient jusqu'aux avant-postes circulaient des patrouilles de gardes privés en uniformes noirs, armés de matraques.

La voiture s'engagea dans une de ces rues transversales : un petit groupe d'adolescents était rassemblé autour d'un feu de joie et martyrisait un chien errant. Histoire de confirmer la réputation du quartier, une pierre rebondit sur le pare-brise blindé de la BMW, et, prêt au pire, Stanley vérifia le magasin du fusil.

« Du calme », lui dit Jake, moins rassurée qu'elle voulait bien le prétendre, tandis que la voiture s'arrêtait devant la forteresse de fil de fer qui servait d'enceinte à Ocean Wharf. Les gardes chargés de la sécurité leur firent signe de passer et, dans le parking, au-delà de l'entrée, ils aperçurent une fourgonnette Toyota bleue, dont ils vérifièrent l'immatriculation.

« On dirait que notre homme est chez lui », dit Jake en regardant autour d'elle. Si Wittgenstein, convaincu par les discours de sir Jameson Lang, avait des projets de suicide, il lui suffisait d'aller se promener à pied dans le voisinage pour les voir se réaliser.

Il y avait quatre immeubles d'habitation dans Ocean Wharf. Jake consulta son tirage papier pour savoir lequel était celui de Wittgenstein.

« Résidence Winston, dit-elle pendant qu'ils sortaient de la voiture. Septième étage. Espérons que nous n'arrivons pas trop tard.

— Espérons que l'ascenseur n'est pas en panne », dit Stanley, les yeux sur les fenêtres du septième.

Derrière les portes vitrées de la résidence Winston, une voix fruitée décrivait dans le détail les mérites d'une marque de nourriture pour chien, censée limiter les crottes au minimum. La voix venait du téléviseur qui se trouvait derrière le bureau du portier. Quand celui-ci aperçut Jake et Stanley, il baissa le son, mais pas suffisamment pour rendre la voix tout à fait inaudible. Rares étaient les gens qui coupaient complètement le son de leurs postes.

« Paul Esterhazy est-il chez lui ? » dit Jake en mettant sa plaque sous le nez du portier. Geste superflu, puisque l'homme avait déjà repéré la voiture de police.

« Il est monté il y a environ une demi-heure, dit le portier. Vous voulez que je le prévienne ? » ajouta-t-il sans quitter son écran des yeux.

« Métamince. Augmentez votre métabolisme. La seule façon de vous aider à perdre du poids », disait la télévision.

« Ce ne sera pas nécessaire, dit Jake en se dirigeant vers l'ascenseur. Nous le ferons nous-mêmes. »

Stanley appuya sur le bouton d'appel de l'ascenseur.

« Marche pas, dit le portier. L'entreprise qu'est censée le réparer a fait faillite.

— Où est l'escalier ? » dit Jake en regardant autour d'elle.

Le portier désigna un couloir violemment éclairé derrière lui, au bout duquel se trouvait une porte en acier. Jake fit un mouvement dans cette direction.

« J'peux peut-être vous éviter le voyage, dit le portier, si des fois vous aviez l'intention de monter jusqu'au septième. M. Esterhazy est tout seul à cet étage. Alors, quand je suis pas dans le coin, il tient les portes coupe-feu fermées de l'intérieur, pour des raisons de sécurité. En acier, qu'elles sont, exactement comme celle que vous voyez là, mademoiselle. Vous pourriez bien taper dessus toute la journée qu'il vous entendrait pas. »

Tout au long de son explication, le portier avait gardé les yeux rivés sur l'écran de télévision. On aurait dit un lapin hypnotisé par les ondulations d'un serpent.

« Maintenant, vous voulez que je l'appelle ? »

Jake sourit poliment et acquiesça lentement de la tête.

Le portier composa un numéro sur le vidéophone intérieur puis retourna à son écran.

« En principe, il lui faut un bout de temps pour répondre », expliqua-t-il.

En effet, au bout d'une minute, ils n'avaient toujours pas de réponse.

« Vous êtes sûr qu'il est bien chez lui ? demanda Stanley en fronçant les sourcils.

— Y a qu'une façon pour monter, y en a qu'une pour descendre. Évidemment, on peut toujours sauter par la fenêtre…

— Vous vous êtes peut-être laissé distraire, avança Stanley. Par la télé.

— Y a rien à regarder, dit le portier, avec un œil méprisant à l'adresse du policier. Non, il est là-haut, c'est sûr. Alors, comme ça, il aurait des ennuis ? »

Mais ce fut Esterhazy qui répondit le premier.

« Oui, Joe. Qu'est-ce que vous voulez ? Je suis pas mal occupé en ce moment.

— Oh, moi, rien. C'est la police. »

Jake avait tout de suite reconnu la voix. C'était bien celle de Wittgenstein. Il n'y avait pas à s'y tromper. Elle poussa doucement le portier et se mit devant l'écran du vidéophone.

Il était assis, la tête penchée de côté. Les boucles de ses cheveux, dont on aurait dit une excroissance de pensée, poussaient toutes dans le prolongement de l'angle que faisait sa tête. Le visage mince était pratiquement dénué de toute expression, mais, en l'étudiant de plus près, Jake y discerna quelque chose de boudeur, comme une pointe d'irritation. Ce furent les yeux pourtant qui retinrent son attention. Ils la fixaient du fond de leurs orbites sombres et creusées comme de derrière un masque, comme les yeux d'un animal nocturne. Ils lui rappelèrent certaines photographies de survivants des camps nazis.

« C'est moi, dit-elle. L'inspecteur principal Jakowicz. »

Esterhazy eut un large sourire.

« Mon cher inspecteur principal, dit-il d'un ton égal. S'agit-il d'une visite de courtoisie ou bien êtes-vous ici dans l'exercice de vos fonctions ? »

Jake avait le cœur au bord des lèvres. Elle le tenait. Il n'avait plus aucun moyen de lui échapper. Et en un sens, elle le regrettait presque.

« Je suis venue vous arrêter.

— Ah, j'aime mieux ça ! J'ai cru que vous alliez encore m'ennuyer avec ces histoires de suicide, comme votre professeur Lang. L'idée est en soi tellement ridicule ! ajouta-t-il en riant.

— Non, dit-elle. Ce n'est pas dans mes intentions.

— Savez-vous que je vous attendais ? dit-il. J'entends par là que je pensais bien que vous viendriez, même si votre venue n'occupait pas toutes mes pensées. Ce qui ne veut pas dire que je vous attendais avec impatience, mais bien plutôt que j'aurais été surpris si vous n'étiez pas venue. »

Du coin de l'œil, Jake aperçut Stanley qui émettait un sifflement silencieux tout en pointant un doigt explicite sur son front.

« Eh bien, me voilà. Puis-je monter vous parler ?

— Mais c'est bien ce que nous sommes en train de faire.

— En personne, j'entends.

— Mais je suis là, en personne. Si ce n'était pas le cas, je serais déjà mort.

— Je souhaiterais vous entretenir d'un certain nombre de meurtres », dit Jake d'une voix dure. Elle s'en voulut immédiatement, c'était le flic en elle qui avait parlé. Elle ajouta moins brutalement : « Vous ne pensez pas qu'il vaudrait mieux... » Mais c'était déjà trop tard.

« Quelle exigence despotique de votre part ! dit-il. Vous souhaiteriez… C'est curieux que vous ayez utilisé ce mot-là, avec ce qu'il implique d'attente insatisfaite. Je me demande quel peut être votre prototype de l'insatis-faction ? C'est bizarre, non ? Qu'un désir puisse contenir en soi ce qui doit le combler, même quand ce quelque chose n'est pas là. Même quand on sait que ce quelque chose n'existe pas. »

Jake essaya de ne pas perdre pied. « Ça m'a paru aller de soi quand je l'ai dit.

— Tss tss tss, fit Esterhazy. Vous, plus que tout autre, faites partie de ceux qui devraient savoir que les sou-haits nous cachent eux-mêmes l'objet souhaité. Je sais que, pour vous, c'est un problème de communiquer avec quelqu'un comme moi à l'aide d'un instrument aussi fruste que le langage de tous les jours.

— Il semblerait que nous soyons dans une impasse pour l'instant, dit Jake.

— Facile, non ? En philosophie. Dans la vie. Mais vous avez raison, c'est bien d'une impasse qu'il s'agit, pour vous comme pour moi. Pour votre investigation phi-losophique comme pour la mienne. »

Il sourit, tristement, sembla-t-il à Jake.

« Je suis bien d'accord avec vous. En ce cas, nous perdons notre temps, et il vaudrait mieux que vous me laissiez monter pour que nous mettions tout à plat, vous ne croyez pas ?

— Je crains bien de ne pouvoir accéder à votre requête. Voyez-vous, je n'ai nullement l'intention d'être, comme vous dites, "mis à plat". Pour moi, cela revien-drait à passer les trente ans qui viennent dans un coma punitif. Voilà qui serait réellement une perte de temps.

— Vous n'avez aucun moyen de vous échapper d'ici, vous le savez, dit Jake.

— Oh, que si, répliqua Esterhazy. Le temps que vous arriviez à vous introduire ici, j'aurai déjà fait la quadrature du cercle, si j'ose dire.

— Qu'est-ce qu'il veut dire ? intervint Stanley, qui fronça les sourcils. Vous êtes bien sûr qu'il n'y a pas moyen de s'échapper ? ajouta-t-il d'un ton agressif à l'adresse du portier.

— Il parle de l'Infini, dit Jake à Stanley. Il a finalement bel et bien l'intention de se tuer.

— Mais certainement pas pour me rendre aux arguments de cet imbécile de Jameson Lang, dit Esterhazy.

— Pour quelle raison, alors ?

— Comme je viens de vous le dire, je n'ai pas l'intention de perdre mon temps dans un coma punitif. Dès que vous êtes arrivée, j'ai compris que c'était fini. La seule raison, Jake, c'est vous.

— Je vous en prie, dit-elle, ne faites pas cela.

— Il ne faut surtout pas vous en vouloir, Jake. C'est une éventualité qui a toujours fait partie de mes plans. »

Couvrant le micro de sa main, Jake demanda au portier s'il n'y avait pas moyen d'accéder au toit.

« N'essayez pas de m'en empêcher, dit Esterhazy.

— Je ne peux pas vous laisser faire ça, dit Jake. Vous n'avez pas peur ? »

Le portier tendit un trousseau de clés à Stanley.

« Votre sollicitude me touche, dit Esterhazy. Me touche infiniment.

— Vous pensez quand même pas que je vais monter avec vous jusqu'en haut, dit le portier.

— Mais Jake, vous ne comprenez donc pas ? Sentir que le monde se referme sur vous et vous impose ses limites… voilà de quoi avoir peur. »

L'écran se vida. Jake se tourna vers le portier.

« En principe, ces immeubles sont équipés d'un palan sur le toit pour les laveurs de vitres. Est-ce qu'il y en a un là-haut ?

— Oui, bien sûr. Mais personne s'en est servi depuis un an. L'entreprise de nettoyage a capoté en même temps que celle des ascenseurs. Personnellement, je m'y risquerais pas. »

Mais Jake avait déjà franchi la porte qui menait aux escaliers, suivie de près par Stanley.

Il ne dit pas un mot tout au long de la montée et attendit qu'ils soient sur le toit en train de retrouver leur souffle pour parler.

« Écoutez, madame, siffla-t-il. Pourquoi ne pas passer la main à la Brigade spéciale d'intervention ? C'est son boulot, non ? » Il aida Jake à manœuvrer le palan pour le faire pendre dans le vide.

« Quoi ? Pour qu'elle l'abatte ? Il n'en est pas question. Je tiens à cette arrestation. Je tiens à un procès en règle. En plus, le temps qu'elle arrive, il se sera déjà fait sauter la cervelle. »

Elle grimpa sur le palan et regarda comment il se manœuvrait. Il fallait deux personnes, se tenant chacune à un bout. Stanley, nerveux, jeta un coup d'œil par-dessus le bord du toit.

« Ce serait aussi bien, pour lui comme pour nous, non ? Ça nous éviterait des tas d'ennuis.

— On croirait entendre un de ces salauds de l'Intérieur, répliqua-t-elle. Écoutez, vous montez ou quoi ? Je ne peux pas faire marcher ce truc toute seule.

— Mais ça fait dix étages, geignit Stanley, qui n'en vint pas moins la rejoindre. Je me demande bien pourquoi je fais ça. Ce type est cinglé. » Il saisit la manette de commande et fit un signe à l'adresse de Jake à l'autre bout de la plate-forme. « Qu'est-ce que j'en ai à faire qu'il se bute ? »

Le palan eut une secousse et descendit brusquement d'un bon demi-mètre.

« Doucement, hurla Jake.

— Qu'est-ce qu'on va foutre quand on sera à hauteur de sa fenêtre ? Supposez qu'il décide de ne pas se supprimer. Supposez qu'il décide de nous descendre d'abord. Vous serez bien avancée. » Tout en parlant, Stanley avait sorti son pistolet. Jake tenait déjà le sien à la main. Ils descendaient maintenant sans à-coups.

« Quand nous serons au septième, nous tirerons dans les fenêtres, dit Jake. Puis nous sauterons à l'intérieur.

— Bon Dieu », marmonna Stanley, qui tremblait comme une feuille.

Jake leva les yeux pour voir quelle distance ils avaient couverte. Le soleil réfléchissait son énorme boule de feu dans les baies vitrées des deux derniers étages. L'espace d'un instant, Jake eut l'impression qu'elle et Stanley étaient des experts chargés de désamorcer un formidable engin nucléaire qui leur aurait explosé à la figure. Un coup de vent lui rafraîchit le visage et fit trembler le palan sous leurs pieds. Stanley poussa un gémissement. Ils atteignaient le septième étage. Elle cligna des yeux et essaya de voir à travers la vitre embrasée. Quand elle l'aperçut enfin, ce fut comme si elle assistait au développement d'un cliché radiographique.

Rien qui ne puisse être résolu par le meurtre, l'argent ou le suicide. J'ai tué un nombre apostolique de victimes. Et j'ai de l'argent en quantité. Il ne me reste donc que la troisième solution. C'est sans problème.

Si, comme le dit Malraux, « la mort change la vie en destin », alors le suicide réduit le destin à un choix personnel. Dans ce grand jeu de bridge qu'est la vie, c'est la dernière carte à jouer.

Il va de soi que le suicide affecte la perception globale que l'on a d'une vie comme aucune autre mort ne saurait le faire. Les accidents de voiture, d'avion, les morts subites de nourrissons, les exécutions, même les meurtres ne sont rien à côté de la mort vue par le futur suicidé. Si tels qu'en nous-mêmes enfin l'éternité nous change, alors le suicide est l'ultime moteur d'une telle métamorphose.

Prenez M. et Mme Suicide, Vincent et Sylvia : qu'en serait-il de leur renommée s'ils ne s'étaient pas supprimés ? Avant leur mort, personne ne les connaissait. Mais une fois commis cet acte épouvantable, non seulement leur œuvre devient célèbre, mais elle revêt quelque chose de poignant. Les voilà promus au statut de martyrs de l'art. Leurs œuvres deviennent des icônes.

Pour ce qui me concerne, pareilles illusions n'ont guère lieu de nous retenir. Je ne suis pas davantage redevable de ma destruction au dialogue que j'ai récemment entretenu et conclu avec le professeur Lang. Ses arguments, qui n'étaient pas sans rappeler certains écrits de Kierkegaard, m'étaient déjà familiers. Mieux, je tiens ses vérités pour allant de soi.

Le fait est que je songeais déjà à me supprimer. Alors, pourquoi remettre au lendemain ce que l'on peut tout aussi bien faire le jour même ? Surtout que j'ai l'esprit clair et que je me sens à la hauteur de la tâche qui m'attend : l'ultime dialogue philosophique avec le redoutable Sans Nom, qui suivra le grand sommeil.

Comment vous rendre compte des circonstances de ma mort ? Que souhaitez-vous ? Que je vous dise tout bêtement que je suis rentré chez moi et que je me suis pendu ? Même si c'était vrai, voilà une fin qui, au regard de l'histoire de ma vie, n'aurait rien de bien exceptionnel. S'en tenir à la seule vérité est à peu près aussi excitant que de ne rien dire sinon ce qui se peut dire, donc, ce qui n'a rien à voir avec la philosophie. Bien que ce soit la seule rigoureusement juste, je soupçonne qu'une telle méthode risque de ne pas vous satisfaire. Vous attendez bien évidemment quelque chose de plus, de métaphysique peut-être. Navré, mais vous risquez d'être déçus. Vous auriez sans aucun doute préféré une histoire vous contant la manière dont je me suis tué, et ce qui a suivi ma mort. Une histoire qui pourrait servir d'explication à tout ce qui s'est passé avant.

Mes histoires peuvent être considérées comme éclairantes à partir de ce fait que celui qui les comprend les reconnaît à la fin pour des non-sens si, passant par elles, comme par autant de marches, il est monté pour en sortir. Exactement de la manière où, dans quelques instants, je gravirai quelques marches pour pouvoir passer la tête dans un nœud coulant. Comme moi, il vous faut en quelque sorte repousser l'échelle dont vous vous êtes servi pour grimper. Il vous faut surmonter cette histoire comme simple proposition pour acquérir une juste vision du monde.

Je regrette que les circonstances m'empêchent d'en dire davantage, mais ce dont on ne peut parler, il faut le taire.

19

Elle avait encore son couteau à cran d'arrêt ouvert dans la main. La lame effilée comme un rasoir, brillante comme un ongle de pouce argenté, sortait de son poing fermé. Elle avait encore le bras fléchi, légèrement écarté du corps, dans l'attitude d'un Shark ou d'un Jet de *West Side Story*, prêt à la bagarre. Mais la bagarre était terminée. En ce moment même, deux ambulancières s'occupaient du corps de l'homme étendu sur le chariot. Elles le sanglaient, comme s'il avait pu vouloir se lever et partir. Aucun risque, se dit Jake. Avec la trachée enfoncée !

Elle était contente de son couteau et le leva vers la lumière pour le regarder de plus près. Elle l'avait acheté sur un coup de tête, l'année précédente, pendant des vacances en Italie. Depuis, elle avait pris l'habitude de le mettre dans son sac, quand elle n'emportait pas son pistolet, se sentant ainsi plus en sécurité. Elle était encore tout étonnée d'avoir pu s'en servir comme elle venait de le faire.

Les deux ambulancières soulevèrent le brancard pour le dégager du support et des roues, puis, grâce à la commande à distance, téléguidèrent le chariot hors de l'appartement et le firent glisser dans le couloir jusqu'à la porte de l'ascenseur, un peu comme le jouet qu'elle se rappelait avoir eu quand elle était enfant. Pas un jouet de fille, avait dit son père. Bien mieux qu'un jouet de fille, était en train de se dire Jake.

En bas, dans le hall d'entrée, le portier fit ce qu'on attendait de lui : il tint la porte ouverte pendant que l'on faisait sortir le corps sur le parking. Le chariot heurta l'arrière de l'ambulance un peu trop violemment et déclencha automatiquement l'ascenseur électronique, qui vint le ramasser sur le macadam comme une poubelle pour l'enfourner dans le break couvert de publicités pour Tricostéril et Élastoplast. À la seconde même où la porte se refermait sur lui, le gyrophare laser se mit en marche. Ses lueurs bleues semblaient jaillir dans toutes les directions comme autant d'éclairs par une nuit d'orage.

Perplexes, les deux ambulancières regardaient Jake, et plus encore le couteau qu'elle tenait à la main. L'une d'entre elles faillit dire quelque chose mais s'abstint quand elle croisa le regard de sa collègue qui semblait lui intimer le silence. Leur boulot se limitait à prendre en charge leur client et à le transporter à l'hôpital. Rien de plus. C'est la femme au couteau qui leur adressa la parole.

« Où l'emmenez-vous ? demanda-t-elle. À quel hôpital ? »

L'une des ambulancières haussa les épaules en signe d'ignorance tout en montrant la carte d'identité de l'homme.

« Ça dépend de sa CI, dit-elle. Je ne l'ai pas encore entrée dans l'ordinateur. Dès que je l'aurai fait, son code-barres nous indiquera où il est enregistré. C'est là que nous le transporterons. » Quand elle eut terminé ses explications, elle s'installa au volant.

Jake désigna du doigt les deux hommes assis dans une voiture de police juste à côté.

« Vous voyez ces flics ? dit-elle à la seconde des deux femmes.

— Oui.

— Ils vont vous suivre. Tâchez de ne pas les semer.

— Entendu, m'dame. C'est vous qui décidez. »

Jake les regarda s'éloigner. Stanley suivait dans la voiture de police ; les deux sirènes sifflaient comme des peintres en bâtiment au passage d'une blonde voluptueuse. Quand ils eurent disparu, Jake rentra dans l'immeuble et remonta jusqu'au septième où un motard, qui était arrivé sur les lieux en même temps que l'ambulance, s'employait à tenir les curieux à distance. La porte de l'appartement d'Esterhazy était ouverte. Jake entra, faisant très attention de ne pas mettre les pieds dans les éclats de verre, et contempla la scène.

L'appartement était simplement, voire sommairement, meublé, sans rien de ce sensationnel qui aurait fait les délices d'une de ces feuilles à scandale prêtes à ramener le mode de fonctionnement d'un tueur en série à une simple question de décoration intérieure. Pas de têtes à moitié cuites dans des casseroles encore fumantes, pas de chambre de torture, pas de peintures ou de photographies de cadavres, pas de collections de dessous féminins, pas de peau humaine tendue sur un mannequin attendant une aiguille et du fil, pas de vitrines pleines de pistolets et de couteaux exposés comme des insectes ou des araignées. Il n'y avait qu'un tableau – un portrait de sir Winston Churchill, dont Jake soupçonna, dans la mesure où il était la réplique exacte de celui qui se trouvait dans le hall d'entrée, qu'il s'était toujours trouvé là.

Le curieux pistolet d'Esterhazy, encore dans son étui d'épaule, était accroché au dossier d'une chaise.

Sans doute Jake n'apprécia-t-elle guère l'assemblage des couleurs : moquette bleu roi, boiseries noires et murs jaunes. Le bleu et le jaune sont des couleurs complémentaires classiques, qui s'opposent l'une à l'autre en tant qu'expériences sensorielles neuronales, mais pas question d'y voir un quelconque signe de folie homicide. À dire vrai, l'appartement d'Esterhazy ne semblait pas devoir permettre d'en découvrir davantage sur la manière dont ce dernier s'était transformé en tueur multiple que n'aurait pu le faire l'examen du marc de café au fond de sa tasse ou d'un jeu de tarots. La terrible banalité des lieux confinait à l'extraordinaire quand on songeait à l'homme qui les avait occupés.

Ce n'était pas la première fois que Jake se trouvait confrontée à ce genre de phénomène. Elle savait par expérience que les multiples peuvent mener une vie en apparence des plus banales. Ce qui leur trotte dans la tête est en fait bien plus préoccupant que les tableaux ou les trophées qu'ils exposent ou accrochent au mur. Le mal, le vrai, elle ne l'ignorait pas, n'arbore pas toujours rideaux en velours noir ou crânes humains en guise de cendriers. Ce qu'il y avait encore de plus incongru dans l'appartement, c'était la corde sectionnée, enroulée autour d'une poutre, avec laquelle Esterhazy avait tenté de se pendre et l'escabeau qu'il avait fait basculer d'un coup de pied après avoir passé la tête dans le nœud coulant. Une ou deux minutes plus tard, elle s'était servie du même escabeau pour couper la corde. C'était elle qui avait donné à Esterhazy le baiser de la vie. Elle avait encore le goût de ses lèvres sur les siennes. Singulier – peut-être en raison de ce qu'il était, quelque chose de dangereux, qui lui était étranger – ce plaisir qu'elle avait pris d'une certaine manière à le ramener à la vie, comme s'il avait été quelque marin englouti, ou Don Juan rejeté par la vague sur son île à elle.

Et pour quoi l'avait-elle sauvé ? Heureusement qu'elle n'était pas sentimentale, parce qu'elle n'ignorait rien de ce qui attendait Esterhazy. Elle alluma une cigarette, la fuma, furieuse contre elle-même maintenant, tant il est vrai qu'il n'y a rien de plus irritant que de ne pas être en accord avec soi-même. Elle essaya de se dire que le sort de Wittgenstein-Esterhazy n'était pas son problème. Au regard de la loi, elle n'avait fait que son devoir, en dépit de tous ceux qui s'étaient interposés pour l'en empêcher.

Ce qu'il adviendrait de lui, c'était désormais à d'autres d'en décider : aux avocats, aux juges, aux psychothérapeutes, sans doute aussi aux politiciens. Peut-être réussirait-il à plaider la démence. Elle se souvenait de lui avoir promis de veiller à ce qu'il reçoive les soins médicaux nécessaires ; elle s'assurerait donc de ce qu'un expert en psychiatrie autre que le professeur Waring puisse l'examiner. La défense parviendrait peut-être à faire jouer en sa faveur les articles publiés dans diverses revues médicales et psychiatriques, qui visaient à établir, au seul vu des écrits du vrai Wittgenstein, les troubles affectifs bipolaires (ce qu'on avait appelé à une époque la psychose maniaco-dépressive), dont celui-ci avait sans doute souffert.

Après avoir fait son devoir, Jake espérait sincèrement non pas aider l'accusation à constituer un dossier sans failles contre Esterhazy, mais voir ce dernier échapper au contact glacé d'une aiguille et connaître un sort plus enviable. Curieuse sensation que celle qu'elle éprouvait à cet instant. En temps normal, elle se souciait peu de ce qui arrivait aux hommes qu'elle mettait sous les verrous. Mais il fallait bien dire qu'Esterhazy n'avait pas grand-chose en commun avec ceux qu'elle avait connus jusqu'ici.

C'était là ce qu'elle espérait. Mais, au fond d'elle-même, elle savait qu'il n'en serait rien. Au fond d'elle-même, elle avait toujours su qu'il n'en serait rien.

Elle s'assit au bureau d'Esterhazy pour attendre l'équipe du labo. Elle remarqua au passage le matériel informatique, puis la combinaison noire caoutchoutée de Réalité virtuelle qui, comme une peau de chagrin, reposait sur un siège inclinable en cuir. S'il s'était adonné à ce genre de saloperie, se dit-elle, alors Dieu sait ce qui pouvait lui trotter dans la tête. Au dire de certains, l'utilisation prolongée de la RV était aussi dangereuse que le LSD. Puis son attention fut attirée par deux carnets, l'un marron, l'autre bleu, et, se demandant ce qu'ils pouvaient contenir, elle ouvrit le premier.

Six mois plus tard

Une foule s'était rassemblée devant la grille de la prison de Wandsworth. Il était encore tôt dans la soirée, et les gens qui rentraient de leur travail venaient peu à peu grossir le flot des curieux. Nonobstant le calme de ces derniers, une petite brigade anti-émeute avait été envoyée sur les lieux.

Jake arriva en avance – elle avait mal calculé le retard que risquaient de lui faire prendre les éventuels embouteillages. Elle gara sa voiture près d'une jardinerie voisine et, histoire de passer le temps, acheta des géraniums pour son balcon. Tandis qu'elle attendait que le vendeur lui débite sa carte de crédit, elle pensa tout à coup qu'Esterhazy serait peut-être heureux de voir les dernières heures de sa vie consciente colorées par la présence de quelques fleurs. Elle jeta un coup d'œil autour d'elle et n'apercevant rien d'autre que des plantes en pot, demanda au vendeur s'il avait des fleurs. Il eut une moue méprisante et lui désigna la cour où s'épanouissaient des centaines de plantes.

« À votre avis, c'est quoi tout ça ?

— Non, je voulais dire des fleurs coupées. »

Le mépris de l'homme s'accentua. « Ici, c'est une jardinerie, dit-il. Le propre des jardins, c'est de pousser, v'voyez ce que je veux dire ? Si vous voulez des fleurs coupées, vous feriez mieux d'aller jusqu'au cimetière de Magdalen Road. Là, vous en trouverez de la fleur coupée. Moi, je comprends pas comment on peut couper ce qui pousse.

— Faites-moi grâce de la leçon de botanique, voulez-vous, dit Jake qui choisit, dans un carton à ses pieds, une jacinthe rouge, une nouvelle variété, très ouverte.

— Faut pas prendre celle-ci, dit le vendeur. Elle est trop ouverte. Y en a pour un jour ou deux, pas plus. Vaut mieux en prendre une en bouton. »

Jake hocha la tête en signe de dénégation. Un jour de plus, et ce serait trop tard pour Esterhazy. « Non, celle-ci ira très bien.

— Comme vous voudrez », dit l'homme.

Elle mit les géraniums dans son coffre et se rendit à pied jusqu'à la grille de la prison, se disant qu'il valait sans doute mieux laisser sa voiture là, au cas où un hurluberlu, convaincu que le véhicule appartenait à un membre du personnel pénitentiaire, s'aviserait de lui crever ses pneus. Le soleil était déjà couché, mais elle conserva ses lunettes noires de peur d'être reconnue. Le procès d'Esterhazy et le rôle qu'elle avait joué dans son arrestation avaient été largement couverts par la presse télévisée. Mais la foule, trompée par sa jacinthe rouge, ne fit guère attention à Jake quand elle arriva devant l'entrée. Rares étaient les policiers ou les représentants du ministère de l'Intérieur qui se rendaient à la prison de Sa Majesté avec des fleurs. Elle avait eu le temps de présenter sa plaque pour se faire connaître et de franchir la grille avant même qu'aucun manifestant se soit aperçu que celle-ci s'était ouverte puis refermée.

« Z'êtes venue pour la piqûre ? » s'enquit le gardien qui tenait encore la plaque de Jake dans sa main gantée.

Sur la réponse affirmative de Jake, il s'empara d'un ordinateur.

« J'en ai pour une minute, juste le temps de vérifier que vous êtes bien sur la liste des invités », dit-il. Avec un grand sourire, il appuya sur une des touches. L'ordinateur émit des cliquetis de compteur Geiger, puis fit défiler une série de noms. « Faudrait pas qu'on se retrouve avec des resquilleurs sur les bras ! C'est bon, madame. Pas de problème. » Il eut un regard hésitant pour le pot.

Jake se demanda s'il pensait pouvoir y trouver de la drogue ou quelque chose du même genre.

« C'est pour lui ? demanda-t-il.

— Oui. Je peux ?

— Étant donné les circonstances, dit le gardien en haussant les épaules, pourquoi pas ? Je vais demander à un de mes hommes de vous accompagner jusqu'à la nouvelle aile.

— Inutile. Je connais le chemin.

— Très bien », dit le gardien qui reprit sa lecture de l'édition de la veille de *News of the World*. En première page, sous le gros titre « LE TUEUR PSYCHOPATHE PREND SA DOSE DEMAIN », s'étalait une photo d'un Esterhazy à la mine interdite.

Jake eut une grimace et s'éloigna rapidement.

L'aile qui abritait le coma punitif était un édifice récent, qui avait même remporté un prix décerné par l'Institut des architectes européens. Construit en brique rouge, à l'instar des murs victoriens qui l'entouraient, c'était un grand dôme qui, de l'extérieur, faisait penser à un observatoire et, de l'intérieur, à une bibliothèque. Une armature en béton armé soutenait une sorte de verrière qui, vue d'en dessous, avait quelque chose de l'œil de Dieu. À l'intérieur, le pourtour était tapissé de grands tiroirs de rangement dont beaucoup renfermaient, comme à la morgue, les corps des condamnés au coma.

Il y faisait nettement plus frais qu'à l'extérieur ; on se serait presque cru dans une chambre froide. Jake, vêtue d'un petit ensemble d'été, ne tarda pas à frissonner. Elle pressa l'allure pour traverser la pièce centrale sous l'œil du dôme et prit la direction des cellules.

La vue d'un tiroir ouvert, un peu plus grand qu'un cercueil, l'arrêta net. Elle se pencha avec curiosité pour l'examiner de plus près. Le fond était garni de cuir noir et souple, seule concession à l'apparition d'éventuelles escarres. Les tubes et les cathéters qui seraient fixés au corps du condamné sortaient un peu partout sur les côtés. Sur le devant, se trouvaient un petit écran plat sur lequel s'inscrivaient les informations relatives aux fonctions physiologiques du corps et une serrure à carte magnétique censée dissuader toute ingérence extérieure. Jake frissonna de la tête aux pieds, et, frictionnant ses bras nus, poursuivit précipitamment son chemin.

Dans une antichambre, non loin de l'endroit où Esterhazy passait ses dernières heures, était rassemblé un petit groupe de gens, qui appartenaient soit au ministère de l'Intérieur soit à l'Institut de recherches sur le cerveau et qu'elle reconnut pour la plupart : Mark Woodford, le professeur Waring, Mme Grace Miles. Pour la première fois, les caméras de la télévision étaient là prêtes à couvrir l'événement, après avoir réussi à faire valoir auprès de la Haute Cour que si les journalistes de la presse écrite étaient autorisés à assister à l'exécution, il n'y avait aucune raison pour que les autres médias ne jouissent pas du même privilège.

Jake s'arrêta pour regarder comment ITN s'acquittait de sa tâche, d'autant plus intéressée que le reporter n'était autre qu'Anna Kreisler, celle-là même qui avait été victime des obsessions d'un autre tueur multiple, David Boysfield. C'était l'affaire que Jake avait choisie comme sujet de son intervention lors du symposium européen sur le maintien de l'ordre, à l'époque où elle avait été chargée de l'enquête Wittgenstein. Tout cela lui sembla tout à coup terriblement loin.

Anna Kreisler qui, dans son élégant tailleur Chanel, avait la plastique et la désinvolture de l'hôtesse de l'air idéale, répondait aux questions d'un présentateur invisible. Que Kreisler fût là en personne et non dans les studios derrière son éternel bureau prouvait assez l'importance qu'accordait la chaîne à l'affaire.

« Pouvez-vous nous dire l'ambiance qui règne à la prison de Wandsworth, Anna ?

— Eh bien, comme vous pouvez l'imaginer, Peter, elle est assez tendue. Beaucoup de gens se sont rassemblés devant les murs de la prison pour protester contre la condamnation de Paul Esterhazy. Cela dit, en dépit de la présence de la police, on ne s'attend pas à des troubles sérieux. Nous avons affaire à quelque chose de très différent de ce qui se passait à l'époque de la peine capitale, puisque désormais on ne peut plus compter sur une grâce de dernière minute. Les appels téléphoniques en provenance du ministère de l'Intérieur commuant une condamnation en une peine de prison à vie n'ont plus lieu d'être puisque l'emprisonnement à vie n'a plus cours. Le gouverneur de la prison, avec lequel je me suis entretenue il y a quelques minutes, m'a dit que Paul Esterhazy s'était vu servir un repas léger vers 17 heures, mais qu'il refusait obstinément la visite d'un prêtre. J'ai cru comprendre que, depuis, il passait ses dernières heures à regarder la télévision.

— Il se pourrait donc qu'il soit en train de regarder notre émission. Anna, nous ne savons toujours pas grand-chose des raisons qui ont pu pousser Esterhazy à commettre ces horribles meurtres : au cours du procès, on a parlé de l'utilisation prolongée de programmes de Réalité virtuelle qui auraient pu affecter son équilibre mental. Le condamné a-t-il dit quoi que ce soit qui nous permettrait d'en savoir davantage ? Présente-t-il des signes de remords ?

— Pas le moindre, Peter. Bien entendu, on sait désormais qu'à l'arrière-plan de tous ces meurtres, la responsabilité du programme Lombroso se trouve engagée, et que, de même qu'Esterhazy, la plupart de ses victimes s'étaient vu attribuer des noms de philosophes célèbres afin de protéger leur identité. Esterhazy était étudiant à Oxford quand il s'est fait renvoyer pour usage de stupéfiants, et, pour certains commentateurs, ce renvoi serait à l'origine de sa rancune vis-à-vis des intellectuels en général et des philosophes en particulier. Coïncidence bizarre, comme le vrai Ludwig Wittgenstein, dont Esterhazy avait reçu le nom, il appartenait à une riche famille austro-allemande et avait travaillé pendant un certain temps au laboratoire de pharmacie de Guy's Hospital. C'est d'ailleurs là une des raisons qui auraient contribué à saper la défense d'Esterhazy qui plaidait non coupable pour cause de démence.

— Anna, vous avez eu l'occasion de vous entretenir avec des gens qui connaissaient Esterhazy. Quel genre d'homme était-ce ?

— D'après tous les témoignages, c'était quelqu'un d'extrêmement intelligent, Peter. Cultivé, instruit, très compétent en informatique. Il était également très populaire sur son lieu de travail. La plupart de ceux qui l'ont connu disent de lui qu'il était agréable, bien élevé, sérieux et qu'il n'aurait pas fait de mal à une mouche. En même temps, il semblerait qu'il ait été d'un tempérament très solitaire. Nous savons comment il s'est brouillé avec ses parents il y a des années de cela, et ceux-ci n'ont d'ailleurs témoigné d'aucun désir de le revoir. Les rapports prouvent également qu'Esterhazy a été marié, mais que sa femme a demandé et obtenu le divorce. Depuis elle a changé de nom, et toutes les recherches pour la retrouver se sont révélées infructueuses.

— Si bien qu'à l'heure même où il est en passe d'être exécuté, Esterhazy reste par bien des côtés un mystère.

— Absolument, Peter. Ce que beaucoup trouvent frustrant, c'est que, en l'exécutant aujourd'hui, il se pourrait bien que nous nous condamnions à ne jamais en savoir davantage sur son compte. Il est fort probable cependant qu'Esterhazy reste un mystère pour lui-même.

Il y a eu des moments, surtout au cours du procès, où il a semblé incapable, comme je crois vous l'avoir entendu dire il y a quelques instants, de faire la différence entre le réel et le virtuel. Pour cette raison même, nombreux sont ceux qui pensent que la place de Paul Esterhazy n'est pas dans un tiroir de CP mais bien dans un hôpital psychiatrique pour criminels.

— Vous avez mentionné le programme Lombroso, Anna. À votre avis, dans quelle mesure un tel événement peut-il affecter le programme et alimenter la controverse qui entoure la politique gouvernementale en matière de maintien de l'ordre ?

— Ceux qui critiquent la position actuelle du gouvernement, en particulier Tony Bedford, le porte-parole de l'opposition au Parlement sur ces problèmes, soutiennent que le programme Lombroso constitue une atteinte aux droits de l'homme et qu'en conséquence il devrait être abandonné. Pour ma part, je pense qu'une telle éventualité est peu probable, Peter, puisque la Cour européenne s'est déjà prononcée sur ce sujet : dans la mesure où il se préoccupe avant tout de soigner et de conseiller ceux qui sont susceptibles de manifester des tendances agressives, le programme ne représente pas une violation des droits de l'homme. Il n'en reste pas moins qu'il va falloir opter pour des changements radicaux relatifs, entre autres, à la sécurité du programme, et que l'on s'attend à voir tomber certaines têtes. Mais tant que le ministère public n'aura pas publié les résultats de l'enquête, nous ne saurons ni comment a pu se faire l'effraction ni quels sont ceux qui peuvent être tenus pour responsables. Il va de soi que le programme est suspendu jusqu'à la publication de ces résultats.

« Je me trouve maintenant aux côtés de la secrétaire d'État au maintien de l'ordre, Mme Grace Miles. Madame le ministre, qu'avez-vous à répondre aux détracteurs du coma punitif, qui serait une peine cruelle et malvenue, n'ayant pas sa place dans une société civilisée telle que la nôtre ? »

Mme Miles eut un sourire presque douloureux.

« Si vous le permettez, mademoiselle Kreisler, avant de répondre j'aimerais apporter un rectificatif à ce qui a été dit du programme Lombroso. Ce programme ne ressortit pas à la politique de notre seul gouvernement. Il fait partie intégrante de la politique de la Communauté européenne, telle qu'elle a été définie par tous les pays membres du Parlement européen. Il se trouve simplement que c'est dans notre pays qu'il a d'abord été introduit.

« Pour ce qui est du coma punitif, je tiens à préciser que, aux yeux de la Cour européenne, il n'est ni cruel ni malvenu. Ce type de châtiment existe depuis déjà plusieurs années aux États-Unis, et ses multiples avantages, sur lesquels je ne reviendrai pas aujourd'hui – ce n'est ni l'heure ni le lieu –, ont été amplement démontrés. Ce qui me surprend pourtant de la part de ses détracteurs c'est que leurs arguments sont les mêmes aujourd'hui que ceux qu'ils avançaient à une époque contre le retour de la pendaison. J'ai toujours été, et je suis encore, contre la peine capitale. Mais nous savons tous pertinemment que, dans certains cas, comme celui qui se présente à nous aujourd'hui, nous avons besoin d'une peine plus dure que l'emprisonnement. À cet égard, le CP remplit parfaitement son rôle. Et le meilleur argument que l'on puisse produire en faveur du CP comme ultime châtiment est que s'il y a erreur – et regardons les choses en face, tout système est faillible – le coma est réversible. J'ajouterai que, dans ce cas précis, il n'y a pas place pour le doute.

« Enfin, je suis, pour ma part, extrêmement satisfaite de constater la présence des caméras dans cette enceinte. J'estime que le public a le droit de savoir ce qu'il en est des peines rendues en son nom et aux frais du contribuable. Du moins tant que les visages de ceux qui prennent part à l'exécution de la sentence n'apparaissent pas en clair. Je considère que ce genre d'émission est un service d'utilité publique. »

Jake en avait assez du côté manipulateur de Mme Miles, jouant les défenseurs de la liberté de la presse, et s'éloigna de la caméra à pas lents. Elle fut surprise de voir que Mark Woodford la suivait. Elle ne l'avait pas revu depuis le jour où lui et Waring avaient tenté de la circonvenir pour qu'elle laisse sir Jameson Lang convaincre Wittgenstein de se supprimer.

« Je n'ai pas eu l'occasion de vous parler, dit-il. Mais toutes mes félicitations. Pour avoir mis la main sur ce pauvre type. Vous ne m'en voulez pas ?

— Je n'ai fait que mon devoir.

— Très juste. Nous avons tous agi au mieux de nos convictions, non ? Au fait, bravo. J'ai entendu dire que vous aviez obtenu la direction de la Brigade criminelle.

— Ce n'est que temporaire. Jusqu'à ce qu'ils aient trouvé quelqu'un pour remplacer Challis.

— Oh, dit Woodford en baissant la voix, je ne serais pas étonné que vous conserviez le poste. La ministre aime bien vos façons de faire. »

Jake jeta un coup d'œil à Mme Miles qui, derrière elle, poursuivait sa discussion avec Anna Kreisler.

« Je ne peux pas dire que les siennes m'emballent. Les miennes non plus d'ailleurs, ajouta-t-elle d'un air sceptique. Pas quand je vois un cirque pareil. » Tout en parlant, Jake se dirigeait vers le gardien chef.

« N'oubliez pas que c'est vous qui avez tenu le premier rôle.

— Je vous l'ai déjà dit, Woodford : je ne faisais que mon devoir.

— Vous savez que le docteur St Pierre a démissionné ? »

Jake répondit qu'elle l'ignorait.

« Si. La nouvelle n'est pas encore officielle, mais, de toute façon, il fallait un bouc émissaire. Et St Pierre était en première ligne. On a nommé un nouveau responsable à la sécurité informatique. Avant de mettre le programme en place dans les autres pays de la Communauté européenne, toute la procédure va être modifiée de manière qu'il n'y ait plus de risques d'effraction. Quand tout remarchera, cela devrait réellement vous simplifier la tâche.

— On peut se le demander, dit Jake avec un sourire sardonique. Enfin. Si vous voulez bien m'excuser. »

Elle alla à la rencontre du gardien chef et lui demanda s'il lui serait possible de voir Esterhazy en tête à tête pendant quelques minutes.

Le gardien regarda les fleurs, puis Jake, et demanda d'un ton soupçonneux : « C'est pour qui la plante ?

— Pour Esterhazy, expliqua-t-elle. Pour qu'il ait quelque chose de beau à voir et à sentir avant la piqûre.

— C'est probablement contre le règlement. Mais, vu les circonstances, ça ira. Par ici, s'il vous plaît. »

Jake trouva Esterhazy devant la télévision, sous l'œil vigilant de deux gardiens. Les mains attachées par-devant, il était assis au bord de sa chaise, fasciné par la retransmission que donnait la BBC de son propre châtiment. Quand il aperçut Jake, il se retourna et lui sourit.

« Ah, la fille aux jacinthes. Vous savez quoi, c'est la couleur qui me manquera le plus. Je sais par expérience qu'on ne rêve jamais qu'en noir et blanc. »

Esterhazy avait l'air plus vieux et plus distingué que dans le souvenir de Jake. Un peu lointain même. Comme quelqu'un qui ne se sentirait plus concerné par les préoccupations temporelles de ses semblables. Elle fut frappée par sa ressemblance avec le vrai Wittgenstein. Il était plus athlétique – vigoureux même – qu'elle ne l'aurait imaginé. Son intelligence avait quelque chose de magnétique, qui aurait sans doute retenu l'attention du docteur Frankenstein au moment où il façonnait sa fameuse créature. Son ton était grandiloquent ; on aurait cru entendre un personnage sorti tout droit d'un mélodrame victorien. Il fixa quelques instants d'un regard fiévreux les fleurs que tenait Jake dans ses mains tremblantes, puis se leva, prit le pot et le posa sur la table à côté du poste de télévision.

« Comme c'est gentil à vous de m'avoir apporté une fleur rouge », dit-il. Ses narines se dilatèrent, et il plongea le visage dans la plante en fermant les yeux.

Jake l'entendit inhaler profondément, se délecter de l'odeur un peu douceâtre des fleurs. Il recommença plusieurs fois sa manœuvre avant de rouvrir les yeux. Puis il regarda Jake, et elle vit la malice perler peu à peu sur son visage.

« Si je vous avais demandé de m'apporter une fleur rouge, auriez-vous recherché le rouge sur un nuancier pour m'apporter ensuite une fleur de la couleur indiquée dessus ?

— Non, dit Jake en secouant la tête.

— Mais s'il s'agit de choisir ou de mélanger un ton déterminé de rouge, il nous arrivera d'utiliser un échantillon ou un nuancier, non ?

— C'est vrai, approuva-t-elle.

— Eh bien, dit Esterhazy, rapprochant à nouveau son nez légèrement busqué de la fleur, c'est de cette manière que fonctionnent la mémoire et l'association des idées, dans le contexte d'un jeu de langage.

— Vous continuez à jouer, même maintenant ?

— Pourquoi pas ? dit-il avec une moue et un geste en direction de la télévision. Quand je vois que l'on s'apprête à faire de moi l'objet de ce qui pourrait se concevoir comme un jeu, encore que le concept de jeu soit un peu flou. Je sais, je sais ce que vous pensez. Vous vous demandez : un concept flou peut-il encore être un concept ? Une photographie floue est-elle seulement l'image d'une personne ? Un homme qui n'est ni tout à fait mort ni tout à fait vivant est-il encore un homme ?

— Je ne sais pas, dit Jake. Peut-être.

— Tout aussi bien, dit-il avec un grand sourire, peut-être pas. Il me semble que je serai plus proche de cette plante. On me coupera de temps en temps les cheveux et les ongles. On m'arrosera et on me désherbera. On vérifiera périodiquement qu'il n'y a pas de signe de maladie. Mais je serai privé de toute pertinence autre que purement symbolique.

— Vous avez tué des gens.

— Je les envie, dit-il avec un bref haussement d'épaules. Je vous dois la vie, je suppose, ajouta-t-il, et son sourire s'élargit. Mais dites-moi, pourquoi m'avoir sauvé de la mort ?

— Mon jeu à moi a également ses règles, dit-elle. Ce n'est plus un jeu, dès qu'il y a du vague dans les règles. Vous devriez le savoir, mieux que quiconque.

— Oui, dit-il avec un soupir, je suppose que vous avez raison. Vous savez, ajouta-t-il, souriant à nouveau, vous m'avez réellement fait plaisir en m'apportant cette petite jacinthe. Je me triture les méninges depuis un moment pour trouver une phrase de moins de cent cinquante caractères que l'on pourrait afficher sur l'écran de l'ordinateur de mon tiroir. L'un des derniers petits privilèges du condamné. Que de générosité ! Ces messieurs m'ont lu quelques-unes des trouvailles des autres condamnés dans l'idée de m'aider à faire mon choix. La plupart sont abominablement sentimentales. Le criminel moyen s'exprime de manière assez vulgaire, surtout quand il cherche à ramasser dans une formule l'image qu'il voudrait que l'on garde de lui. Mais avec cette fleur, vous m'avez apporté l'inspiration. Soyez-en remerciée.

— Qu'est-ce que vous allez faire inscrire ?

— Ça, c'est une surprise ! Vous irez voir mon tiroir dans une heure ou deux.

— Je suis désolée pour… tout cela. Vraiment.

— Voulez-vous me rendre un service ? dit-il en lui faisant signe de ne plus s'en faire pour lui.

— Si c'est en mon pouvoir.

— J'ai cru comprendre qu'on pouvait rendre visite à ceux qui étaient en coma. Les jardiniers disent que si on parle aux plantes, elles poussent mieux. Accepteriez-vous de venir me voir et de me parler de temps à autre ?

— Pour dire quoi ? fit Jake, surprise par sa requête.

— Pour nommer les choses. Parler d'elles. User de la fonction référentielle du langage. Comme s'il n'y avait plus qu'une chose appelée "parler des choses". Pour me parler comme si vous étiez une petite fille s'adressant à sa poupée. Vous me devez bien cela pour m'avoir conservé en vie. Le ferez-vous pour moi ?

— Je n'ai jamais beaucoup aimé les poupées, dit Jake. Mais pour vous, je ferai une exception. »

Cette promesse parut le soulager.

Pour finir, elle lui demanda le pourquoi de ses actes. Ce qui l'avait poussé à tuer tous ces hommes.

Il leva ses yeux vifs au ciel, prenant soudain un accent américain.

« Mes motivations ? demanda-t-il avec un sourire laconique. Ben, tout est basé sur mon expérience émotionnelle intérieure, je suppose, que j'ai découverte par l'intermédiaire de l'improvisation. Des motivations… Seigneur, vous m'obligez à parler comme Lee Strasberg[1]. Les gens posent toujours la même question à un tueur, Jake. "Allez, Coady, qu'est-ce qui t'a poussé à faire ça ? Qu'est-ce qui t'a poussé à tuer toutes ces femmes ?" Ils doivent en avoir tellement marre de s'entendre poser cette question, quand ils savent pertinemment ne pas pouvoir y répondre. C'en est gênant pour eux. Ils bousillent leur vie sans avoir une explication valable à proposer. Alors, au bout d'un certain temps, ils en inventent une, ne serait-ce que pour ne plus avoir tous ces gens sur le dos. Et qu'est-ce qu'ils trouvent à dire, tous ces tueurs ? "J'ai eu des visions. C'est le Christ et tous ses anges qui m'ont dit de le faire." Ou bien : "J'ai entendu la voix d'Allah qui m'a dit d'aller exterminer tous les infidèles." Mais, vous savez, ce genre d'explication nous renvoie aux origines de l'homme.

---

1. Directeur technique de l'Actors' Studio, fondé en 1947.

C'est Abraham qui l'a utilisée pour la première fois. "Dieu m'a dit de tuer mon fils, Isaac, et j'allais le faire." Un vrai coup de chance que la voix divine se soit à nouveau manifestée, qu'il l'ait entendue et qu'il se soit arrêté à temps.

« De nos jours, quand on admet qu'un tueur croit à ce qu'il dit comme à la vérité, ce système de défense, disons religieux, nous apparaît comme une preuve supplémentaire de sa démence. Et si nous estimons qu'il nous raconte des salades et qu'il ment à propos de ses prétendues voix, alors nous le piquons. Mais d'un côté comme de l'autre, quand il s'agit de meurtres vraiment épouvantables, ce genre d'explication reste en général compréhensible. Même si ce n'est pas particulièrement original, nous sommes prêts à admettre que quelque chose d'aussi odieux que d'occire sa mère et son père, sans parler de son petit chien, ne peut s'expliquer que par des circonstances extraordinaires. En un sens, c'est la seule explication que les gens puissent comprendre. » Esterhazy sourit pour lui-même et prit un air lointain.

« Mais si ce que vous voulez, Jake, c'est une explication qui soit mieux adaptée à notre époque moderne, je vais vous en fournir une. Si c'est l'absence de logique qui caractérise la foi, alors l'inverse est aussi vrai. Là où l'on n'a foi en rien, il n'y a plus que la logique qui puisse apporter une réponse. Ainsi donc, un autre à ma place aurait sans doute prétendu que Dieu l'avait incité à tuer douze hommes de sang-froid. Je dis, moi, que ce n'est pas la voix de Dieu qui m'a poussé à ces meurtres, mais celle de la Logique. J'ai entendu la voix de la Logique et de ses ministres de la Raison, et c'est ainsi que m'est venu le désir de tuer. C'est une autre forme de folie, voilà tout, ajouta-t-il avec un sourire désabusé.

« Mais vous avez lu mes feuillets, non ? dit-il avec un haussement d'épaules éloquent. Qu'en pensez-vous ? C'est vous le policier, après tout. C'était votre enquête. C'est vous qui m'avez épinglé. C'est donc vous qui devez détenir les réponses. C'est vous qui avez restauré l'harmonie dans un monde que mes crimes avaient temporairement bouleversé. Que c'est donc shakespearien de votre part, Jake. C'est peut-être moi qui devrais poser les questions. Eh bien, inspecteur principal, qu'en pensez-vous ?

— Tout retour à l'ordre de ce type serait à mon sens illusoire, répondit Jake. Vous ne devriez rien ignorer de l'illusion, Paul, vous qui avez passé la moitié de votre vie avec cette machine de Réalité virtuelle. Qui me dit que même maintenant vous ne vous croyez pas encore affublé de votre casque et de votre combinaison ? Ma seule explication, si c'en est une, c'est que vous n'êtes plus capable de faire la différence entre ce qui est réel et ce qui ne l'est pas. Vous n'en êtes pas pour autant tellement différent de beaucoup de gens. Personne ne se préoccupe plus guère de la réalité. Et qui sait si l'on s'en est jamais vraiment préoccupé ? Dans ces conditions, parleriez-vous encore d'harmonie ? Si vous voulez mon avis, l'équilibre est chose rare de nos jours. Et cette… cette investigation n'aura servi qu'à retarder les choses. Jusqu'à la prochaine fois. »

Ils n'en dirent guère plus. Elle resta assise un moment, en silence, lui abandonnant sa main. Elle essayait de se rappeler quand elle avait tenu la main d'un homme pour la dernière fois. Sur son lit de mort, à l'hôpital, son père avait essayé de lui prendre la main, mais elle la lui avait refusée. Les choses étaient différentes aujourd'hui. La haine était tarie. L'heure était venue d'apprendre la compassion. L'humanité. Peut-être même l'amour.

Jake le laissa seul pendant les minutes qu'il lui restait à vivre. Si elle l'avait pu, elle aurait quitté la prison. Le cran lui manquait pour ce qui devait suivre. Mais les dispositions du code pénal (loi de 2005 sur l'homicide) l'obligeaient, en sa qualité de responsable de l'enquête, à être présente lors de l'exécution de la sentence.

Observé par près de vingt personnes, sans parler des millions de téléspectateurs devant leurs postes, Esterhazy affronta l'épreuve avec toute la dignité que lui permettait sa position : il était déjà attaché sur un chariot d'hôpital quand le technicien du coma sortit sa seringue. On entendit distinctement la respiration haletante de deux ou trois spectateurs au moment où l'aiguille étincela, comme une épée brandie au soleil, dans la lumière qui tombait du plafond tout en verre. Esterhazy détourna la tête pour que les caméras ne puissent pas le filmer et attendit en silence. Le technicien lui tamponna le cou avec un morceau de coton, et une odeur d'antiseptique se répandit dans la pièce.

L'horloge de la prison finissait de sonner les douze coups de minuit quand l'aiguille pénétra dans la veine jugulaire. Le coma fut presque instantané.

Puis on roula le corps jusqu'au hall central et on le transféra, sous l'œil énorme, dans le tiroir béant. On brancha les tubes et les fils électriques au torse nu d'Esterhazy, et quand on eut fini de vérifier que tout fonctionnait normalement, on repoussa lentement le tiroir.

Jake attendit d'avoir vu les caméras se retirer avant de s'approcher du technicien pour lire ce qu'il tapait sur l'écran : l'épitaphe d'Esterhazy. Elle reconnut immédiatement ces vers de *La Terre vaine* de T. S. Eliot, qui viennent après l'allusion à la fille aux jacinthes.

```
Toi les bras pleins et les cheveux
mouillés, je ne pouvais
Rien dire, et mes yeux se voilaient, je
n'étais ni
Mort ni vivant, et je ne savais rien,
Je regardais au cœur de la lumière, du
silence
Oed'und leer das Meer.
```

Jake essuya une larme, prit sa jacinthe et sortit dans le soleil.

Toute une vie passée dans ce tiroir, pour se retrouver ensuite quelque part, mais où ? Que vous en dire ? Comment vous le décrire ?

L'image serait à peu près celle-ci : en dépit des vibrations qui le traversent, le monde est obscur. Mais un jour, l'homme ouvre ses yeux voyants, et voilà la lumière.

Le Livre de Poche s'engage pour
l'environnement en réduisant
l'empreinte carbone de ses livres.
Celle de cet exemplaire est de :

500 g éq. CO$_2$

PAPIER À BASE DE   Rendez-vous sur
FIBRES CERTIFIÉES   www.livredepoche-durable.fr

Composition réalisée par FACOMPO (Lisieux)

Achevé d'imprimer en septembre 2013, en France sur Presse Offset par
Maury Imprimeur – 45330 Malesherbes
N° d'imprimeur : 184251
Dépôt légal 1re publication : octobre 2013
LIBRAIRIE GÉNÉRALE FRANÇAISE – 31, rue de Fleurus – 75278 Paris Cedex 06

31/6259/1